Olivier Bal

Olivier Bal a été journaliste de nombreuses années avant de devenir écrivain et se consacrer à l'écriture de thrillers au succès grandissant. Après un diptyque salué par la critique – *Les Limbes* (Prix Méditerranée Polar 2018 du premier roman et Prix Découverte 2018 des Géants du Polar) et *Le Maître des Limbes* (Prix des Géants du Polar) –, il a publié chez XO Éditions *L'Affaire Clara Miller* (2020), *La Forêt des disparus* (2021), *Méfiez-vous des anges* (2022) et *Roches de sang* (2023), qui a conquis un large public. Ces romans sont tous repris chez Pocket.

ÉGALEMENT CHEZ POCKET

Les Limbes
Le Maître des Limbes
L'Affaire Clara Miller
La Forêt des disparus
Méfiez-vous des anges
Roches de sang

ROCHES DE SANG

Fred
30/07/1983
Le Grand
Saut

Fred
03/09/1988
Les Quatre

Fred
16/07/1993
Les Frères

Fred
25/07/1993
Les Gorges

Fred
27/07/1993
Les Papillons

OLIVIER BAL

ROCHES DE SANG

XO
EDITIONS

ISBN : 978-2-266-34007-6
Dépôt légal : avril 2024

À Julia,
mon île

Prologue

29 juillet 1993
Lucciana, Corse

Retenir sa respiration. Une dernière fois.

Ne pas bouger, malgré la douleur.

Le corps d'Ange Biasini glisse le long de la rivière, porté par le courant. Dans sa bouche, l'eau a un goût de vase, de terre et de sang. Le sien. Il flotte, dos à la surface. Quelques instants plus tôt, il a pris une première balle dans la jambe, une seconde a frôlé son épaule, mais ce n'est pas terminé. Pas encore. Tant qu'il restera une once d'oxygène en lui, il se battra. Trois autres projectiles viennent percuter la surface, à moins de deux mètres. Son agresseur tente d'en finir. Mais Ange est trop loin.

Faire le mort. Tant que possible. La mer est proche, il le sait. À quelques dizaines de mètres. L'embouchure du Golu est là. Ils y étaient presque. Si seulement ils ne s'étaient pas fait repérer. Ange en a la certitude, quelqu'un les a prévenus. Les a trahis. Son cerveau qui s'active. Son cœur accélère dans sa poitrine. La douleur dans sa jambe le brûle de plus belle. Faire le vide. Écouter son corps et rien d'autre. Ses battements ralentissent à nouveau. « Il n'y a rien. Que l'eau et moi. » Ange se répétait cela, juste avant de plonger.

Pour lui, retenir son souffle n'a jamais été difficile. Depuis qu'il a fait sa première descente en apnée à sept ans au pied du rocher de la Baleine de L'Île-Rousse, avec son oncle Barto, ça a toujours été comme une évidence. On disait de lui qu'il avait un don. Qu'il était rare d'avoir un organisme aussi bien adapté à la plongée, de telles capacités de bradycardie. En réalité, ce que personne ne comprenait, hormis son frère Théo, c'est qu'Ange avait toujours vécu en apnée. Depuis sa naissance. L'air qui entourait son père était si vicié, suffocant, que même au plus profond des océans, il ne s'est jamais senti oppressé. S'enfoncer, vers des ténèbres insondables, était au contraire une libération pour lui. C'est sous l'eau, seulement, en ces profondeurs où il n'y a ni haut ni bas, qu'un bleu infini, qu'Ange devenait lui-même.

Sa cage thoracique qui se vide lentement de son oxygène. Le sang qui afflue du moindre organe vers le cœur, drainé par cette formidable pompe. Ange ressent tout cela à nouveau alors que le torrent le porte vers la mer. Après une longue minute, il échoue au bord d'une petite grève de sable. Rester immobile. Le mercenaire est encore dans les parages, à le chercher.

Tout son être est concentré sur ce qu'il entend. Un craquement dans les joncs, non loin de lui. Des bruits de pas dans le sable vaseux. C'est ce type, consciencieux, qui vient vérifier s'il a bien fini le travail. Il y aura certainement une récompense à la clé. Un bonus.

Pour avoir enfin attrapé Ange Biasini. Après ces jours et ces nuits de traque.

Ange sent une pression froide dans son dos. C'est le canon du fusil du tireur. Puis une main qui enserre son épaule. Il veut retourner la dépouille pour s'assurer que c'est bien lui. Maintenant. Ange se redresse et se jette sur le mercenaire, avec sauvagerie. Le type est costaud. Mais Ange a la force du désespoir. Un coup de tête. L'assassin part en arrière. Ange parvient à lui arracher son fusil, et tire deux balles. Une en plein front, l'autre dans la gorge. Le Serbe s'écroule, tué sur le coup. Ange aspire enfin de l'air et s'effondre à genoux. Il aimerait rester ainsi et se laisser partir, mais il ne peut pas. Il vérifie le chargeur du fusil. Vide. En quelques gestes las, il tâte le cadavre. Pas d'autre arme. Merde. C'est alors seulement que la douleur se réveille. Ange examine sa jambe, la balle s'est enfoncée à l'arrière de sa cuisse. Il perd beaucoup de sang. Quelques gouttes carmin viennent perler sur le sable gris. Ange repense aux paroles de son oncle Barto. « Quand la terre aura bu ton sang… » Il attrape une poignée de sable et l'enfonce dans sa poche. Pour toi, *u mo ziu*.

Tous ces morts. Ça ne peut pas se terminer ainsi.

Trempé, épuisé, Ange s'essuie le visage couvert de boue, et s'aide d'un tronc pour se soulever. Il extrait son vieux couteau de son étui, en déplie la lame. Il progresse péniblement à travers les joncs, puis remonte le long d'une dune. Il entend des voix de l'autre côté, des cris. Il accélère. Faites que Théo soit encore en vie. Il resserre sa prise sur le manche en châtaignier de son poignard.

Là-bas, en contrebas, au bord du rivage, ils sont là. Ce salopard qui braque son flingue sur son frère. Et tous les chiens qui l'accompagnent. Parmi eux, Venturi et quelques-uns de ses hommes. Il faut en finir. Tenter quelque chose. Gagner du temps. Pour qu'elles puissent fuir, enfin. Le plus loin possible… Pour que tous ces sacrifices n'aient pas été vains. Pour se racheter aussi, de tout ce qu'il a fait. Ange dévale la pente de sable, manque de trébucher, mais garde l'équilibre. Personne ne l'a remarqué. Ils ont tous le dos tourné.

Le ciel est d'un bleu qui éclabousse. Le soleil, un écu d'or. Un souffle de vent vient faire danser les massifs d'oyats. Un lézard disparaît dans un tas de posidonies. Devant lui, sa Méditerranée, celle qui fut si longtemps son refuge. À l'ouest, quelques nuages sont retenus par les montagnes. Là-haut, dans ce royaume de pierres et de glace, ils ont enterré son corps. Je te rejoindrai bientôt, se dit-il.

Partout autour de lui, cette île qu'il a tant aimée, tant haïe. Avant de fondre sur ses ennemis, et comme si toute son existence l'avait mené à cet instant, Ange a une ultime pensée. C'est un bon jour pour mourir.

Un bon jour, oui.

PREMIÈRE PARTIE

Des cendres

« Tout brûle. Des flammes dans ses yeux. La rage est toujours là. À la fin, il ne reste que des cendres… »

1

30 novembre 2019
Londres, Angleterre

Le monde à ses pieds.

Chaque soir, quand son ascenseur privé s'élève dans la nuit londonienne, Miroslav Horvat a la même pensée. Alors que la cabine de verre file à travers les étages de l'immeuble flambant neuf de Landmark Place, l'homme d'affaires observe les phares des voitures, les lumières des réverbères rapetisser pour n'être bientôt plus que des points minuscules, éclats d'argent noyés dans les ténèbres. L'élévateur, enfin, s'arrête. Miroslav appose son pouce sur le pavé de reconnaissance digitale. Les portes chromées s'ouvrent sur l'intérieur de son vaste penthouse. Il traverse le salon. Les talons de ses Testoni claquent sur le marbre de Carrare. Sur son passage, des projecteurs s'allument. Et viennent éclairer les nombreux bustes grecs qu'il collectionne. Les Athéniens Pisistrate, Périclès, Alcibiade… et les Macédoniens, Alexandre Ier, Philippe II… Tyrans, héros et empereurs… Miroslav est ici parmi les siens. Il a toujours été fasciné par la Grèce antique. Ses cités éternelles, ses guerres fratricides, ses puissants, ses tragédies, ses épopées, ses massacres.

Miroslav a fait équiper son appartement des dernières technologies domotiques. Son domicile le reconnaît, se prosterne devant lui. Comme tous ceux qui travaillent à son service. Sa chaîne hi-fi déclenche un morceau d'opéra, celui qu'il aime écouter dès qu'il rentre. Horvat a ses habitudes. *Der Hölle Rache*, de Mozart. *La Reine de la Nuit*, interprétée par Edda Moser. La soprano entonne la montée mythique en contre-*fa*. La symphonie, furieuse, endiablée, emplit le vaste séjour immaculé. L'homme dépose sa veste de smoking sur un des longs canapés qui fait face à l'immense cheminée. Il n'a pas sommeil. Pas encore. Il pourrait faire venir une « fille ». Mais il doit faire attention. La dernière fois qu'il a fait appel à une call-girl, elle a tenté de protester. Le milliardaire aurait eu un comportement inapproprié, violent. Quelle idiote. S'il la payait, c'était justement pour cela, en faire ce qu'il voulait. À quoi s'attendait-elle ? Prendre. Dominer. C'est ainsi qu'il a toujours vécu. Un loup parmi un troupeau de moutons qui s'agite en bêlant. Miroslav mord, avec les crocs, avec la rage. La gamine ne se plaindra plus de ses clients à l'avenir. Dans l'état où son garde du corps, Dragan, l'a laissée, elle va devoir changer de clientèle. Adieu les palaces, bonjour les parkings.

L'oligarque se sert un verre de whisky. The Macallan Fine & Rare, 1926. Il a remporté la bouteille aux enchères chez Sotheby's pour 1,7 million de dollars. C'est le spiritueux le plus cher au monde. Le montant d'une simple gorgée pourrait suffire à nourrir tous les habitants de son village natal de Lučina, en Serbie, pendant un an. Il ne l'aime même pas tant que ça, il le trouve âpre, râpeux au goût. Ce qui lui plaît, c'est le symbole. Sa revanche. Sa victoire.

Il tombe sur son reflet dans un miroir. Il sait l'image qu'il donne. Celle d'un homme de petite taille, à lunettes épaisses, avec des cheveux gris ramenés en une raie sur le côté. Un homme dont on ne se méfie pas. Il n'y a que ce regard gris, glacial, comme au-delà de tout, qui raconte qui il est vraiment. Car ce corps, cette apparence ne sont qu'une façade, une carapace qu'il s'est lui-même forgée.

Tout en buvant une autre lampée, il traverse le couloir qui mène vers l'extérieur. Aux murs, une tapisserie rouge dessine des motifs de feuillages entremêlés. Dans des vitrines en verre, sous cloche, sont exposés divers objets, en apparence anodins… Cet endroit, il l'appelle sa Galerie. Personne, à part lui, et peut-être Dragan, ne connaît la réelle signification de cette exposition. Lorsque de rares visiteurs pénètrent en ce lieu, il se montre expéditif. « C'est mon passé, mon histoire. » Ces artefacts ont pourtant bien plus de valeur à ses yeux que toutes ses œuvres d'art acquises au fil du temps. Ils sont là pour lui rappeler, pour ne pas oublier. Que même la mort le craint.

Horvat émerge sur son immense terrasse. La plus belle vue de Londres, c'était la promesse du projet immobilier. Et en effet, cette nuit encore, le spectacle vaut le coup d'œil. Face à lui, sur la Tamise, se découpe la silhouette du navire de guerre HMS *Belfast*. Sur la gauche, les deux tours du Tower Bridge, nappées dans le brouillard. Plus loin, l'immense building The Shard, lame d'acier et de verre, culmine à 309 mètres.

C'est dans ce gratte-ciel qu'il a installé les bureaux de sa holding Theta Invest, qui chapeaute toutes ses succursales : Theta Energies, Theta Agro, Theta Real Estate… Quatre étages lui appartiennent. Ses conseillers ont bataillé sec pour les lui obtenir. Mais il était impensable qu'il passe à côté… À l'étage du dessus, c'est une grande banque anglaise, en dessous, un fonds d'investissement américain. La respectabilité s'acquiert ainsi, petit à petit, strate après strate. La tour est comme un drapeau qui flotte sur la ville. Le porte-étendard de son empire. Londres, Belgrade, Berlin, New York, Paris, Le Cap, Hong Kong, Moscou… il est chez lui partout. Le monde à ses pieds.

Horvat passe la tête par-dessus la balustrade et inspecte la rue en contrebas. Sont-ils encore là, à le surveiller ? Ils ne l'attraperont jamais, ces charognards d'Europol. Ils se lasseront avant lui. Saloperies de drkadžija… Une armée d'avocats et de conseillers financiers ont fait le ménage dans ses affaires, dans son passé. Il a dû, aussi, créer la fondation Horvat et, depuis deux ans, investir plus de 17 millions de dollars dans des œuvres caritatives. Faire construire des orphelinats, des écoles à travers le monde. Tout cela est d'une ironie…

À soixante-seize ans, Miroslav Horvat est devenu respectable. Il replace ses épaisses lunettes et crache dans le vide. Respectable. Se retrouver obligé de courir les galas de charité. Se racheter une image. Il ne supporte plus ce petit jeu ridicule. Il était si libre avant. Il a l'impression qu'aujourd'hui, il doit vivre muselé. Les temps changent. Lui, non.

Un bruit dans son dos. Sous le vent nocturne, quelque chose claque contre la baie vitrée. Qu'est-ce que c'est ? Un épais cordage. Les équipes de nettoyage de l'immeuble l'auraient laissé là ? Peut-être vaut-il mieux prévenir Dragan ? On ne sait jamais. Horvat lui a aménagé un appartement juste en dessous du sien. Il s'apprête à décrocher son téléphone quand une forme surgit de la haie d'arbustes qui borde la terrasse, et se précipite sur lui. Une douleur dans l'épaule, puis une autre, plus violente encore, au thorax. Déchirures. On l'a poignardé. Il s'écroule, perd ses lunettes. Il n'a pas le temps de se défendre, son assaillant lui assène trois nouveaux coups puissants, précis. Miroslav tente de se relever. Il parvient à se mettre à genoux. Sa respiration est sifflante. De la pointe de sa lame, son opposant lui soulève le menton… Sa vision est floue, mais il parvient à distinguer l'individu qui lui fait face, vêtu d'un treillis noir, d'une cagoule. Détail étrange, il porte une sorte d'étoffe rouge, usée, en partie déchirée autour des yeux, comme si le tissu lui couvrait le regard. Entre deux hoquets de douleur, Horvat se demande comment son agresseur parvient à y voir. Ça n'a aucun sens. Le tortionnaire lui susurre quelques mots. Le milliardaire articule péniblement : « Je ne comprends pas. Qui… qui êtes-vous ? Pourquoi ? » Comme si sa réponse lui importait peu, l'assassin le saisit par les cheveux, bascule sa tête en arrière et, d'un mouvement net, lui tranche la gorge. Dans un râle, Horvat s'effondre. S'abaissant aux côtés du cadavre, lentement, le meurtrier dispose l'extrémité du bandage qui ceint ses yeux contre le cou du milliardaire et laisse le textile se gorger de son sang. Alors que la vie le quitte, le magnat entend, provenant du salon, les ultimes paroles chantées par la cantatrice.

« *Hört ! Rachegötter !* »

Écoutez ! Dieux de la vengeance !

Alors, dans son dernier soupir, Horvat se souvient.

2

1er décembre 2019
Londres, Angleterre

— Maman, t'es où ?

— Je suis retenue à Londres, Romy. Je ne pourrai pas rentrer aujourd'hui.

— T'avais promis que tu revenais à la maison ! Je t'avais préparé une surprise.

— Je suis désolée. Anouk va s'occuper de toi jusqu'au retour de Papa.

— D'accord. Mais je suis un peu triste.

— Je dois y aller. Je t'embrasse, ma puce.

Marie Jansen raccroche son téléphone portable. Son regard se perd dans l'horizon bouché d'immeubles. Ce matin d'hiver, le ciel de Londres est plombé par d'épais nuages noirs. Depuis quelques minutes, une bruine flotte dans l'air. De celles qui s'immiscent partout, que rien n'arrête, ni les parapluies ni les imperméables. De celles qui vous détrempent le cœur.

Et ce froid glacial. Marie ferme les derniers boutons de son trench noir, relève son col.

La police scientifique installe une tente sur la terrasse, espérant protéger la scène de crime. Alors que les agents fixent les pans du barnum sur les côtés, Marie aperçoit une dernière fois le cadavre. Sa peau grise, sa gorge ouverte en un sourire démoniaque, les traces de sang sur sa chemise blanche, autant d'impacts de coups. Marie a beau être dégoûtée par le spectacle d'horreur, elle ne ressent pas de peine. Car elle connaît l'homme qui gît là. Ce qu'il a fait. Les surnoms qu'on lui a donnés au fil des années : le Président des ombres, le Chuchoteur… Miroslav Horvat méritait de mourir. Mais pas maintenant. Pas avant qu'elle n'ait terminé son enquête, que la justice ne le punisse. Un an de travail qui tombe à l'eau. Un an à sillonner l'Europe, à dormir dans des hôtels cafardeux, à manger seule dans des restaurants vides. Un an à parler avec sa fille et son mari par écrans interposés. « Je ne pourrai pas rentrer aujourd'hui. » Une phrase répétée tant de fois. Un an à vivre en pointillés…

À la fin du mois, Europol et la police anglaise avaient prévu d'interpeller Miroslav Horvat pour extorsion, blanchiment et corruption publique. Mais quelqu'un lui a réglé son compte avant. Qui a pu commanditer l'assassinat de l'oligarque ? Un homme politique d'Europe de l'Est craignant de voir ses relations avec Horvat exposées au grand jour ? La mafia russe qui aurait appris qu'une enquête était en cours ? Une des sociétés d'hydrocarbures avec lesquelles il était en affaires ? Il pourrait même s'agir des services secrets américains auxquels Horvat a rendu des « services » dans les années 1980, en Afrique. Tout est possible.

Jansen reste à l'écart. En tant qu'agent de liaison d'Europol, elle sait quelle est sa place. Ce n'est pas son enquête. Elle n'est qu'une intermédiaire, tout juste tolérée ici. Heureusement, l'inspecteur Yuvraj Sandhu, son contact à Londres depuis le début de l'enquête « Deimos », a insisté auprès des responsables de la Metropolitan Police pour qu'elle puisse être présente ce matin. Il a envoyé un véhicule la chercher à l'aéroport, alors qu'elle s'apprêtait à rentrer à La Haye. Marie entend bien les discussions des policiers anglais sur son passage. « Qu'est-ce qu'elle fait ici, la froggy ? » « C'est une bureaucrate d'Europol. » « Encore une scribouillarde qui vient nous faire la leçon. » Jansen a l'habitude de ces petites remarques, de ces piques. C'est toujours la même chose. Où qu'elle soit. Ici à Londres, comme à Belgrade, ou Berlin, les flics du cru ont toujours du mal à accepter qu'une autre institution vienne marcher sur leurs plates-bandes. On a beau leur parler de coopération internationale, eux sont persuadés qu'on leur vole leur bébé. Raison de plus pour Marie d'être la plus exemplaire possible. Elle est l'image d'Europol. Et ce n'est pas rien. Être parfaite, tout le temps. Dans sa vie professionnelle, mais aussi personnelle. La grande baie vitrée qui borde la terrasse lui renvoie son image morcelée par les coulées de pluie. Ses cheveux de jais tirés en arrière. Ce visage effilé, gracieux et un peu dur. Ses yeux d'un noir profond. La femme lisse son chignon détrempé. Ne jamais rien laisser dépasser. Enterrer ses failles, ses fêlures, bien au fond, sous une bonne couche de maquillage. « Et si tu acceptais que ça ne va pas,

Marie ? » Les paroles de son mari, Willem, remontent en elle. Elle ne l'a pas encore prévenu de son retour décalé. Willem est de garde à l'hôpital ce week-end. Elle tape un texto rapide, hésite à ajouter un « tu me manques » puis se résigne et envoie le message.

La jeune femme jette un œil vers Yuvraj. L'inspecteur de la Met termine d'interroger l'employée de maison qui a découvert le cadavre aux aurores. Marie doit encore patienter. Son attention est attirée par l'inscription sur la baie vitrée. « *Chè la mia ferita sia murtale.* » Flashs. Des bobbies s'efforcent de prendre des photos avant que les six mots ne soient rendus illisibles par le crachin. Les lettres rouges, déjà, dégoulinent sur le verre. Une phrase gravée avec du sang. Celui d'Horvat, sans aucun doute. Six mots qu'elle est certainement la seule à comprendre. Elle doit en parler à Sandhu, dès qu'il aura une minute. Mais Marie doit trouver les bons mots. Ceux qui n'entraîneront pas trop de questions du sikh, souvent curieux.

Une rigole d'eau carmin s'écoule du mot « *murtale* ». Marie réprime un frisson. Elle n'a pas l'habitude du terrain. Les scènes de crime, ce n'est pas son truc. Ce qu'elle aime, c'est étudier, analyser, chercher dans les rapports de police, les écoutes, les relevés bancaires, ces recoupements que d'autres n'ont pu faire. Ordonner le chaos. Plutôt qu'attendre sous la pluie, l'agent d'Europol retourne à l'intérieur de l'appartement. Ici aussi, ça s'agite dans tous les sens. Gants aux mains et sur-chaussures aux pieds, une dizaine d'agents du Metropolitan Laboratory opèrent des prélèvements sur les meubles, les poignées… Marie veut vérifier quelque chose. Elle contourne les cavaliers jaunes qui marquent les empreintes de pas laissées par le tueur et retourne dans le corridor rouge qu'elle a emprunté plus tôt. Là où elle a pu observer cette étrange collection. Ici, sous cloche, une dizaine d'objets, sans lien apparent : un verre de vin brisé, une paire de clés de voiture carbonisées, un portefeuille taché de sang, quatre douilles de balles de gros calibre, un colis entrouvert… Au bout du couloir, l'une des vitrines a été brisée et son contenu subtilisé. Un agent achève de passer un plumeau sur les éclats de verre pour tenter d'y déceler d'éventuelles empreintes. Qu'y avait-il de si important ici ? Peut-être la femme de chambre, qui a retrouvé le cadavre, se le rappellera ? Comme semblent l'attester les traces de semelles ensanglantées laissées sur le marbre, l'assassin d'Horvat, après lui avoir ôté la vie, est entré dans l'appartement pour venir dérober quelque chose. Marie vérifie dans les notes de son téléphone portable. Elle connaît la vie de Miroslav Horvat sur le bout des doigts, mais elle se doit d'être précise. Ces douilles… Le 12 avril 2004, à Sofia, Horvat survit à une tentative d'assassinat à la sortie de son jet privé. Quatre balles impactent la carlingue de l'engin où il s'est retranché in extremis. Ça pourrait coller. Ces clés de voiture… Le 8 février 2013, en Russie, l'Aston Martin du milliardaire explose juste avant qu'il n'y pénètre. Et si c'était cela, précisément, le sens de ces objets ? Des reliques. De toutes ces fois où on a attenté à la vie de l'homme d'affaires.

Enfin, Yuvraj revient vers elle. Parmi tous ces intermédiaires durant cette enquête, le flic sikh est de loin celui auquel elle s'est le plus attachée. C'est d'abord son apparence qui l'a marquée : cette barbe noire parfaitement taillée, son turban, bien sûr, impeccablement enroulé sur ses cheveux. Et il y a ce sourire, entier, sincère, cette bienveillance qui transparaît par chacun de ses pores.

— Désolé de vous avoir fait attendre, Marie. C'est la folie ici.

— Aucun problème. Qu'est-ce que vous pouvez me dire, Yuvraj ?

— Horvat a été agressé sur sa terrasse, aux alentours de 2, 3 heures du matin. Il a reçu douze coups de couteau. D'après la scientifique, la mort aurait été causée par égorgement. L'assassin se serait ensuite acharné sur le corps avec de nouvelles lacérations.

— Et cette corde retrouvée le long de la façade ?

— L'assassin avait bien préparé son coup. Dans le parking de l'immeuble, mes gars ont retrouvé un homme bâillonné et attaché à l'intérieur d'une camionnette de Goclean, la compagnie chargée du nettoyage de l'immeuble. Le meurtrier lui a volé hier soir son passe donnant accès au toit du building. Il a certainement attendu là-haut le retour du milliardaire.

— Le type de l'équipe de nettoyage se souvient-il d'un détail quelconque ?

— Pas grand-chose. Juste qu'hier, aux alentours de 19 heures, une silhouette a émergé entre deux voitures et a foncé sur lui alors qu'il retournait à sa camionnette. Puis, c'est le noir. Il a certainement été endormi.

— La femme de chambre, que vous a-t-elle raconté ?

— Elle est sous le choc, vous imaginez. Elle a encore du mal à mettre des mots sur tout ça. Elle m'a expliqué avoir découvert le cadavre à son arrivée à 7 heures du matin, sur la terrasse. L'assassin avait filé depuis longtemps.

— Et Vasile Dragan, l'homme de main d'Horvat ?

— Volatilisé. La femme de ménage l'a prévenu, après avoir appelé la police. Il aurait ensuite pris la fuite. J'ai déjà lancé un avis de recherche et l'ai transféré aux autorités aéroportuaires et ferroviaires.

— Bien. On doit impérativement le localiser. Il sait certainement quelque chose. De mon côté, j'ai réfléchi à ce vol dans la vitrine. J'ai peut-être une idée.

Marie prend quelques instants pour lui expliquer sa théorie. Après s'être lissé la barbe, Yuvraj acquiesce.

— Ça se tient. Je reparlerai à la femme de ménage de cette galerie bizarre. Il faut aussi qu'on fasse traduire cette inscription sur la baie vitrée.

— Pas la peine, je sais ce que ça signifie… C'est du corse.

— Du corse ? Vous parlez cette langue ?

— J'ai grandi là-bas. Ces six mots, « *Chè la mia ferita sia murtale* », pourraient se traduire ainsi : Que ma blessure soit mortelle.

— Vous aviez déjà entendu cette expression ?

— Non, jamais.

— Pourquoi du corse ?

— Je ne sais pas. Ça n'a aucun sens. À ma connaissance, Horvat n'a aucun lien établi avec l'île…

— Quel merdier… Et dire qu'on y était presque. Horvat allait bientôt tomber. Je suis désolé pour vous, Marie. Tout ce boulot qui part en fumée.

— Je ne baisse pas encore les bras. Il faut qu'on retrouve celui ou ceux qui ont fait ça à Horvat. Notre enquête continue.

La présence de Yuvraj est requise par l'équipe des forensiques. À nouveau seule, Marie a soudain du mal à respirer. Elle sait bien que la procédure le lui interdit, mais elle s'assoit sur un des fauteuils du salon. Juste une minute, pour reprendre son souffle, se dit-elle.

Chè la mia ferita sia murtale. Que ma blessure soit mortelle… Les mots dansent dans sa tête. Une langue qui la ramène loin en arrière, en des terres, un passé qu'elle pensait avoir laissés derrière elle.

3

25 juin 1993
Le Pradet, France

Ici, on l'appelle le Taiseux.

Ange Biasini a beau s'être installé au Pradet, petit village tranquille du Var, depuis trois ans maintenant, en ce début d'été 1993 il reste encore une énigme pour ses habitants. En tendant l'oreille, on peut, au détour d'une conversation, surprendre quelques mots à son sujet. Souvent, on commence par dire que c'est un gars sympathique, qu'il mène bien sa barque avec son club de plongée, installé au port des Oursinières. Qu'il s'en sort, malgré les difficultés. Et puis, il y a ces questions, ces paroles qui restent en suspens. « Il est discret… Un peu trop » ; « Son comportement est bizarre » ; « Il ne parle jamais de son passé ».

En réalité, personne ne connaît vraiment Ange Biasini.

Souvent, juste avant qu'il n'aille ouvrir le club, Ange vient prendre un café au *Marigny*, sur la place du village. Il n'a pas fallu longtemps aux habitués pour se rendre compte que l'homme s'asseyait systématiquement à la même table, à l'arrière de la salle, là où les ventilateurs ne portent pas. Quand bien même le soleil cogne fort, que l'air vous colle à la peau. Le propriétaire, M. Guy, a bien tenté, au début, de lui proposer de s'installer en terrasse, au frais, mais Ange, lui, préfère les ombres. L'homme reste ainsi une poignée de minutes, à feuilleter un journal. Seul, toujours. Puis, il dépose sa monnaie sur le comptoir, salue de sa casquette usée et s'éloigne sans un mot. Parfois, les clients remarquent qu'Ange a un étrange rituel avec sa vieille jeep, un tas de ferraille plus qu'autre chose, avant d'y embarquer. Il en fait le tour, se baisse pour regarder sous la calandre. Pourquoi ? Personne ne le sait. Sur la place Paul-Flamencq, une fois qu'Ange a démarré son véhicule, les chuchotements reprennent. Ange, lui, laisse faire. Il a l'habitude. Ça a toujours été comme ça. Les silences en sa présence. Les murmures quand il s'éloigne. Sauf qu'ici, il n'y a pas la même peur dans leur regard.

Ange ne parle pas. Toute sa vie, on lui a appris à se taire, à changer de sujet. Une existence de secrets. Parfois, le samedi, de retour de sa dernière sortie en mer, il lui arrive d'accompagner quelques touristes boire un verre au *Live*, le bar du port… Pour lui, les rencontres y sont faciles. Ange a quelque chose, un magnétisme. Des cheveux bruns mi-longs, une barbe qui lui mange le visage, un nez cassé. Une peau tannée par le soleil et les épreuves. Des yeux noirs, toujours plissés, encadrés par des cernes épais et des sourcils charbonneux. Un regard qui ne fixe pas trop, qui est ici et toujours un peu ailleurs. L'homme a une silhouette trapue, comme s'il était las, usé. Il y a aussi la douceur, surprenante, de sa voix. Quand il parle, c'est le monde autour qui se tait un peu. Ange plaît, il le sait. Mais il n'en profite pas. Des histoires sans lendemain. Toujours avec des femmes de passage. Pour ne jamais avoir à baisser la garde. Car il connaît les risques : le verre de trop, la complicité qui naît, la confidence qu'il regrettera. Ange est condamné à la solitude.

On a remarqué, bien entendu, son accent, tranché, traînant, facilement identifiable. Il ne peut pas s'en cacher. Ange le concède, il vient de Corse, du nord, de la Balagne. Mais il n'ajoute rien. À ceux qui commencent à lui parler de son pays, il répond, souvent : « C'est une belle île, oui… Mais ça reste une île. Et j'en ai fait le tour. »

Ce soir encore, Ange a du mal à trouver le sommeil. Depuis quelques années, il ne dort plus beaucoup. Jamais plus de quatre, cinq heures par nuit. Trop de choses qui tournent. Ces souvenirs qui ne l'abandonnent jamais. Ce qu'il a fait, ce qu'il aurait dû faire. Après avoir vérifié que personne ne surveille la maisonnette qu'il loue sur l'avenue du port, le trentenaire sort sur sa terrasse, s'installe sur une chaise en plastique et laisse la nuit l'envahir. Finira-t-elle par s'effacer ? Cette peur qui le ronge de l'intérieur ? Il est devenu comme son père. Pire que lui, peut-être.

Une voiture remonte la route, vitres ouvertes, laissant flotter des échos de musique, des éclats de rire. Des jeunes qui, après avoir fait la fête dans les bars du bord de mer, iront continuer leur nuit en discothèque. Ange se demande souvent comment c'est d'être normal.

Lui aussi observe les habitants du Pradet. Il envie leur existence faite de petites contrariétés, la douce monotonie de leur quotidien. Derrière son journal, au café, il écoute les piliers de comptoir se plaindre inlassablement des mêmes choses : trop de chaleur, trop de vent, trop de touristes… Il s'amuse des commerçants qui obéissent, chaque matin, aux mêmes ritournelles. Le libraire qui peine à sortir son présentoir de cartes postales usées. La pharmacienne, systématiquement en retard, qui court, en équilibre fragile sur ses hauts talons. Une vie normale… Ange n'a jamais rien connu de tel. Malgré le temps qui file et l'éloigne de son passé, il conserve ses anciens réflexes. Se méfier de tout. Tout le temps. Ne jamais prendre deux fois le même itinéraire pour rentrer chez lui. Ne pas ouvrir son club aux mêmes heures. Ne jamais se trouver dos à une porte dans un restaurant. Pourtant, il rêverait de pouvoir se laisser aller, lâcher prise. Ne serait-ce qu'un jour. Une heure.

Une sirène de police. Un véhicule dévale l'avenue vers la plage. Par réflexe, Ange a un mouvement de recul. Mais l'engin dépasse sa maison et poursuit sa course. Une minute plus tard, c'est un camion de pompiers qui passe en trombe. Une odeur commence à flotter dans l'air. Ange se lève, prend appui sur la rambarde, en alerte. En contrebas, en bord de mer, il distingue un éclat de lumière orangée. Ange doit en avoir le cœur net. Il embarque dans sa jeep et, en quelques coups d'accélérateur, arrive au port des Oursinières. C'est un incendie. Déjà, de hautes flammes s'élèvent dans le ciel obscur. Les policiers installent des barrières de sécurité. Deux, trois habitants, encore endormis, sortent de chez eux, plus curieux qu'inquiets. Ange joue des coudes.

Il doit voir. Être sûr. Une infime part de son esprit tente encore de se convaincre que ça n'a rien à voir avec lui. Mais, au fond, il sait.

Il profite du fait qu'un flic ait le dos tourné pour franchir la barrière et avancer vers la fournaise. L'incendie a pris, là-bas, au bout du port. Plus de doute. Le petit bâtiment en parpaings, bois et tôles, en proie aux flammes, c'est son club de plongée. Le panneau en devanture, « Mare Plongée », est déjà illisible. Les banquettes, faites à partir de palettes, qu'il avait placées à l'avant sont déjà carbonisées. Les pompiers sont en train de dérouler leurs lances à incendie. Mais ils prennent trop de temps. Bientôt, il ne restera plus rien. À l'intérieur, le propriétaire du club a laissé ses économies, une enveloppe contenant près de 8 000 francs. Somme qui devait lui permettre d'acheter du nouveau matériel pour la saison estivale.

Une phrase lui revient. « À la fin, il ne reste que des cendres. » Son père disait ça quand il regardait les flammes dans le grand four en métal corrodé, à l'arrière de la ferme abandonnée de la route de Casanile. Là où il faisait disparaître les corps de ses ennemis. Que des cendres…

Ce feu, cet incendie. Ça ne peut pas être un hasard. Ce sont eux. Ils l'ont retrouvé.

Il ne peut pas tout perdre. Sa vie commençait à enfin avoir un sens, à lui appartenir. Sans hésiter, Ange se rue vers la géhenne. Un pompier tente de l'en empêcher, mais il le repousse, pris de folie. D'un coup de pied puissant, il envoie valdinguer la porte d'entrée. Un geyser de flammes manque de lui cramer le visage. Ange recule, in extremis. Après avoir pris une grande aspiration, il se couvre le visage et entre. L'argent. Il n'y a que ça qui compte. Mettre la main dessus et ressortir aussi vite. Les flammes dansent autour de lui. Il traverse la première pièce, où est entreposé le gros du matériel. De chaque côté sont suspendues les bouteilles de plongée. Plus loin, le compresseur. Autant de grenades dégoupillées. Avec la chaleur, tout pourrait exploser d'une seconde à l'autre. Ange accède au vestiaire. Ici, les combinaisons suspendues à des cintres, en hauteur, sont dévorées par le feu. On dirait des silhouettes de démons qui ondulent en une gigue macabre. Et cette odeur de caoutchouc brûlé qui lui arrache la gorge. Ange sent autre chose aussi. L'essence. Ça confirme son hypothèse. Ce n'est pas un accident.

Il se tapit au sol et progresse, à quatre pattes, sous les combinaisons enflammées. L'une se détache, lui tombe sur les jambes. Son jean le protège de la morsure de la brûlure. Il s'agite pour repousser la toile incandescente. Là-bas, à l'angle de la pièce, il y a l'extincteur que lui avait laissé Tony, l'ancien propriétaire. Il s'en saisit, tente de l'activer mais une bouillie de mousse s'en échappe. Inutilisable. Il aurait dû en racheter un. Mais il avait tant de choses à penser. Autour de lui, l'incendie produit un vacarme assourdissant. On croirait le bâtiment mâché par une bouche de feu. Ça craque, ça grince, ça hurle de partout.

L'air est irrespirable. Ange tousse à chaque nouvelle bouffée d'air. Une idée. Il attrape un bloc de plongée qu'il finissait de réviser sur son établi, le tire à lui, et, à genoux, enfile le harnais et se colle le détendeur dans la bouche. Ça va mieux. Il vérifie le manomètre. Le cadran est dans le rouge, en réserve de sécurité, sous les 50 bars. Il reste très peu d'air comprimé disponible. Cinq minutes, tout au plus. Faire vite. Ange perçoit des cris à l'extérieur. On lui hurle de sortir, que c'est trop dangereux. Mais il doit continuer.

La porte de son bureau est là. Il tente d'en tourner la poignée, brûlante, qui lui déchire la paume. Mais la porte s'entrouvre. Son bureau en métal a été un peu protégé de l'incendie. Il peut y arriver, il y est presque. Ici, dans ce tiroir, c'est là qu'il a rangé son enveloppe. La chaleur est insoutenable. Il aurait envie d'arracher ses vêtements. Alors qu'il n'est plus qu'à un mètre du meuble, dans un craquement terrible, une poutre cède et entraîne l'effondrement d'une partie du toit. Ange est plaqué à terre par le choc, sous une tôle d'acier. Il essaie de s'en dégager, mais, dans son dos, quelque chose le retient. L'une des sangles de son harnais s'est prise dans un clou rouillé de la charpente. Il se démène pour retirer le gilet. Mais le poids du métal entrave ses mouvements. Ses mains cherchent où s'agripper. Les flammes, tout autour, se répandent, s'immiscent dans la moindre anfractuosité, grignotent les étagères, consument la paperasse. Bientôt, elles s'en prendront à lui. L'homme suffoque. La bouteille est quasiment vide. S'extraire de cet enfer. Laisser tomber l'argent. Survivre. Il tire, de toutes ses forces, vers l'avant. Une nouvelle bouffée d'air. La réserve est terminée. Il est piégé. Incapable d'avancer, de retirer ce maudit harnais. Ange est aveuglé. Du rouge, partout. Il n'y arrivera pas. « Que des cendres ». Peut-être que son père avait raison. Des voix derrière lui. Puis deux silhouettes massives traversent le mur de flammes et se penchent sur lui. Il est au bord de l'asphyxie. On lui tend un masque.

Il inspire à fond. Il sent qu'on l'extrait des décombres, qu'on lui place une couverture de protection sur le dos pour le sortir du brasier. Ange est de retour à l'air libre. Il a survécu. Encore une fois.

Les heures filent, tandis que le rescapé, sonné, demeure à l'écart, à l'arrière d'une ambulance. Malgré l'insistance des ambulanciers, il a refusé d'être transporté dans un hôpital. Il veut rester là, jusqu'au bout. Voir son avenir partir en fumée. Alors que le soleil commence à pointer derrière le cap Garonne, aux aurores, il ne reste plus rien de son club de plongée. Un tas de ruines carbonisé. Au cours de la nuit, les pompiers, puis les policiers ont bien tenté de lui poser des questions. Il a répondu dans le vague, a botté en touche. « Certainement un court-circuit… ou une prise défaillante. »

Ange rentre chez lui, prend une longue douche. Des rigoles de suie noire dégoulinent de son corps nu et serpentent jusqu'à la bonde. Il crache du charbon. Se lave les cheveux encore et encore. Il s'effondre enfin sur son lit, perclus de fatigue, et s'endort.

11 heures. La sonnerie de son téléphone le réveille. Il se traîne jusqu'au salon et décroche le combiné. À l'autre bout du fil, une voix qu'il reconnaît instantanément. Celle de son frère.

— Ange, c'est moi. Théo.

— Comment as-tu obtenu mon numéro ?

— Ça n'a pas été difficile de te retrouver. Je savais où tu te planquais depuis longtemps. Tu as toujours dit qu'un jour tu ouvrirais un club de plongée. Et je savais que tu ne quitterais jamais la Méditerranée. Je n'avais qu'à chercher. Jusqu'à maintenant, je te laissais faire ta vie, frère. Je respectais ton choix de nous avoir quittés. Mais il y a eu un problème, cette nuit.

— On ne cause pas sur cette ligne. Donne-moi ton numéro, je te rappelle.

Après s'être habillé à la hâte, Ange se rend dans le centre-ville. En face de la mairie, il trouve une cabine téléphonique.

— Ange, on a été attaqués cette nuit. On a mitraillé la maison.

— Maman n'a rien ?

— Non. Mais elle est sous le choc. Elle pensait que tout ça, c'était fini.

— Ici aussi, il s'est passé quelque chose. Quelqu'un a fait brûler mon club de plongée.

— Merde. Je suis désolé.

La voix de Théo a changé. Elle n'a plus la même légèreté qu'avant. Elle est plus âpre, plus sèche. Ça fait trois ans, depuis son départ, qu'Ange n'a pas pris de nouvelles. Il sait bien que Théo a plongé et passé un an à la prison Sainte-Claire, à Bastia.

— Tu sais qui est derrière tout ça, Théo ?

— C'est Venturi. Je lui dois pas mal d'argent. 200 000 balles. Un placement immobilier qui a capoté. L'État a mis son nez dedans. J'ai tout perdu. Je lui ai demandé de me laisser un peu de temps. Mais il s'impatiente. C'est un avertissement. Pour que je lui rembourse, et vite.

— Ce n'est pas mon problème. Débrouille-toi.

— Ange, j'ai besoin de toi. Je suis sur un gros truc. Une série de braquages. Du jamais-vu. Ça pourrait rapporter très gros. Mais pour y arriver, il faut que tu sois avec nous. Personne d'autre ne peut m'aider. Si tu ne reviens pas, je ne sais pas comment ça va se terminer.

Ange ferme les yeux. Des images remontent. Théo et lui, gamins, avec Dumè et Fred, les quatre inséparables, le gang des Biasini, qui slaloment entre les citronniers alors que le vieux Mattei les course en hurlant « *Cristacciu* ! Foutez le camp de chez moi ! », son fusil à la main. Eux comme lui savent que ça recommencera dès le mercredi suivant, quand ils reviendront chercher le prétendu trésor que le vieillard aurait planqué dans sa cave. Eux comme lui savent que le père Mattei ne leur tirera jamais dessus, parce qu'au fond, il aime bien ça, leur foutre la pétoche. Pour les quatre, la vie est encore un jeu. Leurs baskets foulent le sol ocre. Les chardons dans les chaussettes, les griffures sur les jambes. Les rêves plein la caboche. Puis, d'autres images, plus récentes, se superposent. Son père, les yeux injectés de sang, qui lui braque un pistolet au visage. Avant que tout ne bascule. Les coups qu'il donne. Ses mains meurtries à force de frapper. Un visage qui n'est plus qu'un amas de chair.

— C'est derrière moi tout ça. Je ne reviendrai pas en Corse.

— Mais il y a Maman. Ils pourraient s'en prendre à elle. Tu ne peux pas nous abandonner.

— C'est fini, je te dis.

— Attends… Si tu rentres, je te dirai qui a tué Papa. J'ai fini par découvrir qui est derrière son assassinat. On pourra se venger, tous les deux. Une fois qu'on aura fini nos coups.

Orso Biasini, leur père, était le parrain du clan du Mistral, qui régnait sur la partie nord de l'île. Le groupe devait son nom au bar où ses membres se réunissaient sur le port de Bastia. Orso a été retrouvé mort, exécuté par balles, un an après qu'Ange a quitté la Corse. On n'a jamais su qui avait fait ça. Trop d'ennemis, trop de suspects. L'enquête a été bouclée vite fait. Sa mort arrangeait bien les flics. Elle arrangeait tout le monde.

— Ça ne change rien. Laisse-moi tranquille. Règle tes problèmes et ne me mêle plus à tes galères. Ne me rappelle pas, Théo. Jamais.

Ange raccroche mais garde le combiné en main. Sans en être conscient, il se met à fracasser l'écouteur gris sur le crochet de connexion en métal. Des passants, de retour du marché, le regardent, interdits. Le passé ne l'abandonnera jamais.

4

5 décembre 2019
La Haye, Pays-Bas

Pour pénétrer dans le siège d'Europol à La Haye, les employés doivent franchir une interminable série de contrôles de sécurité, supporter l'œil inquisiteur de centaines de caméras qui les filment en permanence. À force, certains ressentent de l'agacement, voire même une forme d'angoisse. L'impression d'être enfermés dans un bunker d'acier et de béton, quasiment une prison, dont il serait aussi difficile de sortir que d'y entrer. Pour ces agents, cette obsession sécuritaire d'Europol tient de la paranoïa. On peste contre ces passes biométriques qu'il faut valider pour ouvrir la moindre porte. Marie, au contraire, est convaincue qu'ici, enfin, elle a trouvé sa place. Entre ces murs, elle se sent bien. Protégée. Cette vie, cette ville étaient faites pour elle. Tout est sous contrôle. Ordonné. Fonctionnel.

Le bâtiment d'Europol est le plus sécurisé d'Europe. De l'extérieur, en approchant du 73 de l'avenue Eisenhowerlaan, c'est son architecture monolithique qui frappe.

On a l'impression de découvrir un temple minéral, quatre blocs verticaux posés sur une énorme plateforme horizontale. L'immeuble est surnommé L'Arche. Pas uniquement pour son esthétique, mais aussi pour ce qui s'y joue. Car, à l'intérieur, plus de 1 200 employés sont réunis, originaires des 27 États membres et des pays partenaires. Autant de cultures, d'existences qui se mêlent et cohabitent. Marie aime ça, le vit intensément. D'après elle, ce qui réunit ces policiers, ces analystes, ces avocats, c'est l'envie de coopérer pour tenter de changer les choses. Stopper ceux qui, depuis trop longtemps, profitent des failles du système, des tensions entre États, pour se développer. Les malfaiteurs n'ont pas attendu Europol pour dépasser les frontières et mettre en place des structures tentaculaires. Il fallait une réponse à la hauteur. Europol entend jouer ce rôle. Mais comment faire face ? L'agence, certes puissante, est jeune, et n'existe que depuis 1999. Contre des organisations dont les ombres s'étendent depuis parfois plus d'un demi-siècle.

Marie arrive dans l'atrium, le vaste patio central. Des éclats de rire s'élèvent de l'un des restaurants. Tout est bon pour relâcher la pression. Nombreux sont ceux qui travaillent sur des dossiers sensibles, creusant chaque jour dans ce que l'humain a de plus terrible. Notamment ses collègues qui officient au EC3, la cellule dédiée à la cybercriminalité. Ils enquêtent sur les réseaux de pédocriminels qui pullulent sur la Toile, passent leurs journées à éplucher des milliers de vidéos et photos trouvées sur le Net. Ils cherchent, dans le moindre pixel, un indice permettant de localiser et piéger les prédateurs. Pour cela, il faut être capable de regarder l'horreur en face. Des images de gamins dénudés, maltraités, abusés… Et que dire des équipes du contre-terrorisme, et des années qu'ils viennent de traverser ? Jansen se rappelle, évidemment, ces nombreuses fois où les employés d'Europol ont dû se réunir dans l'atrium pour observer une minute de silence. Au cours de sa première année, en 2015, elle avait l'impression que ça recommençait sans cesse. Elle se souvient de ces agents qu'elle a vus craquer et fondre en larmes, seuls, devant leur assiette, dans le réfectoire. Marie n'est pas certaine qu'elle aurait pu supporter une telle charge de stress. C'est pour cela qu'elle a choisi d'intégrer, il y a trois ans, le département des opérations de l'ESOCC, chargé de la surveillance et de la répression du crime organisé. Des dossiers complexes, certes, mais où son rôle se limiterait, pensait-elle, à ce qu'elle savait faire le mieux : analyser des données financières et jouer les intermédiaires auprès des polices locales… Depuis deux ans, Marie est ainsi à la tête de l'équipe Ops 4, une des nombreuses cellules opérationnelles. Par groupes de trois, un analyste et deux agents de liaison, ils coordonnent une enquête internationale, travaillant main dans la main avec les autorités des pays concernés. Leur cible : Miroslav Horvat. Pour bâtir son empire, cet industriel serbe a toujours recouru à l'intimidation, à la corruption et au blanchiment d'argent, tout en tissant des liens étroits avec les différentes mafias d'Europe. Un opportuniste qui a su profiter des guerres fratricides entre certains pays de l'Est pour s'enrichir, toujours plus. Bref, pour Europol, Horvat est une High Value Target, une cible prioritaire. Le faire tomber, c'est briser un des maillons du crime organisé européen.

Avec le dossier Horvat, Marie a dû, bien malgré elle, plonger tête la première dans les ténèbres. Tout a commencé par un courrier anonyme, envoyé à son unité. À l'intérieur, des copies de relevés bancaires des sociétés Theta Invest, provenant de comptes offshore. En consultant ces documents, la jeune femme n'imaginait pas que cette affaire l'entraînerait en de tels territoires. Ces photos de cadavres, d'hommes et de femmes retrouvés à travers l'Europe, qui hantent ses nuits. Au printemps 2015, un journaliste de l'*Informer*, un quotidien serbe, abattu de trois balles à Zrenjanin, parce qu'il s'apprêtait à révéler l'existence des dessous de table dans le rachat d'une entreprise par le groupe d'Horvat. En 2018, une ancienne maîtresse retrouvée « suicidée » en s'ouvrant les veines dans sa chambre d'hôtel, à Madrid. Tant d'autres encore... Tous ont eu le malheur de croiser la route du magnat. Avec le milliardaire serbe, plus elle creusait, plus elle mettait au jour de nouvelles atrocités. Ce n'est pas un hasard si elle avait choisi le code « Deimos » pour cette opération. En écho à la fascination d'Horvat pour la Grèce antique, elle avait cherché un nom de divinité. Et qui d'autre que le dieu de la terreur pour personnifier l'oligarque. Deimos... un cryptonyme comme un avertissement. Pour que toutes celles et tous ceux qui travaillaient sur le dossier ne perdent jamais de vue à qui ils avaient affaire.

Ces derniers mois, à plusieurs reprises, Marie a failli tout abandonner. Mais elle a pu compter sur ses deux jeunes collègues, Juan, ancien membre de la police espagnole, fraîche recrue d'Europol qui, après deux ans à Interpol, les a rejoint à La Haye, et Sóley, leur analyste, une brillante informaticienne islandaise. La glace et le feu… Mais pas comme on pourrait s'y attendre. Juan, malgré ses racines méditerranéennes, est un homme assez froid. Ses costumes toujours un peu trop cintrés, ses lunettes fines, en aluminium, qui glissent sur son nez aquilin. La mâchoire serrée, le sourire rare. Il a fallu du temps à Marie avant de l'apprivoiser, lui faire baisser la garde. Mais aujourd'hui, enfin, Juan est moins sur la défensive. Sóley, elle, à l'inverse, est une femme exubérante. Qui a la fâcheuse habitude de dire tout ce qui lui passe par la tête, tout le temps. C'est ce qui fait son charme et son principal défaut. Combien de fois Marie a-t-elle dû se dépatouiller en réunion, après une sortie dont l'Islandaise a le secret : « Vous êtes trop vieux pour comprendre de quoi je parle », lancé à Andrei Lina, le numéro 3 de l'agence, ou « Tant que ce type n'aura pas pris un chewing-gum, je ne continuerai pas mon topo », craché à un des dirigeants de la police allemande. Sóley ne fait pas semblant, jamais. Toujours vêtue de couleurs criardes, ses cheveux aux mèches teintées de violet, ses yeux verts malicieux, ses oreilles couvertes de piercing sont une déclaration. Pour qu'on l'accepte telle qu'elle est. La jeune femme dévore la vie. Elle aime les hommes, ne s'en cache pas, les filles, aussi, parfois. Enchaîne les aventures d'un soir, même si elle répète à qui veut l'entendre qu'elle cherche une histoire « sérieuse ». Marie est convaincue que Juan et Sóley ressentent de l'attirance l'un pour l'autre. Il y a de l'électricité dans l'air, un lien fort entre eux. Sans cesse, ils se cherchent, se taclent. Juan la surnomme Data, Sóley l'appelle Jamón… Juan résiste encore, pour le moment, au charme incandescent de l'Islandaise.

Marie, elle, spectatrice, les observe s'agiter dans leur ballet de séduction. Elle les envie un peu. Elle n'a jamais eu cette fameuse boule au ventre dont on parle dans les livres, les films. Donner le change, elle sait faire. Mais au fond d'elle, elle a parfois la sensation que son cœur est éteint. Une pierre grise et lourde. Ce soir, Willem, son mari, a prévu un dîner à la maison, avec ses collègues de l'hôpital. Il y aura toujours les mêmes têtes. Bartel et Anke, le couple d'anesthésistes, Luuk, le chirurgien, et sa femme invisible, Marja. On boira du corton-charlemagne à 200 euros la bouteille en répétant que les temps sont durs. Qu'il y a trop de taxes, trop de tout. On aura cette fausse commisération pour un monde qu'on ne comprend pas. Les amis de son mari s'émerveilleront devant leur charmante fille, Romy. On aura les mêmes phrases… « C'est fou ce qu'elle grandit » ; « C'est le portrait de sa mère »… Willem, comme d'habitude, aura une phrase toute faite : « C'est le plus beau cadeau que la vie nous ait fait. » En cet instant, Marie serrera son verre un peu trop fort. Un manège qu'elle ne connaît que trop bien. Il faudra mimer le bonheur. Sourire. Ne pas trop se cambrer quand son conjoint lui passera la main dans le dos. L'alcool aidant, quand ils iront se coucher, peut-être tentera-t-il quelque chose. « Ça fait longtemps, Marie. » Elle le repoussera tendrement. « Pas ce soir. » Ça fait quatre ans qu'ils n'ont quasiment plus de vie sexuelle. Depuis la naissance de la petite. C'est peut-être de sa faute, elle ne sait pas. Marie n'a plus vraiment d'envie. Elle pensait que l'arrivée de Romy dans leur vie rallumerait quelque chose en elle, cette lumière qui lui manque. Ça n'a pas été le cas. Au contraire.

14 h 30. Jansen, par habitude, se connecte au réseau de caméras miniatures qui quadrille sa maison,

dissimulées sur des étagères, entre des livres… Son mari n'est pas au courant qu'elle a fait installer ces petits appareils chez eux. L'image est de piètre qualité, en noir et blanc, mais ça ne la dérange pas. Marie, au départ, s'était convaincue que c'était pour garder un lien, ne pas souffrir d'être trop éloignée de son enfant. Depuis, elle ne sait plus vraiment. Peut-être est-ce parce que la jeune femme a parfois la sensation d'être suivie, observée. Cette voiture qui démarre quand elle quitte son domicile, cette silhouette qui traîne en bas de son bureau… La Française le sait, travailler dans de telles conditions de sécurité peut rendre paranoïaque. Alors, elle évite de se poser trop de questions. Plusieurs fois par jour, qu'elle soit à La Haye ou en déplacement à l'étranger, elle a ainsi pris l'habitude d'observer sa fille pendant de longues minutes. La petite est en train de jouer dans le salon avec Anouk, la nourrice. Elles font de la pâte à modeler. Romy s'en met au-dessus des lèvres, mimant une moustache. Le rire d'Anouk, si communicatif, si vrai. Leur complicité à toutes les deux. Marie attrape des trombones dans un pot et les triture, les tord. Pourquoi n'est-elle pas comme ça ? D'un clic sec sur sa souris, l'agent Jansen ferme la fenêtre et revient aux documents qui tapissent son bureau.

Depuis cinq jours, Marie et son équipe ont repris de fond en comble le dossier sur Miroslav Horvat pour y découvrir une piste sur les commanditaires de son assassinat. Juan dépiaute les rendez-vous mentionnés dans l'agenda du milliardaire, retrouvé à son domicile, et dont des copies ont été transférées par la Met. Il analyse le moindre nom, numéro de téléphone. Sóley, elle, a lancé diverses recherches dans les multiples bases de données d'analyse criminelle à sa disposition, le ViCLAS créé par les Canadiens et démocratisé dans de nombreux pays, le CRIS anglais, le TAJ français… pour vérifier si un crime similaire aurait déjà été commis en Europe ou dans le reste du monde.

Marie, elle, n'a d'autre choix que de suivre la piste corse. Après de nombreux échanges avec ses confrères de la police judiciaire française, rien de concret ne semble, pour le moment, relier le milliardaire à l'île. Reste cette étrange inscription. « *Chè la mia ferita sia murtale.* » Que ma blessure soit mortelle. Sur ce sujet, au moins, Marie a progressé. La phrase fait directement écho à la tradition de la vendetta. Ces derniers jours, elle s'est plongée à contre-gré dans l'histoire de son île et a découvert qu'en Corse, la vendetta était une pratique bien loin du folklore qu'on en véhicule. Et nullement liée, à l'origine, au banditisme. La vendetta était une forme d'auto-justice, très codée, qui perdura sur l'île pendant près de cinq siècles, jusqu'à la fin du XIXe siècle. Elle avait pour but de laver une famille d'un affront, après l'assassinat d'un proche, une femme du déshonneur, une promesse rompue ou une condamnation suite à un faux témoignage… Après une période pendant laquelle les proches se recueillaient, les hommes, pères, fils, frères, cousins, parfois accompagnés de femmes, prenaient le maquis et ourdissaient leur vengeance. Cette obligation de revanche pouvait s'étendre dans le temps, sur plusieurs générations. Elle cessait quand il n'y avait plus personne à tuer. La vendetta a pris de l'ampleur en l'absence d'institution juridique claire sur l'île. Les Génois, qui la dominaient alors, n'ont jamais daigné y instaurer une quelconque législation, se contentant de réprimer violemment les insulaires, de tirer le maximum de profit, sans chercher à réellement administrer ces terres. Vendetta… La mort d'Horvat serait donc liée à une histoire de vengeance ? Mais pourquoi, et par qui ? La voix de Juan sort Marie de ses pensées.

— Je viens de finir de contrôler l'agenda d'Horvat. Viens voir.

Jansen rejoint son collègue.

— À la date du 20 décembre, dans quinze jours, il a plusieurs rendez-vous. À première vue, rien de marquant.

Marie déchiffre l'écriture aiguisée du milliardaire. « Déjeuner cabinet d'avocats Stanford & Livell 12 h 30, AG actionnaires Roxcon, 17 h. » Puis, de la pointe de son stylo, Juan indique une annotation en pattes de mouche en bas de page, dans la marge. Quelques mots, à peine lisibles. Marie doit se coller à l'écran pour les déchiffrer. « CHARON. Livraison x 4. Lesbos ».

— Ce qui m'a interpellé, c'est que cette même inscription revient à plusieurs reprises dans son carnet. Le 23 février, le 12 mai, le 6 septembre… en gros, tous les trois mois. Ce sont les mêmes mots, juste le chiffre qui change : x 2 pour février, x 3 pour mai…

— Charon, ça te dit quelque chose ? C'est peut-être le nom d'un de ses contacts ou d'une société ?

— On n'en a jamais entendu parler dans le cadre de l'enquête. C'est peut-être un code ou un pseudonyme ?

Sóley émerge de son ordinateur tout en continuant à pianoter sur son clavier.

— Ne me dites pas que vous ne savez pas à quoi Charon fait référence ?

— Vas-y, Data, sors-nous ta science ! lui répond Juan, sèchement.

— Dans la mythologie grecque, Charon est le passeur des enfers. Il a pour mission de faire traverser le Styx aux âmes des morts. Chaque défunt doit acquitter son droit de passage en laissant une obole, une pièce de monnaie grecque.

— Vaya ! Comment tu sais tout ça, toi ? demande, intrigué, l'Espagnol.

— J'ai fait un master d'histoire ancienne grecque, par correspondance…

Les deux regardent l'Islandaise, interdits. Elle reprend, le sourire aux lèvres.

— Ou peut-être que je sais me servir d'Internet ? Je vais te donner un tuyau, Jamón. Retiens ces six lettres : G-O-O-G-L-E. Ça pourrait t'être utile un de ces jours…

Piqué, Juan embraye.

— Retourne t'enterrer derrière ton ordi, Data. Au moins, moi je fais avancer l'enquête.

— Ça suffit vous deux. Restons concentrés. Le passeur du Styx… On sait qu'Horvat se passionnait pour la Grèce antique. Mais quel rapport avec l'enquête ? Et pourquoi cette mention de Lesbos ? Qu'est-ce qu'on a sur l'île, Juan ?

— Rien de notable. C'est une île qui vit principalement de l'agriculture, de la pêche et du tourisme. Elle a fait un peu l'actualité depuis qu'à Mória, un camp de réfugiés s'est implanté et s'est énormément développé.

— Ça pourrait être important. Il nous reste deux semaines pour savoir qui est ce Charon… et tenter de le choper là-bas.

5

1er juillet 1993
L'Île-Rousse, Corse

Minute après minute, la silhouette crénelée de l'île se fait plus claire, plus précise. Comme un mirage qui prendrait corps. Alors que l'énorme ferry fend la mer, sur la ligne d'horizon se découpe un panorama qu'Ange connaît si bien. Ces arêtes, ces cimes… Il arrive en Corse.

Dans moins d'une heure, il foulera ce sol, à nouveau. L'étrave du monstre d'acier déchire les flots, laissant un manteau d'écume dans son sillage. Plus tôt, il a remarqué quelques poissons volants, des exocets, percer la surface et planer en d'étranges ricochets. Les gamins, autour de lui, ont gesticulé, hurlé de joie devant ce drôle de spectacle, improbable trait d'union entre l'air et l'eau. Ange aussi, aurait aimé sourire. Mais il n'a pas le cœur à ça. Biasini ajuste ses lunettes de soleil. Avec le revêtement blanc de la coque, la réverbération est terrible. Sur le pont avant, les touristes s'agglutinent. On ne veut surtout pas rater l'arrivée. Le ferry de la SNCM commence la valse de ses allées et venues, qui durera tout l'été, pour amener les continentaux vers leur terre promise. Dans son ventre gonflé, sa cale, des centaines de voitures qu'il dégueulera en accostant sur L'Île-Rousse.

Les coudes appuyés sur le garde-corps, Ange observe son île. Une montagne dans la mer. Son oncle Barto répétait souvent cela pour parler de sa terre natale. « Notre île, c'est une montagne dans la mer. Nous ne sommes pas un peuple de marins, mais des montagnards cernés par les eaux. » Ce matin, le libecciu souffle fort. Une de ses rafales emporte les casquettes, fait valser les étoles. Les familles pointent la côte du doigt. On se prend en photo devant ce paysage. Comme on poserait devant un trophée. On y est, enfin. Les vacances. Pour les *pinzuti*, pendant ces quelques jours de congés, l'île leur appartiendra un peu. Ils en reviendront en répétant que la Corse est un lieu magnifique, que tous les paysages de la France y sont réunis en un seul territoire. Ils auront à la fois un peu raison et complètement tort.

« La Corse est une énigme dont personne n'a la clé », Barto, encore, prêtait ces mots à sir Gilbert Eliott, vice-roi de Corse en 1794, mais Ange s'est toujours demandé si son oncle n'avait pas inventé cette phrase. Le frère de son père a toujours aimé rendre les histoires plus belles, plus grandes.

Le Monte Cintu, le Monte d'Oru, la Paglia Orba et le Monte Renosu dessinent la colonne vertébrale d'une bête mythique. Chaque relief forme un nouveau dégradé de bleu, du plus clair au plus foncé, collage de papiers buvards chargés d'encre. Ange soupire. Plus de marche arrière possible.

Le navire n'est qu'à quelques encablures du littoral. La ville de L'Île-Rousse, la promenade de la Marinella, le petit village de Monticello dans les hauteurs, là où il a grandi, se dévoilent. Enfin, l'odeur de son pays vient lui bouffer les narines. Ça sent le machja, le maquis, la terre qui a soif, le myrte, l'arbousier, tout cela enrobé du parfum des immortelles. Ça sent son ancienne vie, les souvenirs enfouis, celui qu'il était, ce qu'il a laissé derrière. Bientôt, Ange reconnaît son arbre. Le vieux genévrier est toujours là. Accroché à l'arête d'une des collines surplombant la ville. Son tronc tordu, penché, son feuillage fragile, battu par les vents. C'est le seul qui se détache ainsi. On le voit à des kilomètres à la ronde. Un sémaphore. Un guide. Depuis qu'il est tout môme, Ange l'a toujours aimé cet arbre. Étrangement, il s'y est un peu identifié. Si ce frêle arbuste avait résisté à tant d'intempéries, lui aussi devait pouvoir tenir le coup, être assez fort. Il lui fallait juste courber l'échine. Ça finirait par s'arranger. Ange a souvent grimpé là-haut pour retrouver son vieux compagnon. Son frère, trop collant, lui demandait : « Tu vas où ? » Lui, répondait : « Te mêle pas. » C'était son endroit. Son rendez-vous. Deux visites ont été très importantes. Une première fois, ado, pour lui présenter celle qu'il aimait. Sur son écorce, ils ont gravé leur initiale : A+N. Puis, beaucoup plus tard, il est retourné dire adieu à son arbre, juste avant de quitter l'île. Sur la crête, il s'est saisi de l'objet qu'il avait apporté, l'a enroulé dans un tissu et enterré au pied du genévrier, dans ses racines entremêlées. Superstitieux, il se disait que peut-être, ainsi, tout prendrait fin. L'appât du sang, la mort et la violence. Il se trompait. Ange est parti, sans regarder en arrière. Il y a trois ans de cela.

Une alerte le ramène au réel. Ange déporte son regard sur la droite. L'homme est là, adossé au bastingage. K-way bleu, lunettes de soleil, casquette Lucky Strike à visière rouge. Il a déjà repéré ce type, à plusieurs reprises, durant la traversée. À l'embarquement, à Toulon. Puis dans la file d'attente quand il commandait un sandwich au snack-bar. Enfin, installé sur le solarium du pont supérieur, il l'a surpris au comptoir de la buvette. Toujours dans son sillage. Pour n'importe qui, ça serait normal, un simple hasard. Le ferry étant loin d'être plein, il est naturel de croiser les mêmes visages. Mais pas pour Ange. Il a passé tant d'années sur ses gardes, qu'il remarque des choses que les autres ne voient pas. Comme un sixième sens. Derrière ses verres fumés, il scrute le type. Des signes qui ne trompent pas. Le bonhomme est le seul à tourner le dos à la vue, sa veste est zippée jusqu'en haut, malgré la chaleur écrasante sur le pont. Et il y a ce renflement, là, sous son aisselle. Un flingue. Ange en est persuadé : ce gars est là pour lui. Est-il mandaté par Venturi pour finir le travail après l'incendie de son club de plongée ? Pour envoyer un nouveau signal à son frère, Théo ? Ou missionné par un autre, au pays, par vengeance ? Peu importe… Si son poursuivant doit tenter quelque chose, c'est maintenant que ça va se jouer. Et Ange est bloqué dans ce cercueil de métal. Sans arme. Depuis trois ans, il se refuse à en porter… Il n'a aucune échappatoire. Le navire ne sera pas à quai avant une bonne demi-heure. L'aîné des Biasini doit gagner du temps. Sans un regard en arrière, il enfile son sac à dos et quitte le pont avant, en empruntant la passerelle tribord. Il lui faut slalomer entre les familles qui s'amassent à l'extérieur. Après une trentaine de mètres, il dévale un escalier. Arrivé au niveau d'un des accès, il profite qu'une porte coulissante achève de se refermer pour se faufiler à l'intérieur. En espérant que l'autre ne l'ait pas vu entrer. Au pas de course, il traverse différents salons. Ses chaussures s'enfoncent dans la moquette délavée. Biasini accède à l'arrière du ferry. Il traverse le restaurant « lounge » et sa décoration des années 1970. Colonnes dorées, plafond réfléchissant… S'il sort, il se retrouvera piégé sur le pont de poupe. Demi-tour. Ange contourne le large bar et repart par l'autre travée. Il progresse à contresens, contre le flot des touristes. Par le jeu de miroirs du bar, Biasini aperçoit la silhouette du type derrière lui. Ange accélère encore, n'hésite pas à jouer des coudes. Il traverse un corridor étriqué distribuant des dizaines de cabines. L'homme s'est encore rapproché. Il peut entendre le bruit de ses pas, le frottement de son coupe-vent en nylon. Ange est en sueur. Son tee-shirt lui colle à la peau. Une famille émerge d'une cabine, le père portant deux grosses valises à bout de bras. Sans hésiter, Ange saisit l'homme et le balance au sol, le contenu de ses bagages se déverse par terre. Le type lance un « ça va pas la tête ? » puis croise le regard du Corse et n'ajoute plus un mot, regrettant déjà sa bravade. Car face à ses yeux incandescents, le père de famille a compris. Voilà le genre d'homme qu'on ne cherche pas.

Dans son dos, une voix. « Biasini, arrête-toi ! » Ange fait volte-face et remarque que celui qui le pourchasse a placé sa main à l'intérieur de sa veste. Il n'oserait pas tirer ici ? Avec tout ce monde ? Ces gamins ? Ange repart de plus belle. Là-bas, ça sonne, ça tinte et ça illumine. Une salle de jeux. Il s'engouffre dans la pièce remplie de bornes d'arcade vieillissantes, de toboggans au plastique usé, d'une piscine à balles. Une quinzaine de mômes s'acharne sur les joysticks des jeux vidéo. Ange a une idée. Il place ses doigts sous ses lèvres et siffle fort. Le temps se fige. Les enfants se retournent, interdits. Il sort les pièces qu'il a dans les poches, les balance en l'air. Les gamins se jettent sur les francs. Biasini file. Le type au K-way est ralenti par les mômes se chamaillant les piécettes. De précieuses secondes qui pourront faire la différence. Ange accède à l'escalier du ferry. Il descend vers les étages inférieurs, franchit un palier, un autre, s'enfonçant dans les entrailles du navire. Enfin, au niveau « Garage 3 », il pousse une lourde porte peinte en vert et entre dans la soute. Autour de lui, des centaines de voitures. Le plafond est bas, les néons se reflètent dans les carrosseries. Les bruits de moteur du ferry sont assourdissants. Ange court entre les véhicules. Une porte grince. Le gars l'a suivi. Agir. Vite. Là, sur un portant à l'arrière d'une Renault Espace, quelques tendeurs retiennent des vélos. Délicatement, il tente d'en retirer un. L'homme, qui progresse un peu plus loin, se retourne. Ange se cale contre la carrosserie. Sa sueur lui brûle les yeux. La peur de mourir est là, elle lui bouffe les tripes. Biasini parvient enfin à retirer le câble et l'étire entre ses mains. Il n'est pas trop élastique. Ça fera l'affaire. Il se plaque par terre et, parmi des centaines de pneus, cherche les chaussures de l'homme. Ça pue l'essence, l'huile de moteur. Il le repère enfin, deux rangées plus loin, et le contourne. Le gars tient un objet noir entre ses mains, un pistolet ?

Tuer ou être tué. Une vie pour une autre. Comme son père le lui a appris. Ange s'était promis de ne plus jamais fouler ces territoires, mais il n'a pas le choix. Il tire le tendeur, puis fond sur son ennemi, lui passe le câble autour du cou et serre. Fort. Le gars se débat, tente d'articuler quelque chose. « Non… Pitié… Biasini. Je ne te veux… pas de mal. » Ce qu'il tenait entre les mains vient exploser sur les plaques de métal soudées. Un talkie-walkie. Ange relâche légèrement sa prise.

— Qu'est-ce que tu me veux ?

— Merde, à la fin… Du calme, Biasini ! C'est Berguer qui m'envoie. Il t'attend. Il est sur le bateau.

Ange lâche le tendeur. L'homme tombe à genoux et tousse tout en se passant une main sur son cou meurtri. Biasini attend, sans un mot. Il ne s'excuse pas. Finalement, le gars se redresse et l'invite à le suivre.

Quelques minutes plus tard, ils pénètrent dans une petite cabine enfumée. À travers un nuage de tabac, Stéphane Berguer lui apparaît, adossé à l'une des couchettes. Le cinquantenaire, au corps sec, porte une chemisette bleue qui laisse voir ses bras maigres. Il a cet air toujours un peu crevé, sa voix traînante, usée par la clope. Berguer l'invite à s'asseoir face à lui. Il s'allume une cigarette, en aspire une longue bouffée, détaille un instant son partenaire au K-way, remarque les marques autour de son cou.

— Je vois qu'on ne perd pas ses bonnes habitudes, Biasini… Prédateur un jour…

— Je ne savais pas qu'il s'agissait de l'un de vos hommes.

— Tu ne pensais pas que je voudrais te saluer avant ton arrivée sur l'île ? C'est mal me connaître. Alors, ça te fait quoi de revenir au bercail, Biasini ? Heureux ?

Ange répond, les lèvres pincées.

— Pas exactement…

— Je ne vais pas t'embêter longtemps. Je voulais simplement remettre les choses au clair. Tu te rappelles notre arrangement ?

— Sûr.

— Je te laisse trois semaines. Et je veux qu'on fasse un point, tous les mercredis, à 23 heures pétantes, au phare de l'île de la Pietra. Comme convenu.

— Compris.

Via le petit haut-parleur de la chambre, une voix grésillante annonce que le ferry va arriver à destination, invitant les passagers à regagner leur véhicule. Le navire entame sa manœuvre. Par la fenêtre dépolie, Ange voit approcher la jetée du port de L'Île-Rousse. Berguer reprend.

— Souviens-toi qu'on te garde à l'œil, en permanence. N'essaie pas de nous faire faux bond ou de nous doubler. Tu sais ce qui est en jeu.

— OK, mais arrêtez de me suivre. Votre gus, là, je l'ai grillé dès que je suis monté à bord. Vous allez tout faire foirer si vous ne me faites pas un peu confiance.

Berguer envoie un regard noir à son homme.

— La confiance… avec des types en ton genre, c’est pas gagné. Mais d’accord. À partir de maintenant, on te laisse les coudées franches. Par contre, je te préviens. Ne joue pas au con avec nous, Biasini.

Ange acquiesce. Il n’a aucun autre choix.

Berguer se rallume une nouvelle cigarette, puis se lève et entrouvre la porte, l’invitant à quitter la petite chambre. Avant de le laisser passer, il lui pose une main sur l’épaule, dans un geste quasi amical. Ange sait que le type n’est pas un salopard, au fond. Il fait juste son boulot.

— Joue le jeu et tu rendras service à tout le monde, Ange. À nous, à ta famille, à toi.

Ange descend les escalators fatigués jusqu’à la sortie piéton. Il a encore le souffle court. L’énorme porte-rampe arrière s’ouvre dans un hurlement d’acier et s’abaisse tel un pont-levis. En retrait, il remarque instantanément son frère. Sa grande taille, son corps si fin. *Fulminente*, l’allumette. L’un de ses nombreux sobriquets. Il y avait aussi, *Zitellu*, le gamin. Ange, et les copains l’ont souvent charrié, le môme. « Si on souffle tu t’envoles, Fulminente ! » Pourtant, il restait toujours là, collé à leurs baskets. Ses cheveux châtains, aux mèches d’or, ont poussé et il les coiffe désormais plaqués en arrière, couverts de gel.

Ange descend du ferry. Ses pieds se posent sur le bitume craquelé. Ça sent le kérosène, ça klaxonne de partout. Il attrape le sachet de terre qu’il avait conservé toutes ces années dans une petite enveloppe, l’ouvre et le vide à la mer. Il n’en a plus besoin.

Son frère termine une cigarette et lui fait de grands gestes, comme s'il craignait de ne pas être reconnu. Théo a toujours ce même putain de sourire. Celui qu'Ange a tenté de protéger, pendant tant d'années, des tentacules de leur père. Son cadet, un peu mal à l'aise, va pour l'embrasser, mais Ange lui tend la main, distant. Théo la serre, longuement. Quelque chose a changé en lui. Il a le même visage effilé, ces mêmes pommettes saillantes, ce grand corps trop fin. Mais il a un éclat différent dans le regard. Au fond de ses yeux bleus, comme une lumière qui se serait voilée. Ange se dit qu'il n'est plus un môme, voilà tout. Il a vingt-sept ans à présent. Théo est le premier à parler, évidemment. Il a toujours beaucoup causé. Pour contrebalancer les silences de leur maison.

— Mon frère… je suis tellement heureux de te voir.

— Pareil.

Ange examine son benjamin. Il flotte dans son tee-shirt rouge, son jean noir.

— Tu as fait de la musculation, Théo ?

— Ouais, ça se voit ?

— Non. Absolument pas

Théo lui envoie une frappe sur le torse.

— T'as pas changé ! Ton putain d'humour pince-sans-rire… Je vais te dire, toi aussi, t'as une sale gueule, *Fratè*. Faudrait penser à aller chez le coiffeur. Et ta barbe là, c'est pas possible ! C'est quoi ça, ton garde-manger ?

— Parfois, ouais.

Ange sourit… *La macagna*… L'art de toujours se chercher, se taquiner entre proches. Ça lui avait manqué.

— Allez, on rentre à la maison. Maman t'attend. Ensuite, on a rendez-vous avec les potes. Ce soir, on fête ton retour. Demain, on cause.

Théo l'attrape par le bras et l'emmène jusqu'à sa voiture. Ange sourit en découvrant le véhicule. C'est leur R5 noire, au capot bouffé par le sel et le soleil, aux jantes dépareillées. Avec les copains, ils la surnommaient la Lambiasini, clin d'œil à la mythique marque italienne Lamborghini. La Lambiasini… La seule chose qui avait de la valeur à l'intérieur, c'était le volant tulipé qu'ils y avaient installé. À vingt piges, ils jouaient aux pilotes de rallye et faisaient hurler le moteur fatigué de la Renault sur les routes de l'arrière-pays. Corbara, Pigna, San Antonino, à fond la caisse. *A tavuletta*. Le ravin jamais loin. Ange pensait qu'elle serait à la casse, maintenant… Mais Théo l'a gardée. Ange tapote le capot de l'engin et s'y engouffre. Avant de mettre le contact, son frangin semble hésiter, puis :

— Ange, je voulais te dire… Je suis désolé pour ton club de plongée. Tout ce merdier, c'est ma faute. Mais je suis content que tu aies accepté de revenir. Ça va tout changer. De belles choses nous attendent.

Ange répond : « Sûr, frérot. » La R5, dans un hoquet, démarre. Ange ouvre sa vitre en grand, se détourne. À peine arrivé, il est déjà en train de mentir. Car Ange n'est pas revenu pour eux. Ni pour sa mère, Francesca, ni pour son frère. Il est de retour parce qu'il n'avait pas d'autre choix. Pour sauver sa peau, à lui… Comme il l'a toujours fait.

6

1er juillet 1993
L'Île-Rousse, Corse

Théo a retrouvé son frère, enfin. Il l'a convaincu de revenir. Après tout ce temps… Les voilà assis, côte à côte, dans leur Lambiasini. Comme au bon vieux temps.

Piégé dans les embouteillages de la sortie du ferry, sur la route étriquée de la digue reliant l'île de la Pietra à la terre, Théo klaxonne, vocifère pour qu'on lui fasse place. Les touristes, déphasés, se décalent le long de la paroi de granit, à la limite de rayer leur véhicule. Ça fait bien marrer le jeune homme qui lâche un « merci les Gaulois et bienvenue chez nous ! » avant de faire pétarader sa Renault. Théo en fait trop, il le sent bien. Mais un tourbillon d'émotions le traverse. Il n'y a pas que le bonheur du retour d'Ange. Il y a cette jalousie qui remonte…

D'aussi loin qu'il se rappelle, Théo s'est toujours senti tiraillé, divisé. Une balance qui ne trouverait jamais son point d'équilibre. Ce conflit en lui, il le ressent plus que jamais en revoyant son frère. Tout se mêle.

Une joie immense, sincère, et une haine, tout aussi viscérale. Ange est de retour. Oui… Ange, qu'il a tant admiré, adulé. Ange et cette présence, ce magnétisme, qui faisait qu'on le regardait plus que les autres. Ange et ses exploits en compétitions d'apnée, toutes ses coupes dans son ancienne chambre. Ange et les années passées à la droite du Saint-Père. Ange qui prenait tellement de place. Trois ans seulement séparent les deux frères. Pour Théo, ça a toujours semblé un fossé terrible, un gouffre infranchissable. Il ne serait jamais à la hauteur de son aîné.

Mais ça va changer. Aujourd'hui, enfin, il prend son destin entre ses mains. Il l'a dit à son grand frère, « de belles choses nous attendent ». Et il le pense, vraiment. Il va leur montrer à tous. Et surtout à Ange. Ce qu'il vaut. Ce dont il est capable.

La R5 traverse le centre-ville de L'Île-Rousse. Théo fait la causette. Il explique qu'untel a repris ce restaurant, que la boutique de leur cousine, près du marché, a dû fermer. Son aîné n'écoute que d'une oreille, mais ça ne l'empêche pas de continuer. Il parle comme si Ange avait perdu la mémoire, comme s'il fallait qu'il se souvienne. De tout ça, de leur vie d'avant. De ce qu'il a laissé derrière, abandonné. Sa vie, sa ville. Lui. Théo montre la place Paoli, avec les anciens qui, comme à l'accoutumée, font une pétanque à l'ombre des platanes. Puis c'est l'église… Ces marches où ils ont fumé leurs premières clopes en crachant leurs poumons, là où les deux frères et leurs potes, la bande des Biasini, posaient fièrement à côté de leur mobylette 103. Pour que le monde entier comprenne qu'eux aussi étaient des hommes.

Plus loin, après le parking, il pointe du doigt la promenade. « C'est notre banc ! Le long de la plage, on venait y guetter le lever du soleil, dégoulinants de sueur, en sortant de boîte de nuit. Tu te souviens, *Fratè*, hein ? » Théo parle, parle encore.

À un moment, il sent que son frère observe le tatouage qu'il porte désormais à la main droite, entre le pouce et l'index. Quatre points en carré, un autre au milieu. Un détenu cerné entre quatre murs. Ange demande à son cadet comment s'est passé son séjour à la prison Sainte-Claire, au cœur de Bastia. Il est au courant, évidemment, que Théo y a été incarcéré un an. Théo s'allume une cigarette en maintenant le volant avec ses genoux.

— Pas si dur. Tu connais Sainte-Claire. C'est un club de vacances. Pas une prison. On a la vue sur mer, le parloir sur le toit… Et on me respectait là-bas. Notre nom veut encore dire quelque chose. C'était pas tous les jours rose, mais ceux qui ont voulu se mettre en travers de ma route, je leur ai refait le portrait à coups de semelle. Bing-bing.

Théo fait mine de marteler son volant. Il ne peut pas lui raconter, vraiment, ses longs mois d'incarcération. On ne dit pas ces choses. On les garde à soi. Il en a bavé là-bas, en vérité. Certes, Sainte-Claire a un statut à part ; on y fait preuve d'une permissivité inimaginable dans les autres centres pénitentiaires français. Les portes des cellules n'y sont jamais fermées, on peut y faire entrer des denrées de l'extérieur : cigarettes, nourriture, alcool même… Depuis le toit, les détenus peuvent échanger avec leurs proches dans la rue. Les matons ne font pas de zèle. Ils savent à qui ils ont affaire. Pourtant, du temps de son séjour, le « Club Med », comme l'appellent parfois les prisonniers, s'est transformé en nid de vipères. Orso Biasini venait de mourir. Le clan du Mistral, qu'il dirigeait, était fragilisé. Et nombreux étaient ceux à vouloir reprendre la place laissée vacante par leur père. Théo était vu comme un obstacle, l'homme à abattre. Il a reçu des menaces, déjoué une tentative d'assassinat, mais il a tenu bon. Puis Francis Venturi s'est imposé comme le nouveau parrain du clan et les choses se sont apaisées.

La voiture dépasse la demeure du vieux Mattei. Son jardin, ses murs craquelés, ses souvenirs chevillés à la terre. Ange demande :

— L'ancêtre est toujours là ?

— Sûr. Chaque jour un peu plus croulant.

— Et son trésor ?

— Parole, je le cherche encore !

Enfin, ils arrivent à l'entrée du village de Monticello, devant le chemin de terre menant à la maison familiale. La R5 suit le sentier fatigué, bordé d'arbustes rabougris couverts de poussière, et se gare devant la petite baraque de plain-pied, au toit en tuiles orange, aux murs en crépi beige. Une bâtisse sans âme, sans rien. Malgré la fortune qu'il avait amassée, Orso Biasini n'a jamais entrepris de travaux, ni d'agrandissements. Il fallait être discret, ne pas attirer l'attention. Vivre à voix basse. Ses seuls plaisirs, sa collection de voitures de rallye qu'il chérissait tant, et que Théo a dû vendre après son décès. Car l'argent d'Orso a disparu avec lui. Volatilisé. Il se murmure que ses anciens associés du clan du Mistral se seraient partagé le pactole que leur père gardait planqué dans le coffre de l'arrière-salle du café où ils se réunissaient à Bastia. Les Venturi et consorts versent, tout de même, chaque mois, une pension à Francesca, leur mère. Une enveloppe de 6 000 francs, remise en main propre. « Par respect pour Orso. » La veuve trouve ça suffisant. Mais Théo, lui, enrage. Ces quelques milliers de francs ne représentent rien, sonnent comme une insulte par rapport à ce qu'ils auraient dû toucher. Ce clan, c'est leur grand-père, Ange-Marie, qui l'avait créé. C'est toute leur vie. Leur héritage.

Une silhouette fragile se découpe au bout du chemin. Francesca, la mère des garçons, les attend sur le perron. En voyant son premier-né sortir de la voiture, elle réprime un sanglot. Ange lâche son sac et s'abandonne dans les bras maternels. Théo reste en retrait.

— Bienvenue, mon fils. Je savais que tu reviendrais.

— Je suis désolé, Maman, pour l'enterrement de Papa. J'aurais voulu être là. Mais c'était compliqué.

— Je sais… Je sais bien.

Son sourire s'éteint. Elle a toujours été comme ça, Francesca. Entendre sans chercher à écouter. Rester en marge. Laisser faire. Ne pas se mêler. Les affaires des hommes, leurs problèmes. Pourtant, il se murmurait que, plus jeune, elle avait eu un sacré tempérament, bouillonnant, une présence de feu. Que personne ne lui manquait de respect. Avec les années, son ogre de mari a fini par la mater. L'effacer. Quand leur paternel était dans le coin, Francesca disparaissait derrière le papier peint. Ses yeux se plantaient dans son assiette quand Orso hurlait à table sur ses gamins. On avait même l'impression, parfois, qu'elle rapetissait sur sa chaise.

Puis, quand la lune était haute, la maison redevenue silencieuse, entrecoupée par les ronflements lourds du paternel, elle venait voir ses enfants. Une fois la bête endormie, elle reprenait ses droits. Elle séchait les larmes, pansait les blessures. Mais ça n'a jamais été suffisant.

Ange avance vers la maison, passe sa main sur les traces d'impacts de balles. La rafale de mitraillette n'est pas passée loin des fenêtres. Un autre avertissement de Venturi pour que Théo se hâte de le rembourser. Le club de plongée d'Ange, la maison de Francesca… Le message est clair. Le temps presse.

Près de l'abri en tôle, le plus âgé des fils Biasini observe la niche en bois gondolé de leur chien, Gary. Personne n'a jamais songé à la retirer. Rien ne bouge ici. Les regards des deux frères se croisent. Ils se souviennent… Alors que Théo avait à peine quinze ans et Ange dix-huit, leur père a abattu l'animal sous leurs yeux. Le motif de l'exécution du gentil clébard : « Le cane n'est plus capable de renifler les traîtres. » C'étaient les premiers signes de la folie d'Orso, le début de leur descente aux enfers, à tous. Ange et Théo ont dû enterrer l'animal, seuls. L'aîné a traîné la dépouille, enroulée dans une bâche usée, puis ils l'ont déposée là-haut, entre les gros rochers. Théo a chanté une chanson corse, *Lamentu di u castanu*, que lui avait apprise son oncle Barto. À l'époque, le gamin avait une belle voix, « à en faire chialer le diable », comme disait leur ami Dumè.

Ange fait le tour de la maison en silence. Théo a compris ce qu'il cherche et lui pointe l'emplacement. Il ne reste pas grand-chose. En y regardant bien, pourtant, la terre sableuse est ici plus sombre, plus noire. Ange s'avance jusqu'à l'endroit, remue le sol du bout de sa semelle. Peut-être, dans sa tête, écrase-t-il quelque chose. C'est ici que leur père, Orso, a été criblé de balles deux ans plus tôt, un soir d'octobre. Huit impacts. L'homme faisait, comme toujours, son tour de la propriété avec son fusil. Francesca était en cuisine. Elle a cru entendre une voix et des bruits de détonation ont déchiré la nuit. Puis plus rien. Francesca s'est tapie dans un angle de la cuisine et a attendu deux heures, avant d'appeler son fils à l'aide. Elle ne voulait pas voir, pas savoir. On pense qu'Orso a été surpris. L'enquête n'a rien donné. Personne n'a parlé, évidemment.

Ils déjeunent tous les trois, dans la maison aux volets constamment tirés. Leur mère couvre Ange de questions : « Comment c'était le Sud, la vie sur le continent ? Et les gens là-bas ? » Francesca n'a jamais quitté la Corse. Pour quoi faire ? Durant le repas, on fait comme si. Comme si Ange n'avait jamais fui. Comme si tout allait bien. Comme si leur père n'avait pas agonisé dans son sang, à quelques mètres.

Théo contemple le visage rayonnant de sa mère. Le sauveur est de retour… Et qui l'a remercié, lui, pour avoir géré les affaires de la maison ? D'avoir pris soin de Francesca durant ces trois ans ? Il n'y en a déjà que pour l'autre. Ange, qui a vécu un ailleurs, un autrement. Pendant qu'il devait rester là, à revenir s'installer dans cette foutue maison pour veiller sur sa mère. Enchaîné, lui, par les choix de son frère. Prisonnier de décisions qu'il n'a jamais prises. Et il y a eu ces mois passés avec leur paternel. Quand il était hors de contrôle. « Mon fils, je vais te demander quelque chose. Quelque chose de terrible mais d'important. » Ange est parti sans regarder en arrière, ne laissant que le chaos derrière lui.

Le temps s'effrite. On s'installe dehors, à l'ombre du vieux figuier. Sur le même plateau qu'ils ont vu toute leur vie, dans les mêmes mugs avec des fleurs orange, aux motifs kitsch, Francesca leur apporte du café tiède et des canistrelli, ces gâteaux aux amandes qu'elle sait si bien préparer. Puis, alors que leur mère répète pour la énième fois à l'aîné : « Je suis contente que tu sois rentré », Théo, n'y tenant plus, tape dans le dos de son frère et lui dit qu'il faut y aller, que les copains attendent.

Une quinzaine de minutes plus tard, ils débarquent à Corbara, chez Dumè, dans la maison récemment héritée de ses parents partis s'installer à Ajaccio. En les voyant arriver, le grand Dumè se jette sur Ange, l'attrape de ses bras comme des troncs, le serre fort et le soulève. Il manque de l'étouffer. Enfin, il le repose et s'esclaffe, de sa voix grave qui emporte tout.

— Te revoilà, vieil escroc ? *Puttana*, ta tronche de pleureuse et ton nez en vrac m'avaient manqué, Beaumont.

Beaumont, un surnom surgi d'un temps oublié. En hommage au personnage incarné par Belmondo dans *Le Professionnel*, film qu'ils adoraient gamins. Beaumont… Parce qu'Ange avait un peu le même nez cassé que l'acteur. Mais surtout parce que ses potes aimaient bien le charrier quand il roulait trop des mécaniques et jouait les chefs.

Dumè reprend :

— Il aura fallu que Zitellu soit en danger pour que tu rappliques ! Je l'aurais su plus tôt, je lui aurais collé une bastos dans le pied, moi, au Théo.

Dominique, que tout le monde appelle Dumè, est une montagne. Près de deux mètres, une carrure qui vient vous cacher le soleil. Et un visage toujours poupon. Un type qui a grandi trop vite. Déjà, à dix ans, il était plus imposant que la plupart des autres gamins, il avait quasiment la taille de leur instituteur, M. Marsais. On l'appelait le Géant. Dumè n'est pas le bonhomme le plus intelligent de l'île. Il en est le premier conscient et s'en amuse. Il voit ça comme une force et a pris l'habitude de dire à Théo ou Fred, plus cérébraux que lui : « Vous réfléchissez trop, les gars. Ça doit vous faire mal à la tête. Faut prendre la vie comme elle vient. » Pour le coup, Dumè s'en tient à cet adage. Naviguant de petits boulots en coups foireux. Jamais de projet. La vie comme elle vient.

Gamin, Dumè a rapidement trouvé sa place auprès d'Ange et Théo. Comme eux, il venait de Monticello. Mais surtout, à l'école primaire Albert-Camus, les deux frères étaient, eux aussi, à leur façon, laissés de côté, mis à part. On savait déjà, même minots, qui était leur père. L'Ours… L'Ogre. Le Tueur. Ça chuchotait quand ils passaient. C'était pour les Biasini autant un objet de fierté qu'une malédiction. Les paumés, les marginaux, les deux frangins les aimaient bien. Il y a eu Dumè, puis, plus tard, au collège, Fred. Et Jacques, enfin, qui les a rejoints en dernier, l'année de troisième. Mais lui, ils ne le fréquentent plus. Il a pris un autre chemin…

Les cinq de Monticello, la bande des Biasini… Ils en ont fait des conneries ensemble.

Comme toujours moins expansif, plus en retenue, Fred se soulève du transat au bord de la piscine hors d'usage et tend sa main fine à Ange. Fred a toujours été le plus discret du groupe. Fred, en vérité, c'est un « basané », comme on dit ici. Un fils d'immigrés marocains arrivés en Balagne dans les années 1960. Son père, Ibrahim, a longtemps été cuistot dans l'un des restaurants touristiques de L'Île-Rousse, à tomber de la pizza dans une cuisine étouffante dix heures par jour sans jamais se plaindre. Son vrai prénom, à Fred, c'est Farid. Mais ses parents ont voulu qu'il transforme son nom pour « devenir un vrai Français ». Si c'était aussi simple… Plus que quiconque, Fred en a bavé au collège. Il a eu droit à tous les surnoms. Les pires. Pas que tous les gamins étaient racistes, non. Mais il y avait ce groupe, des troisièmes, dont le chef était le fils d'un des gros promoteurs de la ville. Eux l'avaient pris pour cible depuis son entrée en sixième. Quand ils le croisaient, ils exigeaient qu'il regarde par terre. « Les Arabes, chez nous, ça baisse la tête. » Fred s'est réfugié dans ses dessins, fenêtres ouvertes vers des ailleurs. C'était son issue de secours. Il passait ses récrés, sur un banc, seul, à crayonner sur ses petits carnets. Et puis, un jour, à la sortie du collège, alors qu'il était encore emmerdé par les mêmes salopards, trois gamins se sont interposés, des petits, comme lui, des cinquièmes. L'un d'eux avait une carrure impressionnante. Fred les connaissait de vue. C'étaient les frères Biasini et le troisième, le géant, Dumè. Ange, sans se démonter, a planté ses yeux noirs dans ceux de leur chef, bien plus grand que lui, et a lancé : « Vous connaissez notre drapeau, bande de baulli ? Y a quoi dessus ? Une tête de Maure ! Ce mec-là, c'est pas un Arabe, c'est notre symbole. Si t'es raciste en Corse, c'est que t'es pas Corse. Que t'as rien compris à qui on est. Notre île a toujours été une terre d'accueil. Pour tous. Surtout les parias. C'est vous qui devriez baisser la tête devant lui, abrutis. » Les gars ont filé sec. Ils savaient qu'il valait mieux ne pas s'embrouiller avec les Biasini. Du jour au lendemain, ça a été plus facile pour Fred. Et il avait trouvé des potes. De sacrés. Alors, oui, ça se « macagne », ça se chambre pas mal, ils l'appellent le Maure, Da Vinci, mais, à leurs côtés, Fred ne s'est jamais senti jugé, ni différent. C'est déjà ça.

De tous, Fred est certainement celui qui aurait pu aller le plus loin, faire quelque chose de sa vie. Devenir designer, architecte, même. Partir faire ses études à Corte ou Bastia. Il était brillant en classe. Mais il n'a pas voulu les quitter. Ce qu'il avait là, le retrouverait-il ailleurs ? Cette amitié ? Cette famille de cœur ? Et peut-être, plus encore, il avait peur pour ses potes. Avec leurs idées à la con, leurs projets bidon, leurs arnaques… Encore plus après le départ d'Ange, il fallait qu'il soit dans les parages pour éviter que Dumè et Théo, ces deux guignols, ne fassent trop de conneries. Alors, il est resté et a continué à les dessiner. À noircir, jour après jour, ses carnets de leurs visages, de leurs bêtises. Dans sa longue poignée de main, l'aîné des Biasini lui fait comprendre qu'il le remercie. D'avoir été là.

Une fois les retrouvailles faites, Dumè sort quelques packs de bières et lance pour tous :

— Allez, les amis. Ce soir, pour fêter le retour d'Ange, on se va se prendre une belle *briachina* !

Ça palabre. La nuit tombe, on rit jusqu'aux étoiles, avec la vue sur la mer à l'infini. On passe de la bière au whisky, puis à la myrte maison. On porte des toasts aux amis, aux morts, à l'avenir, au projet de Théo. On fait comme si c'était le bon vieux temps. Mais, entre deux gorgées, il y a parfois ces silences, ces blancs qui ne trompent personne.

Alors on se sert d'autres verres, et on se rappelle. Encore plus fort. Pour tenter de renouer ce qui a été distendu. On ressort les vieux dessins que Fred faisait d'eux, à l'époque. Il a toujours su, Fred, saisir des moments, ralentir le temps, de la mine de son crayon. On fait le compte des souvenirs partagés. Comme si, finalement, il ne restait que ça. On raconte cet été où Dumè et Ange ont vendu des sachets de thym aux touristes en leur faisant croire qu'il s'agissait d'herbe. À la nuit venue, sur la plage de L'Île-Rousse, entre les groupes de jeunes, ça puait la grillade, ça toussait, et eux ça les faisait bien marrer. On se souvient aussi de la nuit où, au sortir d'une boîte de nuit de Calvi, on avait accroché ce connard de Patrick Rossi, à poil, à un réverbère au milieu d'un rond-point avec du scotch, parce qu'il avait mal parlé à la copine d'Ange, Nina. On raconte qu'il aurait passé dix heures comme ça, la queue à l'air, avant qu'on ne le décroche.

2 heures du matin. Le groupe va poursuivre la fête au *Pub's*, la boîte de nuit de L'Île-Rousse. Là-bas, c'est un peu chez eux.

Ils débarquent, prennent d'assaut le comptoir, la piste de danse. Le patron, Darius, vient les saluer. On leur amène des seaux avec des bouteilles de vodka givrée. « C'est la maison qui invite, les gars. Bienvenue au pays, Ange. » On enchaîne les verres, l'acidité de l'orange efface le goût de la vodka. Les corps ont chaud, les yeux se ferment, les âmes glissent. Dumè et Théo draguent lourdement trois filles, plus jeunes qu'eux, des touristes. Leur mec ont beau être à côté, les deux s'en foutent. Puis, aussi subitement, ils s'en désintéressent, montent sur l'estrade, imitent les cuivres du final du morceau. Fred, lui, s'est endormi sur un sofa usé jusqu'à la moelle. Danser, ça n'a jamais été son truc. Ange, de son côté, reste un peu à l'écart et finit son verre seul, dehors, en terrasse.

Théo a soif, encore plus. D'un pas mal assuré, il rejoint le comptoir. Il donne des tapes dans le dos à quelques habitués qu'il reconnaît. D'une oreille, il entend des types causer à côté. Il surprend une phrase. « Je te dis que c'est lui, là-bas, Ange Biasini… Ce chien, c'est une balance. » La seconde suivante, le jeune homme attrape le gus par le col de son tee-shirt, le plaque contre le comptoir, sort un couteau et le lui colle sur la gorge. C'est un gars du coin. D'un des villages plus haut. Christophe Aghieri. Un grand maigre, avec une tête de hyène. Aux dernières nouvelles, il bosserait pour Venturi. Ça ne change rien. Le cadet des Biasini ne peut pas laisser passer.

— Répète ce que tu as dit, *faccia di culu* ?

Aghieri essaie de tempérer…

— Je dis juste tout haut ce que tout le monde pense tout bas, Théo. Ton frère, on lui fait plus confiance. On raconte qu'il aurait balancé après son départ. Si tu t'es retrouvé en cabane, c'est à cause d'Ange…

Théo appuie un peu plus sa lame contre le cou du type. Un filet de sang s'en échappe. Aghieri, paniqué, se tient sur la pointe des pieds, tendu vers l'arrière, dans une position ridicule. Ange, alerté par l'agitation, accourt et tente de retenir son cadet.

— Calme-toi, Théo. On passait une bonne soirée.

— Il t'a manqué de respect, frère.

Ange dévisage Aghieri, puis se concentre sur Théo. Il n'a pas l'habitude de le voir comme ça. Son frangin n'a jamais été un bagarreur, il avait même plutôt tendance, avec son bagou, à être celui qui calmait les tensions. C'est comme si les rôles s'étaient inversés. Ange reconnaît le regard de son frère. Ces pupilles dilatées. Cette folie… Celle qu'il a vue si souvent chez son père, chez lui. Doucement, il enserre la main armée de Théo et le force à abaisser son surin. Son frère, enfin, lâche le couteau qui reste entre les mains d'Ange. Dumè et Fred les ont rejoints et écartent leur camarade. Théo, avant de partir, crache. En observant la lame, Ange reste figé. Ce poignard. Il le reconnaît. C'est celui que son grand-père lui avait confié sur son lit de mort. Et qu'il a porté à sa ceinture pendant tant d'années. Celui qui a fait couler le sang. Celui qu'il a enterré au pied de son vieil arbre, il y a trois ans… pour que ça s'arrête. Comment Théo l'a-t-il récupéré ? Ange place l'arme dans sa poche. Il s'excuse de l'agitation auprès de Darius, s'apprête à quitter les lieux, sans même prêter attention au provocateur. Mais tandis qu'il s'éloigne, il entend la voix d'Aghieri, derrière lui, dans un murmure.

— Sale cave, j'oublie pas, moi !

C'est comme une pulsion, un élan incontrôlable, un voile. Les flammes. Le brasier dans son crâne. La seconde suivante, il se jette sur Aghieri et lui colle un énorme coup de poing dans la mâchoire. Le gars s'écroule par terre, mais Ange continue à lui asséner des *cazzotti* en pleine tronche. Ce geste aura des conséquences, il le sait. Mais c'est plus fort que lui. Il s'abaisse auprès du type et lui lâche :

— Que je recroise plus jamais ta sale gueule.

Ils rentrent en voiture. C'est Fred, le moins saoul d'entre eux, qui conduit. Fenêtre grand ouverte. L'air chaud de la nuit. La musique à fond. Devant, serré comme une sardine dans la R5, les genoux au niveau du menton, Dumè ronfle comme un bienheureux. Ange, à l'arrière, observe le manche du poignard, les quelques mots qui y sont gravés et ce qu'ils réveillent. Enfin, il demande à son frère, à ses côtés.

— Le couteau, tu l'as trouvé où ?

D'une voix vaseuse, Théo répond, la tête appuyée contre la vitre.

— Tu crois quoi ? Je suis toujours dans tes basques, moi. Y a trois ans, j'ai compris que tu voulais te barrer… Alors, je t'ai suivi jusqu'à ton arbre. Je voulais te parler, te dire de ne pas partir. Mais j'ai pas osé. Je suis allé récupérer le couteau, après. Au moins, il me restait ça de toi. Garde-le, maintenant. C'est à toi que l'avait donné grand-père.

Fred les dépose chez eux. Les deux frères se partagent une dernière cigarette sous le figuier. Habituellement, Ange ne fume pas. Mais ce soir, c'est différent. Avant d'aller se coucher, Théo lui lâche :

— C'est bon de te revoir, mon frère. Tu m'as manqué.

Théo s'écroule dans son lit. Ça tangue mais il ne peut s'empêcher de repenser à cette soirée, il y a deux ans. Quand son père lui a demandé l'impossible, qu'il lui a collé un flingue entre les mains. « Tu vas faire ça pour moi, pour notre famille. Pour laver notre sang. »

7

7 décembre 2019
La Haye, Pays-Bas

Pour la énième fois, Marie Jansen relit le message. Une lettre reçue la veille, au siège d'Europol, qui lui était personnellement destinée. Cette poignée de mots, d'une écriture en pattes de mouche, quasi enfantine, paraît n'avoir aucun sens. « Le fil me parle. Passé. Présent. Avenirs. Bientôt. Nuit. Du bruit dehors. Couloir. Fleurs sous les pieds. Fuyez. » Plus étrange, au fond de l'enveloppe, se trouve un morceau de ficelle, de couleur rouge. Avec un nœud au milieu. Quelques centimètres de longueur. Marie a essayé de faire bosser Sóley dessus, à l'aide de ses différents logiciels cryptographiques, mais rien ne semble émerger. Il ne s'agit apparemment pas d'un code répertorié. Alors quoi ? Elle a également envoyé l'enveloppe et la lettre au labo. Aucune trace d'ADN. D'après le tampon, la missive aurait été postée à Belgrade. La ville où Horvat a bâti son empire. Est-ce une mise en garde ? Marie ne veut pas se laisser troubler. C'est certainement ce que recherchent ceux qui lui ont envoyé ce courrier. Qu'elle panique. Mais c'est mal la connaître. L'agent d'Europol ne vacille pas.

Deux semaines… Il ne leur reste que deux semaines pour faire une avancée significative sur l'assassinat du magnat serbe. Leur supérieur leur a accordé ce délai. Jansen comprend la décision de la direction. L'enquête sur la mort d'Horvat ne relève plus des attributions de la police européenne, mais doit être menée par la police anglaise. À moins que Jansen et son équipe ne parviennent à prouver que le meurtre a été commandité au niveau international, ils n'ont aucune raison de continuer à bosser dessus. Mais ce n'est pas leur seul ultimatum… Il y en a un autre, encore plus imminent. Elle et son équipe ont jusqu'au 20 décembre pour identifier le mystérieux Charon, et trouver où il se terre, sur l'île de Lesbos. Treize jours… c'est ridiculement court.

Marie en demande beaucoup à Juan et Sóley. Comme elle, ses partenaires ne comptent plus leurs heures. On se fait livrer des repas tièdes, on se brûle les yeux sur les écrans, on ne prend que de courtes pauses. Au cœur de la nuit, la policière française rentre chez elle alors que sa maison est endormie. Juste le temps de déposer un baiser sur la joue de sa fille, puis elle s'effondre dans son lit. Et, le matin, elle file aux aurores. Le week-end, elle passe son temps à étudier le dossier Horvat dans la chambre d'amis, transformée en annexe d'Europol. Son mari, Willem, semble de plus en plus résigné. « Je sais que c'est important. Mais ne nous oublie pas en chemin. Romy a besoin de toi. »

Heureusement, les choses commencent à bouger. Il y a eu ce coup de fil de Yuvraj, l'inspecteur de la Met.

À Londres, la femme de chambre du milliardaire s'est finalement souvenue de l'objet qui se trouvait dans la vitrine, la nuit du meurtre. A priori, il s'agirait d'un couteau. Pas une antiquité. Un poignard pliant, assez quelconque, avec un manche en bois abîmé, une lame érodée. L'assassin d'Horvat aurait pris tous ces risques pour récupérer un vulgaire couteau ?

Juan, de son côté, a pu échanger avec la police française au sujet de la piste corse. On a enfin trouvé un lien entre Miroslav Horvat et l'île. L'homme d'affaires aurait passé quelques jours là-bas à l'été 1993, il y a vingt-six ans. Pour le business, comme toujours avec lui. En partenariat avec d'autres grandes fortunes, et avec le soutien d'investisseurs locaux et des autorités sur place, le milliardaire ambitionnait de bâtir un domaine privé baptisé Olympos, sur la côte ouest, non loin de Galéria. Avec ses associés, il prévoyait ainsi de racheter 180 hectares de terrain et une ancienne mine d'argent, l'Argentella, dans la baie de Crovani, aux agriculteurs et municipalités de la région. Le domaine Olympos devait être une résidence ultra-sécurisée, réservée aux nantis. Une quarantaine de villas somptueuses, chacune avec piscine privée. De hautes barrières les isolant du monde extérieur, un service de sécurité, une piste d'atterrissage, deux restaurants… On prévoyait même d'y draguer la baie pour que les bateaux puissent s'ancrer au plus près de la côte. Pour une raison inconnue, le projet ne s'est jamais concrétisé. Peu importe, Marie et son équipe ont enfin ce qu'ils cherchaient. L'équipe d'Europol a même pu se procurer quelques photos prises en juillet 1993, par le GRI, groupe de recherche et d'intervention. On y voit Horvat, à l'arrière de son immense yacht *Odyssea*, dans la baie de Crovani, serrer la main d'un autre homme, Francis Venturi, lors d'une soirée. Marie a reconnu instantanément ce visage. Quand elle était gosse, son père parlait souvent de lui et les traits secs du bonhomme faisaient fréquemment la une de *Corse-Matin*, du temps de sa vie là-bas. Venturi était une figure connue de tous, le parrain du clan du Mistral. Il était, à l'époque, sous haute surveillance des autorités. La police préparait une vaste opération qui devait mener à son interpellation et au démantèlement du groupe criminel. Mais tout aurait capoté durant le mois de juillet après l'assassinat de deux flics. Le meurtre d'Horvat serait-il lié à ce projet immobilier tombé à l'eau ? À de vieilles rancunes ?

Juan a réussi à localiser Francis Venturi. L'ancien parrain serait toujours vivant, mais aurait quitté la Corse il y a une quinzaine d'années. Pourquoi abandonner ses terres au faîte de sa gloire ? Encore une question… D'après les informations que les agents d'Europol ont pu recueillir, Venturi vivrait aujourd'hui dans un chalet en Suisse, en limite d'un hameau isolé, Rossinière. Il serait officiellement « retraité », sans plus aucun lien apparent avec le banditisme insulaire. Marie part dès le lendemain pour le canton de Vaud, en Suisse. Elle y a rendez-vous avec la gendarmerie locale pour aller interroger ce Venturi. Il n'a pas été mis au courant, bien entendu, Jansen veut le surprendre, pour éviter qu'il ne prenne le large. Mais l'ancien parrain est d'ores et déjà placé sous étroite surveillance. Des gendarmes suisses épient sa maison, depuis une voiture banalisée.

Une fois de plus, Marie va se retrouver sur les routes, loin des siens. Au fond d'elle, la policière le sait, elle devrait se réjouir que l'affaire Horvat lui soit retirée, cela signifierait un peu de répit, moins de voyages, après une année happée par son travail… Les supérieurs de Jansen savent les sacrifices qu'elle et son équipe ont faits. Si l'affaire est close, ils les laisseront certainement souffler. Profiter de son mari, être présente pour sa fille… Ça devrait rendre Marie heureuse. Mais à cette pensée, elle sent, au contraire, une boule d'angoisse enfler au creux de son ventre.

L'agent d'Europol délaisse le dossier qu'elle étudiait sur Francis Venturi pour se connecter au système de surveillance vidéo de sa maison. Espionner sa fille, son mari, sans qu'ils le sachent… Voir leur vie sans elle. Tous ces instants qu'elle leur vole. Pourquoi a-t-elle tant besoin de faire cela ? Pour s'assurer que tout va bien ? Que tout est sous contrôle ? Qu'elle y est enfin arrivée ? Depuis dix ans, Marie n'a de cesse d'ériger des murs entre elle et son passé. Son déménagement à Paris, puis son installation à La Haye, son couple avec Willem, leur maison, leur petite fille… Autant de briques accumulées pour bâtir sa forteresse. Se façonner une existence parfaite, pour se convaincre qu'elle la vit.

En quelques clics, elle active la caméra du salon. La vidéo grise montre Anouk en train de passer l'aspirateur au rez-de-chaussée. Romy doit faire sa sieste. Marie passe sur la caméra de la chambre de sa fille. Une lumière hivernale filtre à travers les persiennes et glisse sur les murs, peints en bleu. Le bazar sur la moquette, les doudous, les peluches, les vestiges d'une dînette… « Maman, tu joues avec moi ? »… « Plus tard, ma princesse. » Mais il n'y a jamais de plus tard. Marie n'aime pas jouer avec sa fille. Elle n'a pas la patience, ni l'envie ni l'imagination. Quand elle est dans la chambre de Romy, à ses côtés, elle se désintéresse rapidement de sa fille pour replier un pyjama, ranger des étagères… toujours une bonne excuse.

Au centre de la pièce, le petit lit d'enfant, que Willem et elle ont mis tant d'heures à monter. Leurs rires qui résonnaient dans la maison, quand il s'était écroulé sur lui-même… Tout cela semble si loin. Au-dessus, une petite veilleuse fait tourner ses étoiles. L'agent d'Europol passe sur les autres caméras. Le couloir, leur chambre à coucher. Marie aime finir ces « inspections » par un tour d'horizon de sa demeure. Voir tous ces espaces parfaitement ordonnés, aux agencements minimalistes. Les meubles commandés auprès de designers scandinaves en vogue. Ici, le moindre choix d'objet, plaid, cadre, sculpture, vase, luminaire, obéit à une logique, un vaste ensemble cohérent qu'elle a elle-même élaboré. Harmonie globale, lignes épurées. Tout est en ordre.

La chambre d'amis, maintenant. Marie s'apprête à couper la vidéo quand un mouvement l'interpelle. Il y a quelqu'un là, accroupi, au pied du bureau de la salle mansardée, un chaos de dossiers à ses pieds. L'individu prend des photos avec son téléphone portable. Ces classeurs contiennent des éléments confidentiels de l'enquête sur Horvat. L'homme porte une casquette enfoncée sur le crâne, une veste noire style bomber, un jean. Marie n'en croit pas ses yeux. Il y a un inconnu chez elle. D'une main hésitante, Jansen compose le numéro de la nounou, sans lâcher l'écran des yeux. Le téléphone d'Anouk sonne dans le vide. Marie repasse sur le flux vidéo du salon. Avec le bruit de l'aspirateur, la nourrice n'entend pas son téléphone retentir sur le plan de travail de la cuisine. « Ouvre les oreilles, idiote ! » Marie vient de hurler. Juan et Sóley lèvent la tête de leur ordinateur, intrigués. Elle ne les voit même pas, hantée par le flux d'images. Comment est-il entré ? La seconde suivante, elle a la réponse. Le rideau de la porte-fenêtre volette sous un léger souffle de vent. Il a dû grimper par l'extérieur et crocheter la serrure du balcon… Ce n'est pas un simple cambrioleur. Il cherche quelque chose. L'inconnu attrape de nouveaux rapports, les consulte rapidement, puis les rejette sans vergogne. Juan tente un « Marie, ça va, que se passe-t-il ? » Mais la Française ne répond pas. Elle s'est levée, les mains cramponnées à son bureau, tétanisée.

Un intrus dans sa maison. Réagir. Marie émerge enfin de sa stupeur. Elle exige de Juan qu'il prévienne la police de La Haye. L'Espagnol, un peu interloqué, s'exécute. Jansen attrape ses clés de voiture, recompose, sans répit, le numéro d'Anouk. Tente même celui de son mari, sachant qu'il est au bloc opératoire toute la matinée et ne répond jamais. Après avoir essayé d'expliquer ce qui se passait à ses partenaires, dans un flot de paroles embrouillées, elle quitte le bureau des Ops 4. Telle une furie, elle traverse le couloir vers les ascenseurs. Tout en martelant le bouton d'appel, l'inspectrice connecte son téléphone à l'application de surveillance vidéo. L'image se fait. Son portable affiche un famélique 7 % de batterie. Ça devrait tenir. Il le faut. À travers un flot d'images saccadées, l'homme fouille désormais les tiroirs de son bureau. Pas le temps d'attendre, Marie s'engouffre dans les escaliers et en dévale les marches, quatre à quatre. Ses talons ripent sur l'une d'elles, mais elle continue. Elle arrive au – 2, se rue jusqu'à sa voiture, démarre, place le téléphone dans son réceptacle. En moyenne, il lui faut une vingtaine de minutes pour rejoindre son domicile, en périphérie de la ville, dans le quartier de Wassenaar. C'est trop long, beaucoup trop long.

Du coin de l'œil, alors que son Audi A4 émerge du bâtiment d'Europol, sur l'avenue Eisenhowerlaan, sous une pluie battante, elle remarque que l'intrus a quitté la chambre et s'aventure maintenant dans le couloir, sans se soucier le moins du monde d'être repéré. Ses chaussures boueuses qui maculent de crasse la moquette beige. Mais que veut-il ? Distraite, elle manque de percuter un semi-remorque qui arrive sur la gauche. Marie lâche un « merde ! » et s'engouffre dans la circulation dense du milieu de journée. Les essuie-glaces peinent à chasser les torrents d'eau charriés par l'averse. La route resserrée sur une voie forme un goulot, complètement bouché. L'agent d'Europol klaxonne, vocifère, ouvre sa vitre et brandit sa carte pour que les voitures se dégagent. Elle, d'habitude si compassée, hurle à tout va. « Espèce d'enculé, bouge ! C'est une urgence ! » Mais personne ne parvient à déplacer son véhicule. Pas le choix, elle déboîte et passe sur l'allée centrale, réservée à la circulation des tramways. On la pointe du doigt, on la regarde, un peu ahuri. 60, 70, 80 km/h… Le break Audi file comme une bombe. Sur son téléphone, l'homme entre dans leur chambre à coucher. Il passe une main lourde sur les coussins, les draps. Attrape un cadre photo, l'observe. Marie est hors d'elle. Ce type est en train de souiller sa demeure. De la salir, elle. Jansen a du mal à rester focalisée sur sa conduite.

Alors que l'engin poursuit sa course frénétique, une rame de tramway surgit à un croisement. Le conducteur lui fait des appels de phares, active le freinage d'urgence. Marie pile, ses pneus glissent sur le gazon gorgé d'eau. Le break se déporte, évite le wagon de justesse, mais dans sa manœuvre pour rejoindre l'artère principale, percute l'avant d'une grosse BMW. Son pare-chocs est arraché et virevolte sur le bas-côté. Marie se maudit, mais continue.

Elle longe désormais le Van Stolkpark. L'averse est démentielle. Sous les trombes d'eau, la policière peine à distinguer la route. Conduire aussi vite, avec une si mauvaise visibilité, relève de la pure inconscience. Marie n'est pas faite pour ça… Les mains cramponnées au volant, elle slalome d'une voie à l'autre entre les véhicules qui roulent prudemment. Chaque seconde, elle scrute l'écran de son téléphone. L'individu, de retour dans le couloir, longe maintenant l'escalier. Il boite légèrement, son pied gauche à la traîne. Attiré par quelque chose, il s'arrête sur le seuil d'une porte entrouverte. Non… c'est la chambre de Romy. Marie active la caméra à l'intérieur. L'ombre de l'homme s'étire dans l'entrée. L'agent d'Europol ne parvient quasiment plus à fixer la route. Les voitures filent autour d'elle, elle réagit par réflexe, un coup de volant à droite, un autre à gauche. Tout ce qui compte, c'est ce qui se joue là, sur son petit écran. Le salopard est en train d'avancer jusqu'au lit de sa fille. Marie vient de rater la sortie de la N144. D'un coup sec, elle bifurque et traverse le remblai. Des monceaux de terre sont projetés sur la carrosserie. Mais elle continue de rouler à tombeau ouvert. Un œil vers la vidéo. L'homme à la casquette est toujours debout devant le lit de Romy. Il tourne la tête vers la fenêtre. Marie le reconnaît. Il s'agit de Vasile Dragan, l'homme de main d'Horvat, volatilisé la nuit du meurtre. Dragan, l'exécuteur des basses œuvres du milliardaire. Ancien militaire roumain, il a servi le régime de Ceaușescu et travaillé pour la police secrète, la Securitate, au cœur de la prison de Pitești où il était chargé de la « rééducation » des prisonniers. Harcèlement psychologique, torture, meurtre… Dragan a tellement de sang sur les mains. Et il est là, auprès de sa fille. Ses yeux braqués sur son enfant… Sans y prendre garde, Marie a laissé son break dévier sur la gauche. La carrosserie racle la bande de sécurité. Un hurlement de métal. Elle reprend le contrôle. Dragan a toujours ses mains ancrées au-dessus du lit, tel un charognard prêt à fondre sur sa proie. Elle n'est plus qu'à quelques minutes de chez elle. Un nouveau feu rouge. Une trentaine de voitures stationnent, chacune attendant sagement son tour. Marie déroute son engin sur le bas-côté et le fait rouler sur un tapis d'herbe et de feuilles détrempé. Les troncs d'arbre du sous-bois filent sous ses yeux. Elle n'y voit que par intermittence. Sur son téléphone, elle distingue le mercenaire s'abaisser au-dessus du couchage, puis, lentement, amener ses mains vers sa fille. « Non. Pitié ! »

Son écran devient soudain noir, lui renvoyant son reflet déformé, terrorisé. Plus de batterie. Marie, désespérée, tente de rallumer l'appareil. Au même moment, une ombre jaillit sur la droite. C'est un cycliste qui surgit d'un chemin forestier. Marie, par réflexe, donne un coup de volant pour l'éviter. Sa voiture part en tête-à-queue. Elle voit le jeune homme frôler sa portière et chuter, plus loin. La seconde suivante, son Audi s'encastre dans un énorme peuplier. Les airbags explosent. Marie sombre.

On frappe à sa portière. Elle ouvre un œil. Du sang dans la bouche. C'est le cycliste, blessé à la pommette, qui lui hurle dessus. Elle sort des vapes. La policière quitte son véhicule, enroulé autour de l'arbre, le capot fumant. La pluie trempe son tailleur, ses cheveux en quelques secondes. Le cycliste, fou furieux, ne la lâche pas. « Mais vous êtes une malade ! » Elle marmonne une excuse et se met à courir sur le chemin boueux. Elle n'est plus qu'à quelques centaines de mètres de chez elle. Y arriver. Avant que Dragan ne fasse de mal à Romy. Elle retire ses talons et finit sa course pieds nus. Enfin, elle arrive dans la petite rue calme de Bontiuslaan. Ses pieds foulent l'asphalte glacé.

Là-bas, devant sa grande maison blanche, une voiture de police néerlandaise, gyrophares allumés, stationnée sur le gazon. La porte est grand ouverte. Anouk est dans le salon avec une policière. Dans les bras de la nounou, sa fille, Romy, endormie. Marie n'attend pas, et grimpe à la hâte la volée de marches menant à l'étage. Elle hurle : « Il est encore là ! » Et tombe nez à nez avec un second policier qui revient du couloir. Sentant son angoisse, il se veut apaisant : « Il n'y a plus personne, madame Jansen. L'intrus est parti. Votre famille est en sécurité. » Mais ces mots ne lui suffisent pas. Jansen bouscule le flic. Elle a le souffle court. Elle doit vérifier par elle-même. Elle pénètre dans son bureau, découvre le capharnaüm, tous ces dossiers jetés par terre, elle est horrifiée. Un document de la police française mentionnant Francis Venturi gît au sol. Dragan est venu ici. Lui aussi cherche le meurtrier de son ex-patron.

Marie s'écroule, vannée, vidée. Bientôt, Romy vient la rejoindre et se jette dans ses bras. En cet instant, seulement, Marie réalise quelque chose. Quelque chose qui lui fait honte… Son premier réflexe n'a pas été de se ruer sur sa fille pour s'assurer qu'elle allait bien, mais de foncer dans son bureau. Savoir ce que Dragan avait vu, savoir ce qu'il lui avait volé, à elle. Tandis qu'elle rend son étreinte à son enfant, Marie lui répète : « Je suis désolée. » Car jamais une bonne mère n'aurait réagi comme ça. Jamais.

8

2 juillet 1993
L'Île-Rousse, Corse

Ange émerge à la surface. D'un souffle sec, il propulse l'eau piégée dans son tuba, puis laisse l'air marin emplir ses poumons. Il soulève son masque. La mer est cristalline ce matin, d'une visibilité parfaite. Le trentenaire se laisse bercer par les flots. Voilà une heure qu'il nage dans son endroit préféré, la petite crique abritée derrière l'île de la Pietra. Plonger, faire le vide. Pour lui, ça a toujours été le meilleur moyen de se remettre d'aplomb. S'enfoncer dans les profondeurs. Faire corps avec l'élément liquide. Ça le réajuste. Comme s'il abandonnait toutes les images qui le poursuivent, pour un temps, là-bas, au fond. D'un coup de palmes, Ange traverse la passe entre la Pietra et le petit îlet rocailleux de Brocciu. Le granit rose plonge dans la mer, créant des dégradés fascinants de bleu. En bordure de falaise, on passe du cyan au turquoise et, vers les grands fonds, de l'aigue-marine au cobalt. La plus belle des peintures pour Ange, la plus pure. Arrivé au bout de la passe, le plongeur la contourne et, après une grande inspiration, s'enfonce sous l'eau. À quatorze mètres, il s'accroche à un rocher et reste le plus immobile possible. C'est un rendez-vous qu'il a déjà eu tant de fois. Sous l'eau, dans leur royaume, il faut savoir attendre. Le vieux a toujours été craintif. Ange se perd dans l'observation de la valse des anémones, portées par les courants. Enfin, une énorme gueule émerge d'un trou, ses grosses lippes dégoulinant vers le bas, toujours un peu mal luné. Le vieux Gaston. L'énorme mérou est encore là, malgré le temps, malgré les années, avec ses écailles abîmées, son œil crevé. C'est son oncle Barto qui avait fait les présentations, il y a longtemps. Quasiment plus aucun de ces géants ne peuple les eaux de Balagne. Gaston est un survivant. « Il n'y a plus assez de poissons dans notre mer. Si on plonge, c'est pour les regarder, pas pour les décimer. » Barto, comme toujours, semblait penser, vivre à l'extrême inverse de son frère, le père des deux frères. Quand Orso, lui, allait chasser, il fallait faire couler le sang. Que la chevrotine touche. Et qu'elle tue.

Après avoir jaugé le plongeur, Gaston disparaît dans son gouffre, imperturbable. Ange tient encore un peu. Il connaît toutes les espèces qui logent en ces roches. Leurs habitudes. Il sait à quelle heure, aux aurores, quand la mer se lève et que les vagues se brisent sur les falaises, il aura le plus de chances de croiser l'immense banc de sars qui vient se nourrir dans le coin. Leurs éclats d'argent dans l'eau, comme un millier de lames en mouvement. Il sait aussi qu'au cœur de ce bouquet de posidonies se cachent quelques labres merles. Il lui suffit d'être patient, encore un peu. Les poissons au liseré bleu électrique ne tardent pas à sortir leur museau du sous-bois d'algues pour venir le provoquer, en se collant à son masque. Un ballet ridicule. Leur petit corps, face à celui, gigantesque, de l'humain. Prêts à tout pour protéger leurs amas d'œufs accrochés aux tiges des posidonies. Défendre leurs progénitures au péril de leur vie. Leurs grands yeux ahuris, certainement terrifiés, se fixent dans les siens. D'un claquement de doigts, il les fait disparaître. Il est temps de remonter. En de lents mouvements, Ange rejoint la surface, laisse ses oreilles décompresser.

Le plongeur remonte sur le rocher de Brocciu et va se sécher au soleil sur la roche blanche. Face à lui, les falaises de l'île de la Pietra. Tant de souvenirs ici. Entre le bruit du ressac et les hurlements des mouettes, Ange pourrait presque entendre les cris de ses amis quand ils venaient plonger depuis ce promontoire rocheux. C'était l'un des coins préférés de la bande des Biasini. Ils s'y rendaient chaque semaine. Dans leurs sacs, de quoi survivre. Des bouteilles de Banga, quelques paquets de BN et des rouleaux de chewing-gum Roll Up, qu'on ouvrait d'un coup de dents. Entre deux sauts, ils faisaient des concours de bulles qui éclataient au visage et collaient aux joues. Sur ces falaises, c'était à celui qui aurait le courage de grimper le plus haut et faire le grand saut. Tout le long de l'à-pic, le granit écorché a créé des paliers naturels, certains montant à plus de quinze mètres. Plus ils se retrouvaient haut, plus ils avaient le cœur qui se serrait. Mais, à leurs âges, le danger n'existait pas. Ils se pensaient immortels. Et il fallait impressionner son monde. Alors, ils sautaient et comptaient les secondes avant de percuter l'eau, sous les hourras des copains. À ce jeu-là, Dumè et Jacques étaient les meilleurs. Les plus inconscients, aussi. « J'étais plus haut que toi, d'un mètre, au moins ! » Et l'autre de répondre : « *Aiò !* Rien du tout. J'ai dû prendre un élan de fou pour pas m'écraser sur la roche. C'était pas un plongeon, c'était un triple saut ! » Les deux passaient plus de temps à jouer les paons qu'à se jeter dans le vide. Ces après-midi à se brûler la peau au soleil, ces rires à n'en plus finir. Fred qui trouvait toujours une bonne excuse pour ne pas sauter. « Mal au genou… » ; « Je préfère dessiner ». Et il y avait aussi la sœur de Jacques, sa cadette, plus jeune de deux ans, qui les accompagnait parfois. Il se souvient, Ange. Après être restée des mois en retrait, le menton collé sur les genoux à les observer, un jour, la gamine, s'était levée et avait grimpé, bien plus haut qu'eux tous. Puis, elle s'était élancée et avait effectué un saut formidable. Tous les gars étaient restés abasourdis, la bouche entrouverte. C'est à cet instant qu'Ange l'a vue pour la première fois. Ce n'était plus la jeune sœur de son pote Jacques qui les collait tout le temps. Elle était devenue quelqu'un d'autre. Nina. Et ça n'a plus jamais été pareil.

Avant de retrouver son frère pour assister à la présentation de son « plan », Ange a une dernière chose à faire. Il conduit la Lambiasini à travers le sentier qui monte sur la colline surplombant L'Île-Rousse. Il freine dans un nuage de poussière et commence l'ascension. Après une dizaine de minutes à marcher sous un soleil de plomb, il découvre la silhouette esquintée du genévrier. Biasini reste là, une longue minute, la main posée sur l'écorce de son arbre. Une branche s'est brisée, mais l'ancêtre tient le coup. Ange sort le couteau de leur grand-père, creuse le sol. Il y pense depuis son réveil. Enterrer à nouveau le poignard. Pour briser le cycle. Mais au moment de cacher la lame dans les racines, il se rétracte. Replace l'arme dans sa poche. Cette arme, il en aura besoin. Il en est persuadé, le sang coulera. Qu'il le veuille ou non.

Il est 14 heures. Comme ils étaient convenus la veille, Ange, Théo, Dumè et Fred se sont donné rendez-vous à l'entrée du terrain de la vieille ferme de Casanile. Ange suit son frère et ses camarades jusque dans l'ancien entrepôt abandonné. En trois ans, un des murs de briques s'est effondré et une partie du toit en tôle a été dévorée par les ronces. Mais le bâtiment tient encore debout. Le lieu a peut-être entendu trop de cris, ressenti trop de douleurs. Il doit rester debout. En mémoire. Comme une sorte de mausolée, pense Ange. Revenir en cet endroit est difficile pour le plus âgé des Biasini. La dalle de béton au sol garde les stigmates des horreurs qui se sont jouées ici. La chaise en bois qu'utilisait son père pour attacher ceux qu'il voulait punir est toujours là, dans un coin. Les accoudoirs, usés comme de vieux os par ceux qui ont voulu arracher les cordages qui les retenaient. « Ils nous mentent, *figliolu*. Ils nous mentent tous. Ils en ont après moi. » Il y avait les coups, les cris. Puis, enfin, quand il s'était apaisé, arrivaient les flammes. Et Ange devait être témoin de tout ça. Y participer même. « Pour montrer que tu es digne de moi. » La fumée âcre, jaunâtre. Et cette odeur qui collait à la peau, qui s'insinuait au creux de l'âme.

Théo étale plusieurs documents sur la grande table métallique rouillée. Il y a là des plans, des listes, des photographies… Le jeune homme a tellement attendu cela. Il s'y est tant préparé. À venir seul ici, dans l'entrepôt vide, pour répéter et répéter encore. Il veut les impressionner, qu'ils se rendent tous compte de ce dont il est capable. Surtout Ange, évidemment. Il s'allume une cigarette, la consume en trois bouffées et l'écrase. Ça devrait le calmer un peu. Après avoir guetté un encouragement sur le visage de son frère, qui reste de marbre, Théo se lance.

— Les amis, avant tout, je voulais vous dire que je suis heureux qu'on soit là, tous les quatre, ensemble. C'est important.

— C'est quoi ton projet, Fulminente ? Nous faire chialer ? le coupe Dumè.

— Laisse-le parler, *cuglione*, rétorque Fred, d'un ton sec.

Théo reprend, s'emballe, s'emmêle, il parle trop vite, il le sait. Mais le stress et l'excitation le dévorent.

— Bon… Vous le savez, ça fait des semaines que je bosse sur un gros, très gros projet. Il s'agit d'une série de braquages. Des braquages, ouais… Mais… ce que je m'apprête à vous présenter les gars, c'est du jamais vu. Un truc… un coup qui n'a jamais été tenté ni ici ni nulle part. De quoi nous mettre à l'abri du besoin, nous et nos familles, pendant longtemps. Et si on gère bien notre affaire, on parlera encore de nous dans des années !

— On t'écoute, *Fratè*.

L'intervention d'Ange apaise le débit à la mitraillette du jeune.

— On va lancer une série de braquages, mais pas sur des restaurants ou sur des fourgons blindés, ni même sur des banques… Non, nous on va faire ça autrement. Depuis là-bas. La Grande Bleue.

À travers un trou béant entre des plaques de tôle, il pointe la Méditerranée du doigt.

— Des braquages en mer. Voilà mon plan. On va prendre d'assaut des yachts de millionnaires.

Sur la table, Théo étale quelques photos présentant d'énormes navires. Salons luxueux. Dorures. Pistes d'hélicoptère. Verres en cristal, couverts en argent. Piscines surplombant la mer. Chambres princières…

— Ces prochains jours, vous le savez, tous les méga-yachts vont affluer vers nos côtes. Ils feront escale en Corse avant de continuer de naviguer vers le sud. Chaque année, ils suivent tous les mêmes itinéraires. Ils traversent depuis le continent en venant de Monaco, Saint-Tropez ou Cannes et accostent à Saint-Florent au nord, avant de descendre en logeant les côtes vers Porto-Vecchio, l'île de Cavallo ou la Sardaigne. Ils passent juste devant chez nous. Il n'y a qu'à tendre la main pour se servir. D'après mes renseignements, le personnel de bord n'est pas préparé pour des abordages. Ils n'ont reçu aucune formation, n'ont pas d'arme, pas d'équipement pour se défendre, aucun système d'alarme. À partir du moment où on parvient à monter sur le navire, on est chez nous.

— Putain, on va devenir des pirates ! s'exclame Dumè, un grand sourire aux lèvres.

— Des pirates modernes, ouais, le Géant ! On sera furtifs, équipés, bien préparés. Mais l'idée est là. On va piller ces enculés qui viennent parader chaque année le long de nos côtes.

Théo marque une pause. Il pourrait leur en dire plus. Leur expliquer comment et pourquoi il a eu cette idée. Ce que ces braquages signifient vraiment pour lui. Cinq ans plus tôt, pendant quelques mois, il avait voulu prendre de la distance avec sa famille. Juste après avoir aidé son père à ramener Ange auprès de lui. Mais avec le retour de son frère, Théo était redevenu invisible. Encore une fois, il n'avait rien gagné en échange, même pas une once de considération du paternel. Alors, il avait fichu le camp. Le jeune, âgé de vingt-deux ans, avait tracé plein sud et trouvé un boulot de serveur dans une brasserie du port de Bonifacio. C'est là, dans la chaleur estivale et les odeurs de gras qui collent à la peau, qu'il avait commencé à les haïr. Chaque jour, il lui fallait trimer, suer, tandis qu'il les voyait, eux, propriétaires de ces bateaux mirifiques, s'installer en terrasse, avec leurs épouses sculptées au scalpel, leurs gamins insupportables. Ça commandait des plats qu'ils ne terminaient jamais, des bouteilles hors de prix qu'ils buvaient de leurs grosses lèvres dégueulasses. À parler trop fort, à vivre trop grand. Et lui, au milieu, qui n'existait même pas pour eux. Invisible. Comme s'il errait dans une autre dimension, une autre sphère de réalité. Théo avait déjà trop ressenti ça. Être gommé du monde. Ça avait été ainsi toute sa vie, chez lui. Pendant ces longues semaines, il les avait maudits. Et il n'y avait pas qu'eux, il y avait les autres, les pires, ceux qui ne daignaient même pas poser un pied sur son île, de peur de salir leurs beaux mocassins. Eux qui restaient à bord de leur palace flottant, paradant sur les ponts arrière, avec leur coupe de champagne et leur peau cramée à l'ultra-bronzant. Pendant que les *pinzuti*, les quidams, les regardaient, la bave aux lèvres. Les riches, eux, semblaient se gaver de ça. De l'envie des autres, de leur jalousie. Ces gens le débectaient. Parce qu'il n'y avait jamais eu droit, lui. Alors qu'il aurait pu, qu'il aurait dû. Son père était le seigneur du nord de l'île. Un roi. Mais toute sa vie, sa famille avait dû vivre les volets fermés. Avec Orso, il fallait faire profil bas. « On ne sait jamais. » Ne rien acheter de trop voyant. Ne rien dépenser qui attirerait les soupçons. Ne pas faire de vagues. Les putains de millions qu'Orso Biasini avait gagnés dans ses affaires, ils n'en ont jamais vu la couleur. Il les détestait, Théo, ces saletés qu'il voyait quitter le port dans leurs somptueux bateaux. Car lui resterait toujours à quai.

Théo replace une mèche de cheveux en arrière, hésite. Et pourquoi pas ? Et pourquoi ne pas tenter de leur expliquer à eux, ses amis d'enfance. S'il y en a qui peuvent comprendre, ce sont bien ces trois-là. Finalement, il se lance.

— Ces braquages, c'est une revanche. De ceux qui n'ont rien sur ceux qui ont tout. Une forme de justice. On va rééquilibrer la balance. Arrêter de se contenter des miettes et mordre à pleines dents dans ce que la vie a à donner. Prendre notre part de gâteau.

Il n'y a pas que ça, évidemment. Il devrait ajouter que ces casses seront comme un doigt d'honneur. Levé, bien haut, contre l'ombre de leur père qui le poursuit partout, toujours. Mais il n'ajoute rien, il en a déjà trop dit. Ange embraye.

— Théo, s'attaquer à des navires de luxe, ça ne risque pas d'attirer l'attention de la police ? En moins de deux, on aura tous les flics de l'île aux trousses.

— C'est pour ça qu'on doit frapper vite et fort. Si on opère comme je l'ai prévu, en moins de quinze jours l'opération sera terminée et *la pulizza* n'aura même pas le temps de réagir.

C'est au tour de Fred d'intervenir :

— Comment tu peux être certain qu'il y a du pognon à se faire ? C'est au petit bonheur la chance, ton histoire. On ne sait même pas si ces types se baladent avec du liquide.

— J'ai mes sources… J'ai noué deux contacts pour cette opération. Le premier bosse à la capitainerie de Calvi. Il voit passer tous les yachts depuis des années. Et il sait que ces types adorent sortir leurs liasses de billets. Et je l'ai vu, moi aussi, quand je bossais à Bonifacio. On est au point de départ de leurs vacances. Il leur faut du liquide pour payer l'essence, les restaurants, les sorties… Ils auront du blé à plus savoir qu'en faire. Ces connards d'*arciricchi* se baladent avec des dizaines de milliers de francs planqués au chaud dans leurs coffres. Rien que ça, plus les bijoux, les montres et on se fait un beau pactole avec un minimum de risque.

— Et ton autre contact ? renchérit Fred.

— Un cave que j'ai levé et qui bosse au port de Cannes. Il est chargé de l'hivernage des yachts appartenant à des étrangers. Il passe l'année à les préparer, les entretenir. Il les connaît par cœur. C'est lui qui m'a procuré les plans, les photos des intérieurs.

— Comment on s'y prend ?

— J'ai tout anticipé. D'un côté, mon contact à Cannes me rancarde sur les différents départs, me transmet les plans de navigation. De l'autre, celui à la capitainerie de Calvi nous annonce quand les navires ont fait des réservations pour se mettre à quai. On aura une idée précise de leur départ et de leur arrivée. Une fois qu'on a tout ça, il nous suffit de choisir quand frapper.

— Et comment tu comptes nous faire monter à bord, sans que l'équipage ait le temps de prévenir les garde-côtes ?

— C'est pour cela que la présence d'Ange à nos côtés est essentielle. Il nous faut un poisson… Le frérot partira le premier, à la nage, et approchera du bateau en apnée. Pendant qu'on l'attendra, une centaine de mètres plus loin, à bord d'un Zodiac. Une fois à bord, Ange devra atteindre le poste de pilotage, la timonerie, désactiver la radio VHF et sécuriser la zone. Puis, il nous enverra un signal lumineux et on foncera sur le navire. Ensuite, on lance l'abordage, on récupère le pactole et on file aussi sec.

Ange enfonce les mains dans les poches de son jean et marmonne.

— En gros, je dois faire tout le boulot. Prendre tous les risques…

— Non, frère. Tu resteras seul quelques minutes à peine. Une fois qu'on t'aura rejoint, c'est Dumè et moi qui nous chargerons de récupérer le fric et les bijoux. Fred attendra dans le Zodiac, prêt à repartir.

— Et tes fameux bijoux, tu comptes les écouler comment ? interroge Fred.

— J'ai un acheteur. Un gars du continent, un joaillier, basé à Marseille. Il fera fondre l'or et dessertira les pierres précieuses. Les bijoux disparaîtront de la circulation. Le gars n'est pas lié au pays. Impossible de faire le recoupement.

— Et le clan du Mistral. Tu crois qu'ils vont nous laisser faire ?

— Mes contacts sont fiables, ils ne parleront pas. Je leur lâcherai un bon pourcentage sur chaque prise. Venturi et les autres ne se douteront jamais que nous sommes derrière de tels coups.

Au nom de Venturi, les regards de Théo et son frère se sont croisés. Il a prévenu son aîné que ses camarades n'étaient pas au courant de ses dettes auprès du parrain. Ange enchaîne pour que la conversation ne traîne pas sur le sujet.

— Tu as prévu combien de braquages ?

— Trois. À chaque fois, on change de zone et on efface nos traces. Premier braquage, dans le désert des Agriates. Le deuxième, à la réserve de Scandola, le dernier, dans les Calanques. On se déplace, on bouge, on les surprend. On garde toujours un coup d'avance. Il faut que tout soit bouclé en moins de deux semaines.

— Et la première cible ?

— Le *Sea Princess*. Le yacht d'un industriel américain, patron de plusieurs magazines et chaînes de télé. Ian Sandler, soixante-quatorze ans. Le vieux adore faire la fête avec des poules de luxe et ses potes. Mon contact les a déjà vus, plusieurs années de suite. C'est des gras du bide. Quand on arrivera à bord, ils ne feront pas les malins.

Théo déroule un plan sur la table fatiguée. Et balance de nouvelles photos. Le groupe découvre un navire à la coque noire effilée avec trois ponts et une grande galerie vitrée.

— C'est un navire de 46 mètres, construit en 1986. Il y a habituellement dix membres de personnel de bord pour une dizaine de passagers. Un cuisinier, deux hôtesses, un capitaine, trois skippers, deux femmes de ménage et un ingénieur. J'ai fait exprès d'opter pour ce navire en premier. On commence en s'attaquant à un yacht de taille moyenne. Ça nous permettra de prendre nos repères.

— 46 mètres, ça fait pas mal de coursives et de couloirs où se cacher… ajoute Fred.

— Personne n'aura le temps de se planquer. On va frapper au beau milieu de la nuit. Ils ne comprendront rien à ce qui se passe.

— Et tu as prévu le casse pour quand ?

— Après-demain.

— Ça nous laisse peu de temps…

— On n'en a pas besoin, Fred. J'ai déjà tout préparé. Vous devez me faire confiance.

— Je le sens bien, moi ! dit Dumè.

Ange coupe net l'enthousiasme du Géant.

— Non. C'est de la folie. Je suis désolé de casser vos rêves, les gars. Mais c'est trop gros. Regardez-vous, vous êtes des petites frappes. Des amateurs. Vous n'avez jamais monté un coup de cette ampleur. Vous n'avez pas les épaules. Un yacht, c'est autre chose que de braquer un camion de livraison ou de faire un petit cambriolage dans une propriété de touristes.

En entrant plus tôt dans l'entrepôt abandonné, Ange avait immédiatement repéré les cartons entassés dans un coin. Des chaînes hi-fi, consoles de jeu, écrans de télé…

Du matériel high-tech qu'ils ont dû voler ces derniers mois… et qu'ils peinent à écouler.

Théo s'allume une nouvelle cigarette, piqué au vif, les doigts tremblotants.

— On n'est pas des débutants, Ange. Tu crois quoi, qu'on t'a attendu pour monter des gros coups ? On a de l'expérience. On est prêts… Papa a bien commencé comme ça, lui aussi ! En braquant des fourgons. C'est comme ça qu'ils ont fait exploser le business du Mistral. On pourrait suivre leur exemple. Créer notre propre clan. Et toi, avec ces années aux côtés du paternel, tu vas nous aider, nous aiguiller. C'est notre chance, frère.

Ange s'emporte.

— Notre chance… Je sais comment ça se termine, moi ! J'ai accompagné Papa sur ses derniers bracos. Y a toujours un imprévu. Plus c'est gros, plus il y a de risque que ça nous pète à la gueule. Et là, c'est trop énorme. Je suis désolé mais t'es pas plus intelligent qu'un autre, Théo. Si personne n'a tenté de tels casses, c'est qu'il y a une raison. Parce que c'est trop risqué. T'as bien bossé, il n'y a rien à dire, mais moi, je ne le sens pas.

— Ange, j'ai besoin de cet argent. J'ai besoin de toi. Tu sais ce qui est en jeu.

Théo fixe son frère. Il y a de la détresse dans ses yeux, de la peur.

— Tu ne peux pas nous lâcher.

Ange aimerait les décourager. Mais la machine est en route. Et Berguer a été clair. Il lui faudra des noms, des informations.

— *Merda*… Bon, dans ce cas, je pose mes règles. On prend des armes pour tenir tout le monde en respect, mais je veux qu'elles ne soient pas chargées. Je ne veux pas de blessé, OK. Pas de violence non plus, on évite de matraquer à tout va. Compris, Dumè ?

— Le dernier qui a fracassé un type ici, c'était pas moi… C'est toi qui devrais te surveiller, Beaumont. T'as toujours eu le sang chaud.

— Autre chose. Le butin, c'est moi qui le garde jusqu'à ce qu'on ait fini les trois braquages. Je veux pas que vous commenciez à tout claquer et vous faire repérer par les flics.

— C'est pas notre genre, dit un Dumè, sourire malicieux aux lèvres.

— Bon, ça veut dire qu'on est tous d'accord. On se lance ?

Dumè et Fred acquiescent. Théo se tourne vers son frère.

— Allez, Ange, pour une fois, pour une putain de fois, fais-moi confiance !

— C'est un plan en béton armé, moi je dis ! claironne Dumè.

— Mon frère, ça fait des semaines que je prépare ce coup. J'ai pensé à tout, jusque dans les moindres détails. Tout va bien se passer.

Tandis que Théo explique son plan d'action, Ange observe ses amis d'enfance. « Tout va bien se passer. » Au contraire, ça ne peut que mal se terminer. Car, même si par miracle ils s'en sortent, Berguer les attendra au bout de la route.

C'est une impasse. Une foutue impasse.

9

4 juillet 1993
Désert des Agriates, Corse

Au clair de lune, quatre silhouettes se détachent sur le rivage de la petite crique, au fond de l'anse de Malfalcu. Par intermittence, un rond incandescent apparaît. De loin, on pourrait croire à une luciole. Le Zodiac anthracite tangue sous le roulis nocturne. Théo envoie virevolter son mégot. Au contact de l'eau, la braise meurt dans un crépitement sec. Silence à bord. Personne n'a envie de parler. La tension monte… Le plus jeune garde les yeux rivés sur sa montre. 2 h 24… Ils ont déjà perdu trop de temps. Tous ont enfilé leur combinaison de plongée noire et gardent leur cagoule remontée sur le front, pour plus tard. Quand il leur faudra dissimuler leur visage. Pourtant, ils ne sont pas totalement invisibles. Dumè lève la tête et fixe l'énorme globe de la Lune, au zénith, juste au-dessus d'eux. Dans un juron, il crache dans l'eau. Fred, à la proue, est allongé sur le Zodiac et observe le *Sea Princess* avec des jumelles. Ça fait près de quarante minutes qu'ils ont embarqué sur le pneumatique et qu'ils attendent… Que Fred leur confirme que les passagers du yacht de Ian Sandler sont enfin allés se coucher. Pour la énième fois, Théo demande :

— Il se passe quoi, à bord ?

— Toujours ce foutu couple dans le salon arrière. Attends… Ça y est… ils se lèvent. Ils descendent dans leur cabine. On est bons !

Malgré l'excitation qui parcoure le petit pneumatique, Ange s'efforce de rester imperturbable et de continuer ses exercices de respiration. La journée a été longue, exténuante, il lui faut se recentrer. Partis aux aurores, ils ont dû naviguer jusqu'au cœur du désert des Agriates, cette zone sauvage qui s'étend sur une cinquantaine de kilomètres entre Saint-Florent et l'Ostriconi. Propriété du littoral depuis 1979, la région est protégée. Pas de constructions, très peu de routes praticables. Côtes déchiquetées. Vallons couverts d'un maquis sec et bas. Un désert qui n'en est pas un et qui abrite une dizaine de cours d'eau, marais et lagunes. Les traces de l'homme se limitent à quelques rares vestiges archéologiques et à des bergeries depuis longtemps abandonnées. Bref, l'endroit idéal pour mettre leur plan à exécution.

Au petit matin, Théo et ses camarades ont embarqué à bord du Zodiac et longé la côte à allure moyenne. Ils auraient pu aller bien plus vite, mais il ne fallait pas attirer l'attention. Ils avaient, à leurs pieds, tout leur équipement dissimulé sous du matériel de pêche. À chaque bateau qui approchait, les amis retenaient leur souffle, espérant qu'il ne s'agisse pas d'une patrouille de gendarmes venue les contrôler. Mais finalement, après deux heures de navigation, ils sont arrivés dans l'anse de Malfalcu. Théo en était convaincu, c'était le seul mouillage dans la zone avec assez de fond pour accueillir le yacht de Sandler durant la nuit. Ils ont tiré le Zodiac hors de l'eau, l'ont dissimulé sous un arbuste. Fred et Théo se sont installés en haut de la colline et, jumelles braquées vers le large, ont attendu. En milieu d'après-midi, l'énorme navire est enfin apparu à la pointe de Pietra Alta. Sa coque noire fendait les eaux... Les deux amis sont restés pétrifiés, priant pour que le navire ralentisse aux abords de la crique. Quand le *Sea Princess* a entamé sa manœuvre, Théo a sauté de joie et serré Fred dans ses bras. Ça a fait sourire son frère, resté en contrebas sur la plage, de les voir si heureux. C'était déjà une petite victoire.

Les yeux fermés, Ange fait quelques ultimes exercices respiratoires, puis vérifie encore une fois son équipement. Son tuba, son masque, ses palmes. Sa ceinture de plomb. Son pistolet et sa lampe étanche. Il est paré.

Dumè a du mal à dissimuler son stress.

— Je croyais que t'avais pensé à tout, le Génie ! Mais t'as vu cette Lune ? C'est comme si on attaquait en plein jour. C'est trop risqué les gars, je ne le sens plus.

La manœuvre d'approche va être tendue, ils le savent.

— Ça va bien se passer, Dumè. Ils ne vont rien voir venir, réplique le jeune homme.

Ange surenchérit.

— Théo a raison. On a été trop loin pour faire marche arrière. Je suis prêt.

Ange reprend sa respiration. Retrouver son rythme. Lent, profond. Vider la moindre parcelle d'air, puis regonfler ses poumons. Ses automatismes reviennent, ils ne l'ont jamais quitté. Ça fait des années, quatre ans exactement, qu'il ne s'est pas retrouvé avec son frère sur un bateau, prêt à plonger. La dernière fois, ça ne s'était pas bien terminé. Il s'agissait de son ultime entraînement avant de tenter de battre le record de plongée en apnée *no limit*, détenu alors par Francisco Ferreras. 112 mètres de profondeur. On promettait un grand avenir à Ange Biasini. On voyait en lui le digne successeur du légendaire Jacques Mayol. Ce matin-là, au large de la citadelle de Calvi, les conditions étaient idéales, la mer aussi lisse qu'un lac. Il était accompagné de Théo, de quelques amis du club de plongée et de son entraîneur, Barto. La descente s'était d'abord parfaitement déroulée. Ange se sentait en pleine maîtrise de son corps. Son équipe avait prévu que la gueuse, cette armature en acier qui glisse le long d'un filin lesté, s'arrête à 100 mètres. Mais alors qu'Ange s'était retranché au plus profond de son être, dans un état de concentration extrême, une alarme s'était déclenchée en lui. La plongée était anormalement longue… Il faisait de plus en plus froid. Et ses poumons lui semblaient trop comprimés… Depuis plusieurs secondes, la gueuse aurait déjà dû buter sur la cale des 100 mètres. Pourtant, elle continuait de l'entraîner vers les abysses. Il y avait un problème. Ange avait lâché la poignée pour la freiner. Et, en quelques mouvements précis, ouvert la bouteille pour activer le parachute de plongée, qui s'était alors gorgé d'air. Lentement, la gueuse avait débuté sa remontée. Sentant qu'il suffoquait, qu'il ne tiendrait pas le coup, le Corse n'avait pas eu d'autre choix que d'ouvrir à fond la bouteille pour accélérer sa progression. Durant ces secondes qui semblaient une éternité, il avait failli se laisser happer par les ténèbres. Son corps envoyait des alertes incessantes à son cerveau. Le terrible réflexe respiratoire se mettait en place, lui commandant d'ouvrir la gueule pour happer de l'oxygène. Il lui avait fallu combattre cet appel de toutes ses forces. La surface miroitante, sur laquelle se reflétaient mille éclats de soleil, lui paraissait si inaccessible. À bout de force, Ange avait été emporté par une syncope à quelques brassées de l'air libre et s'était crevé les tympans. Il avait failli y rester. Quand il avait repris connaissance sur le bateau de plongée, les oreilles en sang, c'était le chaos autour de lui. On débattait, on hurlait pour tenter de comprendre qui était à l'origine de l'incident. Malgré son état vaseux, Ange comprit que la cale censée stopper la gueuse le long du fil lesté à 100 mètres, avait été placée à 120 mètres de profondeur. Sans le savoir, il venait peut-être de battre le record du monde. Dans son équipe, tout le monde se renvoyait la faute. Mais Ange avait mis fin aux discussions. Ça n'avait pas d'importance. C'était fini pour lui. Ce qui venait de lui arriver, c'était un signal. La mer lui avait envoyé un message. Elle ne voulait plus de lui. Ange avait abandonné ses rêves et était retourné « travailler » auprès de son père. Sa malédiction l'avait rattrapé.

Avant de plonger, Ange se retourne vers son frère. Et lui murmure :

— Théo, promets-moi quelque chose… Ce qu'on s'apprête à faire, tout ça… Tu le fais pour toi, pour nous ? Pas pour le vieux ?

— Évidemment, je m'en fous de lui. Je m'en suis toujours foutu. Papa est mort et ça me va très bien.

Ange acquiesce, ajuste son masque, place ses palmes dans la mer encore chaude.

— Dès que j'ai sécurisé la cabine de pilotage et coupé la radio, je vous envoie trois courts signaux lumineux. Cinq, en cas de danger ou si j'ai besoin d'aide. OK pour vous ?

Ils répondent au diapason. « OK. » Ange lève un pouce et se laisse tomber à l'eau.

Théo voit son frère s'éloigner à la nage sur une trentaine de mètres, puis, dans un discret claquement de palmes, disparaître sous les flots. Il a les mains moites, le poing serré sur la poignée de moteur du Zodiac. Fred, à l'avant, se contorsionne avec ses jumelles pour essayer de repérer le plongeur. Théo active son chronomètre. Il faut que ça se passe bien. Il le faut.

Sans même retirer ses binoculaires, Fred intervient :

— Pas de visu sur Ange. Par contre, c'est bizarre, la lumière vient de se rallumer dans la timonerie. Et il y a du mouvement sur le pont avant. Trois skippers qui avancent vers la proue…

Équilibré par sa ceinture lestée de plomb, Ange nage au-dessus d'un banc de sable, par cinq mètres de fond. Le *Sea Princess* est à moins de trente mètres. La coque du navire, une ombre massive, se fait plus claire. Ange peut aisément tenir. Dix mètres, cinq. Le plongeur émerge le long de la coque noire. Il inspire. Au-dessus de sa tête, un hublot ouvert. Des voix avinées qui parlent anglais. Certainement le dernier couple qui vient d'aller se coucher… Ils vont avoir une drôle de surprise. Sans un bruit, Ange nage vers la plage arrière du navire qui lui permettra de monter à bord. Soudain, un grondement lourd. Il passe la tête sous l'eau. Dans un tourbillon d'écume, les deux énormes hélices des moteurs se mettent à tourner. À l'avant, un autre bruit. Un raclement. Il aperçoit la chaîne glisser sur le sable. Le *Sea Princess* lève l'ancre. Merde. Les énormes pales des moteurs accélèrent, et créent un vortex aspirant l'eau. Ange se sent attiré, irrémédiablement, vers ces lames qui tournoient. Le bateau, déjà, avance, à allure très lente. Il tente de se retenir à la coque, s'accrocher, mais ses doigts trempés ripent sur l'acier.

Avant même que Fred ne le lui dise, Théo a compris. Le son a empli toute la baie. Le *Sea Princess* vient de démarrer ses moteurs. Les trois amis se regardent, interloqués. Que faire ? Ils se connaissent assez pour savoir qu'ils n'ont pas le choix. Il leur faut foncer jusqu'au yacht, secourir Ange et filer. Théo enclenche le starter du moteur, tire la corde. Mais rien ne vient. Le 40 chevaux refuse de démarrer.

Le brouhaha est assourdissant. Les hélices sont tout près. Mû par son instinct, Ange se met à crawler pour remonter vers l'avant du yacht. Mais il fait du surplace. De toutes ses forces, il palme pour gagner quelques centimètres. Là, un peu plus haut, un cordage pend dans le vide. Son salut. S'il parvient à le saisir, il pourra monter à bord. Tout en continuant à nager, il détache sa ceinture de plomb pour gagner en vitesse. Il s'aide de ses bras, sans plus trop se soucier de se faire repérer.

Il doit y arriver. L'épaisse corde est là, juste au-dessus de lui. Il tente une première fois de se hisser en hauteur pour la saisir mais retombe aussitôt dans l'eau. Dans sa tentative, il a perdu plusieurs mètres. Il n'aura pas l'énergie de recommencer indéfiniment. L'ancre est quasiment remontée. Le yacht ne va pas tarder à accélérer. La prochaine fois doit être la bonne.

Mais pourquoi ce foutu moteur ne veut-il pas démarrer ? Théo est comme fou… Il frappe sur le capot. Dumè, dépassé, répète : « Putain, putain… » Ça le rend encore plus furieux. Il ne peut se retenir et hurle :

— C'est de ta faute, Dumè ! Où as-tu trouvé ce rafiot pourri ? Tu m'avais juré que c'était un bon plan, une super affaire… On ne peut pas te faire confiance.

— Je comprends pas, Théo. J'ai tout bien vérifié… Il marchait du tonnerre.

Théo continue à s'escrimer sur la corde. Il n'a qu'une pensée en tête. L'opération ne peut pas tomber à l'eau. Après tous ces préparatifs… Il doit y arriver. Fred retient son bras.

— Arrête, Théo, tu vas noyer le moteur. Pousse-toi, je vais regarder.

Théo obtempère et observe son chronomètre. Les secondes s'égrènent, compte à rebours infernal. Cinq minutes se sont déjà écoulées. Et son frère est, là-bas, livré à lui-même. Ils n'ont toujours pas reçu son signal. Ce n'est pas bon signe. Pas bon signe du tout.

Raté… Encore une fois, Ange frôle le cordage du bout des doigts. Il n'y arrivera pas comme ça. Il ne lui reste qu'une solution. Il plonge, donne d'énormes coups de palmes pour s'enfoncer. À six mètres de profondeur, il s'arcboute et remonte à la verticale. Dans une ultime impulsion, il se propulse hors de l'eau, tend les bras, saisit la corde des mains. Ça y est. Il la tient. Enfin, il se hisse et s'accroche au bastingage. Pas une seconde à perdre. Ange a beau ne plus sentir ses jambes, il retire ses palmes, et les laisse tomber à l'eau. En franchissant la barrière, il remarque du mouvement à l'avant. Dans leurs polos blancs, trois skippers regardent l'ancre remonter, tout en discutant. L'intrus ne doit pas se faire repérer. Pas maintenant. L'aîné des Biasini abaisse sa cagoule et, tassé sur lui-même, longe la passerelle jusqu'à l'arrière du navire. Pour accéder à la timonerie, il doit traverser le carré, un grand salon luxueux. Plusieurs canapés confortables sont disposés autour des baies vitrées. Tableaux de maître aux murs. Colonnades en bois précieux. Bouquets de fleurs dégoulinants de couleurs. Cadavres de bouteilles de champagne. Ange est à mi-parcours quand il surprend un mouvement dans l'escalier menant vers les cabines. Il se glisse entre un canapé et la baie vitrée. Une hôtesse apparaît, plateau à la main, et débarrasse les tables en maugréant. Elle est à moins d'un mètre de lui. Si, par malheur, elle repère ses traces de pas trempées sur la moquette bleue, il est fichu.

Fred, méticuleux, analyse le moteur. « Bon, ce n'est pas un problème de starter… je ne pense pas que ça soit la bougie, non plus… » Il vérifie le réservoir, posé en fond de cale. « Mais bien sûr ! Quand on a sorti le Zodiac de l'eau, on a remué l'essence et des impuretés ont dû boucher l'arrivée de fuel. Une seconde. »

Il appuie énergiquement sur la poire reliant le moteur au réservoir. « Vas-y, essaie. » Le benjamin des Biasini ferme les yeux et tire sur la corde. Il faut que ça marche. Dans un hoquet, le moteur démarre enfin. Théo met les gaz. Intérieurement, il pense : « Tiens le coup, frérot. Une minute seulement. »

Après avoir rempli son plateau et passé un coup de chiffon sur les tables, la jeune femme vient de repartir vers l'étage inférieur. Elle ne l'a pas vu. Ange accède au deuxième pont. Il avance entre les annexes, deux canots Riva à la coque en acajou parfaitement vernie. Le poste de pilotage est juste au-dessus. Un dernier escalier, puis la porte du cockpit, ouverte. Le capitaine, un grand escogriffe d'une cinquantaine d'années au crâne dégarni, est là, de dos, occupé à surveiller la manœuvre des matelots. Ange dégaine son pistolet, saisit l'homme et lui plaque son arme dans le dos.

— Arrête le moteur.

— Comment ? Qui êtes-vous ?

— Ta gueule et fais ce que je te dis. Coupe ce putain de moteur.

Il le pousse jusqu'au tableau de commande. Le pilote s'exécute. Puis, d'un coup de pied à l'arrière du genou, il le force à s'abaisser. Via un talkie-walkie, on entend une voix, celle d'un des marins.

— Cap'tain, qu'est-ce qui se passe là-haut, pourquoi avoir arrêté le moteur ?

Ange murmure au chef de bord, son arme enfoncée dans ses côtes.

— Tu leur réponds que tout va bien, que vous devez reporter le départ d'une heure, que c'est Sandler qui l'exige. Qu'ils déroulent l'ancre et vite. Et un conseil. Joue pas au malin.

L'homme obtempère et répète le message. Biasini ose un œil vers la proue du yacht. Obéissant aux ordres, les marins abaissent l'ancre. Profitant de ce que son agresseur a relâché son emprise, le commandant se dégage et appuie sur l'avertisseur sonore. La corne de brume retentit une fraction de seconde, assez longtemps pour que son hurlement déchire la nuit. Ange lui assène un coup de crosse sur l'arrière du crâne. Le type s'écroule. La seconde suivante, la radio crépite : « Capitaine ? Il y a un problème ? » Ange ne peut pas courir le risque de répondre… La voix, à nouveau : « Capitaine ? Bon. J'envoie Steve et Gianni vérifier que tout va bien. » Deux des marins sont en train de remonter vers le troisième pont. Bientôt, ils seront là, face à lui. Ange attrape sa torche et, par la fenêtre, exécute le signal d'urgence. En espérant qu'ils le verront. Puis, il arrache les câbles de la VHF. Au moins, l'équipage ne pourra plus contacter l'extérieur. Ensuite, il saisit le corps dans les vapes du cinquantenaire, l'amène contre lui et lui appuie son pistolet sur le crâne. Il va falloir gagner du temps. Après tout, il est le seul à savoir que le flingue n'est pas chargé. Du bruit dans l'escalier extérieur. Ils arrivent. Ange est pris au piège.

Le Zodiac noir rebondit sur les vaguelettes. L'imposante silhouette du *Sea Princess* se dévoile devant eux. Le yacht s'est, heureusement, arrêté. Mais le klaxon du navire vient de retentir. Et, un instant plus tôt, les trois amis ont repéré cinq flashs de lumière. Le message est clair. Ange est en danger. Théo ne perd pas de temps à faire une manœuvre discrète, comme il l'avait prévu. Alors que le Zodiac percute la plage arrière du yacht, il rappelle aux autres d'enfiler leur cagoule, coupe le moteur, accroche un cordage à la va-vite et grimpe à bord. Des membres d'équipage et des passagers, l'air ahuris, émergent des cabines. Dumè les menace de son arme. Fred, quant à lui, reste à bord du semi-rigide. Théo, enfin, avale les marches et monte jusqu'à la timonerie.

Ange est là, il tient en joue le capitaine. Autour de lui, deux matelots l'encerclent. L'un d'eux a sorti un cran d'arrêt et le brandit en direction de son frère. Théo n'hésite pas et fait feu en l'air. Les deux gars se retournent. Il les force à s'allonger, mains sur la tête. Ensuite, tout va très vite. Ange et Théo n'échangent aucune parole. Le temps presse. Ils ont repéré les lumières qui se sont allumées à bord des deux voiliers au mouillage dans la baie. Les plaisanciers vont essayer d'entrer en contact avec le *Sea Princess* via la VHF. S'ils n'ont aucune réponse, ils pourraient prévenir les autorités. Les frères attachent les marins et le capitaine avec des colliers de serrage, les bâillonnent et les forcent à redescendre avec eux. Une fois l'équipage complet réuni dans le carré, Théo identifie le propriétaire du yacht, Ian Sandler, et le force à le suivre jusqu'à la suite principale. Ange et Dumè répètent « silence », leurs flingues pointés sur le groupe. Ça chuchote, ça prie et ça sanglote parmi la petite vingtaine de personnes entassées, à genoux, sur la moquette.

Les plans du navire gravés dans son cerveau, Théo trouve la chambre du propriétaire à l'avant du *Sea Princess*. Il en ouvre la porte d'un coup d'épaule et balance Sandler, à l'intérieur. Le septuagénaire, ses cheveux en pagaille, trébuche et lève les deux mains en signe d'apaisement en répétant : « *Easy. Calm down...* » Théo colle le canon de son pistolet sur son front et avec quelques mots secs, qu'il a longuement répétés :

— *Give me the money ! Fast !*

L'homme baragouine. Il explique qu'il n'a rien à bord. Pas grand-chose. Il tend sa montre, sa bague. Théo s'en saisit et enchaîne :

— Le coffre. *The safe. I know.*

Tout en le gardant dans sa ligne de mire, il soulève le matelas du lit et révèle un coffre-fort. Mais Sandler ne veut pas lâcher. Malgré la peur, malgré le danger.

— *I don't know the combination. I can't open it.*

Théo lui décoche un coup de poing. Le millionnaire s'effondre. Biasini l'attrape par le col de son pyjama. La pommette du vieux s'est fendue et pisse le sang. Ange le force à ouvrir la bouche et cale son canon à l'intérieur. Ses dents crissent contre le métal. Puis, sans même essayer de parler en anglais :

— Maintenant tu l'ouvres ou je te fais exploser le crâne.

— *All right. I'll open it.*

Sandler, enfin, s'exécute. Théo retire son doigt de la gâchette, la main tremblante. Il était prêt à tirer... Le vieil homme extrait une pochette en cuir remplie de liasses de francs qu'il lui tend. Un beau pactole. Théo enfourne le butin dans son sac étanche. En quelques mouvements, il attache Sandler et retourne à la hâte à la poupe du navire. Ses camarades ont fini de détrousser les autres passagers.

Les frères Biasini observent la baie. À l'arrière d'un voilier, là-bas, deux hommes embarquent sur une annexe. Ils viennent vérifier ce qui se passe. Vite…

L'instant suivant, les quatre amis sont à bord du Zodiac. Poussant le 40 chevaux dans ses retranchements, le semi-rigide file le long des côtes, laissant derrière lui une traînée d'écume. À bord, pas un mot. Tout le monde est trop tendu. Puis, après une vingtaine de minutes, au large de la pointe de l'Acciolu, promontoire rocheux marquant la fin du désert des Agriates, comme prévu, à l'aide de couteaux, les quatre percent les boudins du pneumatique et sautent à l'eau. Derrière eux, dans un gargouillis, le canot coule rapidement, attiré vers le fond par son lourd moteur. Il faudra des jours avant que quelqu'un ne remarque le Zodiac échoué. Les amis, trempés, grimpent la petite falaise, mettent au jour les trois motos trails qu'ils avaient dissimulées la veille. Après quelques coups de kick, ils font pétarader les moteurs et s'élancent sur les petits sentiers au cœur du maquis. Il est 3 heures du matin. Sur leur droite, les plages de l'Ostriconi et de Lozari, puis, à une dizaine de kilomètres, les lumières de L'Île-Rousse. Malgré le bruit des bécanes, Théo entend un rire devant lui. C'est Dumè. Fred aussi, à l'arrière de la Yamaha du Géant, s'esclaffe. Théo, enfin, explose à son tour. C'est un rire qui n'appartient qu'à eux. Un rire qui relâche toute la tension, la peur accumulées ces dernières heures. Un rire de soulagement et de victoire. Ils ont réussi. Putain, ils ont réussi…

Ange, lui, conduit sa moto en retrait. Il ne rit pas avec les autres. Il resserre son emprise sur le guidon de son engin, à s'en faire mal. Il ne pense pas à l'argent, à ce qu'ils vont bien pouvoir en faire. Il ne pense pas à la vie qui les attend. Tout ce qu'il se dit, c'est qu'ils ont mis les doigts dans un engrenage qui les dépasse. Et qui finira par les broyer.

10

5 juillet 1993
Croatie

Elles ne savent pas où elles sont. Si dehors, il fait jour ou nuit. L'heure qu'il est. Pour elles, aucun repère. Que ce cercueil de métal, de boulons et de tuyaux. Aucune fenêtre mais des parois matelassées, épaisses. Et il y a ce ronflement à l'extérieur, ce grognement lourd, qui les rend folles. Comme si une créature terrifiante les attendait dehors.

Il appelle ce lieu le Cocon. Par terre, des coussins de couleur, des matelas, des jouets, quelques livres. Derrière une paroi, des toilettes et une douche. « Ce lieu, c'est votre nouvelle maison. Vous êtes ici en sécurité. Je vais bien m'occuper de vous. » Il leur répète souvent cela quand il vient les voir, avec sa voix un peu fausse et son regard glacial, derrière ses grosses lunettes. Mais c'est faux. Ce n'est pas un cocon. Ni une maison. C'est une prison.

À chaque fois, quand ses pas résonnent dans le long couloir d'acier qui mène jusqu'ici, Danica se met à chanter, toujours la même chanson. « *Spavaj dušo moja, spavaj cvijete moj, sanjaj ptico moja, sanjaj nado...*[1] »

Elle a une belle voix, Danica. Elle leur a expliqué que c'était sa grand-mère qui lui avait appris à chanter « pour éloigner Bauk, pour chasser la mort ». Et elle a chanté Danica, tellement, depuis un an. Sous les bombes en Croatie, à Vukovar, puis, durant ces interminables semaines, à marcher dans le froid. Elle a chanté, en voyant les gens tomber de désespoir et de fatigue… Elle a chanté, mais la mort ne l'a jamais vraiment abandonnée. Danica a douze ans et, pourtant, elle a assez souffert pour mille vies. Comme ses trois amies. C'est peut-être cela qui les réunit, qui les rend si proches. Et la peur, évidemment, de ce monstre. Bauk.

Au départ, comme souvent, tout naît d'une vieille légende… Dans le folklore de son pays, le démon Bauk se terre dans les maisons abandonnées et les vieilles granges. Quand la faim le tenaille, il sort de sa cache et vient rôder autour des villages. On dit que le seul moyen de l'éloigner serait de chanter. Après que Danica a raconté cette histoire, la plus jeune d'entre elles, la petite Ljuba, a commencé à appeler leur geôlier Bauk. Maintenant, pour elles toutes, c'est son unique nom. Peut-être ont-elles aussi fait cela pour se venger. Car il leur a tout pris. Leurs espoirs, leur jeunesse, les lambeaux de rêves qu'il leur restait encore. Et leurs prénoms.

Danica est devenue Calliope, car elle a une voix d'ange. Les trois autres, il les a baptisées les Moires,

1. « Dors mon âme, dors ma fleur, rêve mon oiseau, rêve d'espoir… », berceuse croate. *(N.d.É.)*

divinités du destin. La jeune Ljuba est pour lui Clotho, la Tisseuse, car Bauk a bien remarqué son tic, à constamment trafiquer les mailles de son pull. Tatjana est Athropos, l'Inflexible, car c'est la plus dure, la plus forte, aussi. Enfin, Radmila est Lachésis, la Répartitrice, car c'est la première à s'être laissé entraîner. Radmila, parfois, les autres filles ont l'impression qu'elle est déjà morte à l'intérieur, qu'elle est vide. Elle ne parle quasiment jamais, a les yeux dans le vague. Peut-être est-ce dû à ce qu'il lui a fait subir ? Ou peut-être était-elle déjà irrémédiablement abîmée, avant. Elles ne le savent pas. Elles ne la fréquentaient pas trop à Savski Venac, en Serbie. Radmila n'était pas dans le même dortoir qu'elles.

Bauk aime les mythes de la Grèce antique. Parfois, il les rejoint dans le Cocon et leur raconte des histoires. Elles n'ont pas d'autre choix que de venir s'asseoir autour de lui. Bauk est toujours accompagné d'un type avec un regard vert de serpent, la Vipère. Si elles refusent, si elles résistent, il les frappe du pied comme de vulgaires bêtes. Alors, elles écoutent. Des histoires de vengeances et trahisons, de morts et de sacrifices. En ces rares instants, quand il est auprès d'elles, son livre entre les mains, Bauk aurait presque l'air humain. Mais ça ne dure jamais. Il suffit que l'une d'elles s'écarte quand il tente de lui caresser les cheveux pour qu'il s'énerve et que la Vipère intervienne. Un coup, un autre.

Les chants de Danica rassurent les trois filles, mais n'empêchent jamais Bauk de revenir. À chaque fois, il en choisit une. Jamais encore la petite Ljuba n'a été emmenée. Heureusement. Mais Tatjana, Radmila et

Danica l'ont toutes suivi dans ce qu'il appelle le Palais, une chambre pas loin. Pour s'y rendre, la Vipère leur bande les yeux. Puis elles se retrouvent dans une pièce luxueuse, avec des meubles couverts d'or, des colonnes et des statues. Il y a de grandes fenêtres, aux stores toujours tirés. Quand elles reviennent dans le Cocon, les yeux gonflés d'avoir trop pleuré, elles ne parlent pas de ce qu'il leur a fait, là-bas. Elles savent. Mais elles sont là pour sécher leurs larmes. Là, les unes pour les autres.

Tatjana, quinze ans. Radmila, treize ans. Danica, douze ans. Ljuba, huit ans. Il y a quelques mois, ces gamines ne se connaissaient pas. Mais par la force du destin et la folie des hommes, elles sont aujourd'hui comme des sœurs. À jamais unies.

Avant de s'endormir, quand les néons blancs s'éteignent dans leur geôle, elles se prennent les mains et chuchotent. Elles promettent, encore et encore. Un jour, elles quitteront ce lieu maudit et lui feront payer, à ce monstre.

DEUXIÈME PARTIE

Roches rouges

« Du sang sur un pendentif. Quelqu'un va mourir. Des roches rouges… »

11

10 décembre 2019
Rossinière, Suisse

Neige. Verglas. La voiture de la gendarmerie vaudoise roule au pas sur les petites routes montagneuses. Le véhicule traverse Rossinière, village fantôme. Guirlandes de Noël qui se balancent sous les bourrasques. Chalets et bâtiments aux volets clos. Pas une âme dans les rues. Personne n'est assez fou pour s'aventurer dehors avec un tel blizzard. Hormis la déneigeuse du canton, ses gyrophares éclaboussant les ténèbres, ils n'ont croisé aucun autre véhicule. Quand le capitaine Bardet, responsable de la section enquêtes spéciales, leur interlocuteur sur place, est venu les chercher à l'aéroport de Lausanne, il les a mis d'emblée dans le bain : « C'est pas de chance. On a rarement des tempêtes de neige comme ça. Mais bon, on ne va pas attendre qu'elle se termine, j'imagine ? » Marie s'est contentée de répondre au cinquantenaire à la moustache finement taillée : « Où est la voiture, capitaine ? Le temps presse. »

Il faut habituellement une soixantaine de minutes pour rejoindre Rossinière depuis Lausanne. Mais voilà plus de deux heures qu'ils roulent. Marie s'impatiente. Juan est assis à ses côtés, silencieux, comme à son habitude. Son partenaire des Ops 4 a tenu à l'accompagner en Suisse. Après l'intrusion de Dragan chez les Jansen, il est persuadé que sa supérieure court encore un danger. Juan pourra l'assister dans l'interrogatoire de Venturi. Et surtout, sa présence l'aidera peut-être à garder son calme. Malgré les somnifères, Marie n'a pas fermé l'œil la nuit précédant son départ. Les jambes de la jeune femme sont parcourues de tressautements. Juan s'en rend compte : « Ça va aller, Marie. Venturi est sous surveillance. Il ne s'est pas volatilisé. Certainement pas avec cette tempête. »

7 h 37 du matin. Marie et Juan, assistés de quatre autres officiers de la maréchaussée, pourront bientôt interroger l'ancien parrain corse. En espérant que Venturi, aujourd'hui âgé de plus de soixante-dix ans, puisse leur apprendre quelque chose sur Horvat. Et expliquer ce qui s'est joué en juillet 1993 autour d'Olympos, ce fameux projet immobilier avorté. À quoi s'attendre ? Le portrait du Corse dressé par Bardet est troublant : « Votre Venturi, là, vous êtes sûr que c'est bien le type que vous recherchez ? D'après les gendarmes du canton, le bonhomme ne s'est jamais fait remarquer. Il vit dans un chalet modeste, sa voiture est un vieux 4 × 4, le gars se balade en jogging et tee-shirt, il marche à l'aide d'une canne et descend rarement au village… Pas exactement l'image qu'on se ferait d'un parrain corse. » Mais Marie ne veut pas entendre

ces paroles. Il faut, impérativement, que Venturi fasse avancer l'enquête.

Alors que la voiture grimpe un chemin escarpé, la Française repense à ce que lui a dit Juan avant leur départ : « Tu devrais peut-être rester auprès de tes proches. Romy a dû être marquée par ce qui vous est arrivé. Je peux gérer l'opération seul. » Elle a répondu par un laconique : « Ma place est avec toi, sur le terrain. » Mais son partenaire a raison. Elle n'aurait jamais dû quitter La Haye. « Il te faut quoi Marie, pour que tu comprennes que ta fille a besoin de toi ? » Cette phrase de Willem, assénée comme un coup de poignard juste avant qu'elle ne prenne l'avion. Marie le sent, son masque de porcelaine est en train de se fendiller. Quelque chose couve, quelque chose monte, et elle ne fait rien pour l'arrêter. Comme si c'était inéluctable. Le plus inquiétant pour elle, c'est que Willem lui-même semble se résigner. Il ne cherche plus à avoir des discussions avec elle, à la confronter dans sa fuite en avant. Comme s'il avait déjà baissé les bras. Et ça rend Marie encore plus folle. Elle aimerait qu'il se batte pour elle… quand bien même elle fait tout pour l'en décourager.

L'agent d'Europol observe le paysage. Sous les volutes de neige, tout est flou, opaque, un nuancier de blanc et de gris. Les sapins ne sont que des traits d'encre verticaux, les reliefs environnants, des taches de gouache. Qu'est venu faire ici Venturi ? Pourquoi décider de s'enterrer dans un lieu si reculé, si loin de la Corse ?

Le capitaine Bardet annonce : « On y est presque. Préparez-vous. » Chacun enfile ses gants, sa capuche, referme son manteau. Il va falloir affronter la tempête.

La voiture sinue sur un chemin abrupt, à flanc de colline. Dans un virage, l'engin patine et manque de déraper dans le décor, mais le conducteur reprend le contrôle. Autour d'eux, plus une seule habitation mais le blanc à perte de vue, simplement entrecoupé de quelques bosquets de résineux.

Enfin, la Volvo s'arrête. À travers la lueur des phares, d'énormes flocons chutent en biais. Parqué plus haut, un autre véhicule banalisé, celui des gendarmes en planque. L'intérieur est couvert de buée. Bardet frappe à la vitre. Deux types émergent du véhicule. Ils semblent endormis, s'étirent. « Rien à signaler, capitaine. Venturi n'a pas bougé depuis quarante-huit heures. » Les quatre gendarmes, suivis de Marie et Juan, commencent leur progression vers le chalet, silhouette grise dans le maelström. Les chaussures de la Française s'enfoncent dans la poudreuse. Devant eux, les Suisses ne sont déjà plus que des ombres. Enfin, après une pénible procession, ils accèdent à la bâtisse en bois. Une petite maison avec un étage mansardé. Sur le côté, un abri a été aménagé. La grille qui le ceint est entrouverte. À l'intérieur, un tapis de paille, une niche, une couverture déchirée, un bol d'eau glacée. À l'arrière du bâtiment, un 4 × 4 est garé sous un porche. Il est couvert de neige. Bardet frappe à la porte. Un minute d'attente, une autre… pas de réponse. Marie ose un œil à travers un carreau sale. Aucune lumière à l'intérieur, malgré l'obscurité matinale. Ils patientent encore un peu. Jansen demande aux hommes chargés de la surveillance de l'ancien parrain :

— Vous êtes certains qu'il ne nous a pas fait faux bond ? Il vous aurait peut-être repérés ? C'est un homme qui a l'habitude d'échapper à la surveillance de la police. Il a fait ça toute sa vie.

— Non, m'dame. On n'a remarqué aucun mouvement chez lui depuis au moins douze heures. Il est juste allé ouvrir, il y a quelques heures, la cabane dans laquelle dort son chien pour le récupérer au milieu de la nuit. Je vais vous dire, ça nous a fait des vacances. Le clébard gueule chaque nuit à la mort. Sa voiture, vous l'avez vue, elle est toujours là. Il n'aurait pas pris la fuite à pied, avec une telle météo.

— On n'en sait rien…

Marie propose qu'ils fassent le tour. Juan et elle, par la gauche, Bardet et ses hommes, de l'autre côté. Les agents d'Europol accèdent bientôt à une grande baie vitrée. Jansen attrape sa lampe-torche et éclaire l'intérieur. Le faisceau dévoile un capharnaüm sans nom. Une table couverte de bouteilles d'alcool. Du whisky bon marché. Sur la droite, une kitchenette dont l'évier dégueule de vaisselle. À gauche, un coin salon avec un gros fauteuil, une télévision. Sachets de chips et barquettes de produits surgelés constellent le sol. Marie observe mieux le parquet. Sur les lattes pleines de crasse, le bois renvoie, par endroits, les reflets de sa lampe. Il est mouillé. Des traces de bottes. Fraîches. La femme reporte son attention sur la porte-fenêtre. Des rayures autour de la serrure. Des éclats de métal. Elle a été forcée. Elle la fait coulisser. C'est ouvert. Elle s'apprête à entrer, mais Juan la retient :

— Joder ! Qu'est-ce que tu fabriques ? On n'a pas le droit de faire ça. On n'a pas de mandat !

— J'ai un mauvais pressentiment, Juan. Il y a des traces de pas par terre. Regarde là, c'est encore humide. Il faut qu'on en ait le cœur net. On dira que la baie vitrée était entrouverte, qu'on a remarqué une intrusion. On vérifie juste que Venturi n'est pas en danger…

L'Espagnol, après avoir maugréé dans sa langue natale, prévient, via la radio, les gendarmes. À l'intérieur du chalet, l'odeur est pestilentielle. Ça sent le renfermé, la pourriture. Dans un coin de la pièce, Marie remarque des sacs poubelles entassés. Des dizaines de pièges à mouches pendent du plafond. Leurs serpentins collants sont couverts d'insectes desséchés. Dégoûtée, Marie les repousse de ses gants. Après quelques pas dans la pièce, ils sont rejoints par les quatre gendarmes. Bardet s'apprête à réprimander Jansen quand un son, à l'étage, les fige. Un craquement de parquet. Bardet tente un « Monsieur Venturi, c'est la gendarmerie. Si vous êtes là, descendez ». Mais pour toute réponse, le tapage reprend, plus fort. Quelqu'un se déplace au-dessus d'eux. Ils hésitent. Puis c'est un autre bruit, plus près. Ploc. Une goutte vient de perler sur le manteau du capitaine et forme une petite tache sombre. L'instant suivant, c'est un filet de liquide noir qui s'écrase sur ses cheveux grisonnants. Il se dégage, dégoûté. Tous lèvent la tête. Du plafond, une substance épaisse s'écoule entre les lattes. Marie s'abaisse et observe la flaque qui s'est formée au sol. Elle y trempe le bout de ses gants. Du sang. Dans un murmure, elle dit à Bardet : « Il faut aller voir là-haut. » En file indienne, ils évoluent tous vers l'escalier. Au moment de franchir la première marche, Marie est interpellée par une cible, accrochée à un mur. En son centre, une vieille couverture du journal *Corse-Matin*. En une, un titre : « Qui est le Balafré, le nouveau parrain corse ? », et un dessin d'une silhouette noire avec un point d'interrogation. La page est constellée de trous de fléchettes. Deux sont encore fichées en son centre, au cœur même de l'énigmatique portrait.

Arme au poing, ils arrivent à l'étage. Un couloir étriqué, couvert d'un papier peint usé, dessert deux pièces. Une première, transformée en débarras, est remplie de cartons, couverts de toiles d'araignées. Ils ne trouveront rien ici. L'autre, tout au fond, est certainement la chambre de Venturi. Derrière la porte entrouverte, le vacarme qui les a alertés reprend. Mais, en plus des craquements, ils surprennent un nouveau son, étrange, peu ragoûtant. Comme un lapement.

Juan, qui a aussi dégainé son arme, tente de forcer Marie à se placer en retrait, mais elle le repousse. Elle doit voir, être aux premières loges. Qu'importent les risques. Tous avancent, sur le qui-vive. Le gendarme, en tête, pousse la porte et lâche un « merde » avant de se dégager sur le côté pour vomir. Marie surgit dans l'embrasure et comprend. Au milieu de la petite chambre, un corps sans vie, étendu sur le dos, les bras en croix. Il est simplement vêtu d'une robe de chambre bleue délavée, son ventre gonflé couvert de plaies sanguinolentes. Il a été lardé de coups de couteau. De nombreuses entailles. Son cou a été tranché. Du sang noirâtre s'en échappe encore et s'écoule sur le plancher. Mais ce qui saisit l'équipée, c'est cet énorme chien, un rottweiler, en train de lécher la mare de sang auréolant le cadavre, sans même se soucier d'eux. Ses bajoues carmin, sa langue qui râpe les lames de bois. Marie retient un haut-le-cœur. Un des gendarmes a un mouvement de recul qui fait grincer le parquet. Le dogue lève des yeux vitreux et montre les crocs. Bardet dirige son arme vers l'animal. Le chien renifle l'air puis contourne le cadavre, ses griffes crissent sur le sol. Il veut protéger son festin. Il va leur sauter au visage. Un autre gendarme pointe son pistolet en direction de la bête, doigt sur la gâchette. Mais Juan, subitement, s'interpose. La main tendue en avant, il s'abaisse et parle en espagnol au chien. « *Ven aquí... No tengas miedo. Eres un buen perro.* » Le chien au pelage noir et or est tout près de Juan. En un bond, il pourrait lui arracher la tête. Pourtant, l'agent continue, avec le même timbre, calme. « *Ven aquí.* » Les gendarmes chuchotent, prêts à tirer. Marie lève les bras et murmure « attendez ». La bête tend son énorme gueule jusqu'à la main de l'espagnol. Il le flaire. Enfin, il se laisse caresser. Tout en lui grattant le flanc, Juan se retourne : « C'est un vieux chien. Il est aveugle. Il est inoffensif. Il a eu peur, c'est tout. » Après un instant, l'Espagnol parvient à attraper l'animal par le collier et à le sortir de la pièce. Marie enjoint à ses acolytes de faire attention à ne pas contaminer la scène de crime, demande à Bardet, sous le choc, de prévenir la police scientifique, puis examine le macabre spectacle. Ce cadavre, avec sa grosse bedaine qui dégouline sur le côté, ses cheveux gris filasse, c'est Venturi, sans aucun doute. Sur l'une des cloisons en lambris, une inscription en lettres de sang a un peu dégouliné. « *Chè la mia ferita sia murtale.* » Évidemment. Ils sont arrivés trop tard. L'assassin a frappé avant eux.

12

7 juillet 1993
L'Île-Rousse, Corse

238 000 francs… en coupures de 500 et 200… C'est le pactole que la bande des Biasini a subtilisé sur le yacht de Ian Sandler. Sans compter les bijoux que Théo a envoyés sur le continent pour les revendre.

« 238 putains de plaques ! » Ce nombre, les quatre l'ont répété un bon paquet de fois au lendemain du braquage. Dans leur repaire de la ferme de Casanile, ils ont passé des heures à compter et recompter la somme, qui créait un petit monticule vert et rose sur la table. Excités comme des mômes, ils jouaient avec les liasses, mimant des parties de poker, les pliant pour en faire des avions de papier. Un moment, Dumè s'est même allongé pour couvrir son corps massif de billets. « Je pourrais dormir comme ça toute ma vie ! » Fred, qui dessinait dans son carnet, lui a répondu : « Ce n'est pas la Belle au bois dormant. C'est la bête au bide débordant ! » Le Géant s'est alors levé d'un bond, faisant virevolter les biftons, et a pourchassé son ami en mimant vouloir l'embrasser.

« Mon prince ! » Tous ont éclaté d'un grand rire. Face à l'enthousiasme collectif, Théo ne cessait de répéter : « Ce n'est que le début, les gars ! »

En fin de matinée, sans un mot, Ange a commencé à ranger les liasses dans un sac de voyage noir. L'emballement est retombé aussi sec. Hormis Dumè, qui a bien tenté de négocier, « allez, on se garde quelques billets pour se faire plaisir ! », les autres ont laissé faire l'aîné des Biasini. Ils avaient un accord. Ange devait garder l'argent, jusqu'à ce que les choses se tassent.

Sur l'île, la nouvelle du braquage s'est répandue comme une traînée de poudre. Dès le 5 juillet, on ne parlait plus que de ça. Des bandits auraient réussi un spectaculaire casse en mer. L'affaire a fait la une de *Corse-Matin* et rapidement suscité l'intérêt des médias nationaux. Pour prendre, jour après jour, des proportions que les quatre n'auraient jamais pu anticiper. Un élément, un seul, a mis le feu aux poudres. Ces quelques mots, retrouvés à la poupe du navire, tracés avec une bombe de peinture par l'un des malfrats. En quittant le bateau dans l'urgence, ni Ange ni les autres n'avaient remarqué ces lettres noires sur la coque. Lorsque le plus âgé des Biasini a découvert les photos du yacht dans le journal du 6 juillet, il est devenu fou de rage, exigeant des explications. Que celui qui avait fait cette inscription se dénonce. Fred s'est alors levé. La seconde suivante, Ange l'attrapait par les épaules. « Tu te rends compte de ta connerie, le Maure ? »

Il leur a tout révélé… À voir sa mine déconfite, il s'en voulait, ce n'était pas son genre, un tel coup d'éclat, à Fred. Lui, d'habitude si discret. Et pourtant… La nuit du 4, arrimé à la plage arrière du yacht, alors qu'il attendait ses camarades dans le Zodiac, Fred a extrait de son sac une bombe de peinture et a tagué quatre mots sur le tableau arrière, recouvrant en partie le nom plaqué or du *Sea Princess*. Quatre mots qui ont tout changé… « Notre part du gâteau. »

Tandis qu'Ange le maintenait contre un mur en briques, il a tenté de se justifier : « C'est en écoutant le plan de Théo que j'ai eu cette idée. Je ne sais pas… je me suis dit que ces braquages ne pouvaient être juste pour le pognon. Qu'on pourrait leur donner du sens. » Ange l'a laissé s'asseoir. Fred a continué, la tête baissée, n'osant pas affronter le regard de ses amis. « Vous le savez, j'ai jamais rien eu, moi, avec mes parents. On ne nous a jamais tendu la main. Mon paternel a trimé toute sa vie et pour quoi ? Avoir le dos bousillé aujourd'hui, pouvoir à peine respirer à cause de la fumée des fours à pizza qu'il s'est pris dans la tronche ? Papa ne peut quasiment plus quitter notre appartement. Il passe du canapé au lit. Du lit au canapé. Et pourtant, il continue à être reconnaissant. Envers ce pays. Envers cette putain d'île… alors que personne n'a jamais voulu de nous. Les gars, ce n'est pas juste de l'argent qu'on a récupéré sur ce bateau, c'est un symbole. Pour leur rappeler qu'on est là. Que ça fait des années qu'on toque à la porte et que maintenant, il faut nous laisser entrer. Nous. Ceux dont tout le monde se fout. Ceux qu'on n'entend jamais. »

« Notre part du gâteau. » Théo s'est avancé et a posé sa main sur l'épaule de son ami. Il comprenait.

Une fois que les premières photos de la poupe du *Sea Princess* ont fait leur apparition dans les journaux, tous les projecteurs ont été braqués sur le spectaculaire cambriolage. Les journalistes des grandes chaînes nationales ont débarqué à L'Île-Rousse. On voyait, sur la promenade, des présentateurs interviewer des vacanciers : « Ça ne vous inquiète pas ces attaques ? Vous n'avez pas peur pour vous, pour votre famille ? Que pensez-vous des motivations des bandits ? » Les titres des premiers articles : « Pirates en Corse... Abordage en Méditerranée... » ont laissé place à d'autres, « Nouveaux Robin des Bois ? Un braquage, acte politique ? ». Ange continuait à pester, prétextant que cette connerie de graffiti allait attirer plus de flics encore dans leur sillage, mais Fred avait désormais Dumè et Théo dans son camp. Ça leur plaisait, aux trois, de faire parler d'eux, de jouer les bons samaritains. Ils ont même voulu aller plus loin et ont fini par avoir gain de cause auprès de leur aîné. Ange, même s'il ne le concéderait jamais, aimait bien leur idée. Fred, il fallait l'avouer, avait su se montrer convaincant. « Laisse-nous faire cette fois, Beaumont. Et puis, c'est une bonne stratégie, ça brouillera les pistes. Les flics vont être complètement paumés, ils ne sauront pas à qui ils ont affaire. Si la *pulizza* pense que c'est un geste politique, ils iront fouiller partout pour chercher les coupables. Chez les partis radicaux, les nationalistes... »

Ange est allé récupérer 10 000 francs dans la cache pour les donner à ses amis. Trois jours après le braquage, au beau milieu de la nuit, Théo et Dumè ont filé à moto à travers les rues désertes de la ville côtière. À diverses adresses, dans les boîtes aux lettres des immeubles les plus modestes de L'Île-Rousse, ils ont déposé vingt enveloppes, chacune contenant un billet de cinq cents francs. Pas de long message, mais ces quelques mots, désormais identifiables par tous : « Votre part du gâteau. » Sur tous les foyers visités, seuls quelques-uns se sont manifestés auprès des autorités. Les autres n'ont rien dit… « Cinq cents balles, ce n'est pas grand-chose, mais c'est déjà ça, avait résumé Fred, une bouffée d'espoir, ça fait du bien quand on étouffe. »

Cette nuit, comme les soirs précédents, on fait la fête chez Dumè. Encore. Trop. Jusqu'à l'excès. Une soirée s'enchaîne avec une autre. Le lonzu et la coppa qu'on tranche à l'apéritif. Les saucisses, trop grillées, qui craquent sous la dent, les assiettes qui débordent de chips. Les verres de rosé, trop chauds, qui ne désemplissent pas. C'est à celui qui parlera le plus fort, qui saura se faire entendre. On se marre. On se lance dans des jeux d'alcool. Boire. Boire encore. De vieilles connaissances les rejoignent parfois. Oiseaux de passage. Qui vont, qui viennent. Gabriel, Sofia, François, Stella… et d'autres, dont on oubliera le nom à l'aube. Entre deux gorgées, certains reparlent du braquage du *Sea Princess*, « Moi, je les comprends, les gars » ; « Qu'est-ce que vous feriez avec autant de pognon, vous ? ». Il y a des sourires en coin, des regards qui frisent entre les braqueurs. Mais on garde la bouche cousue. Si Dumè commence à faire trop de sous-entendus, on lui balance un coup de pied sous la table, on change de discussion. En réalité, tous y pensent. À ce qu'ils ont accompli. Et à ce qui leur reste à faire. Encore deux braquages… Peut-être, aussi, ont-ils peur de ce qui les attend ? Pour Ange, c'est plus compliqué, comme toujours. Il fait semblant, rend les sourires. Mais il sait bien que dans quelques heures, il a un rendez-vous. Un rendez-vous qui va tous les mettre en danger.

Dumè débarque avec un vieux transistor et un tas de cassettes audio. Celles que la bande piquait au supermarché Casino, quand ils étaient plus jeunes. Police. Michael Jackson. Peter Gabriel. Supertramp. Dire Straits. Blondie… On les écoute en rigolant. Ange se souvient. Son jeune frère, à peine âgé de onze ans, qui les bassinait en répétant qu'un jour, il aurait une nana aussi canon que Kim Wilde sur la pochette de *Kids in America*. Fred qui répondait, avec cet humour pince-sans-rire, un peu amer, qui ne le quitterait jamais : « Pour ça, il faudrait déjà que tu mesures plus d'un mètre, Zitellu. » Et eux qui s'esclaffaient de plus belle. Passé, présent. Tout se mêle.

En milieu de soirée, des gyrophares puis une sirène interrompent la fête. Là-haut, sur la route, un véhicule de gendarmerie vient de se garer en travers du chemin. Les quatre malfrats sont parcourus d'un frisson d'adrénaline. Ange, toujours aux aguets, a remarqué les lumières de l'engin bien avant tout le monde. Il s'est déjà levé. La police les aurait retrouvés ? Quelqu'un les aurait mis sur leur piste ? Dumè va pour dégainer le flingue qu'il porte à sa ceinture. L'alcool lui donne envie de jouer les cow-boys. Ange fait non de la tête… Ils ne craignent rien. Personne ne les a repérés et le matériel utilisé pour le braquage est caché dans une malle enterrée aux abords de la ferme de Casanile. Impossible que la gendarmerie les ait déjà démasqués. D'un geste, Ange fait comprendre aux autres de garder leur calme et demande à Théo de l'accompagner. Tous deux, ils remontent la piste jusqu'au véhicule.

Ils reconnaissent l'homme qui les attend, les bras croisés, assis sur le capot d'une Renault 21 de la gendarmerie nationale. C'est Jacques Peretti, leur ancien camarade, le cinquième de la bande des Biasini. Lui qui est aujourd'hui lieutenant à la tête de la brigade de L'Île-Rousse. Lui dont ils n'évoquent jamais le nom, qu'ils oublient quand ils se remémorent leurs souvenirs. Parce que son choix de vie les a définitivement séparés. Comme une trahison. C'est Jacques qui avait approché la bande en fin de collège. Il avait une sale réputation. Celle d'un ado incontrôlable, prêt à tout. Après une enfance compliquée, un père qui s'était suicidé, une mère aux abonnés absents, sa sœur et lui avaient atterri chez leur tante. Jacques est arrivé, un matin, à la récré, en roulant des mécaniques, avec son look de rockeur. Ses cheveux aux épaules, sa veste en jean aux manches arrachées, un patch avec un drapeau américain, son tee-shirt Aerosmith. Il a demandé : « Il reste une place dans votre club de tocards ? » De tous, ça a longtemps été Jacques qui déconnait le plus. Lui qui avait les pires idées. Lui qui les a fait glisser, aussi, irrémédiablement dans l'illégalité. Les premiers trafics, les premiers deals… c'étaient souvent ses plans. Il répétait à ses amis qu'un jour, il quitterait la Corse et partirait, là-bas, aux États-Unis, pour devenir quelqu'un. Il prétendait avoir de la famille dans le New Jersey. Tous savaient que c'étaient des bobards. Il causait beaucoup, Jacques. Trop. Il inventait pas mal aussi. Au lycée, tout le monde l'appelait le Mytho. Mais la bande des Biasini aimait bien ses mensonges, son imagination débordante.

C'est aussi pour se moquer un peu de lui qu'ils l'avaient surnommé l'Américain. Pour qu'il retouche terre quand il montait trop haut… Puis, il y a eu le mauvais coup de trop. Un soir, à l'âge de dix-neuf ans, Jacques s'est fait choper par les flics sur le parking d'une discothèque. Il venait de briser la vitre d'une voiture pour piquer ce qu'il y avait à l'intérieur. C'est à partir de ce moment qu'il a changé. Les autres ne savent pas ce qui lui est vraiment arrivé. Mais Peretti a commencé à moins les voir, à prendre ses distances. Puis, un jour, il leur a annoncé qu'il comptait passer le concours pour devenir sous-officier de gendarmerie. Dès lors, c'est devenu un *traditore*. Un traître.

Jacques est là, devant eux, avec son nez de traviole, ses yeux en amande… Pourtant, ce n'est plus le même homme. Son bouc a laissé place à une moustache bien taillée, ses cheveux sont coupés ras. C'est comme s'il était étriqué, asséché de l'intérieur. Ce n'est plus leur ancien ami qui leur fait face, mais un inconnu qui lui ressemble vaguement. Jacques tend sa main à Ange, qui refuse de la serrer.

— Ça fait longtemps, Ange… J'ai appris que tu étais revenu au pays. Ta mère doit être contente. Comment va-t-elle, d'ailleurs ?

Ange répond sèchement.

— Francesca va bien… J'imagine que tu n'es pas là pour parler de notre mère, Jacques.

— Non. En effet. En fait, je viens juste vous saluer. Et vous rappeler que mes gars et moi, on est toujours dans les parages.

— Ça nous fait une belle jambe, l'Américain, intervient Théo.

— Eh bien, je vois que tu es toujours aussi grande gueule, Théo. Ton séjour à Sainte-Claire ne t'a pas calmé ? On m'a pourtant dit que t'en avais bavé.

— On en dit des conneries, répond le jeune Biasini en se collant une cigarette dans le bec.

Jacques lui tend un briquet. Ange aperçoit, sur l'intérieur de son poignet, son tatouage. Un grand V. Il se l'était fait à dix-huit ans. V pour eux. Pour les cinq de la bande. Voir qu'il n'a jamais cherché à l'effacer, ça fait quelque chose à Ange. Jacques regarde vers la mer, nappe grise qui se fond dans le ciel nocturne.

— Vous êtes au courant pour le braquage du yacht ?

Théo répond.

— Sûr, comme tout le monde. On en a entendu parler.

— J'imagine que vous ne savez rien, que vous n'avez aucune information ?

— T'as plutôt un bon sens de la déduction pour un flic.

— Je ne suis pas flic, je suis gendarme.

Ange repense aux paroles de Peretti quand il leur avait annoncé qu'il souhaitait devenir gendarme. « Vous savez bien ce qu'on dit… Dans les familles corses, il y a toujours un voyou, un flic et un homme politique. Du coup, on sera bientôt une vraie famille. Moi, je serai flic, vous, brigands, et qui sait, un jour, Fred fera de la politique. » Ils avaient ri, un peu moins fort qu'avant. Leur amitié, déjà, s'effilochait.

Jacques continue.

— Il semblerait que les braqueurs étaient trois ou quatre… que le premier aurait approché en nageant… Vous faisiez quoi le soir du cambriolage ?

— On était ici, chez Dumè. On a fait la fête. On s'est couchés tard.

— Il y avait du monde avec vous, qui pourrait témoigner ?

— Non. Juste nous quatre. Mais si tu penses qu'on a quelque chose à se reprocher, vas-y, viens fouiller la maison, t'es le bienvenu.

— Non, je ne me permettrais pas. Mais je voulais que vous sachiez que je vous ai à l'œil.

— C'est bon de se sentir protégé, monsieur le gendarme, embraye Théo.

— Une protection… Ceux derrière ce coup vont en avoir bien besoin. À dire vrai, ce n'est pas de nous, les gendarmes, dont ces types devraient se soucier. C'est plutôt du côté du Mistral que ça commence à monter.

— Qu'est-ce que tu veux dire par là ? demande Ange.

— Le clan n'aime pas trop qu'on vienne marcher sur ses plates-bandes, tu le sais bien.

Ange et Théo, évidemment, ont entendu les rumeurs. Leur ancien camarade jouerait les indics pour le Mistral. Un pourri. Ça les débecte un peu plus encore.

— C'est Venturi qui t'envoie ?

— Disons qu'on m'a chargé de transmettre un message aux braqueurs…

— Et il raconte quoi ?

— Le clan du Mistral veut bien fermer les yeux sur ce braquo, à condition que ce soit le premier et le dernier. Il y a de gros intérêts en jeu. Ils ont besoin que la situation se soit tassée d'ici les prochains jours. Et ça me va aussi.

— Le message est passé, lâche Ange, mâchoires serrées.

— Dans ce cas, je vous laisse. Saluez Dumè et Fred de ma part.

Avant que le gendarme n'ait embarqué dans son véhicule, Ange lui demande :

— Jacques, tu as des nouvelles de ta sœur ?

— Nina ? Non, pas trop. Elle a déménagé à Corte, depuis trois ans. Elle organise des randonnées là-bas. On ne se parle plus trop.

On dirait que Jacques est prêt à en dire plus, mais il se résigne, au dernier moment. Enfin, Peretti démarre son véhicule, fait demi-tour et s'éloigne.

Ange se tourne vers son frère.

— Je croyais que Venturi nous soutenait, qu'il était au courant de tout ?

— C'est le cas. Mais j'imagine qu'il ne veut pas que les autres membres du Mistral sachent qu'il est avec nous. Tu le connais, il joue sur tous les tableaux. En permanence. T'en fais pas, *Fratè*, je gère…

— Je te fais confiance. Bon, je vais rentrer, Théo. Je suis crevé.

Ange laisse son frère redescendre vers la maison de Dumè… et embarque dans la Lambiasini. 22 h 50. Il ne doit pas être en retard. Berguer n'attendra pas…

13

7 juillet 1993
L'Île-Rousse, Corse

23 heures. Théo retrouve les siens. Il n'a pas sommeil. Au contraire, le départ de son aîné le ragaillardit. Ne plus sentir ce regard moralisateur sur lui. Ange, toujours si raide, si donneur de leçons. De l'air ! Sous son impulsion, le petit groupe se décide à continuer la soirée.

Après avoir roulé à toute allure sur les routes côtières, la musique à fond dans les oreilles, ils débarquent à *La Camargue*, la plus grande boîte de nuit de Balagne. Les videurs les laissent couper la file d'attente et s'engouffrer à l'intérieur. Une hôtesse les invite à les suivre. Ils traversent un patio, avec piscine éclairée, colonnades blanches… puis se fraient un chemin entre les danseurs et arrivent au carré VIP. On les installe à une bonne table. Théo et ses amis ont encore quelques droits ici. Le propriétaire n'a pas oublié que, sans le soutien et les finances du père Biasini, son établissement ne serait jamais sorti de terre. Mais on les tient à l'œil. Un vigile, adossé à une colonne, les surveille. À raison. La bande des Biasini a souvent déconné entre ces murs. Des coups de poing qui partent trop vite. Des plongeons dans la piscine tout habillés. Ce soir, il n'y a pas encore l'affluence habituelle de la saison estivale, mais la piste est bien remplie. Le DJ enchaîne les morceaux de dance. Two Unlimited, Culture Beat, Haddaway… Les synthés et les beats couvrent tout. On se hurle dans les oreilles pour se faire comprendre. Il fait chaud. Théo tombe sur une serveuse qu'il connaît, et qui lui propose de la cocaïne. Il craque, lui en achète quelques grammes. Deux, trois lignes aux toilettes. Ça fait du bien. Se vider la tête…

Ce matin, Théo a accompagné sa mère au cimetière de Monticello. Comme toutes les semaines, elle souhaitait se recueillir sur la tombe de son mari. Ange a refusé de se joindre à eux. Théo, lui, n'a jamais su dire non. De peur de blesser sa mère. Alors, il a marché derrière elle, le long des stèles peintes à la chaux. Ils sont arrivés devant celle du paternel. Comme chaque fois, Francesca a eu le même cérémonial. N'a pas prié. Mais s'est assurée que tout était en ordre. À l'aide d'une balayette, elle a nettoyé la pierre tombale. Passé un coup de chiffon sur le marbre noir pour le faire briller. Insisté sur l'épitaphe, gravée en corse, qui disait : « *Un maritu, un babbu, un fratellu, un amicu. Per sempre in li nostri cori.* » Un mari, un père, un frère, un ami. À jamais dans nos cœurs… Orso n'avait jamais rien été de tout ça. Enfin, Francesca a changé les fleurs desséchées pour remettre un bouquet d'asphodèles.

Que tout soit parfait. Comme si elle avait peur qu'il lui hurle encore dessus. Elle est restée comme ça, ni ici ni ailleurs, le regard perdu vers la mer. Peut-être a-t-elle tenté de se remémorer un souvenir heureux, un seul. Enfin, elle a souri à son fils, lui a dit qu'ils pouvaient y aller. Théo a demandé de rester seul un instant. Jusqu'alors en retrait, il s'est avancé vers la sépulture. Il a eu envie de cracher sur le marbre rutilant, d'envoyer valdinguer les fleurs, d'exploser cette stèle. Que tout ce qui demeure de son père vole en éclats. Mais il en a été incapable. Des larmes sont montées en lui. Son flingue collé sur le front du propriétaire du yacht, lors du braquage. La rage qui voilait son regard, qui bouillonnait en lui. Il avait eu envie de lui faire sauter la tête, à ce sale millionnaire. Mais il s'était retenu…

Dans les toilettes de la boîte de nuit, Théo se détaille dans le miroir, retire la poudre sous son nez, et articule en fixant son reflet : « Je ne suis pas comme toi, Papa. Je ne serai jamais comme toi. » Libre, putain… Il se sent libre. Plus étriqué dans sa petite vie. Plus enchaîné à leur histoire. Il se passe de l'eau dans les cheveux.

Théo ne rentrera pas dans la maison familiale, ce soir. Depuis le casse, le jeune homme s'est installé chez Dumè. Son frère aîné mérite de prendre le relais auprès de Francesca, leur mère. Lui a assez fait de sacrifices. Et qu'est-ce que ça lui a rapporté ? Jamais un merci. Jamais un « je suis fière de toi, mon fils ». Non. Théo avait beau être là, juste à ses côtés, Francesca attendait autre chose. Le retour de son fils aîné, celui, peut-être même, de son mari défunt. Le regard rivé vers la porte d'entrée. Cette maison. Maudite. Cette famille. Maudite. Dans les portraits du patriarche au volant de ses voitures de rallye, dans les trophées de chasse accrochés autour de la cheminée, partout, Théo sentait la présence de son fichu père. Quand il le pourra, bientôt, Théo prendra un bulldozer et rasera ce tas de parpaings. Puis il offrira une vraie maison à sa mère, digne d'elle. Une villa baignée de lumière, avec un joli jardin. Et il ne laissera personne, plus jamais, reconstruire quoi que ce soit sur ce terrain de Monticello. Il veillera à ce que ça reste une friche. Qu'on oublie. Qu'il ne reste rien. Effacer tout ça. Cette douleur. Ces murs qui suintent encore leur terreur. Ouvrir grand les volets. Avec ce qu'ils sont en train de réussir, Théo va pouvoir changer tout cela. Il rejoint le groupe, attrape une bouteille de vodka glacée, lance un toast que personne n'entend : « À la vie. À ceux qui la bouffent à pleines dents. » Il boit, à même le goulot, une lampée d'alcool givré.

Il repère une jolie brune, entourée d'autres filles, à la table d'à côté. Elle est immense, a un corps de mannequin, un sourire à tomber. Il l'aborde. C'est une étrangère. Une Anglaise, peut-être, ou une Australienne. Il ne retient pas son prénom. Pas grave. Il la fait rire à baragouiner des mots incompréhensibles. Il lui offre un verre. L'attrape par la main et l'emmène sur la piste de danse. Il tente encore de bredouiller quelques banalités mais ça ne sert à rien. Leurs corps parlent pour eux. Leurs sueurs qui se mêlent et, inévitablement, leurs lèvres qui se rencontrent. Sa bouche a un goût de menthe, de tabac, d'ailleurs. Théo se laisse porter. Il a la tête qui tourne. Des images qui remontent. Son père, à la fenêtre de la cuisine, voûté, scrutant dehors à travers les persiennes. Persuadé, encore, qu'il a entendu un bruit. « Ils viennent. Ils viennent pour moi. » Théo tire la fille par la main et l'entraîne aux toilettes. Il lui en faut plus. Verrouiller ce cerveau. Chasser tout ça. Il sniffe un trait. Elle aussi. Nouveau flash. Lui, dans le noir, à la seule lueur d'une torche, en train de creuser le foutu souterrain de leur paternel. Plus de quinze mètres de tunnel qu'Orso comptait utiliser si, un jour, on prenait d'assaut leur maison. Ange et lui avaient dû piocher des heures durant, toutes les nuits d'un été caniculaire, alors que leur père restait là-haut, assis sur une chaise, en marcel, clope au bec, à leur hurler ses ordres. Les deux frères se relayaient. Soit à la surface, à s'esquinter le dos à porter les seaux de terre jusqu'à l'extérieur, soit en bas, dans le tunnel étouffant, à creuser cette terre sèche comme la mort.

Le jeune a besoin de la chaleur de sa conquête. Ils s'enferment dans des toilettes. Il la caresse. Elle part d'un grand éclat de rire. « Tu vas faire ce que je te demande, mon fils. Il faut en finir. En finir avec lui. On ne peut plus lui faire confiance. » Ce père qu'il a tellement détesté. Et pourtant, malgré tout, ce père dont il n'a jamais cessé de mendier l'amour… Basta. Il faut que ça cesse. Ces souvenirs qui le bouffent. Qui le hantent. Il plaque la fille contre le carrelage noir des murs. Ses mains glissent sur ses seins, s'arriment à ses hanches. Ils baisent. Vite, violemment. L'un comme l'autre savent qu'entre eux, il n'y aura rien d'autre que ce soir. C'est peut-être pour ça que c'est aussi bon.

Plus tard. Ils se retrouvent dehors, à fumer une cigarette. Elle lui dit des choses qu'il ne comprend pas. « *I love your eyes. I've never seen blue eyes like yours. It's like summer skies.* » Elle lui demande son prénom, il dit Théo. Elle lui parle mais il n'est plus vraiment là. Il se contente de hocher la tête, de sourire. D'autres verres. Son cerveau qui chavire. Il la perd de vue. Ça n'a aucune importance. Théo flotte sur le monde. Il a trop bu, bien trop. Mais il est heureux. Ils y sont arrivés. Et ce n'est que le début.

Tout devient flou. Il vomit, peut-être, sur un canapé violet de la boîte. On le porte à l'extérieur. Dumè le tient. Par-delà les montagnes, le soleil se lève. Bientôt, dans deux jours, il faudra recommencer. Un autre braquage. Théo est terrifié, mais personne ne doit le savoir. Alors, il monte sur le toit de la 205 de Dumè, sous les réprimandes de ses camarades, et braille : « On est des loups. Des putains de loups… »

14

7 juillet 1993
L'Île-Rousse, Corse

23 h 10. Ange gare la Lambiasini sur le parking de l'île de la Pietra. Alors qu'il progresse vers la tour génoise, lui proviennent les échos de l'animation estivale. Comme chaque année en cette période, une fête foraine s'est installée en ville. Grande roue illuminée, montagnes russes, manèges, odeurs de churros et de barbes à papa… À peine arrivé aux abords de la tour, Ange remarque la silhouette longiligne de Berguer et, en retrait, adossé à la vieille bâtisse en granit, son acolyte. Le policier fume une cigarette en regardant les lumières des attractions se refléter dans l'eau calme. Ange se place à ses côtés, silencieux. Il attend que le flic prenne la parole.

— C'est quand même une belle île… Dommage que vous fassiez tout pour la gâcher.

Berguer tend des photos à Ange. Malgré la pénombre, Biasini discerne une maison détruite, rasée. Il n'en reste qu'un muret, une portion de toit, un bout de cuisine.

— On soupçonne le Mistral d'avoir plastiqué cette baraque, il y a une semaine. Au nord de Galéria. Des fermiers qui refusaient de vendre leur terrain pour un projet immobilier. On leur a fait sauter la gueule. Trois morts. Les propriétaires et leur gamin. A priori, ceux qui ont fait ça pensaient que la famille était absente ce soir-là. Le môme avait quatre ans…

Il marque une pause, tire une longue latte.

— Ça s'arrêtera quand cette folie, Biasini ?

— Je n'y suis pour rien dans cette histoire, Berguer.

Le policier n'écoute pas Ange et continue à dérouler le fil de sa pensée.

— Je vais te dire la vérité, Ange. Je n'en peux plus. Je bosse depuis trop longtemps sur ce foutu dossier. Il n'y a que des portes qui claquent, des bouches qui se ferment. Les gens ont peur. Et c'est à cause de vous. De ta famille, de ton père, de gens comme toi qui croient que cette île leur appartient. Il y a eu trop de règlements de comptes dans ces rues. En trente ans, la Corse est devenue une zone de non-droit. Et aujourd'hui, on en arrive là…

— Je ne suis pas comme ça, vous le savez.

— Toi aussi, tu as du sang sur les mains. Je sais de quoi tu es capable.

Si Ange s'est vu contraint de revenir en Corse, c'est à cause de cet homme, Stéphane Berguer, responsable d'une unité du GRI, groupe de recherche et d'intervention, qui, depuis quatre ans, travaille à faire tomber le gang du Mistral. C'est Berguer qui a aidé Ange à quitter l'île trois ans plus tôt. Le fils Biasini devait balancer les siens, en échange de quoi la police l'aiderait à refaire sa vie, ailleurs. En France, contrairement aux États-Unis, il n'existe pas de système établi de protection des témoins permettant de disparaître sous une autre identité. Mais, dans des cas exceptionnels, la police française se montre arrangeante. On lui avait promis un peu d'argent, un aménagement de peine. Ange faisait partie de ces rares repentis à qui on offrait une porte de sortie. Tout ce que Berguer demandait à l'époque, c'était quelques noms, quelques infos. De quoi faire plonger Orso pour longtemps. Ange savait bien que son jeune frère qui commençait à travailler pour le Mistral serait entraîné dans le tourbillon de l'enquête. Il risquait une peine de prison d'un à trois ans. C'était le prix à payer. Pour espérer repartir à zéro, Ange devait donner les siens. Et, dans sa tête, envoyer Théo faire un tour en cabane lui sauverait la vie. Avant que son jeune frère ne fasse le coup de trop, qu'il se mette en danger pour impressionner leur foutu père, et qu'il finisse avec une balle dans la tête parce qu'il lui aurait manqué de respect… Si Théo n'était pas assez intelligent pour comprendre qu'il courait dans le mur, tant pis pour lui. Ange avait assez protégé son cadet, toute sa vie. Trop longtemps encaissé les coups pour deux. Mais plus il s'efforçait de l'éloigner de l'ombre de leur père, plus Théo semblait vouloir se faire remarquer par ce dernier.

Il avait cédé. C'était sa seule issue. Les flics l'ont planqué quelques mois, dans un bled paumé des Cévennes, en attente d'un procès qui n'est jamais venu. La mort de son père a tout changé. Les infos communiquées par Ange sur Orso Biasini n'avaient plus aucune valeur. Ils ont envoyé Théo et d'autres gars en prison pour faire bonne figure, mais, en réalité, la police enrageait. Après toutes ces années, le parrain du Mistral leur échappait.

Ange ne leur étant plus utile, ils l'ont laissé sur le bas-côté. Oubliées, les promesses. Au moins l'ont-ils laissé libre. Mais ce n'était qu'un court répit. Ils attendaient le bon moment pour lui remettre le collier autour du cou.

Quand son cadet l'a appelé, le soir de l'incendie de son club de plongée, ils étaient là, à écouter. Depuis des mois, ils avaient placé Théo sous surveillance. Ils savaient qu'il préparait quelque chose. Ils l'avaient dans leur collimateur. Berguer a été clair quand il a contacté Ange, quelques heures après qu'il a rejeté l'offre de son frère : « Le simple fait que tu aies répondu à Théo peut te désigner comme complice. Lui et les autres se feront avoir, avec ou sans toi. On ne les ratera pas. Aujourd'hui, tu n'as plus rien. À toi de voir si tu veux essayer de te refaire et éviter à tes potes de plonger ou si tu les laisses se faire choper sans arrangement possible. Si tu nous lâches, je te préviens, on sera sans pitié avec eux. Mais si tu acceptes ma proposition, tu seras un peu comme leur ange gardien… »

Leur ange gardien. Ange donne un coup de pied dans une caillasse qui rebondit sur la falaise de granit. Berguer, lui, peine à s'allumer une autre cigarette avec la bise qui souffle sur le promontoire rocheux.

— « Notre part du gâteau »… C'est quoi ces conneries, Biasini ?

— Ce n'est pas votre problème. L'opération avance. On sera bientôt en contact avec Venturi. C'est ce que vous vouliez. Le reste…

Berguer se marre, retient une quinte de toux.

— Attends… J'aurais su que vous collectiez de l'argent pour les plus démunis, j'aurais participé… Y avait combien sur le yacht ? Sandler a déclaré avoir été délesté de plusieurs centaines de milliers de francs. Et vous, vous avez donné quoi ? 10 000, 20 000 balles ? Tu penses que ça suffit à faire de vous des enfants de chœur ?

Ange ne répond pas. La question de Berguer n'en était pas une.

— Je te vois, moi, Biasini. Je sais qui tu es. Ce que vous êtes, toi et les autres. Pour de vrai. Des petites frappes, des types dangereux. Ces quelques milliers de francs que vous avez refilés à droite à gauche, ça ne fait pas de vous des héros. À la fin, ça reste toujours vous qui braquez le canon de votre flingue sur la population de cette île.

— Cette histoire ne remet rien en cause.

— Si… Toi et les autres, vous jouez aux cons ! Vous attirez toute l'attention sur vous. Mon chef de service est bouillant. J'ai reçu des consignes strictes. Il faut avancer. Vite. Quand est-ce que vous allez procéder à l'échange avec Venturi ? Le temps presse.

Venturi. Aujourd'hui, dans la tête de Berguer, il n'y a plus que lui qui compte. Mais ce qu'il n'a toujours pas compris, c'est que le Mistral est une hydre. Coupez-lui une tête, il en repoussera deux. C'est ce qui est survenu à la mort de son père, et ce qui arrivera après la chute de Venturi. Pas la peine de lui en parler. Le capitaine de police judiciaire veut Venturi. Il l'aura.

— Théo veut qu'on finisse les trois braquages avant de remettre l'argent à Venturi.

— Non. C'est trop risqué. Si la situation dégénère sur l'un de vos casses, ça me retombera dessus. Après votre prochain braquage, vous prenez rendez-vous avec le parrain et on intervient. C'est comme ça et pas autrement.

On est déjà complètement hors procédure avec toute cette affaire. Je risque gros. Peu de personnes sont au courant de cette opération. Pour l'instant, j'ai le soutien des pontes. Tant qu'il n'y a pas trop de grabuge. Alors, ne déconnez pas.

— Je gère…

— On a besoin d'un flag, Biasini. Si on chope Venturi en train de recevoir sa part, il plonge. On montera le dossier pour lui faire porter le chapeau. Ton frère, tes deux potes ne prendront que quelques années de taule. Toi, t'en sortiras blanc comme neige. On te présentera comme notre informateur. On effacera ton ardoise et on t'offrira une nouvelle vie.

— Vous m'avez déjà fait cette promesse… qui me dit que vous ne me lâcherez pas une nouvelle fois ?

— Rien. Mais ce n'est pas comme si tu avais le choix. Il faut aller au bout et me faire confiance.

— Mon frère, vous m'assurez qu'il verra sa peine allégée ?

— C'est le cerveau de l'opération, on le sait. Mais on fera tout pour charger Venturi. Tu as ma parole. On n'en a pas après ta bande. Ce qu'on veut, tu le sais bien, c'est faire tomber le Mistral.

— Et les autres, Dumè et Fred, ils risquent combien ?

— Dans les cinq ans, si vous limitez la casse. Je ne veux surtout pas de blessés graves. Sinon, je ne pourrai plus vous couvrir.

Berguer écrase son mégot sous sa basket usée.

— Bon, on a fait le tour. Je te laisse une semaine, Biasini. Quand on se revoit, mercredi prochain, je veux la date et l'heure à laquelle vous voyez Venturi. Il est temps que ça s'arrête.

Il observe les lumières de la fête foraine, de l'autre côté de la baie.

— Moi aussi, j'aimerais bien prendre des vacances. Tu sais que j'ai une famille à Marseille ? Une femme, deux gosses. On peut pas dire que j'ai été le père le plus présent du monde. Mais si je boucle cette putain d'affaire, je raccroche, Ange. Ici, on se bat contre des moulins. On n'a pas assez de moyens, ni d'hommes. Tu sais combien on est dans mon unité du GRI, à bosser sur le Mistral ? Six. Six putains de flics… Aujourd'hui, la seule chose qui intéresse les autorités, c'est la chasse aux nationalistes. En attendant, le crime organisé prospère. Alors, je vais te dire, on chope Venturi et basta. Je demande ma mutation dans un bureau, au calme. Très loin de cette île.

Ange retourne à la Lambiasini. Il claque la portière, mais ne démarre pas. Il enrage. Il aimerait qu'il y ait un autre moyen. Mais il est piégé. Théo, Dumè et Fred sont condamnés à plonger.

15

9 juillet 1993
Scandola, Corse

Chelsea s'ennuie. Cette croisière ne se déroule pas comme elle l'avait imaginé. Helena lui avait pourtant promis que ce serait génial, inoubliable… et, surtout, que ce serait bien payé. 15 000 livres les dix jours. L'argent, c'est sans doute la seule chose qu'elle est certaine d'obtenir. Pour le reste, il faudra repasser.

Une heure du matin et tout le monde dort à bord. Cela ne fait que cinq jours qu'ils ont embarqué à Saint-Tropez et, déjà, le temps lui semble long. Chelsea a l'impression qu'elle revit inlassablement la même journée. Celui qui les a embauchées, Dean Edmonson, un type qui a fait fortune en montant une société de gestion dans la haute finance, a invité trois anciens camarades d'école de business. Elles sont là pour « leur faire passer un bon moment ». Ça sniffe de la coke, ça boit et ça fume d'énormes cigares à longueur de journée. Et quand ça cause, on dirait qu'ils font tout pour les exclure, elle et les autres filles. Ils parlent de FIC, BFR,

CAPEX, EBE… En les écoutant, elle a l'impression d'entendre une langue étrangère. Et ça doit leur plaire.

Pour animer ce grand cirque, les traders comptent sur Chelsea, Helena et les autres filles. Elles font partie du spectacle. Mais Chelsea observe. Depuis qu'elle est gamine, elle remarque les choses. Les marques d'alliance aux annulaires de deux des quatre types. Cette façon qu'ils ont de se défier en permanence. À celui qui fera la plus belle accélération en jet-ski, qui osera sauter du pont le plus haut du yacht, qui sniffera le plus de traits. Les mecs de la City aiment faire du bruit pour montrer qu'ils existent. La fête tous les soirs, à tel point que ça en devient mécanique. La musique qui vrille les oreilles, pour couvrir le fait qu'ils n'ont pas grand-chose à se dire. Il faut aussi supporter les pétages de plombs de Dean. L'autre nuit, il a dégainé un énorme flingue en le pointant vers la baie. « Qu'ils viennent ces connards de pirates corses, je les explose, moi ! » Chelsea, comme les autres, a fait mine de trouver ça drôle. Mais elle sent bien que ce type est incontrôlable. Chaque fois qu'il lui demande de venir dans sa chambre, elle craint ce qui l'y attend. Elle préfère quand il est trop défoncé. Au moins, il la laisse en paix. Sinon, il la prend fort, violemment. Lui enfonce la tête dans les coussins pendant qu'il la baise par-derrière. Elle n'aime pas ça. Mais elle doit faire son boulot. Pour mettre encore un peu de côté, et ne plus avoir à michetonner dans les bars des cinq-étoiles de Londres.

Un bruit de moteur lointain sort un instant Chelsea de sa rêverie. Elle observe la baie plongée dans la pénombre. Le yacht est le seul à mouiller cette nuit dans ce cadre de rêve. Ce décor est si loin de son ancienne vie, à l'extrême opposé, même. Le granit rose contre les murs en briques, l'eau turquoise contre la pluie qui n'en finit pas de couler dans les caniveaux. Chelsea a grandi à Hartlepool, dans le nord-est de l'Angleterre. Là-bas, il n'y avait que des portes murées, des jardinets minuscules protégés par des barbelés, des rideaux métalliques tirés sur des boutiques désertées. Son père comme sa mère ne travaillaient plus depuis des années. Ils avaient même abandonné tout espoir de retrouver un boulot. Trop de monde qui cherchait un emploi. Il y aurait toujours plus jeune, plus motivé. Alors, ils survivaient à l'aide des rares allocations du gouvernement. Hartlepool, autrefois, était une cité florissante. À l'époque, on avait peint toutes les maisons d'ouvriers en bleu, orange, bordeaux. Mais les chantiers navals ont fermé, puis les mines, les scieries. Et les couleurs, comme les âmes, se sont délavées. Quand elle attendait ses parents au pub, Chelsea scrutait les visages. Elle avait parfois l'impression que leurs gueules étaient comme des bougies fondues. Les cernes glissaient sous les yeux, les lèvres pendaient vers le menton. C'est peut-être la misère, plus que la gravité, qui tirait les gens vers le bas, à Hartlepool. Pourtant Chelsea, malgré tout, continuait à croire. Qu'elle pourrait ramener un peu de couleur dans la vie des gens. Elle avait un projet. Un rêve. Pas bien fou, pas bien haut. À portée de main. Un jour, elle serait fleuriste. Toute petite, elle aimait chercher les fleurs sauvages qui poussaient le long des murs en briques, dans les terrains vagues, sur le perron des maisons abandonnées. Avec les années, elle avait appris à les reconnaître. Liseron des champs, buddleia, valériane rouge… Un jour, elle ouvrirait sa propre boutique. Elle était convaincue que les gens adoreraient ce qu'elle ferait. Plusieurs fois par semaine, Chelsea confectionnait de jolis bouquets qu'elle offrait à sa grand-mère, Adele. Déjà très affaiblie, la vieille dame ne quittait plus souvent son lit. Pour ses dix-huit ans, sa granny lui avait légué son joli collier avec ce pendentif en forme de papillon, serti de deux diamants. Celui qu'elle avait porté toute sa vie. Et lui avait glissé à l'oreille : « Quand je serai morte, tout mon argent sera pour toi, ma petite-fille. Pour que tu te lances. » Six mois plus tard, son aïeule les a quittés mais ses parents n'ont jamais parlé de testament. Ils ont gardé tous les bénéfices de la vente de son appartement. Pour leur gueule. De quoi se payer plus de bières, une plus grande télé… Mais rien pour elle. Pas un penny. Ça a été le déclic pour Chelsea. Il lui fallait partir. Fuir cette vie. Qu'elle y arrive seule. D'abord à Manchester. Une connaissance d'une connaissance lui a parlé d'un plan juteux. Jouer les hôtesses dans les clubs cossus de la ville. Au départ, il s'agissait juste de donner envie à des hommes d'affaires de dépenser plus en se faisant offrir des verres. Champagne. Champagne encore. Faire semblant de s'intéresser à eux, croiser les jambes, se cambrer, jouer les ingénues. Elle a trouvé instantanément son rôle. Elle était douée pour ça. Mais il lui a fallu en faire plus. Un premier type qui propose un gros billet pour une petite branlette aux toilettes. Après tout, c'était l'affaire de quelques minutes. Il lui suffisait de détourner les yeux. Penser à autre chose. Faire le compte des espèces de fleurs qu'elle connaissait. Trèfle des prés, épilobe, piloselle… Chelsea a quitté les clubs pour les palaces. Manchester pour Londres. Et, elle a croisé la route d'Helena, qui l'a prise sous son aile.

Du comptoir aux suites. Chelsea se promettait d'arrêter bientôt. Elle gagnait bien sa vie, désormais. Mais depuis son arrivée dans la capitale, elle dépensait plus, peinait à faire des économies. Alors, elle y retournait. Quand la jeune femme doutait, Helena tentait de lui remonter le moral, avec son franc-parler : « On desserre nos jambes quand on le souhaite. C'est notre corps, on en fait ce qu'on veut. S'il peut nous rapporter plein de pognon, tant mieux ! Dis-toi que tu es comme ces fleurs que tu adores tant. Faite pour être regardée. » Chelsea ne devrait pas se plaindre. Elle est chanceuse d'être ici… Quel chemin parcouru depuis Hartlepool. Elle a tout de même un chouette souvenir depuis le début de son séjour. Le seul moment où elles ont pu se retrouver entre filles. Quelques heures de shopping dans les rues de Calvi. Puis une soirée sans leurs clients qui préféraient rester à bord du yacht. « Qu'est-ce qu'on irait foutre dans leurs boîtes de bouseux ? » Ce soir-là, elles se sont bien amusées, c'est vrai.

Chelsea boit une gorgée de vodka tout en triturant son pendentif. Elle devrait voir le bon côté des choses. Vivre dans un tel luxe, jamais elle n'aurait pu imaginer ça. Le yacht *Apogée* est magnifique. L'un des plus beaux, paraît-il, jamais construits. Soixante-dix mètres de longueur… Dix suites incroyables. Un jacuzzi sur le dernier pont… Une quinzaine de personnes à leur service. Et tout ce qu'on attend d'elle, c'est sourire, écarter les jambes, sucer quelques bites, encaisser des billets. Ne pas oublier ses fleurs. S'accrocher à ça. Elle repense à ce que lui a dit Helena, plus tôt : « Prends ce qu'il y a à prendre. Profite. »

L'Anglaise vide son verre par-dessus bord. Il est temps d'aller se coucher. Elle croise un des skippers, plutôt beau mec, lui souhaite une bonne nuit. Il ne lui répond pas. Son regard. Ce mépris auquel on ne s'habitue jamais. Chelsea tire sa mini-jupe sur ses jambes fines, un peu honteuse.

Un bruit à l'arrière du yacht. Deux ombres qui émergent du pont arrière. Le skipper, alerté, allume sa lampe-torche pour vérifier. La seconde suivante, il s'écroule, inerte. Les silhouettes fondent sur elle. Des hommes en combinaison de plongée, armés. L'un d'eux tient un fusil mitrailleur entre les mains. Panique. Chelsea se met à courir vers sa cabine. Mais on la saisit par la ceinture et on la projette au sol. Elle se fait mal en tombant. Une voix grave, avec un mauvais accent anglais. « *Calm. Don't move.* » Ce sont les pirates corses dont tout le monde parle… elle en est certaine. Le malfrat l'attrape comme un fétu de paille et la force à s'installer sur un des canapés du salon extérieur. Bientôt le reste de l'équipage les rejoint. Ils sont une vingtaine, collés les uns aux autres. Ils pleurent et prient. Baissent les yeux et tremblent. Chelsea remarque certains des traders. On dirait des gamins terrorisés. Où est passé leur morgue, leur fierté ? Deux des braqueurs les surveillent, les canons noirs de leurs armes les pointant successivement. Un troisième vient de s'engouffrer avec un gros sac noir vers les cabines. Peut-être qu'ils veulent juste de l'argent et qu'ils vont partir ensuite ? Peut-être que c'est un signe du destin, pour elle ? Il faut arrêter cette vie. Passer à autre chose… Tourner la page. Oui, tourner la page. Si elle s'en sort, elle rentre à Londres par le premier avion, ira s'installer dans cette jolie cité balnéaire de Bournemouth, dans le Dorset, le long de la côte. Là-bas, elle trouvera bien un local. Il faudra aussi qu'elle appelle ses parents. Qu'elle leur dise tout ce qu'elle pense, enfin. Il faudra qu'elle fasse tout ça. Une fois qu'elle aura quitté ce yacht.

Les minutes s'égrènent. À côté d'elle, une autre fille, Tessa, répète, paniquée : « Pitié, pitié… » Chelsea lui attrape la main. Ça la calme un peu. Elle croise le regard de l'un des types, derrière sa cagoule. Il a l'air jeune, lui-même un peu terrifié. Et ces yeux…

Des coups de feu retentissent en bas, puis des cris. Que se passe-t-il ?

16

9 juillet 1993
Scandola, Corse

Cette fois, Théo en est certain, tout va bien se passer. Une minute plus tôt, ils ont reçu le signal d'Ange. Trois brefs éclats lumineux pour les prévenir que la voie était libre. Le Zodiac file désormais vers l'*Apogée*, l'énorme yacht qu'ils ont pris pour cible.

Personne ne s'attend à ce qu'ils passent à l'action ici. La gendarmerie maritime a centralisé ses patrouilles autour de la Balagne. Eux ont décidé d'organiser leur prochain braquage bien plus au sud, à plus de deux heures de navigation de L'Île-Rousse, dans la réserve de Scandola. Ils ont attendu à proximité de Galéria de voir l'*Apogée* dépasser le cap de la Revellata, pour le prendre en chasse, en restant à bonne distance. Comme Théo l'avait prévu, le commandant du yacht a décidé de mouiller pour la nuit à la Punta Palazzu, dans cette baie encerclée par d'énormes falaises de granit. Ils se sont approchés en faisant semblant de pêcher, puis se sont dissimulés dans l'une des failles creusées au cœur de la roche. Et ils ont patienté. Fred a sorti son carnet de dessin, Théo ses cigarettes, Ange a nagé un peu autour du Zodiac… Et Dumè, comme souvent, s'est perdu dans ses souvenirs.

Les quatre amis connaissent la région comme leur poche. Ils en ont passé des jours à naviguer ici. Peaux cramées par le soleil, cheveux cristallisés de sel. Durant plusieurs étés autour de leurs dix-huit ans, ils sont venus pour les vacances chez Barto, l'oncle des deux frères, dans le petit village d'Ota. Dès qu'ils en avaient l'occasion, ils lui empruntaient son bateau, le *Duncan*, pour sillonner les eaux du golfe de Porto, les calanques… Autant de promesses d'aventures… Le *Duncan* n'était qu'un vieux Jeanneau Esteou de six mètres trente, au moteur toussotant, au pare-brise dépoli et à la coque grisâtre. Mais pour eux, ce rafiot était une légende… Barto l'avait appelé ainsi en hommage à Jules Verne et à son roman *Les Enfants du capitaine Grant*, qui lui avait donné le goût de la lecture et de la mer. Ancien professeur d'histoire, le frère d'Orso ne se servait plus trop du *Duncan*. Il avait eu un accident de moto assez grave à la quarantaine et boitait de la jambe gauche depuis. Alors, il avait décidé de passer le relais à ses neveux. Quand il le leur prêtait, Barto avait un seul avertissement : « Si vous me le ramenez avec la moindre éraflure, vous m'en rachèterez un neuf. » En réalité, il s'en foutait pas mal. Les garçons se demandaient même parfois comment le *Duncan* flottait encore. Mais ça ne les empêchait pas de repartir en expédition. Ils en ont pris du bon temps sur cette coque de noix. Des nuits à camper dans la petite crique de Ficaghjola, joyau de sable encadré de tombants de granit rose. Il y a eu cette fois où ils avaient dû s'abriter sous la pergola d'une cabane de pêcheurs pour se protéger d'une averse démentielle. Ils s'étaient dégotté une vieille bâche qui se gonflait sous le vent et leur claquait au visage. Et leurs rires tonnaient plus fort que tous les orages. Il leur arrivait aussi de dormir sur l'embarcation. À bord, il y avait la première et la troisième classe. On tirait au sort pour savoir qui, des cinq compères, aurait la chance de coucher dans la cabine à l'avant. Les trois autres étaient alors obligés de passer la nuit à même le deck, à l'arrière, à la belle étoile. Bercés par le roulis. Quand Nina, la copine d'Ange, venait, on laissait la cabine au couple, évidemment. On faisait semblant de ne pas entendre leurs gloussements, en bas. On fumait des clopes, allongés, les yeux rivés sur la Voie lactée. Et on refaisait le monde.

Durant ces étés, ils s'étaient donné pour mission d'explorer toutes les grottes marines de la côte. Théo jouait les cartographes et notait sur les cartes écornées de Barto les failles qu'ils découvraient. Il leur donnait des noms d'actrices. La Marceau, la Kristel, la Fawcett, la Loren, la Lollobrigida… Fred, lui, noircissait ses carnets de croquis, tentant de saisir la majesté des lieux. Il se sentait particulièrement inspiré par les paysages de Scandola. La roche déchiquetée, ces orgues qui se dressaient. Ici et là, dans le granit, il imaginait des visages qui hurlaient, créatures tourmentées pour l'éternité. En contrepoint, la mer turquoise aux reflets changeants. Le chaos et la douceur. La rage et la paix. Comme une caresse sur une peau brûlée. Dumè appelait Scandola la Forge des dieux. Et il avait raison.

Si Théo a choisi cet endroit pour leur deuxième braquage, c'est, certes, parce qu'il était convaincu de pouvoir y opérer en toute tranquillité. Mais pas seulement. Il voulait revenir ici avec ses amis, son frère. Réunis, peut-être, pour la dernière fois. Personne n'a relevé. Mais tous ont compris.

L'*Apogée* est là. Le *Red Ensign*, pavillon britannique, flotte mollement à la poupe. On abaisse ses cagoules, on vérifie son équipement. Arrivé à proximité du navire, Théo coupe le moteur et laisse l'embarcation dériver jusqu'à la plage arrière. La seconde suivante, il saute à bord, accompagné de Dumè. Une lampe-torche balaie la zone. Un skipper, alerté par le bruit, arrive vers eux. Le Géant lui balance un coup de crosse en plein front, le marin s'écroule. Là-bas, une fille tente de prendre la fuite. Ne pas hésiter. Théo la plaque sur le deck en bois. La porte jusqu'au salon arrière. Ange les rejoint. Rapidement, l'ensemble de l'équipage y est regroupé. C'est le moment. Ange grimpe les escaliers vers le pont supérieur où se trouvent les cabines des passagers. Il doit les fouiller. Et, surtout, trouver le coffre où Edmonson, le propriétaire du yacht, a planqué l'argent liquide.

Théo jette un œil à sa montre. 1 h 17. Cela fait cinq minutes qu'ils sont à bord. Ils sont dans les temps. Avant de récupérer les bijoux, le jeune fait le compte des passagers. D'après sa source au port de Calvi, 25 personnes sont à bord : 15 membres d'équipage et 10 touristes. 22, 23, 24… Merde. Théo refait le calcul pour être sûr. Il a dû faire une erreur. Pas possible autrement. Non…

Sous ses yeux, 24 personnes. Il manque quelqu'un… Le cadet des Biasini examine les individus terrifiés à ses pieds. Edmonson, le propriétaire du yacht, leur cible, n'est pas là.

Au niveau supérieur, Ange a fini de fouiller les suites à la recherche d'objets de valeur. Il a déjà récolté un collier de perles, une Rolex, une Cartier, une bague sertie de diamants. Il faut maintenant localiser le coffre et, ensuite, récupérer Edmonson pour le forcer à l'ouvrir. Un bruit dans son dos. Un type vient de s'extraire d'un placard de rangement, en slip, cheveux blonds en pétard. Il a un regard fou. Ange reconnaît le trader. Les deux se jaugent. Le Corse repère les traces blanches sous les narines du millionnaire. Ses yeux brillants, ses pupilles dilatées. Il est raide défoncé. L'instant suivant, l'Anglais pointe un énorme flingue dans sa direction, le bras tremblant. Un putain de .357 Magnum. Par réflexe, Ange dégaine son arme. Les deux hommes demeurent ainsi, en chiens de faïence. Chacun à une extrémité du couloir. À une différence près. Le pistolet d'Ange n'est pas chargé. Biasini tente de décourager son opposant. « Jette ton arme. *Your gun. On the floor.* » Mais Edmonson, après un « *fuck you* », fait feu. La détonation, monstrueuse, vrille les tympans du braqueur. Deux balles s'encastrent à quelques centimètres de sa tête. L'Anglais, surpris par le recul, s'est cogné en arrière. Il ne sait pas tirer. Mais son flingue représente une vraie menace. Ange profite de ce répit pour foncer jusqu'à la suite principale. Il en claque la porte derrière lui, ferme le loquet, détaille la pièce. Les grandes vitres panoramiques ne s'ouvrent que partiellement. Pas assez pour qu'il se glisse à l'extérieur. De l'autre côté de la porte, le propriétaire hurle en tambourinant : « *You, son of a bitch. You're dead.* » Ange doit gagner du temps. Les autres vont finir par lui venir en aide. Il s'enferme dans la salle de bains au moment où le millionnaire déboule dans la suite et tourne son feu vers lui. Deux balles transpercent la porte. Les cloisons en acajou ne sont pas assez épaisses pour encaisser les déflagrations. Ange se jette sur le sol carrelé. Une attente. Des murmures de l'autre côté. L'Anglais est sans doute en train de recharger. Trois nouveaux projectiles traversent l'espace exigu, explosent la vitre de la douche, le miroir. Des éclats de verre tombent sur la combinaison d'Ange, sa cagoule. L'Anglais vocifère, hystérique : « *I'm gonna blow your fucking head, you filthy rat.* » Dans un instant, il sera là, face à lui. Ange enserre son emprise sur la crosse de son arme. Il va falloir tenter le tout pour le tout. Se jeter sur lui quand il entrera. Il n'aura qu'une seule chance. Car, à bout portant, Edmonson ne le ratera pas.

Des coups de feu. Théo sursaute, sans prêter attention à cette fille, à ses pieds, qui l'observe avec insistance. Après un mot à Dumè, le jeune Biasini grimpe vers le pont supérieur. Un corridor. Du bruit tout au fond, de nouvelles détonations. Il hâte le pas, vérifie son pistolet. Ange a besoin de lui… Il débarque dans une immense suite, avec un lit ovale aux draps défaits, des tableaux de maître aux murs. Là-bas, un type en slip, de dos, est en train de s'acharner sur une porte criblée de balles. Théo n'hésite pas et fait feu. Une balle vient se ficher dans la cuisse d'Edmonson, qui s'écroule dans un râle.

Théo se jette sur lui, lui colle deux coups de poing et récupère son Magnum. Le type, paniqué, regarde sa jambe en sang. « *My leg. My leg... I'm gonna die.* »

Théo frappe à la porte de la salle de bains. « C'est moi. Tu es là ? Ouvre ! » Aucun bruit de l'autre côté. Si ce chien a blessé son frère, il va le payer. Théo s'apprête à faire sauter la serrure quand un bruit de loquet lui fait baisser son arme. Ange sort. Sa combinaison est couverte de morceaux de bois, de verre. Il regarde le propriétaire du yacht blessé.

— On avait dit pas d'arme chargée.

— Ce connard s'en sortira. Et, pour info, je viens de te sauver la vie. Tu pourrais me remercier…

— Il faut continuer. On a pris du retard…

Les Biasini soulèvent Edmonson, exigent qu'il ouvre le coffre, qu'ils savent dissimulé derrière un grand tableau. Le trader tape la combinaison en les suppliant de le laisser en vie. Ils le poussent sur le côté, récupèrent une mallette en cuir. À l'intérieur, plusieurs liasses de billets ainsi que trois pochons de cocaïne. Les frères referment la valise. Un œil vers leur montre. Cela fait neuf minutes qu'ils sont à bord. Il faut filer.

Ils retournent sur le pont principal. Dumè tient toujours les passagers en joue. Ange lui glisse à l'oreille : « Tout va bien. On récupère les bijoux et on se tire. »

Théo passe d'une personne à l'autre. Les passagers sont terrifiés. Une hôtesse est prise de tremblements. Tous ont entendu les coups de feu. Et se demandent si ça ne sera pas bientôt leur tour. Le cerveau des braquages a trop chaud, sous cette horrible cagoule. De la sueur brouille son regard, ça le démange. Il aimerait pouvoir l'enlever, juste une seconde, pour s'éponger le front. Ce bracelet, là. Cette montre. Tous s'exécutent. Il arrive devant une fille. Elle porte un joli pendentif en forme de papillon. « *Give it to me.* » Mais elle ne bouge pas, lui répond en anglais : « *No, please. This necklace is worthless... but it's important for me.* » Il va pour lui arracher, mais elle se protège le cou des deux mains. Subitement, elle se fige et le fixe. Putain, que veut-elle ? Il l'observe mieux. Ces cheveux. Ces taches de rousseur. Elle se redresse, le pointe du doigt : « *I know you. Your eyes... I know you !* » Théo comprend. C'est l'Anglaise avec qui il a eu une aventure, il y a quelques jours, en boîte de nuit, à Calvi. Théo respire trop vite, trop fort. Son frère passe derrière lui : « On dégage. » Le jeune homme sent sa cage thoracique qui fait des allées et venues frénétiques. Il n'a plus de salive. Que faire ? Et si elle balançait tout aux flics. Elle parle encore, semblant réaliser sa maladresse. « *I won't say anything. I swear.* » D'autres phrases, encore. Il ne comprend pas vraiment. Il a si chaud. Il étouffe. Dans son esprit, une autre voix, rocailleuse, s'est superposée à celle de la fille. « Qu'est-ce que tu crois ? Que tu me fais peur ? Vas-y, tire. Tire ! Tu n'oseras jamais. Parce que tu ne vaux rien. » Comme dans un rêve, Théo soulève son pistolet, vise la tête, ferme les yeux. Je suis désolé, putain. Je suis désolé. Je n'ai jamais voulu ça. Il entend la voix de son frère, derrière lui, crier un « non ! » désespéré. Le plus jeune des Biasini fait feu. Deux balles.

Le temps se fige. Le corps sans vie de l'Anglaise s'écroule. Son joli visage n'est plus qu'une fleur de sang. Le liquide vermillon a éclaboussé les autres membres d'équipage. Tout le monde est sous le choc. Puis viennent les hurlements. L'horreur. Certains tentent de s'enfuir. Théo a toujours le bras en l'air. Paralysé. On le tire en arrière. On le force à embarquer sur le Zodiac. On lui arrache son arme.

Le pneumatique s'éloigne du yacht, à toute allure. Ange lui retire sa cagoule, lui donne des claques. « Tu m'entends, Théo ? Pourquoi as-tu fait ça, merde ? Tu es cinglé ? » Théo ne répond pas. Les falaises de granit se dressent au-dessus d'eux, démons ancestraux, prêts à les engloutir. Théo a du sang plein la combinaison. Alors, seulement en cet instant, il se souvient du prénom de la jeune Anglaise. Elle s'appelait Chelsea. Elle était innocente. Et il vient de la tuer.

17

12 décembre 2019
Rossinière, Suisse

Marie et Juan terminent de dîner dans le restaurant désert de l'hôtel de La Tine. Dehors, la tempête de neige a redoublé d'intensité. Les deux agents d'Europol en ont profité pour analyser les premières conclusions des équipes forensiques suisses, tombées quelques heures plus tôt. Venturi aurait bien été assassiné, dans la nuit du 9 décembre, entre 23 heures et minuit. Au moment de la première attaque, le Corse devait certainement être endormi. D'après les empreintes de bottes retrouvées dans la maison, l'assassin est entré à l'insu du vieil homme, peut-être au moment où celui-ci est allé chercher son chien dans la remise. Il s'est dissimulé dans la chambre, derrière les épais rideaux gris, attendant que sa cible vienne se coucher. Puis il s'est jeté sur lui, une fois endormi. Un premier coup de poignard dans le ventre. Deux autres lui lacérant l'avant-bras droit. Après, c'est plus flou. Les gendarmes ont relevé des traces de lutte, une table renversée, une chaise éclatée.

Il semblerait que l'ancien parrain ait d'abord essayé de se protéger, avant d'attraper son fusil accroché à un rack. Mais l'assassin en avait au préalable retiré les cartouches. Venturi a bien tenté de tenir à distance son ennemi en frappant avec la crosse de son arme, c'était trop tard. Il a été poignardé à huit nouvelles reprises. Pour avoir su éviter les attaques du Corse dans un espace si exigu, le tueur doit être particulièrement rapide et agile. Un ancien militaire ? Au total, Venturi a reçu douze lacérations. Autant qu'Horvat. Enfin, lui aussi a été égorgé. Différence notable cependant, comme en attestent des microdéchirures le long des plaies, le crime n'aurait pas été perpétré avec la même arme. La lame serait plus fine, moins longue, moins aiguisée. Le meurtrier se serait-il servi du couteau provenant de l'étrange galerie d'Horvat ? Un nouvel élément révélé par la scientifique interroge les agents d'Europol. Dans la large entaille au cou de Venturi, les agents suisses ont prélevé des fibres de textile. Du lin. Marie a vérifié auprès des équipes de la Met à Londres. Eux aussi en ont découvert sur la trachée du milliardaire serbe. Un mode opératoire se dessine. L'assassin est précis, méthodique, organisé. Il ne compte certainement pas s'arrêter là.

Et il y a cette histoire de chien. Pourquoi l'animal s'est-il retrouvé dans la chambre de Venturi, alors qu'il était habituellement enfermé dans un abri, à l'extérieur ? Une fois l'ancien malfaiteur achevé, le tueur serait allé récupérer l'animal et l'aurait enfermé dans la chambre. Pourquoi un tel acharnement ? Il y a dans cet acte morbide une signification, un sens qui échappe encore aux agents d'Europol. Comme si achever l'ancien parrain n'était pas suffisant. Il fallait, en plus, avilir son corps. Que son propre animal se repaisse de lui. Marie en est convaincue, ces assassinats sont une vengeance. Mais pour quoi ?

Autre élément mis au jour par les gendarmes suisses, un carton rempli d'articles sur le Balafré. Marie a chargé Sóley de creuser cette piste. Depuis une vingtaine d'années, le Balafré est une légende en Corse. Un mystérieux parrain qui régnerait en sous-main sur la pègre de l'île. Un homme qui aurait mis fin aux guerres de clans, par la terreur, en une série d'assassinats violents. Depuis tout ce temps, dès qu'un criminel tombe sous les balles, on murmure que c'est l'œuvre du Balafré. Il y en a des histoires… On prétend que si l'on mentionne le nom du Balafré en public, on signe son arrêt de mort. Que pour lui prouver son allégeance, il faut accepter de sacrifier l'un de ses proches. Pourtant, malgré les années, jamais personne n'est parvenu à l'identifier ou même à prouver son existence. Juan, qui a pu échanger avec des policiers de la Brigade nationale de lutte contre la criminalité organisée corse, la BNLCOC, a eu le même ressenti. Quand ils sont interrogés, les malfaiteurs prétendument liés au Balafré nient tout en bloc. Ils n'en ont jamais entendu parler, ne savent pas de qui il s'agit. On connaît le culte du secret sur ces terres, mais les flics semblent catégoriques. Pour eux, le constat est clair : « Le Balafré n'existe pas, ce n'est qu'un mythe, un genre de Père Fouettard dont on inventerait les méfaits au gré du temps. Dans les villages, les familles ont même pris l'habitude de dire à leurs gamins que s'ils faisaient des bêtises, le Balafré viendrait les chercher. » Marie, elle, s'interroge. Si le Balafré est une chimère, alors pourquoi Venturi, qui a si longtemps été l'un des ténors du crime organisé de l'île, s'y intéressait-il tant ?

Un courant d'air traverse la salle du restaurant et fait frissonner Marie. Sur la table, les tiges des tournesols en plastique placés dans un vase ébréché laissent échapper un fin nuage de poussière. Dans l'hôtel de La Tine, la décoration coche tous les clichés des établissements montagnards. Des tables en bois massif. Accrochées aux murs, de vieilles paires de skis, des luges rouillées, une collection d'anciens outils agricoles. Quelques minutes plus tôt, Mme Widmer, propriétaire de l'établissement, est venue leur annoncer qu'elle rentrait à son domicile, à l'autre bout de la bourgade, tant que les routes étaient encore praticables. D'un ton sec, elle leur a demandé de déposer leurs assiettes sur le comptoir de la cuisine et de bien penser à éteindre les lumières avant de rejoindre leurs chambres. Puis les a quittés dans un claquement de langue. Elle peste d'avoir dû rouvrir pour ces clients surprises. Mais le capitaine Bardet ne lui a pas laissé le choix. « Par contre, je mets le chauffage uniquement dans vos chambres. Je ne vais pas chauffer tout l'hôtel pour deux clients. » Ainsi, un froid polaire règne dans les pièces communes. Marie resserre son écharpe autour de son cou. À travers la baie vitrée, un épais brouillard l'empêche de discerner le village. Les chalets voisins ne sont que des ombres indéfinies, hachurées par des tourbillons de neige. Elle enrage d'être piégée dans cet établissement déprimant, au cœur de cette tempête, avec une connexion internet antédiluvienne, un réseau cellulaire capricieux. Elle avancerait tellement plus vite si elle était de retour à La Haye.

Le plus difficile pour l'agent d'Europol, c'est de savoir que tout s'est joué à quelques heures. S'ils étaient arrivés plus tôt, ils auraient vu Venturi vivant. Et si les gendarmes en planque devant le chalet avaient correctement fait leur boulot, ils auraient pu appréhender le tueur... Tant d'erreurs... Marie donne un coup de cuillère dans les restes d'une mousse au chocolat desséchée. Plus tôt, elle a pu parler à sa fille... Romy ne lui demande plus quand elle va rentrer. Et ce n'est pas bon signe. Willem, lui, a été glacial au téléphone.

Juan, notant que sa partenaire broie du noir, tente de lui remonter le moral :

— Marie, il y a quand même de bonnes nouvelles. Ce second meurtre va nous permettre de garder la main sur l'enquête. Il s'agit clairement d'une affaire internationale. On va gagner un peu de répit.

— Un homme est mort parce qu'on n'a pas été assez rapides. Non, ce n'est pas une bonne nouvelle. On est de plus en plus paumés. Je te rappelle que dans huit jours, il y a ce rendez-vous avec Charon, sur l'île de Lesbos, dont on ne sait absolument rien.

— Peut-être, mais la mort de Venturi nous prouve que les assassinats ont un lien direct avec la Corse...

Juan hésite, puis finalement :

— D'ailleurs, je voulais te demander. Pourquoi ne racontes-tu jamais rien sur cette île ?

Marie savait bien que ce moment finirait par arriver. Si elle bottait en touche, connaissant le côté tête de mule de Juan, il reviendrait à l'attaque. Jusqu'à ce qu'il obtienne ses réponses. Autant lui livrer une version simplifiée, édulcorée. Histoire qu'il n'en parle plus.

— Ma vie en Corse est derrière moi… J'ai encore de la famille là-bas. Mon père. Mais j'ai coupé les ponts. Trop de déceptions. C'est le problème de grandir sur une île, on finit par y être enchaîné. Je ne me suis jamais sentie chez moi, là-bas. Il me manquait quelque chose.

— Toi, avec tes histoires de famille en Corse, moi, avec ma jeunesse, à Madrid… on fuit tous notre passé.

— Peut-être…

Juan, comme Marie, n'est pas très disert sur son histoire. Mais lors d'une fête de fin d'enquête à Europol, ayant un peu forcé sur l'alcool, le jeune homme s'était livré à sa supérieure. Le Madrilène avait avoué avoir déconné, jeune. Un petit délinquant qui avait trop arpenté les rues de Gran Vía, trop traîné dans le parc du Retiro. Un peu dealer, un peu pickpocket. Mais la mort d'un de ses amis d'enfance d'un arrêt cardiaque après une injection de speed avait tout changé. Car Juan était là, à ses côtés, ce jour-là. Défoncé, le jeune homme n'avait rien vu avant qu'il ne soit trop tard. Depuis, il doit vivre avec cette culpabilité. Une cicatrice à vif qui lui a permis de sortir de la rue, trouver le courage de se lancer dans une carrière policière, mais qui a, aussi, ancré cette mélancolie, à jamais, en lui.

Juan reprend…

— Tu sais, j'y ai réfléchi. Pour en avoir discuté avec pas mal d'autres agents d'Europol, je crois qu'au-delà de nos vocations, on a tous quelque chose en commun. On cherche un refuge. En coffrant ces salopards, on ramène un peu d'ordre dans nos vies… et peut-être aussi dans ce monde. On nous a toujours répété qu'on ne pourrait pas le changer, mais nous on continue à y croire.

Marie n'ajoute rien. Elle n'en a pas envie. Pourtant, Juan a raison. Ce n'est pas un hasard, si, dès l'obtention de son bac, la gamine qu'elle était a embarqué à bord du premier ferry pour le continent et n'est jamais revenue sur ses terres. Elle s'est installée à Paris, dans la ville la plus anonyme de France. L'extrême opposé de son île. Là-bas, personne ne savait qui elle était. On ne disait plus sur son passage, « hé, c'est la fille du *sbirru merzu* ». Dans ces terres verticales et sans horizon, Marie s'est trouvé un petit boulot, a débuté ses études de droit. Un master en poche, elle a passé le concours des officiers de police, comme une revanche sur son passé. Parce qu'il fallait rééquilibrer la balance. Après une année dans un commissariat de la capitale, elle a rejoint Europol. Mis un trait définitif sur ce passé. Un grand coup d'effaceur. Elle appelle son père une fois l'an, par politesse. La discussion se clôt assez vite. Deux, trois banalités. Ses mots à lui, toujours les mêmes : « J'espère te revoir chez nous, un jour, Marie. Il faudrait qu'on parle. Qu'on mette les choses au clair. » Mais Marie, comme lui, sait que ça n'arrivera pas. En fondant sa famille, en ayant une petite fille, en intégrant la prestigieuse police européenne, Marie pensait avoir la vie dont elle avait toujours rêvé. Qu'elle finirait par combler ce vide, ce gouffre qui la dévore. Mais il est toujours là, plus présent que jamais. Comme si cette enquête réveillait ses blessures. Elle préfère changer de sujet.

— Parlons un peu de toi, Juan… Tu vois quelqu'un en ce moment ?

— Non. Pas le temps. Ma boss ne me laisse pas une seconde de répit.

Jansen sourit, termine son verre de vin blanc.

— Et avec Sóley, tu as déjà pensé à tenter quelque chose ?

— Avec Data ? Jamais de la vie ! Elle me déteste et passe son temps à se foutre de moi…

— Sóley aime bien provoquer. Mais je vois comment elle est avec toi. Il y a un truc entre vous. Un truc fort. Vous devriez vous donner une chance. Ce n'est pas si fréquent… Sauf que vous êtes tous les deux trop fiers pour l'admettre.

— Tu penses vraiment ce que tu dis ? Vale… J'essaierai peut-être de l'inviter à dîner un de ces jours. Et toi, comment ça va à la maison ? Willem et Romy ne souffrent pas trop de tes déplacements ?

— C'est compliqué, Juan. Willem se plaint que mon boulot prenne trop de place dans nos vies… Je n'ai pas trop envie d'en parler. Je suis crevée. Une autre fois… Je ferais mieux d'aller me coucher.

Toc… toc… toc… Une série de bruits arrache Jansen à son sommeil. Elle vérifie l'heure sur le réveil électronique. Le cadran affiche trois chiffres rouges, 3 h 55. La jeune femme tend l'oreille. Elle a certainement rêvé. Il vaudrait mieux qu'elle se rendorme. Une grosse journée les attend demain. Accompagnés du capitaine Bardet, ils ont prévu une nouvelle inspection du chalet de Venturi, parmi le capharnaüm de cartons, de dossiers, de courriers accumulés par l'ex-parrain. Puis direction Lausanne, pour un ultime compte-rendu avec les équipes scientifiques. Et retour en début de soirée, enfin, à La Haye… Dehors, de violentes bourrasques font claquer les volets des chambres voisines.

Marie se convainc que c'est ce vacarme qui l'a réveillée. La policière ramène sa couette sur ses épaules. Trois nouveaux coups nets, secs, se font entendre. Plus de doute possible. Quelqu'un frappe à sa porte. Juan ? À cette heure-ci ? Marie enfile un jean, un tee-shirt et se rend à l'entrée de la chambre. Méfiante, elle n'ouvre pas et demande : « Qui est là ? » Pas de réponse. « Il y a quelqu'un ? » Jansen colle sa tête à la porte. Trois nouveaux chocs la font sursauter. « Qui est là, merde ? » À ces mots, la porte se met à vibrer sous les coups. Quelqu'un, de l'autre côté, frappe le bois comme un forcené. Marie, apeurée, recule et cherche son pistolet dans l'obscurité. Elle vérifie que le SIG-Sauer est chargé, mais ne retire pas la sécurité. L'agent d'Europol n'est pas à son aise avec une arme. Depuis ses premières années de service, le passage au stand de tir a toujours été une gageure pour elle. Marie vise mal, et ne se retire jamais de la tête qu'elle tient une machine qui peut tuer, en une fraction de seconde. Péniblement, la jeune femme pointe le pistolet sur la porte qui vibre sous les coups et crie, sur un ton le plus assuré possible : « Je suis armée, arrêtez ça. » Les bruits cessent instantanément. Des pas sur la moquette. Puis, le silence. Que faire ? Elle tente de téléphoner à Juan. Aucune réponse. Mais il lui semble entendre résonner la sonnerie de son collègue, à l'autre bout du couloir. Que se passe-t-il ? Doit-elle perdre quelques secondes et appeler le capitaine Bardet ? Mais il n'habite pas Rossinière, et il faudrait au moins une demi-heure avant qu'une équipe de gendarmes du district du Pays-d'Enhaut n'arrive sur place. Non. Si Juan court le moindre danger, elle doit tenter de l'aider. Elle repose son téléphone sur son lit, prend une grande respiration et, lentement, entrouvre la porte, son arme braquée vers l'extérieur. Le couloir est plongé dans le noir. Pas un mouvement. La Française regarde à droite, à gauche. Du bout des doigts, Marie appuie sur l'interrupteur pour allumer la lumière, mais rien ne se passe. Là-bas, la chambre de Juan est entrouverte. Un rai de lumière éclaire la moquette et ses fleurs entrelacées. Marie crie le prénom de son partenaire. Vigilante, elle commence à avancer. Arrive au niveau d'une des appliques. Pas d'ampoule. C'est la même chose quelques mètres plus loin. Quelqu'un veut qu'elle reste dans le noir. L'assassin ? Il serait venu pour eux ? Mais pourquoi ?

Elle continue… L'agent d'Europol progresse, un pas après l'autre. Elle a du mal à respirer, ses mains moites glissent sur le métal de la crosse de son arme. Le couloir semble s'étirer… Garder son calme. Ne pas paniquer.

Elle accède enfin à la chambre de Juan. Du bout de son canon, en pousse le battant. Un corps au sol, les bras attachés dans le dos. Elle se jette sur lui. Il est vivant, mais ne réagit pas. Elle le remue, lui parle, lui donne de petites tapes sur le visage. Rien n'y fait. Il est complètement endormi. Il a été drogué. Il faudrait qu'elle le mette en sécurité, qu'elle le protège. Dépassée, Marie regarde autour d'elle. Le tirer jusqu'à la salle de bains et s'y enfermer ? Et ensuite ? Appeler les secours. Elle tâte les poches de son jean. Quelle idiote, dans la précipitation, elle a laissé son téléphone dans sa chambre. Elle cherche celui de l'Espagnol. Un craquement dans la grande armoire en merisier, face à elle. Le tueur est-il là, à l'observer à travers les lattes de bois ?

Marie recule. « Je vais revenir, Juan. Je vais revenir avec de l'aide »… répète-t-elle. Mais en réalité, elle a peur. Elle retourne dans sa chambre, haletante. Avait-elle laissé la porte ainsi ouverte ? Le tueur pourrait être partout. Et s'il se cachait là ? Marie est paralysée. La lumière de la chambre éclaire le couloir et transforme les motifs des plantes entortillées de la moquette en d'étranges arabesques. Ces fleurs… Une phrase lui revient en mémoire. Les mots cryptiques de la lettre anonyme qu'elle a reçue à La Haye : « Le fil me parle. Passé. Présent. Avenirs. Bientôt. Nuit. Du bruit dehors. Couloir. Fleurs sous les pieds. Fuyez. » C'était un avertissement. Aussi fou que cela puisse paraître, c'est exactement ce qu'elle est en train de vivre. Quelqu'un lui veut du mal, là, pas loin. Sur le lit, elle repère son téléphone. Si proche et si inaccessible. Elle n'a pas le choix et fait un premier pas, son arme tendue en avant, franchit le seuil de la porte. De l'arrière du battant, une silhouette noire se jette sur elle et frappe puissamment son avant-bras. Marie n'a pas le temps de faire feu. La douleur est trop forte. Elle lâche son arme. Aussi vite, son opposant se plaque dans son dos. Et, tout en la maintenant serrée contre lui, lui enfonce quelque chose dans la nuque. Par réflexe, elle donne un coup de tête en arrière, en hurlant. L'individu relâche son emprise une seconde. Assez pour qu'elle prenne la fuite. Elle passe une main sur son cou. Une goutte de sang. Son agresseur a tenté de lui injecter quelque chose. Certainement pour l'endormir. En espérant qu'il n'ait pas eu le temps de lui administrer toute la dose. Elle se rue jusqu'à l'escalier. Le dévale. Arrivée dans le hall, Marie se jette sur le comptoir de l'accueil et, dans le silence lugubre de l'hôtel, fait tinter la sonnette en laiton. C'est désespéré, mais elle s'y accroche. Sonne, sonne. Peut-être que quelqu'un entendra. Que la propriétaire sera dans les parages. Mais personne ne vient. Ses jambes peinent à la porter. Le somnifère commence à faire effet. Elle doit réagir. En relevant la tête, elle découvre le panneau avec les clés des chambres. En plus des deux qui leur ont été attribuées, il en manque une troisième, celle de la chambre 39, juste en face de la sienne. Voilà où se cachait son agresseur. Marie a les yeux lourds. Si lourds. Elle se frappe les joues. Du bruit derrière elle. Des reflets d'or rebondissent sur les marches, jusqu'au parquet. Ses balles. Il arrive. Mue par un pur instinct de survie, elle tourne les clés de la grande porte d'entrée et se retrouve dehors, en plein blizzard. L'appel d'air fait s'engouffrer des trombes de neige. Un froid, coupant comme des lames de rasoir, emplit ses poumons. Ça la ravive un peu. Ses pieds nus s'enfoncent dans le tapis neigeux. Le souffle court, elle se jette dans la tourmente. Elle n'y voit rien, se protège le visage avec ses mains. Ses jambes sont trop molles, elle manque de perdre l'équilibre à plusieurs reprises. Elle croit entendre une voix d'homme dans son dos. « Marie… Marie… » Là-bas, un chalet. Elle a si peur. Elle pense à Willem, à Romy, à tout ce qu'elle n'a jamais su leur dire. Qu'elle est désolée. Il y a comme des pièces qui manquent en elle, pour faire marcher son cœur. Elle a toujours fait semblant, pour tout. Elle s'en veut… Marie pleure mais ses larmes gèlent instantanément sur ses joues glacées. Anesthésiée par le somnifère qu'on lui a injecté, elle ne ressent plus grand-chose. Ni les tourbillons de flocons, pareils à des centaines de piqûres de givre sur sa peau, ni la morsure du gel sur ses pieds, à chaque nouveau pas dans l'épaisse couche de neige. Continuer. Dans le chaos qui l'entoure, elle croit distinguer Romy jouant avec sa nounou. Willem lui tendant la main. Non, elle déraille. Elle doit tenir ce fil, si fragile, qui la relie encore à la réalité. Elle parvient à un imposant chalet et cogne contre la porte massive. Personne ne répond. Une nouvelle progression laborieuse. Une autre habitation. Elle frappe aux volets fermés, tire sur une cloche à l'entrée. Mais le village semble complètement mort. Elle se retourne, ne sait plus où elle est. Une dernière maison, plus bas. Elle croit distinguer de la lumière à l'étage. Elle arrive devant. Ses jambes l'abandonnent. Elle s'écroule contre la porte. Mais elle n'a plus de force, plus rien. Elle aimerait crier, appeler, mais sa bouche ne lui obéit plus. Ses yeux se ferment… Un crissement dans son dos, un autre. Une silhouette émerge de la nuit. Marie n'est plus capable de résister. Avant de sombrer, elle entend une voix, à l'accent marqué : « Jansen. Nous avons beaucoup de choses à nous dire. »

18

11 juillet 1993
Bastia, Corse

De l'extérieur, le café du *Mistral*, au bout du quai Albert-Gillio, sur le port de Bastia, pourrait ressembler à n'importe quel petit bar, un peu daté, hors du temps. Sa terrasse abritée sous un store banne orange, aux rebords déchirés par les coups de vent de l'automne. Son écuelle remplie d'eau pour les chiens des habitués. Sa vitrine couverte d'affiches jaunies par le temps. Son enseigne, avec les lettres en noir sur fond blanc, qu'on n'allume jamais à la nuit venue. Car aucun Bastiais n'a besoin qu'on lui rappelle où se trouve le bar. Tout le monde le sait et évite de traîner autour.

Le *Mistral* est un bistrot discret. Pourtant, si l'on y prête attention, les indices sont là. Son emplacement, d'abord. La buvette est installée en retrait de l'activité touristique du port. Les grandes brasseries, le *Jean Bart*, le *Colomba*, étalent leurs terrasses sur le quai opposé, plein soleil. Peu de passage de ce côté-ci. Dans cette partie du port, exposée nord, il fait souvent frais, un peu humide. Pas loin, à l'aurore, les bateaux de pêche déversent leurs poissons. Toute la journée, ça sent la mer, les écailles et les boyaux. Ça décourage la plupart des promeneurs d'aller plus avant. Et il y a ces voitures de luxe, Porsche, BMW, Mercedes, garées à côté du commerce, qui détonnent dans le paysage.

Parfois, des touristes, intrigués par cet endroit en apparence si pittoresque, en poussent le rideau de porte. Ils s'installent derrière le comptoir en formica rouge, détaillent les quelques bouteilles. Que des alcools locaux. Cap Corse Mattei, Casanis, myrte… Dans un angle, un frigo ronronne comme un vieux chat fatigué. Une télé grésillante, accrochée en hauteur, diffuse des images que personne ne regarde. Ils attendent, mais personne ne vient les servir. Il y a bien ces types, au fond, qui jouent à la contrée. On entend des « 160 cœur », des « contre ». Mais ils ne lèvent pas un œil vers eux. Finalement, s'ils s'attardent trop, Felipe Antona, que tous appellent La Lippe, se campera face à eux. Son surnom, le gérant du troquet le doit au fait que sa bouche ne s'ouvre quasiment jamais. Aux touristes, il pointera un panneau usé, accroché en permanence au-dessus du comptoir : « le bar est fermé ». Dans son regard, ils comprendront qu'ils ne sont pas les bienvenus.

Le *Mistral* est un café qui, depuis trente ans, n'accueille aucun client. Seule une petite vingtaine d'hommes sont acceptés entre ces murs. Les membres du clan. Personne d'autre. Dans les années 1960, Ange-Marie Biasini, le grand-père des deux frères, l'a racheté pour en faire sa base d'opérations : un lieu pour réunir ses équipes et étendre son empire. Après sa mort, son fils Orso et ses camarades ont pris le relais.

Ici a commencé la légende du Mistral. Le reste se partage entre mythes et racontars. La vérité, quelque part au milieu. À l'arrière de la pièce principale, qui ne doit pas faire plus de trente mètres carrés, une porte mène vers une autre salle, encore plus petite. On l'appelle la Piscine. Avant, elle servait de remise. Plus maintenant. Aux murs, une mosaïque de carrelage bleu et blanc. Une lucarne en hauteur que l'on n'ouvre jamais. Une odeur de cigarette froide qui accroche les narines. Une table, un ventilateur aux lames couvertes de mottes de poussière. C'est ici qu'on parle. Ici, que se sont joués tant de vies, tant de futurs. Toujours à demi-mot. Car on ne dit jamais vraiment les choses. On se méfie de celui qui « *parla troppu* ». Qui cause trop. Dans la Piscine, on plonge, on se tourne autour, on louvoie. Même au cœur de ce sanctuaire, on est convaincu que les murs ont des oreilles. Alors, on use d'expressions. Quand il faut régler des tensions entre différents membres, ou avec un autre clan, on n'organise pas de réunions mais des « consult' ». Si quelqu'un doit mourir, il va quitter l'île. Pour parler d'un pot-de-vin, on cause de *manciata*, de pourboire. Tout est codé. Il y a des silences, aussi, qui font acte de décision. Une seule vérité est acquise, quand on entre dans le clan du Mistral, qu'on devient l'un de ses soldats, on ne périra pas de mort naturelle ou de maladie. On sera emporté par la *Malamorte*. Une mort violente. C'est comme un pacte. Les quelques photos accrochées aux murs de la Piscine en attestent. Elles racontent ceux qui ont été, ceux qui ne sont plus. Des instantanés d'hommes debout, le torse bombé, posant devant le café. On peut noter que, d'année en année, ils sont de moins en moins nombreux. Le dernier cliché, pris en 1991, montre quatre hommes : Francis Venturi, au centre, entouré de ses lieutenants, Patrice Leoni, Luc Serra, Michel Léandri…

Ce matin, Théo et Ange ont été sommés, à la demande de leur ancien camarade, le gendarme Jacques Peretti, de venir se présenter au *Mistral.* Ils ont consult', justement, avec les membres du clan. Les deux frères n'ignorent pas ce dont ils vont devoir causer. Les braquages des yachts. Les gars du Mistral n'aiment pas qu'on marche sur leurs plates-bandes. Durant le trajet, Théo a prévenu son aîné. Personne ne doit apprendre que Venturi les soutient. Le nouveau parrain du gang se montrera certainement ferme, voire menaçant. Mais il jouera un double jeu. Il a toujours été comme ça. Les deux frères s'attendent à se faire réprimander, mais ne savent pas comment ça se terminera. On ne le sait jamais. Ange a déjà assisté à tant d'échanges dans la Piscine. Ça peut vite dégénérer. Au cœur de ce banc de requins, il faudra faire attention à chaque regard, peser chaque parole.

Le braquage de l'*Apogée* a viré au drame. Une jeune femme morte et le propriétaire du navire blessé. Théo a tenté d'expliquer pourquoi il n'avait eu d'autre choix que d'abattre cette gamine. Il avait passé la soirée avec elle en boîte quelques jours plus tôt et était convaincu qu'elle l'avait reconnu. Ange, lui, reste persuadé qu'il y avait un autre moyen. Il garde en mémoire cette phrase que disait son oncle : « Quand le sang commence à couler sur notre île, ça ne s'arrête jamais. » C'est vrai. Cette mort, cette innocente emportée par leur faute, c'est un mauvais présage.

Dans la mallette d'Edmondson, ils n'ont trouvé que 126 000 francs… Un butin bien maigre par rapport aux risques encourus. La cocaïne, elle, s'est volatilisée. Ange sait bien que c'est son frère qui l'a subtilisée. Depuis le hold-up, il se charge trop. Pour le moment, le plus âgé des Biasini laisse faire. Théo est dévoré par la culpabilité. Si prendre un peu de poudre l'aide à tenir… En arrivant à Bastia, il a tout de même prévenu son cadet : « Dès qu'on entre, tu me laisses parler. Je sais comment ils pensent, comment ils fonctionnent. Toi, tu es trop impulsif. Surtout en ce moment. Promets-moi que tu n'ouvriras pas la bouche. » Théo a hoché la tête et s'est allumé une cigarette.

À l'approche du *Mistral*, tout un tas de souvenirs remontent. Le cling-cling des mâts des voiliers. Les rayons du soleil qui glissent sur les deux clochers de l'église Saint-Jean-Baptiste. Souvent, quand ils étaient gamins, ils accompagnaient leur père ici. Ces heures passées à jouer dans les rochers le long de la jetée, à pêcher avec des lignes de fortune faites de rebuts laissés par les chalutiers. Quand la chaleur était intenable, les deux se traînaient au bout du quai, et allaient se baigner, en slip, sur une petite plage. La Crasseuse, qu'ils l'appelaient. Parce qu'il fallait éviter de s'y couper les pieds entre les tessons de verre et les morceaux de ferraille à fleur d'eau. Quand les ferries arrivaient, ils couraient au môle du Dragon, à l'extrémité de la digue, et, tout sourire, saluaient les touristes en leur balançant les pires insultes qu'ils connaissaient. *Manghjamerda, testa di cazzu, facciaccia*… Dans la moiteur de ces heures sans fin, les deux mômes trouvaient toujours le moyen de s'amuser. C'est peut-être cela la magie de l'enfance.

Au cœur des tempêtes, chasser les nuages d'un rire. Ponctuer des vies trop dures par des virgules d'insouciance. À cette époque, alors qu'ils étaient aux portes de l'adolescence, le père des garçons commençait à sombrer. Il avait déjà levé la main, plusieurs fois, sur Ange, se mettait à surveiller les allées et venues de chacun. Et, pourtant, les deux garçons continuaient, encore, à se marrer.

Plus tard, quand ils avaient compris ce qui se passait entre ces murs, ce que faisait leur père, ils s'étaient mis à jouer aux durs. Piquer le paquet de cigarettes de La Lippe et aller cracher leurs poumons, planqués au jardin Romieu. C'est là-bas, parmi les arbres trop secs, qu'ils étaient tombés sur deux types avec un gros téléobjectif braqué sur la terrasse du café. Ils en avaient parlé à leur père, qui leur avait répondu, avec sa voix monocorde et grave : « Ce n'est rien. On s'en occupe. » Trois gars du clan du Mistral étaient montés déloger les voyeurs. Des policiers. Le *Mistral* a toujours été sous surveillance. Par la suite, les flics ont loué un appartement de l'autre côté du vieux port pour observer les allées et venues. Tout le monde le savait. C'était comme un jeu de dupes. Ils avaient entendu Francis Venturi dire une fois, en caressant ses chiens : « Tant qu'ils sont là, ça va. C'est le jour où plus personne ne nous surveillera que je m'inquiéterai. » Les deux frères posaient en terrasse, devant leur sirop d'orgeat. Ils se prenaient pour des brigands en espérant que la police les immortalise, eux aussi, en photo. Ils auraient bientôt fini de s'amuser. Deux ans plus tard, à peine âgé de dix-sept ans, Ange avait dû commencer à accompagner son père pour assurer sa sécurité. Pour qu'il devienne un soldat. Du jour au lendemain, ce qu'il restait d'enfance s'est effrité. Du jour au lendemain, Ange a dû devenir un homme. Prendre ce couteau qu'on lui tendait… et s'en servir.

La Lippe mène les frères jusqu'au fond du café. Là, deux hommes de main les fouillent de haut en bas, sans un mot. Puis, on les invite à entrer dans la Piscine. Les seigneurs du nord de l'île sont tous là. Leoni, Serra, Léandri, réunis autour du parrain, Venturi. Il y a deux places libres face à eux. Debout, appuyés contre un mur, quelques autres gars. C'était sa place avant, à Ange. Il reconnaît Christophe Aghieri, au visage encore couvert d'ecchymoses. Ils s'assoient. Dans un coin, autour d'une gamelle vide, les trois rottweilers de Venturi, attachés à des chaînes, les fixent de leurs gueules mauvaises. Le chef du Mistral les toise. Son visage maigre, ses cernes gonflés sous les yeux lui donnent un air faussement pataud. Et ce demi-sourire qui ne quitte jamais son visage. L'homme fait jouer sa chevalière sur son doigt, puis :

— Ça fait plaisir de te revoir, Ange. C'est fou. En te voyant entrer, j'ai cru un instant que c'était ton père. On t'a dit que tu lui ressemblais de plus en plus ?

— Ça arrive. Et je ne prends pas ça pour un compliment.

— De ma part, c'en est un… On est heureux que tu reviennes enfin au pays. Notre île ne t'a pas trop manqué ?

— Pas vraiment…

— Il paraît que tu étais bien occupé sur le continent. Tu t'es fait de nouveaux amis là-bas ?

Ange sait bien ce qu'insinue Venturi. Qu'il aurait parlé aux flics, qu'il serait à l'origine des incarcérations des différents membres du clan. Dont Théo. Et c'est vrai.

— Tu me connais, Francis, je suis plutôt du genre solitaire. Je vivais ma vie, sans faire de vague.

— Comme ton père, autrefois. Être discret… Ça ne l'a pas empêché de finir entre quatre planches. Tu vois, moi, c'est l'inverse. Je vis. J'en profite. Et on verra bien ce qui m'attend au bout de la route.

À ses côtés, Serra, Leoni et Léandri hochent la tête.

— Ton père nous manque, tu sais. Mais depuis qu'il est parti, on fait les choses différemment. On rentre dans les clous. Et c'est pas si mal. On ne va pas se mentir, Ange, vous le savez comme moi, Orso était *tontu*. Cinglé. Mais on a partagé tant de choses ensemble. Une vie entière. Il était comme un frère. On se comprenait.

Il marque une pause, regarde par la petite fenêtre.

— C'est dommage que tu n'aies pas pu être là à son enterrement. On a tous porté le cercueil. Théo aussi. Il fallait que tu le saches.

Il existe une tradition en Corse. Celui qui porte le cercueil est celui qui se vengera. Encore une menace déguisée à l'adresse d'Ange. Venturi veut savoir s'il aurait pu assassiner son paternel. Les prochaines paroles du fils Biasini seront décisives.

— Si je suis revenu, c'est aussi pour retrouver celui qui a fait ça à mon père…

— Ça t'en a pris du temps… Je sais que vous avez eu des mots, ensemble, à la fin. Ça expliquerait ton départ, d'ailleurs. Orso ne parlait pas de ses histoires de famille. Mais nous ici, on finit par tout savoir.

Les chuchotements de l'île atterrissent toujours, comme portés par le vent, au *Mistral*. Et on entend des choses. Des choses qui nous déplaisent sur toi, sur ce que tu aurais fait.

Est-il possible que le Mistral soit au courant des liens d'Ange avec la police, avec Berguer ? Il fait une chaleur étouffante dans la pièce. Au-dessus de lui, le ventilateur n'a pas été allumé, sciemment. Ange sent une goutte de sueur perler sur son front. Il ne l'essuiera pas. Ce serait un aveu de faiblesse. Il doit garder sa ligne. Ne pas faiblir.

— J'avais besoin de prendre du recul. Les dernières années ont été difficiles. Papa était devenu incontrôlable. J'ai essayé de t'en parler à l'époque, Francis. Demander ton aide. Tu ne me l'as pas donnée. Je suis parti parce que je ne pouvais plus accepter ce qu'il exigeait de moi. C'était une impasse.

Ange marque une pause et prend le temps de fixer le parrain du Mistral, sans ciller. Puis, il poursuit.

— Ce n'est pas moi qui l'ai tué. Par contre, beaucoup en avaient après mon père. Même parmi ses amis les plus proches.

Il sait que l'assassin pourrait être l'un de ses vieux complices. À la fin, tout était tension, menace. Venturi, qui s'amuse de la situation, laisse planer le malaise. Et reprend la parole.

— Bien… bien… C'était important qu'on se parle de tout ça. Qu'on mette les choses au clair. Mais si on vous a convoqués ici, c'est pour aborder un autre sujet.

Chaque échange dans la Piscine est comme une interminable partie d'échecs. Les premiers coups permettent de jauger son adversaire. Ensuite, on attaque.

Venturi attrape un exemplaire de *Corse-Matin* et le balance sur la table. En une, un article sur le casse de l'*Apogée*. « Les Roches rouges. Braquage meurtrier à Scandola. » Les Roches rouges, c'est leur nom, désormais. Un journaliste, se croyant plus malin que les autres, s'est inspiré du surnom habituellement donné aux falaises de Scandola, pour imaginer le dernier sobriquet de la bande. Oubliés, les Robins des Bois, les Nouveaux Pirates… Certains même les appellent les Roches de Sang. Ils ne suscitent plus la curiosité, encore moins la sympathie. Ils font peur. La nuit du braquage, alors que la situation dégénérait à bord, Fred, qui attendait sur le Zodiac, a de nouveau peint un message à l'arrière du bateau : « Faire payer aux riches. » Il ne savait pas que ces quelques mots prendraient une funeste résonnance une fois le cadavre découvert. On les associe désormais à des assassins. Et c'est ce qu'ils sont.

— Vos petites balades en bateau… C'est fini. Il faut arrêter ces conneries. Vous vous êtes bien amusés. Maintenant, basta. On ne monte pas des coups comme ça sans l'accord du clan.

Théo intervient.

— Et qu'est-ce qui vous fait dire que c'est nous ?

— Depuis quand on t'a dit que tu pouvais parler, Zitellu ? Tu penses qu'après avoir bossé quelques mois, un an tout au plus, avec ton père, tu as le droit à la parole ? Non, écoute et apprends, petit.

L'aîné lance un regard noir à son frère. Ce dernier s'allume une cigarette. Ange le sent. Son frangin est en train de perdre son sang-froid. Tiens le coup, *Fratè*, pense-t-il. Laisse-moi faire.

— Et imaginons qu'on ait quelque chose à voir avec cette affaire. Pourquoi devrait-on s'arrêter ?

— Parce qu'on vous le demande. Et que ça devrait suffire.

Venturi tourne la tête vers les photos aux murs. Puis, après un soupir, continue.

— En mémoire de votre père et des liens qui nous unissent, je vais vous en dire un peu plus. Des choses se jouent en ce moment. Des choses qui vous dépassent. Il y a beaucoup d'argent en jeu. Avec des personnes très importantes pour nous, très haut placées. L'affaire qui devrait se conclure ces prochains jours pourrait déterminer l'avenir du clan et même de notre île. On a besoin que ce projet se concrétise et il faut que ce soit le calme plat en Corse dans les prochaines semaines. Sur terre comme sur mer. On ne veut surtout pas que toute la *pulizza* du continent vienne patrouiller le long de nos côtes. Donc, tout le monde fait profil bas.

Ange acquiesce. Il pensait que le nouveau chef du Mistral s'arrêterait là, mais l'homme ajoute :

— Mais si on vous a convoqués, c'est aussi pour votre bien. Pour vous protéger. On doit ça à Orso. Toi, ton frère et vos potes, vous perdez le contrôle. Vos excursions maritimes sont mal organisées, mal préparées. Vous êtes trop gourmands. Et ça a déjà dégénéré.

Venturi et sa fausse indulgence. Il fait semblant de se soucier d'eux. En réalité, il veut les rabaisser encore plus, leur rappeler quelle est leur place. En bas. Le parrain change de ton, devient plus sec.

— Depuis trente ans, on essaie de se faire respecter. Par le reste de la population. Les insulaires connaissent nos activités. Mais savent aussi qu'on protège l'île.

Et qu'on ne les menacera pas. Cette confiance, on l'a gagnée. Et vous débarquez de nulle part et foutez tout par terre. Regardez cette gamine. Elle n'avait rien demandé à personne…

Il pointe du doigt le portrait de Chelsea, la jeune Anglaise que Théo a abattue. Le parrain joue les sensibles, mais c'est encore une façade. Le Mistral ne fait pas le tri. Quiconque se place en travers de son chemin finira par disparaître. Les habitants de l'île, eux, sont condamnés à se boucher les oreilles, se couvrir les yeux, se museler la bouche. Comme cette statue des trois singes que gardait Barto chez lui. « C'est ça, notre île aujourd'hui. À cause de gens comme ton père et ceux du Mistral. » Ange repense aux photos de la maison plastiquée avec la famille d'agriculteurs à l'intérieur. Il aimerait pouvoir leur en parler, mais prendrait le risque de se dévoiler. Il se tait.

De son côté, Théo ne peut ôter les yeux du journal. Sur le cliché, Chelsea est aux bras de deux autres femmes au visage flouté. L'Anglaise a un large sourire, une robe qui volette autour d'elle. Le jeune homme écrase sa cigarette d'une main tremblante. Elle est là. Partout avec lui depuis le braquage. Les lignes de cocaïne qu'il enchaîne n'y changent pas grand-chose. Ce visage le consume. Théo se répète qu'il n'avait aucun autre choix et pourtant… Il donnerait cher pour revenir en arrière, comme quand on rembobine les films dans les magnétoscopes, ramener la balle dans le canon. Lui redonner sa vie, lui rendre son sourire. Mais ce qui l'obsède le plus, c'est cette voix qu'il a entendue au moment de tirer. Le timbre de basson de son père, qui lui ordonnait de tirer. Comme s'il était là, avec lui. De la coke dans son nez pour oublier. Oublier qu'il a aimé ça. Rendre son paternel fier, pour la première fois. Le jeune Biasini, n'y tenant plus, prend la parole, les lèvres pincées.

— Ça n'aurait pas dû se passer comme ça. C'est de ma faute.

— Je t'ai déjà dit que je parlais avec ton frère, Théo, pas avec toi.

Théo frappe des mains sur la table.

— Et moi, je te parle. À toi, Francis ! Et tu vas m'écouter. Les braquages, c'est mon idée. Ce sont mes coups. Ma responsabilité. Ange est là pour m'aider. Alors s'il y a un problème, c'est avec moi que vous l'avez.

— Mais de quoi il parle, lui ? Qui parle de braquages ? Qui parle de coups ? On discute, entre amis, on se donne des nouvelles et toi, tu t'emportes. Il faut que tu te calmes, petit. *Mastucca bè e to parolle.* Surveille bien tes paroles.

Lorsqu'il était môme, qu'il voyait sortir les membres du clan du petit café, qu'il les regardait se faire la bise avant de se séparer, Théo les admirait, tous. Il rêvait de devenir comme eux un jour. Faire partie du cercle. Leur père et ses camarades ressemblaient à des personnages d'un film de gangsters. Patrice Leoni avec sa fine moustache, toujours bien taillée. Luc Serra, avec ses histoires qui n'en finissaient jamais. Michel Léandri, ses lunettes de soleil vissées sur son crâne dégarni, et son chewing-gum qu'il mâchait en permanence. Francis Venturi, l'homme aux mille visages, capable d'être aussi séducteur que terrifiant. Toujours avec ses trois chiens. Des cerbères qui couvraient les secrets du clan. Et leur père, bien sûr, Orso, le plus impressionnant de tous. Ce regard qui vous transperce et vous fige. Sa force brute et ses bras, comme des arbres, qui pouvaient déchirer le monde.

Mais le temps a passé, et le regard de Théo a changé. En observant les quatre survivants du Mistral, il n'a plus la même impression. Il voit des hommes qui ont oublié qui ils sont, qui ils devraient être. Des vieillards. Théo le sait, sous l'impulsion de Venturi, le clan fait tout pour revenir dans la légalité. Il se murmure que Francis rêverait d'une carrière en politique. Celui qui le dégoûte le plus, justement, c'est lui, Venturi. Avec sa gourmette en or, sa grosse chevalière, sa Rolex et son polo Lacoste vert pomme, il pue l'argent. Théo repense à la petite maison de sa mère, à leur vie étriquée. Et il a envie de lui sauter à la gorge. Lui faire bouffer ses billets, qu'il s'étouffe avec. Le jeune homme devrait reprendre sa place, laisser faire Ange et se taire. Mais c'est plus fort que lui.

— Je vais te dire ce que je pense, Francis. Je vous vois, moi, comme vous êtes. Je pense que vous enragez, parce qu'en trente ans, vous n'avez jamais eu l'idée de monter des coups comme ça. Vous vous êtes endormis. Vous n'êtes plus les rois de l'île. Vous êtes devenus des notables. Mon père aurait honte.

Venturi fixe longuement Théo, puis, du bout des doigts, exécute un mouvement, quasi imperceptible, comme s'il dégageait une saleté. L'instant suivant, on saisit le jeune par l'arrière, on le force à se mettre à genoux. Puis, en lui serrant les bras jusqu'à lui dévisser les épaules, on l'oblige à venir au plus près des trois chiens. Les molosses se soulèvent, aboient et commencent à tirer sur leurs chaînes, leurs griffes raclant le carrelage en damier. Alors, seulement, Venturi part d'un grand rire. Ange tente de s'interposer mais deux gars le retiennent, dont Aghieri, qui a dégainé un flingue.

Le parrain fait le tour de la table, jusqu'à Théo. Il lui tapote la joue, le même geste qu'il faisait quand ils étaient gosses et que, déjà, il détestait.

— Théo… Théo…

Puis, il saisit l'arrière du crâne du jeune homme et appuie fort pour que sa tête approche des chiens. Leurs gueules déchiquettent l'air près de son visage. Théo peut sentir leur haleine rance.

— Décidément, vous, les Biasini… vous ne changerez pas. J'attendais que l'un de vous sorte de ses gonds. Je pensais que ça serait ton aîné. Comme quoi…

Il appuie encore. Les mâchoires des bêtes claquent à quelques centimètres de sa joue. Des giclées de salive souillent son tee-shirt noir.

— Je vais te dire la vérité, Théo. Vous me dégoûtez. Vous, la nouvelle génération. À vous croire tout permis. À la jouer en solo. Vous ne respectez pas les anciens, les codes de morale, les règles que l'on avait, nous. Vous pensez que le monde est à vos pieds. Mais le monde, il se gagne mon petit. Avec les crocs.

Une nouvelle pression sur le crâne. Théo fait tout pour se maintenir en arrière, mais n'y arrive pas.

— Au moins, votre père, lui, il savait vous tenir en laisse. Mais il faut qu'on vous réapprenne le respect. Tu disais qu'on s'était relâchés, qu'on n'était plus les mêmes. Je peux te prouver le contraire. Tu veux que mes chiens t'arrachent ta jolie petite gueule, Théo ?

Ange tente de calmer le jeu.

— Arrête, Francis. Théo est à cran. Mais on est prêts à vous écouter. Je me porte garant de lui. On va tout arrêter.

Serra, l'un des lieutenants du clan, se lève et ajoute.

— Il a raison, Francis. Il faut que tu te calmes. Ce ne sont que des gamins. Pense à Orso.

Sur ces paroles, Venturi relâche légèrement son emprise.

— Tu connais le problème de mes chiens, Théo ? Une fois qu'ils ont goûté aux hommes, ils ne veulent plus bouffer que ça. Tu peux leur donner le plus beau morceau de barbaque, un filet ou un tournedos bien saignant, non. Ce qu'ils veulent, c'est de la chair bien rose.

Il lui pince la peau des joues. Et retire sa main de son crâne. Théo respire. Venturi intime l'ordre à ses chiens de s'asseoir. Ils s'exécutent instantanément. Alors que le plus jeune des Biasini se pensait sorti d'affaire, le parrain lui saisit le bras, sort un couteau et, d'un mouvement ample, l'entaille dans la longueur, sur plusieurs centimètres. Puis il attrape l'écuelle des animaux et laisse un filet de sang goutter à l'intérieur. Théo se mord les joues pour ne pas hurler. Enfin, après une interminable minute, Venturi balance la soucoupe vers ses trois rottweilers. Les clébards se jettent dessus et la pourlèchent. Enfin, on relâche Théo qui recule.

— À présent, mes bêtes connaissent le goût de ton sang. Et elles te retrouveront. Où que tu te caches. Le message est clair ?

Théo hoche la tête. Ange s'interpose.

— On a compris, Francis. Il n'y aura plus de braquage. Tu as ma parole.

Venturi vient appuyer ses mains sur les épaules d'Ange.

— C'est bien. C'est très bien. Je suis content d'avoir parlé avec vous. Ça faisait trop longtemps. Votre père doit être heureux de nous voir réunis. En famille. Fichez le camp, maintenant.

Quelques instants plus tard, les deux frères sont dehors.

— Ces enculés, je leur ferai payer, grogne Théo, le bras serré sur son bras blessé.

— Tu ne feras rien du tout. Tu les as humiliés. Et ils ne vont pas en rester là. Avec ta grande gueule, tu viens peut-être de nous condamner.

19

12 décembre 2019
Rossinière, Suisse

Une claque de givre sur sa joue, une vague de froid dans sa bouche. Marie crache et ouvre les yeux. On vient de lui étaler de la neige sur la face et de la forcer à en avaler, pour la réveiller. Elle y voit d'abord flou. Ses vêtements glacés. Son corps frigorifié. Une silhouette de dos lui apparaît, en train de fouiller sur un établi. La policière est attachée sur une chaise, pieds et poings liés. Au plafond, une ampoule nue suspendue à un câble électrique diffuse une lueur fragile. Tout autour, les ténèbres. Elle doit être dans une vieille grange. Une voix à sa droite. « Marie, regarde-moi. » La jeune femme tourne péniblement la tête, encore vaseuse. Juan est assis à ses côtés, ligoté lui aussi. Son arcade sourcilière est explosée, ses lèvres en sang, son œil gauche tuméfié. Marie sent son pouls accélérer, la peur monter en elle. Juan tente de la rassurer.

— Ça va aller, Marie. Fais juste ce qu'il te demande. On peut s'en sortir…

Marie aimerait répondre, mais sa bouche est encore ensuquée. Avec le peu de force qu'elle a, elle gesticule, remue ses poignets, pour tenter de se libérer. Mais rien à faire, les nœuds qui la retiennent sont trop serrés. Après une minute, l'individu se retourne. Marie reconnaît Vasile Dragan, le bras droit d'Horvat, celui qui s'est infiltré chez elle, et qui s'est penché au-dessus du berceau de sa fille… L'homme, d'un pas boitillant, avance vers eux. Il tient quelque chose à la main. C'est une grosse tenaille rouillée.

— Jansen. Tu te réveilles enfin. On s'impatientait avec ton collègue. Rappelle-moi ton prénom, déjà ?

Dragan parle dans un excellent français, avec une pointe d'accent roumain.

— Juan…

— Juan, c'est ça. Bien. On a discuté un peu avec l'Espagnol, mais il ne m'a rien appris d'intéressant. J'espère que tu feras mieux.

— Comment… comment avez-vous fait pour nous trouver ?

— Quand je suis venu chez toi… d'ailleurs, très bien ta maison, j'y retournerai peut-être un de ces jours, pour passer le bonjour à ta fille…

Marie réprime un frisson. Ne pas céder à la terreur. Il n'attend que ça.

— … J'ai vu les notes sur Venturi, l'adresse de son chalet en Suisse. Je n'avais plus qu'à venir ici et attendre votre arrivée.

— Qu'est-ce que vous voulez ?

— Je veux tout savoir sur votre enquête. Qui est derrière l'assassinat d'Horvat et pourquoi ? Quel est le lien avec Venturi ?

— Qu'est-ce que ça peut vous faire ? Il est mort, vous n'avez qu'à trouver un nouvel employeur. Vous ne lui devez plus rien.

— Et qu'est-ce qui te fait croire que je travaillais uniquement pour ce vieux *prost* ? J'ai d'autres clients. Qui étaient en affaires avec lui. Et qui s'inquiètent… Ils n'ont pas spécialement envie qu'on s'intéresse à eux. Et surtout pas, vous, les *crabi* d'Europol.

— Je ne vous dirai rien.

— Oh si, tu parleras… La question est juste de savoir si j'ai envie de vous faire souffrir longtemps ou si je préfère expédier ça… Qu'est-ce que tu en penses, Juan ?

— Je… je ne sais pas.

Dragan soulève sa pince et la fait claquer à quelques centimètres du visage de l'Espagnol.

— Vous savez ce qui est pire que la douleur ? La peur de la douleur. Ce moment, juste avant… quand on a compris qu'on n'y échappera pas… Et je m'y connais, moi, en douleur. J'en ai reçu, plus que quiconque, et j'en ai donné en retour.

Marie tente le tout pour le tout.

— J'ai eu le temps de prévenir les secours, Dragan. Les gendarmes vont bientôt arriver. Vous devriez filer.

— *Minți*. Tu mens. Personne ne viendra. Je sais bien que tu ne t'es pas servie de ton téléphone. Nous sommes bien cachés.

Dragan fait le tour de la chaise de Juan.

— Une dernière fois, Jansen. Tu me parles, oui ou non ?

— Non…

Juan se tourne vers sa supérieure.

— Marie, je t'en prie. Il ne fait pas semblant.

Marie connaît l'histoire de Dragan. Son passé est trouble, il y demeure des zones d'ombre, mais elle sait qu'il travaillait pour la Securitate, la police politique secrète du régime roumain, aux ordres de Ceaușescu. Il a servi de longues années au sein de la tristement célèbre prison de Pitești. L'un des pires établissements pénitentiaires qui aient jamais vu le jour. Là-bas, on tentait de reprogrammer les individus pour en faire des « hommes nouveaux ». Torture, harcèlement, privation de sommeil, de nourriture… Dragan y était arracheur de masque. Chargé de reconditionner les prisonniers et de superviser les lavages de cerveau. Sachant tout cela, Marie se convainc que, tant qu'elle gardera le silence, ils auront la vie sauve. Une fois qu'elle lui aura donné ce qu'il attend, il les exécutera, sans état d'âme.

— Je ne dirai rien.

Dans cette décision, il y a certainement une part d'orgueil, aussi. Elle veut se convaincre qu'elle peut lui tenir tête.

Dragan s'abaisse derrière Juan. Marie a beau se contorsionner, elle ne voit pas ce qu'il fait. La seconde suivante, un cri de douleur emplit l'espace de la grange abandonnée. Juan s'évanouit. Le Roumain revient vers Marie et, après lui avoir lâché quelques mots dans sa langue natale, « *un cadou pentru tine, franțuzoaico* », lui balance quelque chose sur les genoux. Là, sur son jean détrempé, un index sanguinolent. Marie, dégoûtée, se débat pour faire tomber le doigt tranché. Elle hurle. Parce que, soudain, elle comprend que c'est réel. Ce qu'il vient de faire à Juan, c'est à cause d'elle. Son égoïsme a condamné son partenaire. Dragan attrape le visage de la jeune femme et le serre fort.

— Bien, maintenant tu parles ou j'attends qu'il se réveille et je lui en arrache deux de plus…

Ça ne sert à rien. D'essayer de résister. De gagner du temps. Dragan a raison. Tôt ou tard, elle finira par parler. Alors, elle lui raconte tout ce qu'elle sait. Et, quand elle n'a plus de salive, qu'elle n'en peut plus, elle l'implore de les laisser en vie. Elle lui parle de sa fille, de son mari. De Juan, si jeune. Il l'observe sans sourciller. Elle insiste. L'adjure encore. Dragan sourit, mais il n'y a aucune empathie dans ce rictus. Il sourit parce que le revirement soudain de la Française est, pour lui, si prévisible…

— C'est toujours pareil. Vous suppliez tous, à la fin.

Dragan tire une chaise, s'y installe et semble réfléchir, sans se soucier de Marie, qui tente toujours de le raisonner, mue par le désespoir. « Écoutez-moi, Dragan. Je vous en prie. » Indifférent à ses sanglots, le Roumain se parle pour lui-même.

— Cette inscription en lettres de sang… Puis Venturi… Tout ramène à cette île, la Corse. Je me souviens de l'été 1993. Comment oublier. Notre plus belle chasse, avec Horvat. Ça serait lié à tout ça ? À ce qui s'est passé dans ces montagnes… Ça aurait un lien avec elles ? Finissons-en.

Le tortionnaire tire son pistolet de sa ceinture et le pointe sur le front de Marie.

— Saleté. Vous êtes un monstre.

À ce mot, Dragan retient son geste.

— Moi, un monstre ? Mais que sais-tu de moi, Jansen ? Ce qu'on a t'a donné à lire, tes dossiers froids et tes rapports faits par des *dobitoci* dans des petits bureaux ? Je parie qu'on t'a raconté que j'étais un des pires bourreaux de Pitești. Nous avons une expression chez nous. « *Te îmbeți cu apă rece.* » S'enivrer avec de l'eau froide. Vous voulez voir uniquement ce qui arrange votre bonne conscience. Chacun a sa réalité. Tu vois, la Française, je n'ai pas toujours été comme ça. J'étais quelqu'un de normal, avant. Un jeune étudiant en langues étrangères, à Bucarest. J'étais doué. Le meilleur de ma promotion en français. Mais dans mon pays, à cette époque, les gens comme moi étaient vus comme des menaces pour le régime. Alors, on nous a arrêtés, avec des centaines d'autres universitaires. Et on nous a envoyés à Pitești. J'y suis resté prisonnier pendant sept ans. Ils m'ont brisé là-bas… Détruit. Moi et tous les autres. Pour eux, la plus belle des victoires, c'était que les *Bărbații noi*, les hommes nouveaux, ceux qu'ils avaient construits dans la douleur et la folie, que ces robots sans âme deviennent à leur tour des geôliers. Et c'est ce qui m'est arrivé. De prisonnier, je suis devenu maton. Et à tous les jeunes qui m'ont succédé, je leur ai fait ce qu'eux m'avaient fait. Pire même. Il ne reste plus grand-chose en moi d'humain, certes. Mais qu'aurais-tu fait là-bas, Jansen ? Combien de temps aurais-tu tenu avant de sombrer ?

Il marque une pause, vérifie sa montre, puis passe son arme d'une main à l'autre.

— Tu me donnes envie de jouer à un petit jeu, Jansen. Ça fait longtemps…

Il retourne vers l'établi, attrape un second flingue, le pistolet de Marie, vide quelques cartouches qui rebondissent par terre, puis il le lui dépose sur les genoux.

— Je vais te montrer à quoi ils s'amusaient à Pitești. Moi, j'ai dû faire ça avec mon meilleur ami. Ce jeu, ils l'appelaient « la balance du diable ».

Il se place derrière elle.

— Je vais te laisser le choix. Soit tu tires sur ton partenaire. Et je te laisse quitter cet endroit en vie. Soit tu refuses de faire feu, et je te bute. Et lui survivra. Tu as dix secondes.

À l'aide d'un couteau, il arrache les liens qui retenaient les mains de Marie. Puis colle le canon de son arme sur l'arrière de son crâne.

— 10, 9, 8…

Marie saisit le pistolet. La crosse froide dans sa paume. Son cerveau analyse les possibilités qui s'offrent à elle. Le mercenaire a laissé une seule balle dans le chargeur. Elle pourrait tenter de lui tirer dessus. Mais le temps qu'elle se retourne et fasse feu, il lui exploserait le crâne.

— 7, 6…

Ou en finir et se faire sauter la cervelle. Ne pas le laisser gagner.

— 5, 4…

Sans trop en être consciente, Marie a levé le bras vers l'Espagnol. Son doigt sur la gâchette. Encore groggy, son camarade relève la tête vers elle. Un filet de bave s'étire de ses lèvres entrouvertes. Puis un regard d'incompréhension.

— 3, 2… Le temps presse.

Marie ferme les yeux.

— 1… Qui va mourir ? Toi ou lui ?

Parce que l'instinct de survie est trop fort, elle appuie sur la détente.

Clic. Clic. Le chien claque dans le vide. Il n'y a pas de cartouche. Dragan part d'un grand rire. Puis il murmure en roumain, *Sunteți toți la fel*. Vous êtes tous les mêmes, et arrache l'arme des mains de Marie, qui la maintenait braquée vers Juan. Ce dernier la fixe. Il a compris. Marie, elle, fond en larmes.

— Tu vois, Jansen. On a nommé ce jeu la balance du diable car, quelle que soit ta décision, tu y perds ton âme… Toi, il t'a fallu dix secondes pour devenir un monstre. Moi, j'ai tenu des semaines… Fin de la leçon. Il est temps de mourir.

Le mercenaire dirige son arme vers Juan et lui tire une balle en plein cœur. La chaise de l'Espagnol bascule en arrière sous le choc. Marie n'a même plus la force de hurler. Dragan tourne son pistolet dans sa direction. Elle ferme les yeux, tente de penser à Romy, à Willem, mais c'est une image de femme qui se fixe sous ses paupières closes. Une femme qu'elle ne connaît pas et qui lui caresse la joue.

Un cri de surprise, un choc sourd. Marie entrouvre un œil. Dragan a un genou à terre. Face à lui, un individu vêtu d'une combinaison militaire noire, une cagoule sur le visage. L'assaillant brandit un couteau vers le Roumain et le lacère de plusieurs coups. Dragan, qui n'a pas réagi assez vite, lâche son pistolet. Il tente vainement de se défendre en repoussant son agresseur. Mais ce dernier est trop rapide pour lui, esquive sans difficulté les coups et assène deux nouvelles blessures au mercenaire. Ses mouvements sont précis, millimétrés, imparables. Dragan tombe au sol, il se traîne vers son arme. L'assaillant l'attrape par les cheveux, soulève son crâne et place son poignard sur sa trachée. Marie remarque que le tueur porte un tissu rouge carmin, noué au niveau des yeux, serré derrière le crâne. Comme s'il était aveugle. C'est lui… L'individu qu'elle traque depuis des semaines. Qui vient sans doute de lui sauver la vie. L'assassin s'abaisse vers Dragan, puis lui susurre quelques mots à l'oreille. Le mercenaire lui répond :

— C'était toi ? Depuis tout ce temps. *Cu toții devenim monștri*... Nous devenons tous des monstres...

Le Roumain crache un caillot de sang. Le meurtrier au bandeau semble lui demander quelque chose.

— Belgrade ? L'orphelinat ? Charon ? Qu'est-ce que ça change ? Tu as eu ce que tu voulais. J'aurais dû en finir avec toi quand j'en avais l'occasion...

À ces mots, l'assassin tranche la gorge de Dragan d'un geste net. La gueule ouverte, le mercenaire tente d'aspirer de l'air. Mais en moins d'une minute, c'est terminé. Le tueur relâche sa prise, retourne le cadavre de Dragan sur le dos, puis, dans un geste étrange, attrape l'extrémité de son bandeau qu'il trempe dans la plaie béante. Le textile, en cet endroit encore un peu blanc, se teinte de rouge. C'est ensuite sa main gantée que le tueur passe sur le cou sanglant. Enfin, il se redresse, et sur le béton fatigué, commence à inscrire des lettres, qui forment rapidement des mots. Marie n'a pas besoin de lire, elle sait. « *Chè la mia ferita sia murtale.* » L'agent d'Europol n'est plus vraiment présente, sonnée par la terreur. Une fois son cérémonial achevé, l'assassin semble enfin s'intéresser à elle. Il pointe sa lame en avant. Il est prêt à la suriner, mais fige son mouvement, observe son visage. Les secondes s'étirent. Enfin, sans un mot, il se poste derrière elle, tranche la corde qui la retenait et disparaît dans le tumulte extérieur. Marie fond en larmes. Sur le côté, le visage sans vie de Juan la fixe. Elle parle pour elle-même, en espérant que quelqu'un l'entende.

« Aidez-moi. Je vous en supplie. Aidez-moi. »

20

13 juillet 1993
L'Île-Rousse, Corse

Le feu d'artifice du 14 juillet débutera dans quelques instants. Le long de la promenade de L'Île-Rousse, des centaines de touristes attendent déjà, visages rivés sur les ténèbres, impatients que le show pyrotechnique commence. Il y a là des enfants sur les épaules de leur père, les poings serrés, qui comptent les secondes. Moment suspendu avant que la magie n'opère. Gamins, Ange comme Théo n'ont jamais eu cette chance. Leur paternel refusait qu'ils assistent à ce genre d'événement, « un truc de *pinzutu* ».

D'un pas las, ses vieilles Adidas raclant la terre ocre, l'aîné des Biasini gravit le dernier tronçon du sentier qui rejoint la tour génoise de l'île de la Pietra. Il repense au coup de fil, passé plus tôt. Pourquoi maintenant ? Parce qu'il se sent perdu, acculé ? Qu'il aurait aimé qu'elle l'aide ? Après trois sonneries, sa voix, qu'il n'avait pas entendue depuis si longtemps.

— Oui ?

— Nina, c'est moi.

Un silence. Puis :

— Qu'est-ce que tu me veux ?

— Je suis revenu sur l'île… Je ne sais pas, je voulais te parler.

— Ça fait trois ans que tu aurais dû décrocher ton téléphone, Biasini. Je n'ai plus rien à te dire.

Sans un mot de plus, elle a raccroché. L'ancien plongeur est resté planté comme ça, comme un imbécile, le combiné collé à l'oreille. Le bip-bip insupportable lui vrillant l'oreille. Il aurait aimé avoir le courage de lui expliquer. Qu'il avait si souvent voulu l'appeler. Les heures passées devant son téléphone, dans sa maisonnette du Pradet. Les heures à hésiter. Mais Nina, avec son fichu caractère, ne lui aurait pas pardonné. Et elle aurait certainement eu raison. C'est peut-être mieux ainsi, finalement. Ne pas la mêler à tout ça.

Ange repère Berguer et son partenaire, en train de discuter, clopes au bec, près de la tour. La silhouette longiligne du policier rejoint le Corse. Son acolyte, comme à son habitude, reste à l'écart. Le flic a le visage encore plus tendu qu'à l'accoutumée.

— Putain, Biasini. Quel merdier. Tu m'expliques ce qui s'est passé sur votre deuxième braquo ? Cette gamine, assassinée, l'autre blessé… Vous êtes des malades !

— La fille risquait d'identifier Théo. Ça a dégénéré, je suis le premier à m'en mordre les doigts.

— Avec vos conneries, ça s'agite dans les couloirs du GRI. Je vais finir par me prendre un retour de flamme. Il faut boucler notre affaire et vite. Si tu ne me donnes pas quelque chose, je vous coffre tous. Et je m'assurerai que ton frère et tes potes sachent que c'est toi qui les as balancés. De quoi t'assurer un chouette séjour en taule.

— Moi aussi, je veux qu'on en finisse, Berguer. Je vais organiser un rendez-vous avec Venturi. C'est ce que vous vouliez, non ?

— Ce qu'il me faut, c'est un flag. Qu'on chope le parrain en train de récupérer une partie de votre butin.

— C'est ce qui est prévu, mais il me faudra plus de temps.

De ses yeux gris, le policier sonde son interlocuteur.

— T'essaierais pas de me doubler, Biasini ? Vous avez laissé tomber votre idée de troisième braquage, j'espère ?

— Oui, j'ai insisté auprès de Théo. On arrête tout.

Dans la baie, de la musique se fait entendre. Suivie d'un tonnerre d'applaudissements.

— Et tu ne te serais pas amusé à prévenir les gars du Mistral ? Je sais que vous avez eu une petite entrevue avec le clan, ça s'est bien passé ?

Évidemment, le GRI a dû immortaliser leur visite au *Mistral*. Le café est sous constante surveillance. Le flic avance vers lui. De son index, tapote sur son torse.

— Tu ne peux rien me cacher. J'ai des yeux et des oreilles partout.

Une détonation. Bien malgré lui, Ange sursaute. Le premier feu d'artifice vient d'être tiré. Une longue chandelle jaune s'élève dans le ciel d'encre et éclate en une myriade de confettis brillants. Bam-bam. Après un moment, Biasini répond.

— Au contraire, le clan voit d'un mauvais œil qu'on fasse des braquages de notre côté. C'est pour ça qu'on doit mettre fin aux casses. Ma famille est en danger.

Bam. Trois fusées grimpent à une cinquantaine de mètres de hauteur et laissent flotter dans l'air des étincelles violettes, roses, orange.

— Dans ce cas, on est d'accord, Ange. La semaine prochaine, il me faut une date, un lieu. Qu'on en finisse. Par contre, je t'avais prévenu… Avec ce qui s'est passé à bord de l'*Apogée*, ton frère et tes potes vont écoper. Leur peine de prison sera lourde. Et je ne pourrai rien faire.

La mâchoire serrée, Ange lâche un « je sais ».

Berguer tire une énième cigarette de son paquet défoncé, la colle entre ses lèvres. En ville débute le bouquet final. De nouveaux éclats de couleur zèbrent le ciel et viennent se refléter dans la mer. Un instant, le visage du flic est illuminé. Ses rides, sa bouche pincée, ses cheveux déjà grisonnants. Cette gueule qui raconte l'usure, les cafés tièdes, les heures à attendre, le boulot qui dévore, la vie en pointillés.

— Bien, on s'est tout dit. Je sais que c'est dur pour toi, Ange. Mais dis-toi que c'est pour ton bien. Pour le bien de tous. Il faut tout arrêter tant qu'il est encore temps. Surtout avec le Mistral sur le dos. Tu as sept jours, Biasini. Pas un de plus.

Berguer et son acolyte redescendent vers le parking de la tour. Ange s'assoit sur un rocher et reste là, à suivre d'un œil absent la voiture des flics qui s'éloigne. L'ancien plongeur est piégé. Obligé de sacrifier son frère et ses amis. Il aimerait se convaincre, comme le lui a expliqué Berguer, que c'est la seule solution. Mais il se dégoûte. De leur faire ça…

Le feu d'artifice s'achève. Mitraille de pétards. Artichauts de lumière. Ange s'apprête à quitter le promontoire, quand une silhouette émerge des anfractuosités. Un homme qui lui pointe un flingue dessus. L'aîné des Biasini n'essaie pas de prendre la fuite. Ça ne servirait à rien. Cette démarche, ce corps effilé, ces cheveux plaqués en arrière…

Une dernière explosion déchire la nuit. Face à lui, Théo. Visage fermé. Il continue de diriger son feu sur son frère.

— Qu'est-ce que tu fais ici, Théo ?

— Je t'ai suivi, *Fratè.* Comme toujours. Dans les ombres. Derrière toi, sans même que tu y prennes garde. Et je crois que j'ai bien fait.

— Je peux t'expliquer…

Ange tente de faire quelques pas vers son frère. Ce dernier abaisse son calibre et tire une balle par terre.

— Il n'y a rien à expliquer. Papa avait raison. J'aurais dû l'écouter. Tu n'es pas digne de confiance. Tu n'es qu'un traître. Trop égoïste. À ne penser qu'à toi. Ça a toujours été comme ça. Quand tu jouais les champions d'apnée, quand tu travaillais pour le Mistral, puis quand tu as quitté l'île pour ouvrir ton foutu club… Tu avances, sans regarder derrière. Et moi, je ramasse les miettes.

Le cadet a les larmes aux yeux.

— Calme-toi, Théo.

— Me calmer ? Je sais qui sont ces gars, Ange. Tu me prends pour qui ? Le dernier des cons ? Je suis bien plus intelligent que tu ne le crois. Que tout le monde ne le pense. Ces deux types, ce sont des flics. Depuis le début, tu bosses avec eux. Les autres avaient raison. Tu n'es qu'une balance.

Une nouvelle balle qui percute la roche, plus près d'Ange.

— Tu attendais quel moment, hein, pour nous lâcher ? Tu me dégoûtes.

— C'est plus compliqué, Théo. Le GRI te surveillait depuis longtemps. Tu étais sur écoute. Ils savaient que vous prépariez des coups. Ils t'auraient chopé à la première occasion. Je nous ai fait gagner du temps, j'ai essayé de vous protéger, de minimiser vos peines. De trouver un moyen qu'on s'en sorte…

— Conneries. Je vous ai entendus causer. Tu es prêt à nous sacrifier. Dumè, Fred et moi…

Il se frotte le crâne avec le canon de son arme.

— Tu te souviens, quand on venait jouer ici, gamins ? Nos sauts des falaises ? Qu'est-ce qui t'est arrivé, Ange ? Pour devenir comme ça…

— Tu ne sais pas ce que j'ai dû faire pour Papa. Tu ne peux pas imaginer… Ça m'a détruit, Théo. Toutes ces années, si j'ai tout accepté de lui, c'était pour te protéger. Que toi, au moins, tu sortes de cette merde… qu'il ne te salisse pas, Zitellu.

— Ne m'appelle pas comme ça ! Je ne suis plus un gamin. Tu t'es toujours trompé sur mon compte, Ange.

Théo tient son arme, tremblante, sur le crâne de son frère. Ange reste immobile, les yeux plantés dans ceux de son cadet. Théo reprend.

— Et moi, tu crois quoi ? Que l'Ogre m'a épargné après ton départ ? Tu n'as même pas idée du prix que ça m'a coûté.

— De quoi tu parles ?

— Tu la veux la vérité, *Fratè* ? Papa s'est servi de moi, comme il l'a fait avec toi. Depuis toujours. Ton accident de plongée… C'est lui qui m'a demandé de saboter ta gueuse. Pour que tu arrêtes les compétitions d'apnée et que tu retournes auprès de lui.

Ange l'avait toujours su. Que ça ne pouvait pas être un accident. Mais jamais il n'aurait imaginé que c'était son propre frère qui avait fait ça. L'aîné essaie de rester calme.

— C'était il y a longtemps. Tu ne mesurais pas ce que tu faisais…

— Tu ne sais rien de moi. De celui que je suis, au fond. Tu veux tout savoir, vraiment tout ?

— Oui…

— La mort de Papa. C'est en partie pour ça que tu es rentré, non ? Pour découvrir qui est derrière son meurtre. Eh bien, son assassin, tu l'as devant toi…

— Comment ?

— Il y a deux ans, Papa m'a chargé d'une mission, comme une épreuve pour savoir si je serais capable, un jour, de prendre sa succession. Il voulait que j'embarque pour le continent, que j'aille te retrouver où que tu te caches. Et que je te bute. Il voulait que tu meures, Ange. Parce qu'il était convaincu que tu étais en train de parler, de passer un accord avec la police. Le pire, c'est qu'il avait raison. Mais, tu vois, je n'ai pas pu le faire… C'était impossible. Parce que je t'ai toujours trop aimé, frérot. Trop admiré.

Théo a des larmes qui coulent sur les joues. Il les essuie d'un revers de main et continue.

— Mais putain, pourquoi m'as-tu abandonné avec ce monstre ?

— Je n'avais pas le choix… Je pensais que Papa te laisserait tranquille.

Ange marque un temps. Trop tard pour les mensonges…

— Merde, tu as raison. J'ai été égoïste. Je n'ai pensé qu'à moi.

— Tu auras au moins compris ça.

— Raconte-moi ce qu'il s'est passé ensuite, Théo… Je dois savoir.

— Papa était fou. Il ne parlait que de ça. De ta trahison. Des hommes qu'il enverrait pour te tuer, si je refusais. Alors, un soir, à l'heure où je savais qu'il faisait son tour de la maison, avant d'aller se coucher, je l'ai attendu. Lui ai braqué mon arme dessus. Et tu veux que je te dise le plus terrible ? Même à ce moment, il a continué de m'humilier. Il me répétait que je n'aurais jamais le courage de tirer. Que je n'étais qu'un faible. Un faible… Alors, j'ai appuyé sur la gâchette. Huit balles. Tu vois, Ange, j'ai tué Papa, pour que toi, tu puisses vivre… Mais ce soir-là, moi aussi, je suis mort un peu.

— Théo, c'est…

Ange aimerait lui dire qu'il est désolé. Que tout ça, ce n'est pas de leur faute. Qu'ils sont juste nés dans la mauvaise famille. Que c'est leur père qui les a abîmés, à jamais. Il voudrait serrer son cadet dans ses bras. Prendre un peu de sa peine, de son fardeau. Mais on ne lui a jamais appris à prononcer de tels mots.

— Il n'y avait pas d'autre solution, Théo.

— Chaque fois que je retourne chez Maman, je repense à ce que j'ai fait. Pas un jour sans que ce salopard ne revienne me hanter. Tout ça… toute cette douleur, là, à l'intérieur. Et pour quoi ? Pour un frère qui va nous trahir ?

— Écoute-moi, Théo, on va réfléchir. Trouver un moyen de s'en sortir. Tous ensemble.

— Ange, je devrais te fumer ici, maintenant…

L'aîné des Biasini sent le canon glacial sur son front. Il ne détourne pas le regard. Au fond de lui, il se dit que c'est peut-être mieux ainsi. Expier ses fautes. Par la main de son frère. Quitter ces rivières de sang, qui l'entraînent, lui et sa famille, toujours plus loin dans les ténèbres. Peut-être mieux ainsi. Mais Théo relève son arme et la replace à sa ceinture.

— Mais j'ai encore besoin de toi. On fait un dernier braquage, on partage l'argent…

— Et ensuite ?

— Ensuite, je ne veux plus jamais te voir.

21

18 décembre 2019
La Haye, Pays-Bas

Depuis quarante-huit heures, une pluie battante martèle sans discontinuer la toiture de la maison des Jansen. Sous l'averse, le monde extérieur semble avoir perdu ses couleurs. Le vert des arbres, le blanc des maisons bourgeoises du quartier, le rouge et le jaune des décorations aux fenêtres. Tout s'est affadi. En nuances de gris. Hier, Willem a invité ses parents. Pour Marie, il a bien fallu donner le change. La Française a réussi à s'extraire de son lit, s'est un peu maquillée. Hocher la tête machinalement pendant les conversations, donner trois coups de fourchette dans son assiette. Faire honneur au stollen, le pain d'épices traditionnel préparé par sa belle-mère. « Alors, Marie, tu ne manges rien ce soir ? Le gâteau ne te plaît pas ? Il est trop sec, non ? » Répondre que « non, il est délicieux ». Essayer de sourire quand Romy, en préparant le sapin, s'est retrouvée emmêlée dans les guirlandes. Faire illusion.

Pourtant, Marie va mal. Voilà cinq jours qu'elle est de retour de Suisse. La mort de Juan, la folie de ces quelques heures, ce qu'elle a failli faire… Le dernier regard de son partenaire, alors qu'elle était prête à tirer. Les mots de Dragan. Ça tourne en elle. Un tourbillon qui l'entraîne toujours plus bas. Les journées se succèdent et la jeune femme reste enfoncée sous sa couette épaisse, observant la pâle lumière d'hiver glisser à travers la chambre. Le soir venu, impossible de fermer l'œil. Elle a peur qu'il revienne dans sa maison, qu'elle s'éveille et qu'il soit là, au-dessus d'elle. Dragan est mort. Pourtant, la terreur reste. Alors, la policière se lève et, chaque nuit, va vérifier les verrous de l'entrée, de la cuisine, les portes de la baie vitrée qui donne sur le jardin.

À Rossinière, Marie a été secourue par une escouade de gendarmes, qui ont pu la localiser grâce à un appel anonyme. Ils ont retrouvé la jeune femme, transie de froid, à même le sol de la vieille grange, le cadavre de Juan à ses côtés. L'agent d'Europol a eu droit à un peu de repos dans un hôpital, puis il lui a fallu témoigner des événements de cette terrible nuit. Pour la femme, ça a été le début d'un véritable calvaire. Répondre aux mêmes questions, expliquer à répétition, à Lausanne puis à son retour à La Haye, ce qu'il s'était passé. À chaque fois, l'impossibilité pour elle de dire la vérité. Omettre de mentionner le jeu pervers de Dragan. Mentir, parce qu'elle ne peut faire face. Cette foutue balance du diable. Mais ne pas en parler, c'était déjà y repenser. Chaque fois. Plus fort.

Marie n'a pas eu le courage d'assister à la cérémonie de commémoration organisée par Europol en l'honneur de Juan. Il paraît que Sóley a fait un joli discours, sincère et drôle, comme elle. Europol lui a imposé d'être suivie par une psychologue pour l'aider à se reconstruire. Mais la Française a déjà trouvé une excuse pour ne pas aller à la première consultation. En réalité, elle ne se sent capable de rien. Juste rester allongée. Ne voir personne. Ne parler à personne.

La policière a l'impression d'étouffer dans sa maison. Elle aimerait être ailleurs, a même songé à se prendre une chambre d'hôtel quelques nuits. Mais son mari a insisté pour qu'elle demeure à leurs côtés. « Romy et moi allons t'aider à surmonter cette épreuve. » La mansuétude de Willem, ses petites attentions, tout ce qu'il tente de faire pour l'aider. Tout l'énerve. Et Romy qui ne comprend pas. Qui continue à vouloir jouer, vivre… Qui sent bien que sa mère ne va pas bien et qui la colle plus que jamais. « Maman, câlin ! » Alors, Marie la serre dans ses bras, tout en voulant la repousser.

Il s'est passé quelque chose, là-bas, dans cette grange abandonnée. Marie s'est toujours sentie brisée, mais ce salaud de Dragan a écrasé ce qui restait d'elle. Jusqu'alors, elle parvenait à faire semblant. Mais, désormais, elle n'a plus rien à l'intérieur. Un vide qui dévore tout. « Parle-moi, Marie. Raconte-moi, au moins à moi. Tu peux tout me dire, ma chérie. » Willem ne comprend pas, elle ne peut pas lui raconter. Car si elle parlait, ce serait comme ouvrir les vannes d'un barrage. Elle aurait peur de tout déverser, ce venin qui la ronge depuis tant d'années. Un monstre… Et si Dragan avait raison ?

« Je n'aime pas mon enfant. » Cette phrase terrible, la plus honteuse des sentences, Marie se l'est souvent répétée, dans sa tête. À essayer de comprendre, à essayer d'aller mieux. Depuis la naissance de Romy, cet instant fondateur où on lui a tendu sa fille, elle n'a jamais rien ressenti. Au contraire, ce petit être, cette créature inconnue, lui faisait peur. Plus tard, de retour chez elle, quand le bébé hurlait, en proie à des terreurs nocturnes, nuit après nuit, c'était Willem qui allait la réconforter. Pas elle.

Jansen ne sait pas s'occuper de sa fille. Elle a appris à mimer l'amour maternel, à le calquer en copiant les autres. Dans les magasins, cette jeune mère qui pousse son caddie avec son fils à l'intérieur. Leurs rires partagés. Au parc, cette femme qui encourage sa petite fille à se lancer sur un toboggan. Marie ne sait pas faire tout cela. Si elle passe son temps, par écran interposé, à surveiller sa famille, à regarder Romy vivre, jouer avec son père, avec sa nounou, c'est avant tout pour comprendre comment ils font. Comment est-ce possible que, pour eux, ce soit si simple, si naturel ? Elle les a tant enviés, tant détestés… Pourquoi n'y a-t-elle pas droit ? Qu'est-ce qui cloche chez elle ?

Marie fait tout pour donner le change mais sa fille, malgré son jeune âge, sent, comprend. Il y avait eu ce début de soirée de septembre, trois ans plus tôt, alors qu'elle rentrait du bureau. Anouk enfilait son manteau pour partir quand Romy avait fondu en larmes, tendu les bras vers sa nourrice et répété, trois fois, « Maman ». C'est la première fois qu'elle disait ce mot. Et il ne lui était pas destiné.

L'amour maternel est, de tous, le plus sacré. Celui qui semble le plus naturel. Le plus important. Un devoir. Marie a bien essayé de se renseigner, de lire des livres, des articles sur le sujet… Elle n'est pas seule, il y a d'autres cas semblables au sien. Elle a d'abord cru qu'elle traversait une dépression post-partum. Parfois, après un accouchement par césarienne, la mère fait un rejet de son enfant. Est-ce à cause de la douleur que sa naissance a causée en elle ? Elle aimerait le croire… Mais elle sait que c'est plus compliqué. Déjà, il y avait eu des signes durant la grossesse. Elle n'avait pas vécu ces neuf mois comme une expérience heureuse, mais comme un fardeau, une souffrance. Son corps, si lourd, qui se déformait, ne lui appartenant plus vraiment. Cette vie qui enflait en elle. Ce ventre qui accaparait tout l'intérêt de Willem. Les séances d'haptonomie, les exercices respiratoires… Trouver la meilleure couleur pour la chambre, les plus jolis meubles. Bien tout prévoir, tout acheter. Le chauffe-biberon. La veilleuse. La table à langer… Sa fille qui n'existait pas encore et qui prenait déjà tant d'espace. Et elle, qui disparaissait derrière. Elle a lu qu'il lui faudrait du temps, plus de temps, pour apprendre à aimer. Qu'il finissait toujours par y avoir un déclic. Mais les mois ont passé et rien n'a changé. La laissant toujours plus seule. Toujours plus isolée. Marie a alors mis en place son simulacre. Faire semblant et fuir cette famille qui ne lui appartenait plus. Partir, au gré de ses enquêtes. Toujours plus longtemps, plus loin, de ce foyer où elle ne trouvait plus sa place.

La jeune femme n'en a jamais parlé à personne. Ni à Willem, ni à ses collègues, ni même à la médecin qui la suivait. Elle n'a jamais osé. Elle a si honte. Se sait coupable. On n'a pas le droit de ne pas aimer son enfant. C'est interdit, impossible. Elle a tout. La plus belle vie qu'elle aurait pu imaginer. C'est ça le pire. Willem, si tendre, si prévenant. Romy, si aimante. Et elle, au milieu, bloc de glace planté dans leur existence parfaite.

En ces journées de terreur, de douleur, à revivre cette terrible nuit dans la grange, Marie continue à user des mêmes subterfuges. La fuite. Vivre en détours. C'est encore dans son travail, et non auprès des siens, que la policière trouve son salut, une bouée à laquelle se raccrocher. Malgré les consignes strictes de la direction d'Europol de la laisser au repos, Sóley continue de la tenir informée. Elle lui a transmis une copie du nouveau courrier qui lui était adressé. Un second message. Toujours plus cryptique. « Le fil me parle. Quelque chose de caché. Un livre qui n'en est pas un. Une odyssée de larmes. La vérité entre les mots. Son vrai nom. » Et, dans l'enveloppe, un autre morceau de ficelle rouge, avec cette fois-ci deux nœuds. Est-ce un nouvel avertissement ? Après ce qui s'est passé dans l'hôtel, comment comprendre ces quelques lignes ? Marie a parlé à sa collègue islandaise de l'échange entre le tueur et Dragan, à Rossinière. Cette piste de Belgrade, d'un orphelinat…

Willem, la veille, a surpris sa femme en train de compulser ses dossiers dans son bureau, en robe de chambre. Il a craqué, s'est emporté. Elle aurait aimé lui expliquer qu'il n'y avait que ça qui la rattachait au réel, que si elle n'avait plus cette enquête, elle avait peur de devenir folle. Mais aucun son n'est sorti de sa bouche.

Dehors, la pluie crée des rigoles sur les toits en ardoise, des ruisseaux le long des caniveaux. Tout glisse, tout coule. Marie se sent si fatiguée. Elle est assise dans son lit, le regard rivé vers l'extérieur. Un rai de lumière passe sous la porte de la chambre. En bas, un éclat de rire. Romy joue avec son père. Derrière cette porte, il y a la lumière, la vie. Elle n'aurait qu'à tendre la main pour les rejoindre. Pourtant, la jeune femme reste là, prostrée dans ses ténèbres. Il s'est passé quelque chose là-bas, à Rossinière. Une cicatrice s'est rouverte. Une voix qu'elle entend depuis lors. Une voix qui lui susurre : « Je reviens vite, ma chérie. » Une voix qui a toujours été là, mais qu'elle n'a jamais su écouter.

Son téléphone sonne. C'est Sóley. Marie décroche, sans parler.

— Désolée de te déranger, Marie. Je n'ai pas trop le droit de t'appeler. Mais j'ai pensé que tu aimerais être au courant. La piste de Belgrade a porté ses fruits. J'ai contacté la police de la ville. Et ils viennent de revenir vers moi. Le mois dernier, on a retrouvé l'ancien directeur de l'orphelinat de Belgrade, Teodor Miskovic, mort dans sa maison. Égorgé. L'enquête a conclu à un cambriolage qui aurait dégénéré. Sauf que sur le carrelage, il y avait une inscription. Quelques mots, en partie effacés…

— *Chè la mia ferita sia murtale.*

— Oui…

— Je dois aller là-bas.

— Non, Marie. Tu n'es pas en état.

Mais la policière a déjà raccroché.

TROISIÈME PARTIE

Une odyssée de larmes

« Le fil me parle. Quelque chose de caché. Un livre qui n'en est pas un. Une odyssée de larmes. La vérité entre les mots. Son vrai nom. »

22

19 décembre 2019
Belgrade, Serbie

La Skoda de l'inspecteur Goran Nikolić se gare devant le 29 de la rue Đorđa-Radojlovića. Goran n'aime pas venir à Dedinje. Ce quartier cossu ne reflète en rien sa cité, sa Belgrade. Dans un soupir, l'homme s'extirpe du véhicule et marche jusqu'à la demeure de Teodor Miskovic, bientôt rattrapé par la jeune femme qu'il a dû aller chercher, aux aurores, à l'aéroport de Belgrade. Que vient fabriquer ici un agent d'Europol ? Et pourquoi s'intéresser au cadavre de ce vieillard ? En réalité, Goran n'est pas si surpris. Il y a quelque chose de pas net autour de l'ancien directeur de l'orphelinat de Belgrade… Des cambriolages qui dégénèrent et qui se terminent en agression ou meurtre, chaque année, le flic doit traiter des dizaines de cas similaires. Mais la mort de Miskovic avait soulevé son lot de questions. Malheureusement, Nikolić n'avait pas eu le temps de peaufiner son enquête. La direction avait clos le dossier. D'autres affaires prioritaires l'attendaient. Il avait rongé son frein, comme d'habitude. La présence de la police européenne lui donnera peut-être l'opportunité de tirer cet homicide au clair… En attendant, Goran va faire ce qu'il sait faire le mieux. Jouer les vieux flics rabougris, blasés, et emmagasiner le maximum d'informations jusqu'à ce que cette femme, Jansen, lui raconte ce qu'elle sait. Pour faire la grise mine, le Serbe n'a pas trop à forcer le trait. Aujourd'hui, il devait passer la journée auprès de son ex-épouse, Pava, et leurs deux fils, âgés de dix-huit et vingt ans. Ils avaient prévu de se promener à Skadarlija, faire les magasins et, peut-être, aller dîner dans son restaurant favori, Zavičaj, sur la rue Skadarska. Pour une fois qu'il pouvait poser ses congés pendant les fêtes. Redevenir un père. Faire comme s'il menait une vie normale. On lui retire ça. Nikolić n'est pas heureux d'être là, non. Quand il l'a annoncé à son ex-épouse, elle a eu la même réaction que d'habitude : « Allez… Retourne auprès de ta maîtresse. » C'est pour cette raison qu'elle l'a quitté, trois ans plus tôt. Parce qu'elle avait fini par comprendre qu'elle ne jouerait jamais à armes égales. Il y avait une autre femme. Elle s'appelait Belgrade. Et elle l'attirait sans cesse. Ses ruelles aux pavés détrempés sinuant comme un millier de couleuvres jusqu'au cœur de son mari. Sa ville était une rivale contre laquelle Pava ne pouvait lutter.

Marie observe le quinquagénaire serbe qui lui sert de guide. L'homme, au corps massif, une épaisse barbe grise couvrant son visage joufflu, est tout sauf ravi d'être à ses côtés et le lui fait bien comprendre. Pourtant, elle sent bien que derrière ce côté bougon, elle a affaire à un bon flic. En le détaillant du coin de l'œil, Jansen ne peut s'empêcher de repenser à Juan. Son partenaire aurait dû être là, à ses côtés, aujourd'hui. Le jeu terrifiant de Dragan. La peur. L'arme dans ses mains… Aurait-elle pu le sauver ? Tenter quelque chose ? Faire autrement ? Cet instant, terrible, qui tourne en elle, sans cesse.

Nikolić, emmitouflé dans un manteau marron élimé, pointe du doigt une maison cossue, et lâche un « c'est là » avant de chercher parmi son trousseau de clés celle qui ouvrira le portail de la demeure de Miskovic. L'agent d'Europol déplie son parapluie et tente d'abriter le flic dont les cheveux gris sont déjà trempés. Il lâche un merci, lèvres pincées. Avant d'arriver ici, Marie a pris le pouls du quartier. Immeubles flambant neufs, ambassades et consulats, maisons plus splendides les unes que les autres. La jeune femme examine la villa. Une grande bâtisse assez récente, à l'architecture prétentieuse, vaguement inspirée du style classique français : colonnes, lucarnes arrondies, toits en ardoise. L'ancien directeur vivait dans cette maison depuis qu'il l'avait achetée en 1992. La grille racle le sol avec un grincement. Avant de pénétrer dans le jardin, le regard de Jansen glisse jusqu'au bout de la rue. Là-bas, le SUV noir qu'elle a repéré plus tôt vient de se garer, moteur ronflant. À l'intérieur, deux silhouettes. Sont-ils suivis ? Pourtant, personne ne sait qu'elle est ici. La policière se répète qu'elle ne doit pas sombrer dans la paranoïa. Et surtout ne rien laisser paraître de son désarroi à son confrère. L'homme ouvre la porte de la maison. Une odeur de renfermé, et une autre plus âcre, plus acide, attaquent les narines de la jeune femme. Nikolić tente d'allumer la lumière mais rien ne vient. Il grogne et sort une torche de sa poche. Marie, elle, active la lampe de son téléphone portable puis, précautionneuse, enfile des gants en latex et des sur-chaussures. Le Serbe la regarde avec un sourire moqueur et, dans un anglais haché par son accent tranchant, lui assène :

— Vous avez peur de souiller la scène de crime, vous vous croyez à Hollywood ?

— Je respecte la procédure, c'est tout.

Marie sait que Nikolić ne la prend pas au sérieux. Si elle trouve ce qu'elle est venue chercher, ça changera… Tant qu'elle n'a pas la confirmation que la mort de Teodor Miskovic est liée à son affaire, elle n'entrera pas dans les détails avec son homologue serbe.

Durant le trajet depuis l'aéroport, sous le feu des questions de Jansen, le policier, lui, n'a eu d'autre choix que de revenir sur les résultats de son enquête. Le corps de Teodor Miskovic, soixante-six ans, a été découvert au matin du 30 novembre, après que l'un de ses voisins s'est plaint de l'odeur émanant de la maison du retraité. Sur place, la patrouille de police a remarqué que la porte qui donne sur l'arrière du jardin était entrouverte. Ils se sont précipités dans la maison et ont découvert Miskovic sur le carrelage de la cuisine. Le corps était en état de décomposition avancée, certainement mort depuis au moins un mois. Malgré cela, les équipes scientifiques ont pu établir que le sexagénaire avait eu la gorge tranchée après avoir reçu douze coups de couteau. Le même modus operandi que pour les autres victimes… Nikolić lui a expliqué qu'il a pu échanger avec quelques voisins, ainsi que d'anciens collègues de la victime. Miskovic était un homme discret, apprécié de ses pairs. Durant sa carrière, on ne lui a jamais connu de problème, ni d'inimitié particulière… Au contraire, au cours des vingt-sept années pendant lesquelles il est resté directeur de l'orphelinat, dans le quartier de Savski Venac, le nombre d'enfants ayant retrouvé un foyer a battu des records, grâce aux liens étroits que Miskovic a su tisser avec les organisations internationales.

Sous le faisceau de sa torche, Marie relève le faste du mobilier. Tentures carmin, commodes galbées, lustres Murano, fauteuils et canapés aux accoudoirs couverts de feuilles d'or. C'est rococo en diable, on se croirait dans une parodie de palace vénitien, mais tout cela a dû coûter une fortune. Après avoir tapoté sur sa lampe pour qu'elle fonctionne, le flic serbe explique à son homologue française :

— Vous avez de la chance que Miskovic, sans famille proche, n'ait pas laissé de testament. Les notaires peinent à savoir à qui revient la maison et ses biens. Sans quoi, une baraque comme ça se serait vendue en quelques jours.

Les deux policiers traversent un couloir aux murs constellés de photos : sur toutes, Miskovic, un homme grand et maigre, au crâne dégarni, s'affiche, un même sourire éclatant au visage, dans diverses cérémonies et congrès internationaux. Ici, on lui remet une médaille, là, il prend la parole, vêtu d'un smoking, face à un parterre d'invités. Plus loin, une vingtaine d'autres clichés, assez semblables. Chaque fois, Miskovic prend la pose, entouré d'une cinquantaine d'enfants, âgés de six à seize ans, réunis sur les marches d'un grand bâtiment. Marie reconnaît l'orphelinat de Belgrade dont elle a trouvé des photos en préparant sa venue. Les garçons y sont disposés d'un côté, les filles de l'autre. Et Miskovic, au milieu, arborant toujours sa risette enjôleuse, les bras enlaçant les épaules des gamins qui l'entourent. Un homme bien… si l'on en croit ces images figées. Pourtant, en s'approchant des tirages délavés, Marie s'aperçoit que les sourires des enfants semblent forcés, leurs regards vides, leurs joues creusées, leurs vêtements, des guenilles plus qu'autre chose. Sous chaque photo, une mention : septembre 1987, septembre 1988…

À la suite de la silhouette voûtée du policier, Marie accède à la cuisine. Sur le carrelage, des traces noires et une silhouette détourée au scotch jaune.

— C'est ici qu'on a retrouvé le cadavre. On pense que Miskovic, en pleine nuit, a surpris un bruit au rez-de-chaussée et a voulu vérifier. Tout portait à croire qu'un cambrioleur, certainement un de ces toxicos qui pullulent dans la ville, aura paniqué et l'aura poignardé. Ça arrive souvent… Mais en débarquant sur la scène de crime, je me suis dit que quelque chose clochait… Cette inscription, notamment.

— Où est-elle ?

— Là-bas. Les écoulements du cadavre l'ont partiellement effacée. On n'a pas réussi à déchiffrer ce qui était écrit.

À moins d'un mètre du cadavre, au cœur d'un chaos de sang séché, Marie distingue les quelques lettres, « *Chè la… mia… feri…* ». Aucun doute. Marie se relève, prend des notes sur son téléphone, puis demande à son confrère :

— Quand vous avez découvert Miskovic, l'appartement était dans quel état ?

— Il y avait des traces de fouille. Notamment dans son bureau, des tiroirs vidés, des armoires ouvertes. Mais aucune empreinte digitale n'a été relevée. Et, ce qui m'a gêné d'emblée dans cette affaire, c'est qu'aucun bien de valeur n'a été subtilisé. Dans sa salle de bains, on a retrouvé un coffret renfermant cinq montres de collection : Rolex, Piaget… Le voleur n'y a même pas touché.

— Parce que ce n'est pas ce qu'il cherchait… Vous me donnez l'autorisation de fouiller la maison ?

— On ne refuse rien à Europol. Faites comme chez vous.

Après avoir fait un tour dans la chambre, Marie se concentre sur le bureau de la victime. Elle ne tombe que sur des factures et des documents datant de ses années passées à la tête de l'orphelinat. Rapports de travaux, états des dons annuels, attestations diverses… La policière longe l'énorme bibliothèque de style Renaissance qui couvre un pan entier de la pièce. Entre les colonnes torsadées, derrière les vitrines, des centaines d'ouvrages de collection, dans des éditions en français, en anglais, italien… qui semblent dans un état remarquable de conservation. Elle en survole le contenu. Tous les grands auteurs classiques et antiques sont ici réunis, triés par ordre alphabétique : Aristote, Dostoïevski, Marc Aurèle, Molière, Platon, Racine, Sophocle, Voltaire… Rien de particulier ne l'interpelle. Elle s'apprête à quitter le bureau quand des mots s'ancrent en elle : « Quelque chose de caché. Un livre qui n'en est pas un… » La policière repense au second message énigmatique reçu à Europol. « Une odyssée de larmes. La vérité entre les mots. Son vrai nom. » Qu'a-t-elle à perdre, après tout ?

Elle laisse glisser son doigt d'une rangée à l'autre, d'une lettre à l'autre. Là, les écrivains dont le nom commence par un H : Helvétius, Heredia, Holbach… Ici, Homère. C'est ce qu'elle recherchait. *Die Odyssee*. Une édition allemande de *L'Odyssée*. Marie extrait l'ouvrage de son rangement et le feuillette. Alors qu'elle en tourne les pages, qu'apparaissent des gravures retraçant les étapes du voyage d'Ulysse, un fin livret s'en échappe et chute sur le parquet. À l'intérieur, des lignes en alphabet cyrillique, inscrit en pattes de mouche. Il y en a des tas. Peut-être une centaine. Le message qu'elle avait reçu n'était pas une menace, mais une aide. Marie se concentre sur le contenu du carnet…

À chaque nouvelle ligne, le même type d'annotation. Elle tente d'en lire une. « 13/11/1987. испорука Цхарлиер/x3. Јелена F., Мирна P., Анна V./25 000 $ »… Ces textes couvrent une vingtaine d'années, se répétant tous les trois à quatre mois, pour cesser soudainement en 1993. La dernière occurrence mentionne : « 22/06/1993. испорука Цхарлиер/x4. Даница L., Љуба B., Радмила D., Тајана C./35 000 $. » Marie retourne au rez-de-chaussée et tend le carnet usé au policier serbe. « J'ai besoin que vous me traduisiez ça. » Goran s'apprête à l'assaillir de questions, mais elle ne lui en laisse pas le temps. « Si vous m'aidez, je vous promets de tout vous raconter. Mais, d'abord, je dois comprendre ce qui est écrit ici. » Goran sort sur le perron, enfile des lunettes aux verres rayés et, à la lumière blafarde du jour, déchiffre le contenu du livret.

— On dirait qu'il s'agit d'une liste. À chaque fois, c'est à peu près la même chose. Il y a d'abord une date. Puis deux mots, qui reviennent sans cesse : « Livraison Charlier. »

Charlier… Charon. Serait-ce son véritable nom ? Nikolić poursuit sa traduction.

— Ensuite, viennent des chiffres : x3, x1, x2… Et des prénoms, pour la plupart de filles. Jelena, Mirna, Anna… Ce sont des prénoms serbes, croates, quelques-uns sont bosniaques. Au terme de chaque message, il est fait mention d'une somme, en dollars… Qu'est-ce que…

Il ne termine pas sa question. Car, comme Marie, il a compris. C'est un inventaire des orphelins vendus au gré des années. Mais eux n'ont pas été adoptés de manière traditionnelle, dans le circuit légal. C'est autre chose… « Une odyssée de larmes »… La femme comprend le sens caché de ces mots. Ce Charon, ou plutôt Charlier, est bel et bien un passeur. Mais un passeur d'enfants… Il les achetait auprès de l'orphelinat de Belgrade, puis les revendait à des types comme Horvat. Marie se souvient des notes trouvées dans l'agenda du magnat. Plusieurs fois par an, la référence à Charon réapparaissait. L'oligarque était-il à la tête de cet effroyable trafic ?

Comme elle le lui avait promis, mais aussi parce qu'elle en a besoin, Marie explique à son confrère tout ce qu'elle sait. Parler pour conjurer l'horreur. Mot après mot, phrase après phrase, Goran semble de plus en plus affecté par ce qu'il entend. Puis, les yeux dans le vide :

— Tous ces noms, ces références… Ce sont autant de gamines et gamins qui ont été vendus de manière illégale ? On parle de traite humaine ?

— Oui, et à une échelle terrifiante. D'après les notes du carnet, ça a duré pendant des années.

Goran fait un tour d'horizon du mobilier luxueux.

— Voilà comment notre directeur d'orphelinat a pu s'offrir une telle maison… sur le dos de ces innocents.

Le flic balance un coup de pied dans une chaise. Un accoudoir explose sous la violence du choc.

— Et tous ces enfants, que sont-ils devenus ?

— C'est ce que je vais essayer de découvrir.

Marie demande à Goran de lui traduire la dernière ligne du carnet, celle datant du 22 juin 1993. L'été où Horvat a rencontré Venturi. Est-ce là le chaînon qui lui manquait ? Elle retranscrit, sur son téléphone, les séries de chiffres et noms. « 22/06/1993. Livraison Charlier/x4. Danica L., Ljuba B., Radmila D., Tatjana C./35 000 $. » Quatre prénoms féminins… Danica, Ljuba, Radmila, Tatjana… Qui sont ces filles ?

À l'extérieur, Marie contacte Sóley, à Europol.

— Sóley, j'ai une piste. Je sais peut-être qui est ce Charon mentionné dans l'agenda d'Horvat. Il pourrait s'appeler Charlier. Fais une recherche sur Belgrade dans les années 1980 et 1990. Est-ce qu'un homme nommé ainsi a travaillé pour une association humanitaire ou d'aide à l'enfance ? Et, surtout, renseigne-toi sur le camp de Mória, à Lesbos. Le type est certainement encore en activité.

— C'est noté… De quoi s'agit-il, Marie ? Qu'est-ce que tu as découvert à Belgrade ?

— Un enfer, un putain d'enfer… Je te raconterai tout plus tard. Rappelle-moi, quand est censé avoir lieu le rendez-vous d'Horvat avec Charon, à Lesbos ?

— Demain, le 20 décembre.

— Dans ce cas, pas une minute à perdre. Je prends le premier avion pour la Grèce.

Elle raccroche. Goran rejoint la policière, visiblement sonné.

— Je… je vais faire rouvrir le dossier. Enquêter sur le passé de Miskovic. Interroger ses anciens collègues. Découvrir s'il avait des complices. Je finirai bien par trouver quelque chose. S'il y a des gens ici encore liés à tout ça, je leur ferai payer. Vendre des gamins, *sranje*, merde, c'est pas possible…

— De mon côté, je pars pour la Grèce. Ce Charlier est peut-être toujours en activité.

— Vous voulez dire que le trafic aurait continué après 1993 ?

— Oui, j'en suis convaincue. Ça ne s'est jamais arrêté. Charlier a simplement changé de fournisseur…

Alors qu'ils s'installent dans la Skoda, Marie ose un œil en arrière. Le SUV est toujours garé en contrebas. Ça ne peut pas être un hasard. Pas après ce qu'ils viennent de découvrir.

— Inspecteur, ce véhicule derrière nous, le SUV BMW, je crois qu'il nous suit depuis l'aéroport.

Le policier serbe vérifie dans le rétroviseur.

— Qui est au courant de votre venue, ici ?

— Personne, à part ma collègue à La Haye. C'est ce qui m'inquiète.

— Restez là. Je vais vérifier.

Goran sort et avance vers l'imposant X7 parqué au bout de la rue. À l'intérieur, deux hommes. Le moteur tourne. Nikolić s'apprête à sortir son badge pour contrôler les conducteurs quand l'engin démarre en trombe et le frôle. Il se décale, in extremis. Ces types voulaient lui faire peur. Mais Goran n'a pas bronché. Au contraire, dans le court intervalle où l'engin était à sa portée, il a pu apercevoir le visage des deux gars à l'intérieur. Crânes rasés, mines patibulaires. Tout en muscles. Et, surtout, un détail qu'il a saisi et qui lui glace le sang. Tous deux portaient un tatouage sur le visage. Un fil descendant du coin de leur œil gauche jusqu'à leur joue, au bout duquel pendait une araignée noire, les huit pattes écartées. Il connaît ce symbole. Comme toutes celles et tous ceux qui ont dû frayer au cœur des ténèbres de Belgrade. À la hâte, Goran retourne à sa voiture, en claque la porte, démarre.

— Je vous ramène à l'aéroport. Vous devez quitter la ville au plus vite.

— Ces types, qui sont-ils ?

— Je ne les connais pas. Mais je sais pour qui ils travaillent. On lui a donné tant de surnoms. Certains l'appellent l'Araignée, d'autres Baba Yaga… Elle règne sur les bas-fonds de la ville. C'est l'impératrice des nuits de Belgrade. Les pires malfrats comme les plus puissants de ce pays sont un jour allés la voir pour requérir ses services. C'est une légende. Un mythe. Et si elle vous surveille, c'est que vous êtes en danger.

23

16 juillet 1993
L'Argentella, Corse

Le soleil vient de se coucher sur la Corse. Boule de feu s'enfonçant derrière la ligne d'horizon. Déjà l'obscurité se répand dans la baie de Crovani. De rares nuages s'accrochent encore dans le ciel saphir, voiles déchiquetées d'un navire oublié. Les deux frères ont garé leur moto en bord de route et observent ce qui se prépare, en dessous, dans les vestiges de l'ancienne mine de l'Argentella. Ils étudient le terrain à l'aide d'une paire de jumelles, se donnent des indications.

Il leur a fallu être vigilants pour arriver jusqu'ici. Ils se savent surveillés, épiés par les hommes de leur ancien camarade, Jacques Peretti. En quittant la maison de Dumè dans l'après-midi, ils ont immédiatement repéré le véhicule banalisé qui les prenait en chasse. Ils ont tourné et tourné dans les petites ruelles de L'Île-Rousse, puis, au bout du boulevard Sottu-Mare, là où la voie est prise en étau entre les immeubles et le chemin de fer, ils ont abandonné leur Renault au milieu de la route.

Les gendarmes, à leur suite, ne pouvaient rien faire. Bloqués par l'engin à l'arrêt devant eux et par la flopée qui attendait derrière. Paralysés. Les Biasini ont filé à travers les rues piétonnes pour récupérer une moto que leur avait préparée Fred.

Durant le trajet jusqu'à Crovani, plus que jamais sur leurs gardes, ils ont remarqué les six jets privés sur le tarmac de l'aéroport. Puis, alors qu'ils franchissaient la Bocca di Marsolinu, le ballet incessant d'un hélicoptère autour de la baie. Enfin, en se garant, quelques instants plus tôt sur la colline, ils ont sifflé face au spectacle des quatre yachts au mouillage. Un en particulier, plus massif que les autres, occupant quasiment toute la baie, attire leur attention. L'*Odyssea*. Leur prochaine cible.

À leurs pieds, la fête bat son plein. Le long des anciennes installations minières, plusieurs buffets ont été dressés. Sur une scène, un orchestre de dix musiciens joue des airs de musique classique. Aux fenêtres des façades du bâtiment principal de l'usine désaffectée, le seul encore debout, des cracheurs de feu envoient des gerbes de flammes crever l'obscurité. Plus loin, suspendus à des tissus blancs, des acrobates s'enroulent dans des cocons de soie. Jusqu'à eux, remontent les échos des violons, des rires et des discussions qui s'emmêlent. Les deux frères n'ont jamais vu pareille débauche de moyens sur leur île. Il ne leur a pas été difficile d'en apprendre plus sur ce qui se préparait. Les échos de l'événement résonnaient dans toute la Balagne. Le *Corse-Matin* du jour résume à lui seul les discussions qui ont animé les villages de la région : « Domaine Olympos : bénédiction ou malédiction ? »

Ce soir, ici, sera officiellement lancé le projet immobilier Olympos, un domaine privé chapeauté par un magnat serbe, Miroslav Horvat, propriétaire du fameux yacht. Le milliardaire est censé poser la première pierre des constructions à venir et les présenter aux autorités locales ainsi qu'à ses futurs investisseurs. L'ancienne usine deviendra un restaurant et une vingtaine de villas de luxe remplaceront les bâtiments délabrés. Un service de sécurité privé s'assurera que personne ne pénètre sans permission dans le domaine, pour ne pas gêner la tranquillité des nantis. La plage, en contrebas, sera elle aussi sécurisée par des barrières, inaccessible au quidam.

Les deux frères enfilent leur casque, remontent sur la moto et roulent jusqu'au bas de la colline. Après un virage, ils passent devant un parking aménagé sur un terrain agricole. Derrière des barrières gardées par des vigiles, des voitures de luxe : Maserati, Lamborghini, Ferrari… Enfin, à quelques coudées du sentier menant aux ruines, ils se garent. Il y a du bruit devant eux. Un attroupement. Une quarantaine d'individus qui brandissent des pancartes, scandent des slogans : « Non à la vente à la découpe de notre île… Protégeons notre littoral… Honte aux institutions. » Les manifestants sont tenus à l'écart par une bande de gros bras. De l'autre côté de ce barrage de chair, les invités arrivent, les uns après les autres. Robes et tenues de soirée, bijoux et montres de luxe. Aucun d'eux ne s'intéresse aux panneaux qu'on leur brandit au visage. Parmi les contestataires, Ange reconnaît une silhouette, là-bas, en première ligne. Ce corps mince, ce crâne dégarni, cette moustache épaisse. C'est leur oncle Barto.

Pas étonnant de le voir ici aujourd'hui. Lui, toujours si révolté… Sa présence n'arrange pas leurs affaires. Les deux frères devaient infiltrer ensemble la réception et procéder au repérage du yacht. Il va falloir revoir leur plan. Ange explique à Théo : « Je me charge de Barto. Toi, comme prévu, tu tentes de rejoindre le bateau. » Le cadet acquiesce. Il a les yeux brillants, les pupilles dilatées. Il a certainement sniffé quelques traits avant de partir.

Théo disparaît dans les fourrés et déniche rapidement un passage dans le grillage abîmé. Il progresse, voûté sur lui-même, entre les genêts, les bruyères et les massifs de ronces. Parvenu à une percée, il en profite pour se changer. De son sac, il extrait une chemise blanche, un nœud papillon noir et un gilet. La veille, Fred s'est fait passer pour un potentiel client auprès de la société chargée de l'organisation de la soirée. Son camarade a pu obtenir pas mal d'informations et, notamment, la tenue type de leurs serveuses et serveurs. Le jeune homme espère simplement qu'il n'y a pas eu de changement. Impossible de faire marche arrière, il se lance. Théo desserre son nœud papillon, et prend le chemin des buffets, éclairé par des torches enflammées plantées dans le sol sableux.

Théo et la bande sont quelquefois venus ici, plus jeunes. Ils ont exploré ces lieux, se sont imaginé jouer les aventuriers au volant des carcasses de jeeps bouffées par la rouille, leurs narines chargées d'entêtants effluves des eucalyptus. Mais aujourd'hui, c'est une tout autre ambiance. Des dizaines de projecteurs aux couleurs changeantes éclairent les décombres. On a nettoyé les détritus, dissimulé les graffitis. Des éléments de décor en stuc ont même été ajoutés ici et là, laissant croire que l'on évolue dans des vestiges de l'Antiquité grecque : colonnes blanches, statues, bustes… Théo arrive au niveau des buffets. Fruits de mer, charcuterie fine, pâtisseries raffinées recouvrent de longues tables. Plus loin, c'est un bar avec plus de champagne, de vin et d'alcool qu'il n'en a jamais vu. Au passage, le jeune Biasini se saisit d'un plateau en argent chargé de toasts au caviar et commence sa progression vers la plage, en marquant des pauses d'un groupe à l'autre. Il les observe, ces privilégiés qui viennent piétiner ses souvenirs. Hommes bedonnants, entourés de femmes aux nez biseautés, aux formes sculptées à coups de bistouri. Ça parle anglais, allemand et d'autres langues qu'il ne connaît pas. Ça rit fort, ça s'empiffre, les œufs d'esturgeon dégoulinant sur leurs lèvres luisantes. Pour eux, il n'est même pas là. Il n'existe pas. Jamais ces gens-là ne se souviendront d'un serveur lors d'une telle réception. Ça lui va bien… Le jeune homme passe devant ce qu'il reste d'un moulin. À l'intérieur, des types en costard y présentent les divers projets de construction du domaine. Construction en bois et béton, baies vitrées, piscines à débordement… Le lieu portera bien son nom. Olympos. La villégiature des dieux. Un espace réservé à une poignée de privilégiés qui continueront à cracher sur le monde, depuis leur piédestal. Un vrombissement. Un hélicoptère survole les ruines et vient atterrir plus loin. De nouveaux invités en émergent, replaçant leurs mèches décolorées qui volettent sous les pales de l'engin. À une dizaine de mètres, une vedette vient d'accoster au ponton de la baie, elle fait la navette jusqu'à l'*Odyssea*. Il y est presque. Une main se pose sur son épaule. Théo n'ose pas se retourner. Quelqu'un l'aurait reconnu ?

Ange arrive auprès de son oncle. L'homme, de dos, ne l'a pas encore remarqué. L'aîné des Biasini approche et lui murmure : « Alors, *mo ziu*, c'est ça la retraite ? »

Barto se retourne, sur la défensive, les yeux plissés. Instantanément, en le découvrant, plusieurs expressions parcourent ses traits. Surprise, colère, émotion. Barto a toujours été expressif, trop. On lit en lui comme dans un livre ouvert. L'inverse de son frère, un tombeau. Son épaisse moustache noire est un peu plus parsemée de poils gris, ses pattes-d'oie et ses rides sont plus creusées que la dernière fois qu'Ange l'a vu. Son crâne s'est encore dégarni. Mais il a toujours ce visage bonhomme, ce regard plein de bonté. Il porte un tee-shirt noir avec écrit en gros « Nostra Terra ».

— Tu es devenu aveugle ou quoi, vieillard. Tu ne me reconnais pas ?

Alors seulement, Barto le serre dans ses bras. Ange réalise en cet instant combien son oncle lui avait manqué. L'homme demande à son neveu :

— Qu'est-ce que tu fabriques ici ?

— Je suis passé chez toi, plus tôt, au village, à Ota. On m'a dit que tu serais là. Alors me voilà.

— Quand es-tu rentré au pays ?

— Il y a une quinzaine.

— Et c'est maintenant que tu viens me voir, *ingratu* ?

— Je n'étais pas encore prêt à revoir ton horrible moustache, vieux singe.

Barto lui tapote la joue en riant et l'entraîne un peu à l'écart du tumulte.

— Ange, je ne pensais plus jamais te revoir ici.

— Je suis revenu pour aider Théo. Il a des affaires à régler.

— Des affaires… J'ai trop entendu ce mot-là dans la bouche de ton père… et je n'aime pas ça.

Ange ne peut pas lui en dire trop, mais il ne peut, non plus, totalement lui mentir. Barto n'est pas dupe. Il a frayé, malgré lui, toute sa vie avec les bandits. Il va falloir s'arranger avec la vérité. Comme toujours.

— Vous êtes toujours dans les magouilles à la Théo ? Rien de grave, j'espère ?

— Non, rien de méchant. Des bricoles à terminer. Ensuite, je te le jure, Théo, les autres et moi, on raccroche.

— Tu sais, quand j'ai appris que tu avais quitté le pays, j'ai été heureux pour toi, Ange. Je me disais que tu avais refait ta vie ailleurs et qu'au moins, l'un de mes neveux s'en sortirait.

— J'aurais voulu t'appeler, t'expliquer, mais c'était difficile.

— Tu n'aurais pas dû revenir, Ange… Il n'y a rien de bon pour toi sur cette île.

Si son oncle savait ce que les autres et lui ont dû faire. Les braquages, le meurtre… Accepterait-il encore de lui parler ? Comme le gamin qu'il est toujours un peu aux yeux de son oncle, Ange plante son regard dans le bitume.

— Et ton frère ? Il est dans les parages, le *Zitellu* ?

— Non, il a été retenu à Monticello…

Il ne faut pas que Barto embraye sur Théo. Il préfère changer de discussion.

— Qu'est-ce que tu fais avec tes pancartes et tes slogans, l'ancêtre ?

— On se bat. Après ton départ, et la mort de ton père, j'en ai eu assez de tout ça, cette violence, ces horreurs. De cette criminalité qui ronge l'île et ma famille depuis des générations. Ton frère et toi, vous en êtes aussi, en quelque sorte, des victimes. C'est comme un héritage, une malédiction. Alors, avec quelques autres, des voisins d'Ota, des amis, on a décidé de bouger. On a créé une association, Nostra Terra, et on essaie d'éviter que le pire n'arrive à la Corse. Là, ça fait des mois qu'on se bat avec un avocat pour empêcher la construction de ce maudit domaine. Miroslav Horvat et son armée de financiers sont en train de racheter tous les terrains de la colline de L'Argentella. Jusqu'à la plage. Ils veulent remplir de béton cette côte sauvage. Normalement, le coin est censé être protégé, mais Horvat et sa bande de milliardaires ont su tisser des alliances précieuses. Avec tes amis, ceux du Mistral.

— Ce ne sont pas mes amis… Mais tu ne devrais pas t'en prendre directement à eux. Tu le sais, Venturi et le clan n'aiment pas l'exposition.

— Ça a trop duré, Ange. Si personne ne fait rien, si on reste paralysé par la peur, la loi du silence ne s'arrêtera jamais. Semaine après semaine, le Milieu étend ses tentacules sur nos terres. Si ce domaine est construit, ça sera comme ouvrir la boîte de Pandore. Et sur notre belle île, il n'y aura bientôt plus que des buildings en front de mer, des casinos, des boutiques de luxe. Personne ne veut ça. Il n'y a que nous, le peuple, qui pouvons changer ça. C'est ainsi que la Cosa Nostra a été fragilisée en Sicile. On doit suivre leur exemple.

— Je comprends, *zio*. Mais il faut choisir ses ennemis. Vous ne devriez pas vous attaquer au Mistral… tu pourrais avoir de gros ennuis.

— Tu es au courant de ce qu'ils ont fait ? Ils ont plastiqué la maison d'agriculteurs qui refusaient de vendre leur exploitation, à une centaine de mètres d'ici. Pour que ces *bastardi* puissent construire leur domaine, une famille entière est morte… On ne peut pas tolérer ça. On ne le peut plus. Depuis la création de l'association, on a reçu des avertissements, des mises en garde, évidemment. Mais on ne baissera pas les bras. Et moi, je suis trop vieux, trop borné pour faire marche arrière. Je n'ai plus grand-chose à perdre…

— C'est un combat perdu d'avance, Barto.

— *Curagiosu hè, quellu chì hè dispiratu.* Tu sais encore ce que ça veut dire ? Ou même ta langue tu l'as oubliée ?

— Toi et tes proverbes… Bien sûr, que je comprends : « Est courageux celui qui est désespéré… »

— Tiens, quand on parle du diable. Regarde-les, qui paradent.

Trois personnes fendent la foule des manifestants. Deux types devant dégagent le passage en poussant quiconque se trouve sur leur chemin. Derrière les gros bras, Ange reconnaît Francis Venturi. Le parrain du Mistral et sa garde rapprochée s'engouffrent dans le sentier menant à L'Argentella. Si Théo se fait surprendre par Venturi, ça pourrait dégénérer. Ange doit prévenir son frère. Il serre son talkie-walkie dans la poche de sa veste en jean. Mais Barto reprend :

— Bon, un journaliste de *Corse-Matin* devrait bientôt arriver, il faut qu'il nous prenne au sérieux. On a besoin d'exposition. Puisque tu es ici, prends cette pancarte et bats-toi pour ton île.

Barto lui tend un panneau sur lequel est inscrit en épaisses lettres noires « Stop au silence ! ». Son oncle rejoint les autres manifestants. L'instant suivant, Ange s'éloigne et tente de contacter son frère. Aucune réponse. Il vérifie qu'il est sur le bon canal, essaie encore. « Théo. C'est moi. Il y a un problème. Venturi est là. Fais attention. » Pour toute réponse, un long crépitement. Son frère va devoir se débrouiller seul.

Non loin de la plage, Théo est immobile. On lui tape sur l'épaule.

— Hé, t'es sourd ou quoi, je te parle !

Le jeune se retourne et tente d'arborer son plus beau sourire. Face à lui, un gars d'une quarantaine d'années, l'œil mauvais, vêtu du même uniforme que lui.

— Qu'est-ce que je peux faire pour toi ?

— T'es nouveau, toi ? Je ne te connais pas. Tu n'étais pas au briefing, plus tôt ?

— Je suis arrivé après.

— Écoute-moi, gamin. Je suis chef de rang, ce soir. Alors, si y en a un qui lambine, c'est moi qui encaisse. Donc, tu te bouges et tu retournes au buffet.

Le type, tout en parlant, lui tapote sur l'épaule d'une façon insupportable. Théo aimerait lui attraper la main et la lui briser aussi sec, mais il se retient. Il doit bluffer, pas d'autre choix.

— On m'a demandé de rejoindre l'*Odyssea*. Ils ont besoin d'aide à bord.

Le bonhomme le jauge. Le jeune Biasini ne se démonte pas.

— Après, si ça te pose un problème, je te laisse expliquer au propriétaire du yacht que ça ne te semble pas utile d'envoyer du monde servir ses invités.

— C'est bon, vas-y…

— Et j'en profite, si tu peux déposer ça au buffet ?

Il lui abandonne son plateau entre les bras et part à la hâte vers le ponton. Une seconde plus tard, il est à bord de la vedette reliant la plage à l'*Odyssea*. À ses côtés, des invités déjà grisés par l'alcool. Il y est presque… La silhouette, énorme, du navire approche. L'*Odyssea* n'est pas un simple yacht, c'est quasiment un paquebot. Théo a potassé toutes les informations qu'il a pu récupérer sur le navire. Mais le découvrir en vrai, face à lui… L'*Odyssea* est le plus grand yacht jamais construit. Cent quarante-sept mètres… Un labyrinthe de coursives, de ponts, de cabines dont il doit, en très peu de temps, faire la reconnaissance. Ses quatre ponts s'élèvent à plus de trente mètres de hauteur. Un immeuble dans la mer. En passant sous l'impressionnante coque fuselée du navire, Théo prend soudain la pleine mesure de la folie de leur entreprise. Ce braquo, c'est une poudrière. Il espère que le magot en vaudra la chandelle.

L'annexe accoste sous le pont arrière. Théo laisse descendre les invités et monte à bord. À peine a-t-il posé un pied sur le teck, qu'il sent des vibrations dans la poche intérieure de son veston. C'est son talkie-walkie. La voix de son frère, inaudible. Théo a des sueurs froides. Un vigile le regarde d'un drôle d'air. Le plus discrètement possible, il déconnecte son émetteur, repositionne son nœud papillon et accède au pont principal.

Arrivé en haut, il les remarque immédiatement. Des gardes du corps, postés en différents points, encadrant les convives qui sirotent leurs cocktails. Tee-shirt et treillis noirs, regards menaçants. Et ce renflement au niveau de la ceinture. Ils sont armés. Au moins six… Encore un élément dont il leur faudra tenir compte lors de l'assaut du yacht. Mais si son plan se déroule bien, lui et les autres devraient pouvoir les désarmer sans problème.

Maintenant, il lui faut trouver le moyen de visiter les entrailles de la bête. Il se saisit d'un plateau couvert de coupes de champagne et, laborieusement, se fraie un chemin à travers les convives entassés. Au-dessus de lui, sur le sun deck, une piscine à fond transparent, où plongent des naïades. Leurs corps semblent flotter dans la nuit. L'escalier desservant les différents ponts est là-bas, après un vaste salon. Il s'apprête à s'y engouffrer, mais entend des hommes parler en corse, sur le côté. Intrigué, le jeune ralentit. Il surprend des bribes de leur conversation : « Ce projet, c'est ce qui nous est arrivé de plus important depuis des années… il faut que tout se passe bien… un bel avenir nous attend, les amis. » Cette voix, il la connaît. Il se retourne, lentement, et découvre Francis Venturi et deux de ses hommes de main, assis sur une banquette, cigare aux lèvres. À leurs côtés, Miroslav Horvat, le propriétaire du yacht. L'homme serre la main de Venturi, sous les flashs d'un photographe. Le parrain du clan du Mistral, excité, parle fort, roule des mécaniques. Ils sont juste là, à moins de trois mètres de lui. S'ils le repèrent… Un tremblement dans ses mains. Il serre les poings. C'est trop gros, trop dangereux. Il va pour s'éloigner, quand la voix de Venturi, derrière lui : « Toi, là-bas ? Apporte-nous à boire ! Qu'on porte un toast à notre alliance, cher Miroslav. » Théo est paralysé. Il n'a plus de salive. Venturi insiste, en claquant des doigts : « Oh, je te parle le pingouin »... Biasini n'a pas le choix. Les yeux plantés au sol, il s'approche et, dans une courbette, afin de dissimuler son visage, leur présente son plateau. Chacun se saisit d'une coupe, ils portent un toast. Théo ne parvient plus à respirer, reste ainsi, immobile. « Tu attends quoi, un pourboire ? » Les autres s'esclaffent et reprennent leur conversation. Ils ne l'ont pas reconnu... Il s'écarte du groupe, et se penche au-dessus du bastingage. Envie de vomir. La peur lui a retourné les boyaux. Que fait Venturi à bord ? Réfléchir... Théo comprend. Lors de leur entrevue au *Mistral*, le parrain a mentionné d'importants projets dans les prochaines semaines. Le clan s'est certainement associé au milliardaire dans ce chantier fou... Une raison de plus pour braquer ce bateau... et faire payer ce connard de Venturi.

La tête penchée au-dessus de la coque, Théo reprend son souffle quand il surprend de l'agitation depuis une passerelle, sur un des ponts inférieurs. Des types sont en train de transvaser une grosse malle noire sur une annexe. Ils regardent autour d'eux, suspicieux, puis une fois chargée, font un signe au bateau qui s'éloigne en direction d'un autre yacht, au large. Que trafiquent-ils dans les cales du navire ?

Théo a repris ses esprits. C'est maintenant ou jamais. Il s'enfonce à l'intérieur du monstre d'acier, traverse une immense salle à manger, de trente mètres de long. Aux murs, des peintures présentent des galions qui traversent des océans déchaînés. Sous un colossal chandelier en or, une table couverte d'argenterie. Plus loin, c'est une salle de cinéma, avec une vingtaine de fauteuils, un bar. Théo descend d'un étage. Il est au niveau des cabines. Du bruit devant lui, deux serveurs remontent des cuisines en discutant. Le Corse se dissimule dans une des chambres du navire. Théo tente de comptabiliser le nombre de cabines. Au bas mot, l'*Odyssea* doit en abriter une quarantaine. Combien de membres d'équipage et d'invités seront à bord durant le braquage ? Difficile à estimer. Des dizaines, au moins. Théo parvient à localiser la suite principale du yacht. Il entrouvre la porte. À l'intérieur, des colonnes couvertes d'or, un large couchage surplombé d'une tête de lit en forme de soleil éclatant. Des coussins en satin. Partout, des miroirs. Théo fouille, regarde derrière les tableaux, sous le matelas, et finit par découvrir le coffre-fort au fond d'un meuble de rangement en acajou. Bingo. Sa mission est terminée. Il a repéré le plus important. Quant à faire plier le milliardaire, ça ne devrait pas être trop difficile. Théo repense au petit homme, sa mèche blonde ramenée sur le côté, ses grosses lunettes. Quand on lui braquera un flingue sur le front, Horvat se ratatinera. Au moment de remonter vers le pont principal, Théo repense à la malle qu'il a vu être transbahutée vers un autre navire… et s'il y avait autre chose ? Il s'engouffre vers les niveaux inférieurs. Dépasse l'étage des cuisines et des cabines de l'équipage. Encore un nouveau palier. Ici, les corridors sont plongés dans la pénombre, simplement éclairés par des veilleuses verdâtres. Le plafond est parcouru de conduits, de tuyaux. Théo est dans le ventre de la bête. Il franchit la pièce dans laquelle sont entreposés des jet-skis et du matériel de plongée, puis c'est le ballast, le système de climatisation, la station d'épuration, les générateurs, le local des ingénieurs de bord. Enfin, tout à l'arrière du navire, la salle des machines. Dans la semi-obscurité, le Corse progresse sur une fine passerelle en métal. De chaque côté, les énormes moteurs Caterpillar, alliages de chrome, de rouages et engrenages, de panneaux couverts de boutons et compteurs divers… qui ronronnent et bipent tout autour de lui. Il arrive au bout du passage. Et ce qu'il découvre le laisse stupéfait. Un énorme compartiment en acier, sans aucune ouverture, sinon une porte blindée digne d'une chambre forte de banque. Il passe sa main sur les manivelles, remarque une serrure électronique. Qu'y a-t-il de si précieux derrière ? Bientôt, il le saura. Car il le sent, du plus profond de ses tripes, là-dedans se cache leur avenir, leurs rêves les plus fous. Ce coffre, lui et les autres vont forcer Horvat à l'ouvrir. Et ils pilleront tout ce qu'il y a à l'intérieur.

24

17 juillet 1993
L'Argentella, Corse

Les monstres ont emmené Radmila. Elle n'a pas résisté, crié ou même tenté de se débattre. Elle s'est laissé porter, comme si, déjà, elle n'était plus là. Depuis longtemps, Radmila est le fantôme de sa propre vie. Mais les trois autres filles, elles, ont eu peur. Plus tôt, Bauk a voulu les rassurer. Il leur a expliqué qu'elles étaient des cadeaux, les plus beaux qu'on puisse espérer. Que tout se passerait bien pour elles. Qu'à leur tour, bientôt, elles quitteraient le Cocon. Il a caressé les cheveux de Tatjana. Elle aurait aimé lui griffer la gueule, lui arracher les yeux, mais n'a rien pu faire. Car, dans un coin de la geôle, la Vipère, son bras droit, était là, comme toujours, avec son sourire en coin, à la fixer de ses yeux froids.

Est-ce que tous les hommes sont des monstres ? C'est ce que se demande souvent Tatjana. Elle ne se rappelle plus vraiment… Quand elle ferme les yeux, qu'elle réfléchit, il n'y a que du sang, des larmes et des cris. Des mains qui se tendent mais que personne n'attrape. Le froid aussi. Et cette tristesse qui vous colle à la peau comme des habits mouillés. Alors elle plisse les paupières, plus fort encore et essaie de retrouver un visage, un seul, d'un homme qui ait été bon pour elle. Elle en a vu tellement donner la mort et faire souffrir. Ces soldats serbes qui, pendant de longs mois, les ont piégés, elle et les siens, dans sa ville, Sarajevo. Ils ont d'abord coupé l'eau, l'électricité, le chauffage. Puis ils ont empêché que la nourriture et les médicaments n'entrent dans la cité assiégée. Nuit et jour, depuis les collines, ils les pilonnaient, au hasard, avec leurs mortiers. Cracheurs de mort. Boum Boum. Roquettes. Obus. Bombes sur les immeubles, bombes sur les hôpitaux, bombes sur les commerces. Bombes sur ce qu'il restait d'enfance, d'insouciance en elle. Boum Boum. Le sol qui tremble comme sous les pas d'un géant de fer. Les bougies qui vacillent dans les ténèbres de leurs abris. Ces quartiers qui se défigurent, ces façades qui s'effondrent. Ces tas de gravats. Ces carcasses carbonisées de voitures. Ces blessures qui ne se refermeront jamais. Et la vie qui continue, malgré tout. Chercher à manger, marchander, négocier. Tenir plusieurs jours avec à peine cinq litres d'eau. Brûler ce qu'on peut pour se réchauffer. Les rares arbres encore debout. Les meubles. Même les livres trouvés dans une école désertée. À quoi bon apprendre, si on n'est pas sûr de vivre jusqu'à demain ? Essayer d'aller là-bas, peut-être à l'autre bout de la ville, risquer sa peau pour pas grand-chose. Il se dit que des Français de Médecins sans frontières auraient fait entrer un camion plein de vivres. Traverser ces avenues désertes, qui autrefois bruissaient de vie, courir en longeant les murs, en priant pour qu'un tireur embusqué ne nous prenne pas pour cible. Pas cette fois. Pas cette fois, par pitié. Faire tout ça, encore et encore, avant de comprendre que ça ne sert plus à rien. Des bribes de conversation entendues la nuit, alors que Tatjana aurait dû dormir : « Résister, mais pour quoi faire ? Pour mourir, comme tous les autres ? » Jusqu'au moment où on n'en peut plus. L'été 1992, les parents de Tatjana ont réussi à la placer dans un bus pour l'aéroport de Sarajevo, sous contrôle de l'ONU. Sa main qui se colle contre la vitre sale du véhicule rempli à en faire craquer la tôle. Sa main qui essaie de retenir ces silhouettes qui s'effacent et qu'elle ne reverra jamais. Tatjana a pu quitter la ville, transbahutée d'une association à l'autre, d'un camp à l'autre. Après des semaines, elle a atterri à Belgrade, dans cet orphelinat. On lui a dit que ses parents étaient morts. Il a bien fallu le croire. Un autre homme, un autre visage de cire. Miskovic, le directeur de l'orphelinat. Son sourire qui laissait espérer que ça irait mieux, que la tempête, enfin, se calmerait. Mais c'était un leurre. S'il montrait ses dents, c'était pour mieux les mordre. Il les a vendues. Comme du bétail. Et aujourd'hui, ça. Bauk, un autre monstre. Encore.

Tatjana a arraché un morceau d'acier dans un coin du Cocon. Et, dès qu'elle a le temps, dès qu'elle le peut, elle le frotte contre le sol. Elle l'aiguise. Elle se l'est juré, elle finira par frapper. Bauk ou la Vipère. L'un ou l'autre. Il faudra bien que l'un d'eux paie. Pour ce qu'ils ont fait. Pour ce qu'ils ont tous fait.

Tatjana essaie, parfois, de remonter à avant. Avant tout ça, quand la vie était douce. Mais ça lui fait si mal de repenser à ce passé heureux qu'aujourd'hui, ses souvenirs sont comme cadenassés. Ses parents, son petit frère sont troubles. C'était il y a deux ans. Mais c'est si loin. Mille vies et mille morts ont passé sur elle depuis. Tout s'efface. Il ne reste que des bribes. L'autre soir, Tatjana ne se souvenait plus du prénom de son petit frère. Lui qui continuait à sourire, à vivre, indifférent au froid, aux bombes. Son rire qui résonnait dans les ténèbres des sous-sols de leur immeuble. Comment s'appelait-il déjà ? Elle a pleuré, seule dans son coin du Cocon, en frottant la lame de son poignard de fortune.

Les filles se serrent les unes contre les autres. Entre elles, le corps fragile de la petite Ljuba. Elle a encore une de ses crises. Ses yeux qui papillonnent, elle tire frénétiquement sur les mailles de son pull et répète ces phrases qui n'ont aucun sens pour les deux autres filles. Parfois, des mots, émergent de sa psalmodie. « Des roches rouges. Du sang sur la pierre. Brouillard. Papillons par milliers. Un tombeau de glace. Les chiens ont faim. Une odyssée de larmes. Une cicatrice. Une main dans une autre. Des cendres. Le dernier gardien… » Quand Ljuba va un peu mieux, que ses crises se calment, elle leur explique que, depuis toute petite, elle voit des choses. Des songes qui finissent par arriver dans la vraie vie. Des fragments, pièces d'un puzzle qui, souvent, n'ont aucun sens, des images de gens, de lieux qu'elle ne connaît pas. Et, parfois, d'elle. Passé, présent, futur entremêlés. Elle leur dit les avoir ainsi vues, toutes les trois, ici dans le Cocon, il y a des années de cela. Que c'est pour cette raison qu'elle est venue vers elles, à l'orphelinat. Parce qu'en réalité, elle les a toujours connues.

Tatjana ne veut pas croire en ces délires. Elle préfère ne rien espérer que d'être déçue encore. Parce que sa fierté, sa dureté, sa bouche serrée forment l'armure qu'elle s'est construite pour survivre. Pourtant, une fois, un peu malgré elle, la plus âgée des trois a demandé à Ljuba. « Et tu nous vois sortir d'ici ? » La petite de répondre, toujours énigmatique. « On quittera le Cocon, oui. Mais on ne sortira jamais vraiment d'ici. »

Tatjana est bosniaque. Danica est croate. Ljuba est serbe. Parce que d'autres ont décidé qu'elles étaient différentes, elles devraient se haïr. Tatjana a si souvent entendu, dans cette autre vie, des jeunes dans la cour d'école de Sarajevo dire que les Croates étaient une sous-race, les Serbes, des *pojesti govno*, des mange-merdes qui se croyaient les rois de Yougoslavie. Arrivée à l'orphelinat, c'était elle, la Bosniaque, qu'on traitait de sale musulmane. Mais jamais Danica ni Ljuba… Ce qu'elles ont vécu, chacune de leur côté, efface leurs différences. La mort, les trois gamines dansent avec depuis trop longtemps. Elles savent que les cadavres se ressemblent tous. À la fin, il ne reste ni drapeau, ni nationalité, ni religion. Que des os. Les trois filles l'ont compris. Encore plus depuis qu'elles sont enfermées dans ce ventre de métal. Elles sont liées. Alors, elles font front ensemble. Elles restent collées, soudées. Pour aujourd'hui et pour l'éternité. « Un seul corps. Une seule vie. » C'est Danica qui a dit ça une fois. Et elle avait raison.

Tout en gardant sa main sur le pull de Ljuba endormie, de l'autre, Tatjana serre son couteau de fortune.

La prochaine fois que cette foutue porte s'ouvrira, elle s'en fait la promesse, elle se jettera sur celui qui entrera. Et fera couler son sang. Pour que les autres puissent s'enfuir. Quitte à y rester, elle. Tant que l'une d'elles s'en sort.

Un seul corps. Une seule vie.

25

18 juillet 1993
Calanques de Piana, Corse

2 heures du matin. Dissimulés à l'abri de la crique de Ficaghjola, Jacques et ses hommes patientent. Les Roches rouges opèrent habituellement au cœur de la nuit. Ça ne devrait plus tarder.

Le gendarme ne les ratera pas. Il aurait aimé qu'il y ait une meilleure solution, que ses anciens camarades entendent raison. Il a bien essayé de les mettre en garde. Si seulement Théo, Ange, Fred et Dumè s'en étaient tenus à leurs petites combines, Jacques les aurait laissés en paix. Les braquos de camions de livraison, les trafics à la con, les machines à sous à l'arrière des bars de village… ça passait encore. Mais là, ce n'est plus possible. Ils ont eu les dents trop longues. Ils sont acculés et semblent s'en contrefoutre. La police d'un côté qui envoie sans cesse de nouvelles équipes. Le Mistral de l'autre. Et lui et ses gendarmes au milieu. Ils se sont trop enfoncés dans leurs magouilles. Il ne pourra pas les sauver, pas cette fois. Ses amis d'enfance ne le savent pas, mais durant sa carrière, Jacques a tout tenté pour les protéger. Retarder des descentes à leur domicile, orienter les enquêtes sur de mauvais suspects… Il faisait cela en mémoire de ce qu'ils ont vécu. De ceux qu'ils ont été.

Jacques sait bien ce que ses pairs pensent de lui. Il entend les gendarmes qui murmurent sur son passage. Les choses qui se disent. Peretti serait dans le viseur de l'IT, l'inspection technique de la gendarmerie. On s'apprêterait à ouvrir une enquête sur ses agissements. Et il y a eu ce coup de fil, aussi. Ce type du GRI, Stéphane Berguer, qui voulait le rencontrer pour discuter de la bande des Biasini, parce qu'il avait eu vent de leur histoire commune. Est-ce un test pour le piéger ?

Que savent-ils de lui, tous ? Ce qu'il a accepté de faire, c'était le prix à payer pour offrir un semblant de paix à son île. Éviter les règlements de compte en pleine rue, les fusillades au sortir d'une boîte. Faire au mieux pour que les choses s'arrangent. S'apaisent. Voilà son rôle. Un médiateur, en quelque sorte. Et pour y arriver, il lui a bien fallu passer des accords, conclure des marchés avec le clan du Mistral.

Le lieutenant responsable de la gendarmerie de L'Île-Rousse vérifie la glissière de son SIG-Sauer, puis range son arme dans son étui. Ce discours, il le ressasse souvent. Il en a passé des heures, à se répéter « je suis un bon gendarme ». Mais aujourd'hui, même lui a du mal à y croire. Il est le *sbirru merzu*, le flic pourri. Le ver dans le fruit. Pourtant, il n'a jamais eu le choix. Depuis le premier jour.

Tout s'est joué il y a si longtemps… En 1982, après s'être fait choper en train de braquer une voiture, pendant qu'il était en garde à vue, quelqu'un est venu lui proposer un marché. L'homme avait les moyens, les contacts pour effacer son casier, toutes ses conneries, et le faire sortir le jour même. Mais il y avait un prix à payer… Il y en a toujours un. Il fallait qu'il s'inscrive à l'école de gendarmerie et, une fois diplômé, qu'il rende quelques services… Cet homme qui lui offrait un « avenir », c'était Orso Biasini. Jacques ne pouvait qu'accepter. Quand Orso parlait, on se taisait. Alors, il est devenu gendarme… Jamais il n'a pu parler de tout ça. Le père Biasini avait été clair. Si qui que ce soit était mis au courant, leur pacte serait rompu. Peretti se souvient des mots de l'ancien chef du Mistral. Clairs comme s'ils avaient été prononcés hier, gravés dans son esprit. « Si ça se sait, quelqu'un paiera. Et je connais la seule personne qui a de l'importance pour toi. La seule qui compte. Nina est jeune. Une belle vie l'attend. Ne gâche pas ça. » Orso s'en moquait bien que Nina soit la petite amie de son fils aîné, Ange. Il pouvait lui faire la bise quand elle passait chez eux, l'accueillir à sa table et la menacer le jour suivant. Les gens du coin avaient surnommé Orso, l'Ogre. Et ils avaient raison. Alors, Jacques a obéi. Comme le pantin terrifié qu'il était devenu.

La vedette de la gendarmerie ondoie sur le clapot. Ce sera bientôt le moment. Ses collègues papotent en attendant les ordres, le tenant à l'écart, alors même qu'il est leur supérieur. Il a l'habitude. En plus des rumeurs, le lieutenant Peretti est une énigme pour ses confrères. Pourquoi reste-t-il en Corse, depuis toutes ces années ? Le fait qu'il soit originaire de l'île n'explique pas tout… Eux ne sont que des oiseaux de passage. Le plus souvent, les gendarmes mutés ici tiennent deux, trois ans maximum. S'ils acceptent d'être affectés dans la région, ce n'est pas vraiment pour le climat, ni pour le paysage. Non, c'est surtout pour le bonus alloué par l'État, les annuités doubles. Pour deux ans sur l'île, les militaires gagnent quatre ans de cotisations retraite. Aucun autre département ne propose de tels avantages. Ça veut bien dire quelque chose… Qu'il y a un problème ici. La peur de se prendre une balle sur un contrôle qui dérape, en escortant un haut fonctionnaire… La terreur qui prend aux tripes d'être au mauvais endroit au mauvais moment est bien réelle. Personne ne se l'avoue, mais aucun gendarme ne veut bosser ici. Ça laisse des traces de se faire réveiller au beau milieu de la nuit par un tir de chevrotine sur le bâtiment de la gendarmerie. Jacques se souvient qu'il y a trois ans, sa caserne avait été canardée. Un de ses collègues, voyant que la chambre de sa jeune fille avait été constellée de tirs, que sa môme était passée à deux doigts de la mort, avait craqué et balancé tous les meubles par la fenêtre. Jacques avait mis des heures à le calmer. Pour les continentaux, trois ans, c'est long. Malgré leur professionnalisme, leur bonne volonté. Il leur faut supporter le regard de certains habitants, qui leur font comprendre qu'ils ne seront jamais ici chez eux. Car, pour les Corses, les gendarmes sont perçus comme une force invasive. On les comprend… Sur l'île, on compte un policier ou gendarme pour cent habitants. Plus du double de la moyenne nationale. Jacques, à la tête de la gendarmerie de L'Île-Rousse, doit, en plus, se fader le ballet des visites officielles, préfets, directeurs de cabinet, qui débarquent devant les caméras, encadrés d'une armée de gardes du corps.

À sortir les mêmes phrases toutes faites, discours de technocrates, souvent hors de propos. « Vous avez de la chance d'être ici. Entre la plage et la montagne, ça fait quoi de travailler au paradis ? » Le paradis… Dans un an, deux maximum, un autre fantoche sera envoyé de Paris. Il promettra du changement, de faire un grand ménage dans le banditisme, de mettre fin au règne de la terreur. Du vent…

Jacques a perdu tous ceux qu'il aimait. Ses amis, qui ont honte de ce qu'il est devenu, sa sœur, partie chercher une nouvelle vie dans ses montagnes. Il est si seul. Alors, il repense souvent, trop souvent, au passé. Il plonge une main dans l'eau encore chaude. Tellement de souvenirs ici, dans la baie de Porto. Ces heures, le moteur à l'arrêt, sur le *Duncan*, à observer les bancs de dauphins danser autour du navire. Leurs silhouettes d'argent glisser sous l'eau. Se moquer de Dumè quand il sortait ses candides vérités. « C'est ici, les gars. Ici et maintenant qu'on est les plus vivants. » On le chambrait. « Qu'est-ce qu'il est con ! » Alors qu'en fait, il avait raison. Dumè savait déjà, avec ses mots à lui, simples et banals. Le Géant, souvent, attrapait la beauté au vol. Il la leur montrait, fier, avec sa tête d'ahuri, et eux ne comprenaient rien.

Gamin, on appelait Jacques, le Mytho, puis la bande des Biasini l'avait surnommé l'Américain. Parce qu'il causait trop, Jacques… Il s'inventait des histoires, des aventures. Il rêvait de partir loin, par-delà l'Atlantique. New York, Miami ou Chicago… Peu importait la destination… Aujourd'hui, Jacques ne cause plus. Il se tait. Sa bouche cousue par le contrat qui le lie au Mistral. Peretti regarde le tatouage sur son avant-bras. Un V, pour les cinq de la bande. Le gendarme lève la tête vers les reliefs qui entourent la petite plage. Que reste-t-il d'eux, ici ?

Un des gendarmes vient taper sur son épaule.

— Peretti, on a quelque chose, là-bas.

26

18 juillet 1993
Les Îles Sanguinaires, Corse

Le *Duncan* file sur une mer aussi lisse qu'un lac. À pleine vitesse, l'étrave de la vedette projette des gerbes d'embruns qui viennent disparaître dans l'eau noire. Dumè, à la barre, maintient l'allure de 20 nœuds. S'il poussait plus les gaz, le moteur fatigué pourrait rendre l'âme. Au loin, une énorme forme se découpe dans la nuit. C'est l'*Odyssea*, leur cible, qui contourne les îles Sanguinaires. Ils devraient être à hauteur du yacht dans moins de dix minutes.

Ange est à l'arrière du bateau et termine de contrôler les armes de ses camarades. Flingue après flingue, il s'assure qu'elles ne sont pas chargées. C'est la seule chose qu'il a pu imposer à Théo. L'aîné des Biasini sait qu'il n'est plus en position de force. Depuis qu'il a découvert ses liens avec la police, son jeune frère est plus froid que jamais. Ange n'a d'autre choix que de dire amen à toutes ses décisions. Il suffirait d'un mot de Théo, un seul, pour que ses amis, Fred et Dumè, sachent qu'il pactise avec les flics. Alors, il fait profil bas. Il a accepté le plan de son cadet, sans sourciller. Son unique condition, que toutes les armes soient déchargées. Il gardera avec lui, dans un sac, les munitions si la situation dégénère. Mais il fera tout pour que ça n'arrive pas. Il ne veut plus de cadavre dans leur sillage. Théo a eu beau prétexter qu'il y aurait plusieurs gardes du corps armés à bord de l'*Odyssea*, Ange n'a rien lâché. Son jeune frère a fini par céder. « De toute manière, mon plan est béton. Ces flingues, on n'en aura pas besoin. Quand ils vont nous voir débarquer, je vous garantis qu'ils ne feront pas les malins. » Ange doit le reconnaître, l'idée de son frère tient du génie. Il a tout prévu, tout anticipé. Le plus âgé de la bande rejoint l'avant du *Duncan* et restitue son fusil à Fred. Da Vinci lui dit, comme pour se rassurer lui-même : « Ça va bien se passer, Ange. On est prêts. » En repassant vers la poupe, l'ancien plongeur vérifie que la peinture a pris, que les gyrophares sont bien accrochés. Un dernier coup. Et ensuite, basta. Théo n'a pas arrêté de les bassiner avec ce coffre, énorme, qu'il aurait découvert dans la cale. S'ils parviennent à l'ouvrir, ils pourraient tomber sur un pactole. Ange aimerait proposer à Théo de se faire la malle avec lui. Partir loin, ensemble. Recommencer une vie ailleurs. Mais il ne sait pas si Zitellu acceptera. Après tout ce qui s'est passé.

Le moteur du *Duncan* toussote, un nuage noir s'échappe de la soute. Dumè jure, « *Batellu maladettu*, t'as intérêt à redémarrer », puis relance la machine. Dans un hoquet, le *Duncan* repart. Dumè, hilare, envoie une grande tape dans le dos de Théo : « Ahah !

Personne ne me résiste. Même le moteur pourri de ce rafiot ! » Ils reprennent leur poursuite du yacht. Ils doivent l'arraisonner avant qu'il ne se rabatte vers les côtes. Évidemment, ils n'ont pas prévenu leur oncle Barto qu'ils avaient emprunté sa vieille vedette... Ils en ont toujours gardé les clés. Ils sont allés récupérer le bateau au port de Porto, deux jours plus tôt, l'ont planqué dans une des grottes marines qu'ils connaissent. Là, durant une journée entière, ils l'ont transformé. Théo et sa bande ont abattu un sacré boulot, le *Duncan* est aujourd'hui méconnaissable... Sa main caresse la coque de leur vieux complice. Une dernière balade et, ensuite, ils seront obligés de le cramer. Si Barto est inquiété, le vieux renard saura se défendre et expliquera qu'on lui a volé son bateau. Il ne devrait pas être trop emmerdé par la flicaille. Peut-être Barto se doute-t-il déjà que ce sont eux, les Roches rouges. Théo aurait aimé pouvoir lui expliquer comment ils en sont arrivés là... mais après le braquage, il leur faudra disparaître. Leur oncle leur en voudra. Un jour, le jeune Biasini l'espère, viendra le temps des mots. Et du pardon. Pour l'heure, Théo doit rester concentré.

Le *Duncan* se place dans le sillage de l'énorme yacht. Théo lève son pouce vers ses camarades. Chacun vérifie son costume. Le plus jeune du groupe replace le brassard sur l'épaule du Géant. Dumè lui sourit, lui attrape la nuque et lui crie dans l'oreille, par-dessus le bruit des moteurs : « Rien ne pourra nous arrêter tant qu'on reste ensemble, Zitellu ! » Son enthousiasme, sa candeur lui font du bien. Tous abaissent leurs cagoules, prennent leurs fusils en bandoulière. Dumè a réussi à se procurer deux FAMAS. L'illusion sera parfaite. Théo se retourne vers son aîné, toujours à l'arrière, et après un hochement de tête active l'interrupteur qu'ils ont installé. À bord du *Duncan*, les sirènes se mettent à hurler, les gyrophares envoient des éclats bleu électrique. Il est temps.

27

18 juillet 1993
Calanques de Piana, Corse

Jacques ajuste ses jumelles et aperçoit, au large, un sillon blanc sur l'eau noire. Un bateau file vers le yacht amarré dans la baie, proche du Capo Rosso, sous l'à-pic de la tour génoise. L'information donnée par Venturi serait donc solide.

Après la mort d'Orso Biasini, Jacques pensait qu'il ne devrait plus rien au Mistral… Que son contrat prenait fin. Mais ça a continué sous l'ère du nouveau parrain, Venturi, qui l'a justement contacté, la veille, pour lui transmettre un énorme tuyau sur le prochain braquage des Roches rouges. Il connaissait tout, jusqu'au moindre détail. La date : la nuit du 18 juillet, le lieu : au large des calanques de Piana. Le nom, le modèle du bateau, sa taille… Tout. C'est Dumè lui-même, fin saoul, qui, deux jours auparavant, a voulu rouler des mécaniques et balancé les infos à la mauvaise personne, en boîte de nuit à Calvi.

Peretti donne son signal et la vedette de la gendarmerie fend la nuit. Il leur faut les interpeller avant qu'ils ne montent à bord. Tout sauf une prise d'otages. Les Biasini sont des sanguins. Ça pourrait mal se terminer.

Le Zodiac n'est plus très loin. Les gendarmes activent la sirène et le gyrophare du bateau. Devant eux, le semi-rigide change de cap et fonce vers la pointe du Capo Rosso. Ils se savent repérés et prennent aussitôt la fuite. Après un ordre balancé dans son talkie-walkie, Jacques aperçoit la seconde vedette de gendarmerie émerger du cap et foncer, à son tour, sur le Zodiac. Ils sont pris en étau. Ils ne pourront pas s'en sortir. Pas cette fois.

C'est peut-être mieux ainsi, que ce soit lui qui les attrape. Que la boucle soit bouclée. Se tenant au bastingage du hors-bord, Jacques se dit, un léger sourire aux lèvres : « On va jouer aux flics et aux voyous ensemble, une dernière fois, les amis… »

Le pneumatique tente de contourner le second patrouilleur de la gendarmerie, en virant à toute vitesse à bâbord. Mais le pilote de la vedette de Jacques a anticipé la manœuvre. Après une courte poursuite, ils encadrent le Zodiac. Il y a quatre hommes à bord. Ce sont eux. Jacques en est persuadé. Les militaires les aveuglent avec leurs torches accrochées au canon de leur fusil. Jacques, depuis les haut-parleurs du patrouilleur, exige qu'ils coupent leur moteur. Ils s'exécutent. « Montrez vos mains et ne bougez plus. » Instantanément, quatre paires de bras se lèvent. Jacques est surpris que la bande des Roches rouges abandonne aussi vite la partie. Accompagné de quatre autres militaires, armes au poing, il saute à bord du Zodiac.

Les braqueurs portent des cagoules, des combinaisons noires. Injonctions, bousculades. Ils sont maîtrisés et plaqués, mains dans le dos, sur le fond en fibre de verre du semi-rigide. Peretti s'approche de l'un d'eux, lui arrache sa cagoule. Visage inconnu. Un autre. Même constat. Il n'identifie pas un seul de ses anciens amis. Le lieutenant, hors de lui, hurle des ordres à ses hommes qui fouillent l'embarcation. Du matériel de pêche, une glacière remplie de poissons. Quelques bières. Mais aucune arme. Jacques ne comprend pas. Ce n'est pas possible… Il demande à l'un des types, aux cheveux peroxydés, ce qu'il fabrique ici au cœur de la nuit.

— On partait juste pêcher, m'sieur !

— Ne vous foutez pas de moi. Pêcher, dans de telles tenues, avec des cagoules ! Vous vous apprêtiez à braquer ce yacht, là-bas, le *Bliss* !

— Et avec quoi, nos cannes à pêche ? Vous nous prenez pour qui, les Roches rouges ? On n'a rien à se reprocher, nous !

Les quatre sourient, visiblement satisfaits de la tournure des événements. Jacques les détaille mieux. Le causeur, avec ses mèches décolorées. Il l'a déjà vu traîner chez Dumè, quand il surveillait la maison de son ancien camarade…

C'est comme un uppercut dans la face du gendarme. Un coup monté. Il s'est fait avoir. Dumè a sciemment raconté des bobards en boîte, à la bonne personne, qu'il savait liée au Mistral. Puis ils se sont arrangés avec ces types, pour qu'ils montent ce braquage bidon. Ils ont fait ça pour gagner du temps, brouiller les pistes. Comme pour enfoncer le clou, le type peroxydé ajoute, en le regardant droit dans les yeux.

— Je vous le dis, vous vous trompez ! On a le droit de naviguer, même de nuit. On n’est pas des mythos, nous ! Pas des Américains…

Ces deux mots, ces anciens surnoms. Ange et Théo ont dû lui demander de lui balancer ça. Une ultime humiliation. Jacques décoche un coup de poing à la grande gueule. Ses collègues le retiennent. Lui fulmine. « Vous ne comprenez pas ? On s’est fait avoir ! On est tombés dans leur putain de piège ! »

28

18 juillet 1993
Les Îles Sanguinaires, Corse

L'*Odyssea* n'est plus qu'à quelques dizaines de mètres devant eux. En plus des gyrophares, Fred vient de braquer le projecteur qu'ils ont fixé à la proue du *Duncan* et l'oriente sur l'arrière du navire. Il fait des appels répétés. Déjà, devant eux, le yacht ralentit. L'équipage semble les prendre pour des gendarmes. Tout va se jouer maintenant. Théo, stressé, vérifie une dernière fois son équipement. Son treillis bleu foncé, son polo bleu clair sur lequel est remontée sa veste en polyester parée des faux écussons de la gendarmerie, la bande velcro blanche qu'ils ont cousue dans la longueur, son gilet pare-balles, le talkie-walkie… Le jeune Biasini prend un instant pour s'assurer que tout est en place sur le *Duncan*. Les mots « Gendarmerie Maritime », peints par Fred en lettres capitales noires sur les francs-bords des flancs. Le numéro P619 inscrit en énorme au-dessus de la cabine. La peinture grise qui recouvre la coque n'a pas trop bougé. N'ayant pas eu le temps de sécher, elle s'écaille un peu, ici et là. Mais ça devrait faire l'affaire. Ce sont surtout les petits détails, qui, il l'espère, feront la différence. Les trois bandes bleu, blanc et rouge, barrant la proue. La bouée de secours orange accrochée sur le côté. Les talents de dessinateur de Fred les ont bien aidés. Les antennes, chinées dans une casse, qu'ils ont installées pour faire illusion… Il faut frapper vite, ne pas avoir la moindre hésitation, et, surtout, ne pas leur laisser une seconde pour réfléchir. Ça peut marcher. Ça va marcher. Ils sont quasiment au niveau du yacht. Le *Duncan* tangue sur les vagues générées par les énormes moteurs de l'*Odyssea*. Les braqueurs repèrent des silhouettes de marins qui vont et viennent, visiblement paniqués, à l'arrière. Théo leur fait de grands signes. Ça y est, ils coupent les moteurs. Porté par son erre, le navire, gigantesque, glisse sur l'eau sur une cinquantaine de mètres. Comme prévu, Fred continue d'aveugler les membres de l'équipage avec son projecteur. Théo, lui, sort un mégaphone et articule, le plus intelligiblement possible : « *Odyssea.* Ici la gendarmerie maritime. Nous allons procéder à un contrôle. Tenez-vous prêts à nous accueillir à bord. » Ange attrape un bout et le lance à un marin qui les attend sur le pont arrière. Le jeune ose un dernier regard en arrière. La silhouette des îles Sanguinaires. Sur la droite, les lumières d'Ajaccio. Mais pas un feu de navigation, ni l'ombre d'un bateau. Seules la mer et la nuit se confondent. La première partie de son plan a fonctionné. Jacques et ses gendarmes se sont certainement fait duper. « Avoir toujours deux coups d'avance. » C'est ce que lui disait son père. Il serait peut-être fier de lui, ce soir. Enfin… Derrière sa cagoule, Théo sourit. Dans une manœuvre parfaite, Dumè s'arrime au méga-yacht. Une seconde plus tard, les quatre débarquent tous à bord, tenant en joue les skippers, terrifiés, et parviennent sur le pont principal. Là, le commandant de bord vient à leur rencontre, accompagné de deux marins. Il parle français, heureusement.

— Messieurs, je suis le commandant du navire. C'est la première fois qu'on nous contrôle en pleine…

Fred intervient. Aller vite. Enchaîner.

— Monsieur, veuillez ne pas entraver un contrôle de gendarmerie. Je vais vous demander de m'accompagner jusqu'au poste de pilotage et de me procurer les documents de navigation.

Da Vinci suit le commandant. Il a pour mission de faire traîner les vérifications d'usage. Gagner du temps, le plus possible.

Dumè, Ange et Théo, de leur côté, parcourent le navire et forcent tous les passagers, en les menaçant de leurs flingues, à se rassembler sur le deck principal. Au total, ils réunissent une trentaine de personnes. Vingt membres d'équipage, quatre gardes du corps. Trois jeunes femmes, sans doute des escort girls. Miroslav Horvat. Le magnat serbe, en pyjama, replace ses grosses lunettes. Derrière lui, un autre type les dévisage. Théo l'avait repéré lors de sa visite de l'*Odyssea*, à L'Argentella. Toujours dans l'ombre de l'homme d'affaires. Certainement son bras droit. Suivant leur plan, les trois braqueurs se concentrent d'abord sur les gardes du corps et les désarment. Ils récupèrent cinq pistolets qu'ils placent dans un sac noir. Le milliardaire se soulève alors et tente de négocier. Il parle un français parfait.

— Messieurs, je ne voudrais pas vous empêcher de faire votre travail, mais j'aimerais comprendre… Pourquoi nous contrôler au beau milieu de la nuit ? Nous n'avons rien à nous reprocher. Ces hommes ont des ports d'arme en règle. Ils sont là pour assurer ma sécurité.

Théo a la gorge sèche. Il sait que cet instant va être décisif. Être convaincant, à tout prix.

— Vous êtes le propriétaire de l'*Odyssea*, n'est-ce pas ? Veuillez me suivre, s'il vous plaît.

— Mais… pourquoi ?

— Nous soupçonnons la présence de stupéfiants à bord de votre navire. Nous devons procéder à une fouille complète, en votre présence.

— De la drogue sur l'*Odyssea*, c'est impossible ! C'est mon bateau. Ma propriété. Ici, se sont mes règles, mes lois. Personne ne se permettrait. Écoutez, messieurs, soyons raisonnables, je suis certain que nous pouvons trouver un arrangement.

Il leur parle sur un ton doucereux, les mains écartées en signe d'apaisement. Tout pour les amadouer.

— Plutôt que de perdre votre temps, nous pourrions réfléchir, je ne sais pas, à ce que je vous dédommage, en liquide, pour oublier cette intervention.

Il tente de les acheter. C'est bon signe. Il a quelque chose à cacher. Théo répond sèchement.

— Je ne me répéterai pas. Je vous demande de bien vouloir nous suivre.

Le type aux yeux verts se lève et, en français, avec une pointe d'accent slave :

— Dans ce cas, je l'accompagne. Mon patron a des problèmes pour se déplacer. Je dois être avec lui pour l'aider.

— Dragan m'est, en effet, indispensable. Je n'irai nulle part sans lui. Je vous en prie, messieurs. Un peu de pitié pour une personne invalide.

Après un regard échangé, Ange et Théo acceptent. Le plus rapidement possible, et malgré leurs protestations, ils entravent les mains d'Horvat, puis celles de Dragan, avec des serre-câbles. Quand Ange se place devant lui pour lui attacher ses poignets, l'homme de main le fixe. Ange a du mal à soutenir son regard froid. Ce type est un tueur, aucun doute. Il pousse Dragan en avant. Horvat s'appuie contre son bras, marchant péniblement.

Du cinéma. Théo tique mais c'est trop tard. Il se rappelle avoir vu, trois jours plus tôt, Horvat se déplacer sans difficulté. Mais ils ne peuvent plus perdre de temps. Il glisse un mot à son frère pour le prévenir, puis ils s'enfoncent vers les cabines des passagers. Théo active son chronomètre. Il leur faudra faire vite. Un navire aussi imposant, immobilisé au milieu de la baie d'Ajaccio, en pleine nuit, ne manquera pas d'attirer l'attention. Première étape, la suite d'Horvat. Ils forcent les deux hommes à hâter le pas et arrivent bientôt au bout du corridor. Là, les frères font mine de fouiller méticuleusement la pièce et, comme prévu, mettent au jour le coffre.

— Ouvrez ça.

— Non, c'est privé. Je…

Ange soulève son arme et la pointe sur le front du milliardaire. Un rictus tend son visage. Moins que de la peur, de la haine brûle dans ses yeux. Puis, les lèvres pincées :

— Très bien. Tout ce que vous voudrez…

Il prend un temps fou pour entrer la combinaison. Enfin, le coffre s'ouvre. Théo repousse le Serbe et cherche à l'intérieur. Il y a une véritable fortune là-dedans. Des dizaines de liasses. Des centaines de milliers de francs, au bas mot. Un million, peut-être. Sans trop réfléchir, il enfourne les billets dans son sac. Le milliardaire, surpris, demande.

— Que faites-vous ? C'est mon argent, vous n'avez pas le droit.

— Nous sommes obligés de mettre sous séquestre les sommes trouvées à bord, tant que nous ne sommes pas certains que cet argent ne provient pas d'un trafic.

Horvat hausse le ton.

— C'est n'importe quoi ! J'exige de parler à l'un de vos supérieurs. Vous ne savez pas qui je suis. Je connais des personnes haut placées dans votre pays. Je pourrais vous faire perdre vos emplois en un simple claquement de doigts. Vous faites une erreur, messieurs, une terrible erreur.

En l'espace d'une seconde, le milliardaire s'est transformé. Le petit bonhomme affable, voûté sur lui-même, à l'air inquiet, a disparu. Le Serbe s'est redressé, le menton haut. Ses yeux ont un éclat différent. Son vrai visage. Mais les deux frères ne fléchissent pas et enchaînent.

— Bien, maintenant accompagnez-nous jusqu'à la soute.

— La soute, mais il n'y a rien là-bas !

— Vous ne l'avez pas encore compris, monsieur Horvat. On ne discute pas.

Ils évoluent à travers les coursives, descendent les deux étages. Sur le chronomètre du cadet des Biasini, le temps s'égrène. C'est trop long. Chaque minute qui passe, c'est le risque qu'un garde du corps tente quelque chose sur le pont supérieur avec Dumè, ou que Fred commette une imprudence durant ses contrôles auprès du commandant. Théo, tendu, pousse les deux hommes de sa crosse. Eux se chuchotent des paroles, en serbe. Ange exige qu'ils se taisent.

Ils accèdent, enfin, au pont inférieur. Après avoir dépassé les locaux techniques, ils arrivent dans l'antre de la bête, la salle des moteurs. La passerelle est devant eux mais le propriétaire du yacht se fige et refuse de faire un pas de plus.

— Il n'y a rien ici, vous voyez bien !

— Continuez à avancer.

— Non…

Sans hésiter, Théo lui envoie un coup de crosse sur le visage. Son homme de main semble prêt à lui sauter à la gorge mais Ange le menace de son FAMAS. Le milliardaire se tord de douleur, puis, après un instant, se relève et passe la main sur sa pommette. Observe le sang dans sa main. Sa voix est sèche comme la mort. Glaçante.

— Qui que vous soyez, vous paierez pour ça.

Ils reprennent leur progression. Un pas sur la passerelle en métal, un autre. Ange découvre l'énorme sas encadré par les deux moteurs.

— Maintenant, ouvrez.

Horvat tente une dernière fois de négocier, à nouveau mielleux.

— Il n'y a rien là-dedans. Juste du matériel entreposé par l'équipage. Je ne connais même pas la combinaison.

Théo le menace à nouveau.

— J'ai dit, ouvrez !

Il s'exécute. Appuie sur les touches du clavier numérique, puis abaisse les deux grosses poignées. La porte de métal coulisse légèrement. Il y a de la lumière à l'intérieur. Du bruit. Des voix. Qu'est-ce que c'est ?

Ange force les deux hommes à entrer. Ce qu'ils découvrent à l'intérieur est incompréhensible. Pas de lingots rutilants. Ni d'œuvres d'art, ou de stock de drogue. Rien de tout cela. Une grande pièce, aux murs entièrement matelassés. Au sol, des coussins de couleur, des matelas, quelques jouets. Les braqueurs se croiraient dans une chambre d'enfants. Médusé, il faut un moment à Ange avant qu'il ne remarque, là-bas, dans un angle de la chambre forte, pelotonnées les unes contre les autres, trois gamines.

Théo s'était tant imaginé ce que pouvait cacher ce sas. Ce trésor mirifique qui les attendait. Cette porte de sortie. Promesse d'un avenir. Comme fou, il soulève les coussins, retourne les matelas. Il doit bien y avoir quelque chose, quelque part. Ange, lui, s'avance vers les trois filles. Elles ont l'air terrifiées. Se recroquevillent. L'une d'elles murmure une chanson, les yeux fermés. Il abaisse son arme, fait un signe de sa main en apaisement. Que se passe-t-il sur ce bateau ? Pourquoi ces mômes sont-elles enfermées ici ? S'agit-il des enfants du milliardaire ? L'instant suivant, en croisant leur regard plein d'effroi, Ange comprend. Elles ont connu l'horreur ici. Théo le rejoint bientôt. Les deux frères restent quelques secondes silencieux face aux trois gamines.

Derrière eux, le Serbe et son homme de main murmurent. Ange surprend une phrase : « *Oni nisu policajci. Pogledaj njihovu odeću. Oni su lopovi.* »

Horvat articule, comme s'il avait soudain une révélation.

— Vous n'êtes pas de la police. Vous êtes des voleurs…

Théo, oubliant jusqu'à son rôle, revient auprès d'Horvat.

— C'est quoi ça ? Que font ces gamines ici ? Où est l'argent ?

— Quel argent ? Il n'y a pas d'argent ici. Ces filles, elles, ne valent rien. Elles n'ont aucune importance.

Il avance vers Théo, les mains levées, et continue.

— Écoutez, je vous donnerai ce que vous voulez. Beaucoup plus d'argent que ce que vous avez jamais rêvé d'obtenir… Mais il faudra oublier ce que vous avez vu ici.

Théo recule, machinalement. En un éclair, le quinquagénaire se jette sur le jeune homme et, malgré ses mains liées, tente de lui prendre son pistolet. Au même moment, comme répondant à un signal, son homme de main arrache les liens qui le retenaient et révèle un couteau qu'il avait gardé dissimulé. Ange, par pur réflexe, tente de se protéger avec son FAMAS, mais en vain. Il reçoit une première lacération sur le bras, puis se fait plaquer violemment contre une paroi molletonnée et se retrouve avec la lame tranchante à quelques centimètres de son cou. Biasini fait barrage avec son arme, mais il sait qu'il ne tiendra pas longtemps. Les yeux fous du garde du corps dans ceux du Corse.

— Tu n'es pas un flic. Tu n'es personne.

Il lui arrache sa cagoule.

— Je veux voir ton visage avant de t'ouvrir la gorge…

Ange aimerait se dégager mais reste paralysé, malgré sa force. Dragan le bloque avec son bras libre. Et il appuie de tout son poids en avant. Le braqueur sent la lame tranchante entailler sa peau. Douleur. Des cris proviennent de l'endroit où sont les trois gamines. Alors que du sang commence à couler sur la trachée d'Ange, subitement, son adversaire recule et hurle. Ange presse sa main sur sa blessure au cou et observe. L'une des filles vient de planter un morceau d'acier aiguisé dans le pied de Dragan. Puis, aussi vite, est retournée auprès des autres.

Ange reprend ses esprits et saisit l'occasion. De la crosse de son fusil, il frappe trois fois Dragan qui s'écroule, inconscient. Il rejoint son frère, repousse facilement l'assaut du milliardaire hystérique qui tombe à genoux, les mains au niveau du visage, soudain suppliant. Théo, furieux, va pour récupérer dans son sac un des pistolets subtilisés aux gardes du corps. Ange retient son bras.

— Ils ont vu ton visage. Ils pourront nous identifier.

— Ça ne changera rien. Avec ce qu'ils trafiquent ici, ils ne parleront jamais aux flics. Il faut fuir, *Fratè*. On a ce qu'on voulait.

Ange tire son frère vers l'extérieur. Avant de sortir, l'aîné des Biasini sent le regard d'une des trois filles se poser sur lui. C'est la plus âgée, qui tient toujours son morceau de métal ensanglanté serré entre ses mains.

— Et elles ? On ne peut pas les laisser ici.

— Ces filles, ce n'est pas notre problème, répond Théo.

— La plus grande. Elle vient de me sauver la vie.

— On ne peut rien faire pour elles. Allez, on dégage.

— Attends. Réfléchis un peu. Tu comprends ce que ça veut dire, ces gamines, ici, dans cette geôle d'acier ? Ce que ces salauds ont dû leur faire ? La plus jeune n'a même pas dix ans. On ne peut pas les laisser là, Théo. On ne peut pas…

— Et merde, allez, va les chercher.

Ange se hâte vers les trois gamines. Il tente de leur parler en anglais, leur explique qu'ils sont là pour les aider, pour les secourir. À sa surprise, c'est la plus jeune d'entre elles, une gamine blonde aux cheveux bouclés, au visage creusé et aux grands yeux noirs qui s'avance la première. Les deux autres se lèvent à leur tour. En quittant la chambre forte, la plus âgée, celle qui a poignardé Dragan, crache au visage d'Horvat. Le milliardaire, humilié, leur hurle dessus : « Je vous retrouverai et je vous ferai payer. Vous ne vous rendez pas compte. Vous ne savez pas… » Théo referme le sas derrière eux, étouffant la voix stridente du magnat. Laissant Horvat et son bras droit piégés à l'intérieur. Chacun son tour, pense Ange. Le plus vite possible, le groupe traverse la passerelle, remonte jusqu'au pont principal. En les voyant arriver avec les gamines, Dumè vient vers eux, un peu déphasé. Fred les rejoint bientôt, accompagné du commandant. Ange murmure à ses camarades : « On dégage. » Dumè demande : « Et elles ? » Biasini répond : « On vous expliquera plus tard. Elles viennent avec nous. » Alors que le commandant les invective, les deux frères embarquent les enfants à bord du *Duncan*,

Dumè et Fred continuant de braquer leurs armes sur les membres d'équipage, sidérés.

La minute suivante, le *Duncan* s'éloigne de l'*Odyssea*. Ange installe les trois gamines dans la cabine. Quand il en sort, Fred l'interroge.

— D'où sortent ces gamines, Beaumont ?

— Elles étaient prisonnières dans une chambre forte, dans la cale.

— Qu'est-ce qu'on va faire d'elles, merde ?

— Je ne sais pas. Putain, je ne sais pas… Essaie de les rassurer. Toi, tu sais t'y prendre…

Fred descend les quelques marches et leur propose un peu d'eau, puis fouille dans un sac et en extrait un paquet de gâteaux. Les trois se jettent dessus. L'une d'elles esquisse un léger sourire. C'est déjà ça.

Théo est à l'arrière du *Duncan*, les mains serrées contre le bastingage. Il a du mal à respirer. Derrière ce sas, il espérait trouver le sésame pour un futur glorieux… Ça ne devait pas se passer comme ça. Ces gamines, il le sent, ne vont leur attirer que des ennuis. Ils doivent s'en débarrasser. Et vite.

29

20 décembre 2019
Lesbos, Grèce

Une cité d'oripeaux. Le camp de réfugiés de Mória, océan de tentes, cabanes, containers ou autres abris de fortune, s'étend à flanc de colline, sur des kilomètres. Marie observe les logements précaires fabriqués à partir de bois de palette, de plaques de tôle, de bâches blanches fournies par le HCR, Haut-Commissariat de l'ONU aux réfugiés… Certains abris s'appuient sur les grilles de l'ancienne base militaire, dont les infrastructures n'ont jamais permis d'accueillir quiconque dignement. En cette grise fin de matinée, des panaches de fumée s'élèvent, de-ci de-là, provenant des braseros et des fours bricolés par les réfugiés. Il faut bien se réchauffer, comme on peut. L'île de Lesbos a subi de violents orages quelques jours plus tôt. Aujourd'hui, on tente d'en effacer les traces, d'en suturer les plaies. Bâches déchirées, abris effondrés… De partout, proviennent les échos des coups de marteau, les crissements des scies à bois. Aux côtés de Jansen, Alina

Schäfer, la jeune volontaire allemande du HCR qui lui sert de guide, soupire : « On ne s'habitue pas à un tel spectacle. Ça fait cinq mois que je suis arrivée ici et je n'ai jamais vu une telle misère… Ces gens ont connu l'enfer pour arriver jusqu'en Grèce et ce qu'ils vivent ici est peut-être pire encore. » Sur le trajet qui l'a menée jusqu'au camp de Mória, Marie est passée devant les sites touristiques de l'île grecque. Palaces en bord de plage, piscines géantes. Le contraste avec la détresse qui s'étend sous ses yeux est d'autant plus choquant. Un groupe de gamins, vêtus de loques, marchant pieds nus ou en tongs, passe devant eux. Ils sautillent, en évitant les flaques de boue, jouent les équilibristes sur les passerelles qui surplombent des rivières jonchées de détritus. Quelques-uns saluent l'Allemande de la main. Alina leur répond et reprend : « À l'origine, le camp devait accueillir au maximum 2 000 personnes. Ils sont aujourd'hui près de 20 000, dont 6 000 enfants. Afghans, Syriens, Irakiens, Somaliens, Congolais… Des centaines de femmes, d'hommes et d'enfants arrivent chaque jour. On est complètement dépassés. On manque de tout : de bénévoles, d'argent, de médicaments, de nourriture… »

Les deux femmes reprennent leur progression entre les amas de tentes et les oliviers faméliques. À leur suite, les deux policiers grecs demandés par Marie, en soutien. La bénévole doit mener Jansen jusqu'au local de l'association New Life, dirigée par Dominique Charlier. Marie a essayé d'en apprendre plus sur cet homme, qu'elle soupçonne d'avoir vendu des orphelins à Horvat sous le pseudonyme de Charon. Mais la description que lui en a faite l'Allemande l'interroge.

« Charlier est un des plus anciens. Il a couvert la plupart des conflits de ces dernières années. C'est un type assez secret, mais il fait plutôt du bon boulot. Il a cette association qui vise à recueillir les orphelins et a leur trouver des familles d'accueil. Je crois qu'il en a sauvé pas mal ici. » Se pourrait-il que la policière française ait fait fausse route, que Charlier ne soit pas l'homme qu'elle recherche ? Les informations que Sóley lui a communiquées lui reviennent en mémoire. Son étrange train de vie. Les deux enquêtes classées sans suite sur ses agissements dans les camps de Kakuma au Kenya et à Nayapara, au Bangladesh. Et il y a ce chiffre, qui lui vrille les tripes rien que d'y penser : chaque année, parmi les personnes qui s'exilent, 10 000 enfants et adolescents non accompagnés disparaissent. Non, Marie ne doit pas douter. Il y a fort à parier que ce Charlier soit bien le salaud qu'elle recherche.

Sous les troncs d'oliviers, des attroupements d'hommes et de femmes passent le temps comme ils peuvent, à jouer aux cartes ou plantés derrière leurs téléphones portables. Certains trempent les lèvres dans une soupe verdâtre servie dans un gobelet en plastique. En passant, Alina demande : « C'est bon aujourd'hui ? » Un jeune Afghan lui répond, blasé, en anglais : « Aussi horrible que d'habitude. » En arrivant à Mória, Marie a remarqué la présence de nombreux véhicules militaires. Elle demande l'explication à la jeune volontaire : « Depuis l'accord de 2016 scellé entre Ankara et l'Europe, permettant le renvoi des réfugiés arrivés sur le territoire grec, en Turquie, le camp est devenu un centre de rétention, sécurisé par la police et les militaires. Une prison à ciel ouvert. De nombreuses ONG ont été contraintes de quitter les lieux. Nous sommes restés. »

Marie et Alina, suivies des deux policiers grecs, s'enfoncent dans un dédale de passages étriqués, de placettes parcourues par des ficelles couvertes de vêtements en train de sécher. Au détour d'un virage, le petit groupe doit contourner une montagne de sacs poubelle. Une déchetterie en plein air. Que faire de tous ces détritus sinon les entreposer là, en attendant une solution qui ne viendra pas ? Les policiers semblent dégoûtés et commentent dans leur langue. Alina rebondit : « Les Grecs font ce qu'ils peuvent. Le pays a beau être surendetté, en crise profonde, les habitants de l'île eux-mêmes nous aident beaucoup. Chaque jour, ils nous amènent de la nourriture, des produits de première nécessité. »

Malgré sa connaissance des lieux, Alina se perd dans les tours et détours du labyrinthe d'abris. L'Allemande demande son chemin à quelques femmes, des Somaliennes qui lavent leur linge dans des bacs en plastique. L'une d'elles pointe du doigt une direction et ajoute : « New Life est un endroit dangereux. On dit à nos enfants de ne pas traîner là-bas. On raconte des choses. » Alina tente d'en apprendre plus, mais la mère de famille se mure dans le silence.

Ils reprennent leur progression dans le bidonville. En traversant une petite allée, une femme, son bébé dans les bras, émerge de sa tente et supplie Alina en montrant son enfant, maigrelet. La bénévole lui explique qu'elle ne peut pas l'aider. Qu'elle reviendra pour elle, plus tard. La jeune femme marche encore une minute, puis demande une pause à Marie. « C'est dur. Tout ça… Trop dur. » Elle se livre, la voix brisée. « Ces personnes ont des droits et on les traite comme du bétail. On fait tout pour oublier qu'il s'agit d'êtres humains. J'ai honte, Marie. Honte d'être européenne. Honte de voir que tout le monde sait et détourne le regard. Qu'est-ce que ces gens ont de moins que nous pour qu'on les laisse crever ici ? Ils ne sont pas assez blancs pour qu'on s'intéresse à eux, c'est ça ? » Deux, trois têtes, curieuses, se lèvent vers elle. La volontaire se reprend, s'excuse. « Vous faites un boulot formidable, Alina, et c'est ça l'important. » Marie aimerait la réconforter mais elle sent que ses mots sonnent creux.

Enfin, après quelques minutes à s'enfoncer dans les entrailles de Mória, l'Allemande indique un préfabriqué usé. Sur un pan de mur, un symbole a été peint, présentant deux mains serrées l'une contre l'autre. Au-dessus, un panneau « New Life ». « Nous y sommes. C'est le local de l'association que vous cherchez. » Marie frappe à la porte. Pas de réponse. Elle insiste. Finalement, un homme vient ouvrir. Il est âgé d'une cinquantaine d'années, cheveux longs grisonnants ramenés en un catogan, deux piercings à l'oreille. Il porte un gilet orange en laine usée sur un tee-shirt blanc arborant le logo de l'ONG. Il les accueille avec un grand sourire, un peu forcé. La policière se présente. Quand elle prononce le mot Europol, Charlier a un bref mouvement de recul. Aussi rapidement, il reprend le contrôle et improvise une blague : « Europol, si c'est pour des financements, vous êtes les bienvenus ! » Marie demande s'ils peuvent entrer pour discuter. Charlier refuse d'abord, mais, sur l'insistance de la Française, finit par céder.

Jansen demande aux policiers d'attendre à l'extérieur. Les deux femmes pénètrent dans le local. Un bureau, couvert de dossiers. Des tentures colorées aux murs. Punaisées sur une cloison, des photos d'enfants avec des familles. Charlier tapote sur l'une d'elles et dit : « Les derniers gamins placés. C'est ma fierté. Me dire que j'ai réussi à les sortir de tout ça. » Sur le côté gauche, un rideau tiré vers une autre partie du préfabriqué. Le responsable de New Life s'appuie nonchalamment sur son bureau et se roule une cigarette. Ses mains tremblent légèrement. Dans une poubelle, Marie repère des cadavres de bouteilles d'alcool.

— Qu'est-ce que je peux faire pour vous, madame Jansen ? Je suis pressé, une montagne de travail m'attend.

Marie va droit au but. Le piéger et vite.

— Avez-vous entendu parler de Miroslav Horvat ?

Un voile passe sur le visage affable du Français. Il colle sa cigarette dans sa bouche, l'allume. Il semble vouloir gagner du temps.

— Vaguement. C'est un milliardaire serbe, je crois.

— Durant les années 1990, votre association était basée à Belgrade, c'est bien ça ?

— Oui, avec la guerre dans les Balkans, des milliers d'enfants se sont retrouvés orphelins. À mon petit niveau, j'ai fait ce que j'ai pu pour les aider à retrouver des familles.

— Et j'imagine que vous avez travaillé avec Teodor Miskovic, l'ancien directeur de l'orphelinat de Belgrade ?

— Certainement… Je ne sais plus trop. Ça remonte à loin. Je vais vous dire, les bureaucrates, les gratte-papiers, je les oublie un peu, moi. Ceux dont je me souviens, ce sont les enfants. Tous les enfants. Les centaines de mômes à qui j'ai offert une porte de sortie.

Charlier met Marie mal à l'aise. Son attitude, cette façon de fuir votre regard. Ces réponses toutes faites… La policière se sent fatiguée. De tous ces mensonges et faux-semblants. Un magnat à la tête d'un empire, un directeur d'orphelinat, maintenant un fondateur d'association… Que des masques. Et, elle, qui se retrouve si seule. Comment faire face à cette folie ? Sans Juan… C'est si difficile.

— Arrêtons ce petit jeu, Charlier. Vous êtes soupçonné par Europol d'avoir participé à un trafic d'enfants à grande échelle. De 1985 à 1993, à Belgrade, vous avez vendu des dizaines d'orphelins avec le soutien de Teodor Miskovic. Durant toutes ces années, l'un de vos clients était Miroslav Horvat. Nous savons tout, Charlier.

Charlier semble paralysé, la bouche ouverte, sa cigarette pendouillant de sa lèvre.

— Je… je ne comprends pas ce que vous dites.

— C'est fini, Charlier…

— Je ne vois pas de quoi vous parlez, vraiment. Vous devez faire erreur. Des centaines d'associations travaillent avec les orphelinats.

Via son téléphone, Marie lui montre les photos du carnet de Miskovic.

— Nous avons des preuves accablantes contre vous, Charlier. Ça suffit…

Il se raidit, tente de donner le change, alors que, Marie le sent bien, il est terrifié.

— Je… je ne vous dirai rien de plus. Je ne parlerai qu'en présence de mon avocat. Je vais prévenir Horvat, il va m'envoyer ses conseillers. Il ne me lâchera pas.

— Horvat est mort, comme Miskovic et tous ceux liés au trafic de ces enfants. Tous de la même manière. Ils ont reçu douze coups de couteau et ont été égorgés. Et vous êtes le prochain sur la liste, Charlier. Je vous conseille de parler, ou je ne suis pas certaine que nous pourrons assurer votre sécurité.

Marie bluffe mais elle doit savoir, en apprendre plus.

— Horvat est mort… Mais…

Il panique, bredouille.

— Attendez… Je… Je l'ignorais. Je le jure. Moi, je me contentais de prendre l'argent et de livrer les gamins à Horvat. Un simple intermédiaire. Ce qui comptait, après tout, c'est que ces gamins sortent de cet enfer. Si, au passage, je pouvais me faire un billet, ça m'allait bien. Je ne sais pas ce qu'il en faisait, moi, le Serbe, des mômes. Je les déposais juste dans un immeuble qui appartenait à l'une de ses sociétés, Theta Invest. C'était à Belgrade, rue… Ah oui… au 141, rue Dimitrija-Tucovića.

Marie note le nom sur son téléphone. Charlier continue.

— Je vais tout vous dire. Je vais collaborer… Si vous m'assurez que vous me protégerez.

Marie hoche la tête. Il poursuit.

— Après Belgrade, tout s'est arrêté. J'ai mis fin à tout ça. Je ne pensais pas à mal, à l'époque. D'après ce que m'avait expliqué Horvat, il aidait de riches familles prêtes à payer pour accélérer les processus d'adoption qui prennent parfois des années.

— Charlier, nous savons que votre petit business ne s'est jamais arrêté. Vous aviez rendez-vous, ce jour, avec les hommes d'Horvat pour une livraison.

Après un regard, rapide, vers une pièce sur le côté, Charlier se défend.

— Non, pas du tout. C'est terminé, je vous dis. Je vous jure !

— Les équipes d'Europol ont enquêté sur vous. On a découvert que vous possédiez une villa somptueuse sur la côte basque. Vous avez trois voitures là-bas. Deux Audi, une Porsche. Votre association n'est active que quelques mois par an, pour disparaître ensuite. Vous disposez de plusieurs comptes domiciliés à l'étranger qui présentent de grosses entrées d'argent, à intervalles réguliers. C'est un système bien huilé. New Life n'est qu'une couverture pour dissimuler vos trafics. Les enfants, vous vous en moquez bien…

Alina, qui était restée muette, craque et se met à hurler sur Charlier.

— Tu es une merde, Charlier. Comment as-tu pu profiter de la détresse de ces pauvres gens ? Avec ce qu'on voit tous les jours… Comment peux-tu dormir la nuit ? Tu mérites de crever en prison…

— Ne joue pas aux donneuses de leçons, toi ! Tu sais comment c'est, ici, dans ce camp comme dans les autres. Tout se monnaie dans ce bas monde. Rien n'est gratuit. Si vous saviez combien de parents sont prêts à me vendre leurs enfants pour une poignée de dollars. On ne vit pas dans ce foutu monde, on survit, comme on peut.

Jansen ne se déconcentre pas et continue à marteler Charlier de questions.

— Qu'est-ce qui s'est passé en 1993 ? Pourquoi avez-vous soudain cessé de travailler avec l'orphelinat de Belgrade ?

— Sur… sur la demande d'Horvat. Il y a eu un problème cet été-là, en Corse je crois, avec les gamines que je lui avais livrées. On a dû fermer la filière de Belgrade.

— Une filière, non mais écoute-toi…

Alina, hors d'elle, semble prête à se jeter sur Charlier. Marie la retient, lui demande de sortir prendre l'air. L'Allemande quitte le préfabriqué en faisant claquer la porte gondolée. Un bruit dans la pièce mitoyenne. Comme une plainte feutrée. Marie fixe Charlier. Il a les mains qui tremblent de plus en plus.

— Il y a quelqu'un là-bas ?

— Rien de particulier.

Marie appelle un des policiers pour qu'il garde un œil sur le passeur puis, la main sur la crosse de son arme, soulève le rideau qui sépare les deux pièces. Une chambre rudimentaire, avec un lit simple, une petite table. Un cendrier rempli de mégots. Une voix étouffée. Là, provenant de sous le lit. Marie déplace le meuble. Une trappe avec un verrou a été aménagée sous le baraquement. Elle l'ouvre. Regards aveuglés, cris étouffés. Terreur. Des corps se tassent les uns contre les autres. Sous ses yeux, quatre enfants agglutinés dans une petite cache creusée à même la terre. Ils ont les mains liées, sont bâillonnés. Leurs visages sont couverts de crasse, des coulées de larmes zèbrent leurs joues. Marie est horrifiée. Voilà donc la fameuse commande qu'attendait Horvat. Un peu dépassée, elle passe sa main sur la joue d'une petite fille. Lui retire, délicatement, le tissu détrempé qui entrave sa bouche. Elle répète les mêmes mots, qu'elle espère rassurants : « *I'm here to help. Don't be afraid.* » Un bruit de fracas provenant du bureau. Marie essaie d'apaiser une dernière fois les gamins et retourne dans la pièce principale. Le flic grec a été projeté au sol, envoyant valdinguer des cartons de paperasse dans sa chute. Jansen aperçoit Charlier sauter par la fenêtre entrouverte du local. Elle n'hésite pas, enjambe à son tour le montant et, avant de se lancer, demande au policier de libérer les enfants, d'appeler des renforts et de surveiller les entrées et sorties. Elle répète « *The kids, help the kids !* », puis se laisse basculer à l'extérieur. Ses pieds s'enfoncent dans la terre. Là-bas, elle repère le gilet orange du passeur au milieu des réfugiés. Flingue à la main, elle court à travers une pente boueuse. Il y a bien trop de monde. Elle a beau crier, pousser les gens, elle peine à avancer. À chaque nouvel embranchement, il lui faut plusieurs secondes avant d'apercevoir la silhouette de Charlier. Et il la distance, pas après pas. Le camp, il le connaît comme sa poche. Elle, non. Un cri, là-bas. Le passeur vient de pousser au sol une femme à l'entrée d'une tente. Marie arrive à son niveau, l'aide à se relever. L'espace d'une seconde, elle aperçoit l'intérieur du logement de fortune. Quelques paillasses élimées à même la terre, deux duvets, une pile de vêtements, un petit réchaud. À l'intérieur, deux enfants l'observent, circonspects. Voilà leur foyer, leur vie. Tout en s'excusant, Marie repart. Charlier est là-bas, courant péniblement entre les tentes, évitant les cordages, les piquets. Marie braque son arme sur lui, pour viser ses jambes. Mais il disparaît sur le côté avant qu'elle n'ait le temps de tirer. Jansen a un point de côté mais continue sa traque. Plus loin, un homme bloque le passage en traînant difficilement une poussette couverte de planches de bois. Marie perd un temps précieux à le contourner. Une nouvelle intersection. Devant l'agent d'Europol, trois chemins partent dans des directions opposées. Lequel prendre ? Impossible de savoir où est parti le passeur. Sur la gauche, une longue file de réfugiés. Ils font la queue pour accéder aux blocs sanitaires. En face, une allée plus large qui monte vers le haut de la butte. Quelques individus lui lancent des regards intrigués. À gauche, le chemin descend vers un préau reconverti en marché. Charlier a tout intérêt à se cacher là où il y a le plus de monde. Marie fonce vers la bâtisse. Partout, des étals vendent à prix d'or fruits, légumes, produits de première nécessité, vêtements. Une personne la bouscule violemment et continue sa route, capuche sur la tête, sans un mot d'excuse. Tout est mouvement. Marie est à cran. Son attention est attirée par une silhouette, au milieu de la halle, à une vingtaine de mètres. C'est Charlier. Mais il ne court plus. Il est immobile. Dos à elle, il chancelle de droite à gauche. Le silence se fait autour du passeur. Tout le monde l'observe. Marie joue des coudes. Mais l'attroupement autour du Français la ralentit. Elle entend sa voix, distingue sa main, pleine de sang, qui se tend vers celles et ceux qui l'entourent. « *Help me.* » Il s'écroule par terre, à genoux, essaie de prendre appui sur un cageot de tomates qu'il renverse. Tandis qu'il rampe, personne ne lui vient en aide. Au contraire, on s'écarte. Certains l'apostrophent dans leur langue natale. D'autres semblent l'insulter. Des mots qu'elle ne comprend pas : « *Tschouche sag* », « *mama na yo dumba* »… Lui les supplie encore. Marie parvient enfin à se dégager de la nasse de curieux. Charlier se tient le ventre. Son tee-shirt est constellé de rouge. Il lève des yeux terrifiés vers la policière. Elle s'abaisse à ses côtés, étudie ses plaies. Il a reçu quatre coups de couteau. Il saigne trop. Il ne s'en sortira pas. Qui a fait ça ? L'homme hoquette, lui attrape les mains. Tente de parler. « Je ne comprends pas. Il m'a dit… m'a dit quelque chose à l'oreille. "Que… que ma blessure soit mortelle." Pourquoi ? Je n'ai rien fait. Je suis innocent. Je voulais juste… juste aider. » L'homme s'écroule, convaincu de ses mensonges, jusque dans sa mort. Autour d'eux, un cercle compact s'est formé. Marie entend une femme, congolaise peut-être, murmurer en français, dans son dos : « Ce chien méritait la mort. Il vendait nos enfants. » L'agent d'Europol se soulève, cherche parmi la foule. Elle comprend soudain : le tueur l'a suivie depuis Belgrade. En pistant Charlier jusqu'ici, Marie l'a aidé à éliminer sa cible. Il s'est servi d'elle…

QUATRIÈME PARTIE

Ceux qui sont perdus

« Elles et eux. Une rencontre écrite dans les fils emmêlés du destin. Leurs pas dans les leurs. Ils ouvrent le chemin. Ceux qui sont perdus. »

30

20 juillet 1993
Ota, Corse

Du balcon de sa vieille maison en pierre, Barto observe les rayons du soleil couchant venir caresser les falaises escarpées des gorges de la Spelunca. Ce spectacle, le vieil homme l'a vu tant de fois et, pourtant, il ne s'en lasse pas. Il suffit qu'un nuage soit différent dans le ciel, qu'un stratus, long et effilé, ait chassé un cumulus, bombé et gonflé, ou que le libecciu ait décidé de souffler plus fort, pour que tout soit transformé. Avec la lumière tombante, les pics de granit deviennent des cités oubliées, dévorées par la nature environnante. Citadelles, minarets d'or et d'ambre. L'ancien professeur d'histoire détourne la tête. Les trois gamines sont là, assises à ses côtés.

Voyant qu'en bas, dans le salon, les quatre de la bande continuaient à s'écharper pour décider du sort des filles, Barto a pensé que ça serait une bonne idée de les emmener ici. Il a apporté un plateau avec des sirops d'orgeat, quelques *canistrelli*. En silence, les trois rescapées sirotent leurs boissons et croquent dans les biscuits secs, les yeux rivés sur le spectacle. Barto pointe du doigt le mont Capu d'Ota, et tente de leur expliquer que ces roches ressemblent à un sphinx. Il mélange des mots de français, d'anglais, mime péniblement un chat allongé, puis tente de représenter des pyramides avec ses bras. Les trois l'observent avec des grands yeux ronds... Le Corse leur sourit. « OK, je suis ridicule, ça va ! » Depuis leur arrivée, Barto s'efforce de leur changer les idées. Sur les chaises en métal rouillé, il y a d'abord la plus jeune, Ljuba, à peine âgée de huit ans. Elle trafique son vieux pull aux mailles étirées, toujours un peu dans la lune. Ensuite, est assise Danica, elle qui observe tout, tout le temps. Enfin, c'est Tatjana, la plus renfrognée, la plus dure des trois, la plus âgée aussi. Barto leur dit : « C'est beau, hein ? » La petite Ljuba répète, « Beau », avec son sourire triste. Peut-être comprend-elle. Puis elle prend la main du vieil homme. Elle fait souvent ça. Barto, ça lui donne des envies de sourire et de pleurer à la fois. Sentir cette petite main dans la sienne, cette innocence au creux de ses doigts, et imaginer tout ce que ces mômes ont dû traverser pour en arriver là. Elle a quelque chose dans les yeux, cette gamine. Comme si elle était déjà vieille, à l'intérieur. Comme si elle avait déjà vécu mille vies. Il repense à ce proverbe corse : « *Duv'ell' ùn ci hè zitelli si spenghje un lume.* » Où il n'y a pas d'enfants, la lumière s'éteint. Pour elles trois, peut-être que la lumière les a abandonnées depuis trop longtemps. La veille, il a essayé d'en apprendre un peu plus sur elles. Les filles ont semblé, d'abord, ne pas comprendre ses questions. Une seule a trouvé réponse. Quand Barto a demandé : « Où sont vos parents ? *Your parents ?* » Ljuba et Tatjana se sont tournées vers Danica. Qui a articulé un simple « *no parents* », en le fixant droit dans les yeux. Orphelines.

Barto se redresse et s'appuie sur la rambarde rouillée pour vérifier si les deux voitures sont bien là, en travers de la route. Émile et Yviu contrôlent toujours les allées et venues. L'autre accès au village, le long du Capu d'Ota, est également surveillé. Barto est le maire de ce village. Mais il est bien plus que cela. Un fédérateur, le porteur de mémoire de ces quelques bâtisses. Il a participé à faire renaître la vie à Ota. S'est escrimé à trouver des financements pour restaurer le vieux pont de Zaglia, a bataillé ferme pour faire annuler un projet de déchetterie à ciel ouvert dans ses montagnes. Il connaît les histoires de chacune de ces familles. Ces murets couverts de mousse qui s'élèvent vers les sommets, ces chemins de dalles qui s'enfoncent dans les gorges… Toutes ces pierres racontent une histoire commune. Les existences des ancêtres passées à dompter les reliefs abrupts de la vallée pour créer pâturages et chemins muletiers. Des vies de labeur que Barto ne veut pas qu'on oublie. Ici, tout le monde lui fait confiance. Il a tout sacrifié pour ce village, passé des heures à essayer de convaincre les jeunes de ne pas quitter ces terres, pour Ajaccio ou le continent. Leur faire comprendre que l'avenir était là, entre leurs mains. Et que si les volets restaient trop longtemps clos, Ota finirait par mourir, comme tant d'autres bourgs en Corse. « Il y a encore des choses à faire, ici. » Il a tant répété cette phrase. Monter un restaurant, créer un festival de musique, organiser des randonnées… L'oncle des garçons est de tous les projets. Tant qu'il en aura la force, il ne cessera de souffler entre ces vieilles pierres, pour faire respirer son village.

Quand le maire d'Ota demande quelque chose, on fait front. Il n'a pas eu à en dire beaucoup, les habitants ont compris… Ils ont bien vu les gamines. Barto leur a simplement expliqué qu'il fallait les protéger.

Il est comme ça, Barto. Il s'est toujours efforcé d'accueillir ceux qui en avaient besoin. Alors, quand les quatre de la bande, ses deux neveux et leurs meilleurs potes, Dumè et Fred, ces quatre fils qu'il n'aurait jamais, ont débarqué chez lui aux aurores pour demander son aide, il a fait ce qu'il a toujours fait. Ouvrir sa porte. Sans une question, sans même un mot. Il a offert un bol de lait, des tartines avec de la confiture de figues aux trois filles, les a regardées s'empiffrer, puis leur a montré une chambre. Il a tout de suite compris qu'il fallait qu'elles restent ensemble. Il est allé chercher un matelas et l'a placé au pied du grand lit. En sortant, il a laissé la porte entrouverte. Il les a entendues murmurer, pas encore rassurées, toujours sur la défensive. Il leur faudra du temps, beaucoup de temps. Puis, enfin, il est revenu auprès de la bande. Alors il leur a demandé. Et ils lui ont tout raconté. Les braquages, les Roches rouges, un dernier coup, promis, juré, puis la découverte des trois filles. Le vol du *Duncan*. Et sa destruction dans les flammes… Barto a été déçu, évidemment. Énervé, aussi. Pas vraiment pour la perte de son vieux rafiot. Parce qu'il pensait, candide, comme souvent, que ses neveux étaient sortis de tout ça, qu'ils avaient laissé cette vie de violence derrière eux, après la mort de leur père, son frère Orso. Durant cette nuit qui ne voulait pas se terminer, leur oncle leur a dit ce qu'il en pensait. Qu'ils ne pouvaient pas abandonner ces gamines. Que, désormais, ils étaient liés à elles. L'ont-ils seulement entendu ? Il l'ignore. Aux dernières nouvelles, Ange et Théo doivent aller vérifier dans les ports et les aéroports du coin s'il est possible de laisser partir les mômes, en bateau ou avion. Et ensuite ? « Ce n'est pas notre problème », a rétorqué Théo. « Depuis le moment où vous avez décidé de les emmener avec vous, elles sont votre problème. Votre unique problème », a répondu le vieil homme. Pour le moment, il les laisse palabrer. Mais s'ils prennent la mauvaise décision, il frappera du poing sur la table. Il fera tout pour les raisonner, leur faire comprendre. Qu'enfin, ils fassent quelque chose de bien.

Barto tapote dans la main de Ljuba, puis invite les filles à redescendre. Il va leur préparer le dîner. Ensuite il leur racontera les contes et légendes de son pays. Une veillée, une *veghja*, comme autrefois. Il y aura des *mazzeri*, des *streghe* et des *diavuli*. Il leur dira le Moulin fantôme, la fée d'Ulmetu et l'histoire du chien Cippone. Il leur mimera ce qu'il pourra. Elles n'auront pas besoin de tout comprendre. Ces histoires-là sont universelles. Elles attrapent l'âme et ne vous lâchent plus. Il leur dira : « Asseyez-vous et écoutez… *C'era una volta*… Il était une fois. » Et en s'endormant, il est certain qu'elles auront retenu le plus important. Qu'il ne faut jamais cesser d'espérer.

31

22 décembre 2019
Belgrade, Serbie

Ce matin, un épais brouillard plombe les rues de Belgrade. La voiture de l'inspecteur Nikolić est prisonnière des embouteillages. On roule pare-chocs contre pare-chocs. Gueules usées, lassitude des matins d'hiver. Au-delà des quelques engins qui entourent la Skoda, tout est flou. Les lueurs des phares, des réverbères sont ouatées. Goran grogne dans sa barbe et fouille aux pieds du fauteuil passager, dans le fatras de dossiers, papiers froissés. Marie soulève ses jambes, un peu gênée. Nikolić extrait enfin un gyrophare qu'il installe sur le capot. La seconde suivante, il klaxonne pour qu'on fasse place. Le flic serbe est d'une humeur massacrante. À croire que la Française ne le verra jamais sous un bon jour. En l'accueillant à l'aéroport, le Serbe a été plus sec que jamais : « Il ne fallait pas revenir ici, Jansen. Si Baba Yaga vous cherche, vous êtes en danger. Et moi aussi… J'aurais pu vous tenir au courant de ce que j'ai découvert. » L'agent d'Europol a rétorqué : « C'est mon enquête. J'irai au bout. » Elle a tenté de lui faire comprendre qu'elle doit être présente, trop investie dans cette affaire pour faire marche arrière. Il n'y a pas que ça, évidemment… Plus les jours passent, plus sa famille, sa vie à La Haye lui semblent un refuge inatteignable. C'est de plus en plus difficile de se dire qu'il lui faudra, un jour, rentrer. Affronter le regard de son mari, de sa fille. Que leur dire ? Comment leur expliquer ? Leur parler, enfin ? Cette enquête, c'est aussi une excuse pour ne pas faire face.

Après une demi-heure de route, Goran finit par se garer devant le 141 de la rue Dimitrija-Tucovića, l'adresse livrée par Charlier, l'humanitaire véreux, sur l'île de Lesbos. Le policier s'est renseigné, l'immeuble de bureaux est bien la propriété de Theta Invest depuis le milieu des années 1980, mais n'aurait jamais véritablement été exploité. Peu de chances qu'ils trouvent quoi que ce soit. Mais Marie ne veut laisser aucune piste de côté. Après les découvertes faites à Lesbos, la direction d'Europol a accepté qu'elle poursuive son enquête. Ils ont d'abord souhaité transférer le dossier à un autre service, mais Marie a su les faire changer d'avis. Sóley et elle, plus que quiconque, maîtrisent les arcanes de l'affaire Horvat. Elle leur a assuré qu'elle était capable de mener cette affaire à bon terme. « Malgré tout ce qui s'est passé ? Vous êtes certaine que vous êtes en état, agent Jansen ? » Elle n'en peut plus que tout le monde lui pose cette fichue question. Bien entendu, qu'elle peut y arriver. Elle le doit.

Marie observe la rue Dimitrija-Tucovića. Sur le trottoir, une couche de neige fondue marronnasse. Durant le trajet les menant à ce coin excentré de la capitale, elle a repéré, malgré le brouillard, des quartiers animés, rues piétonnes, boutiques de luxe arborant des vitrines éclatantes, marchés de Noël et leurs petits chalets en bois. Ici, c'est une autre Belgrade. Des tours d'immeubles, monolithes gris qui se perdent dans la bruine. Des rues désertes, des commerces fermés, aux devantures recouvertes de plaques de tôle. Un trolleybus émerge du crachin et traverse la rue, ses caténaires créant, avec l'humidité ambiante, un crépitement d'étincelles le long de la ligne aérienne. Marie lève les yeux vers le bâtiment. Une tour de sept étages. Les fenêtres et portes des trois premiers ont été condamnées avec des parpaings pour éviter toute intrusion. Un grillage fait le tour de l'immeuble. Aucun panneau ni inscription ne mentionne Theta Invest. De l'extérieur, l'immeuble a l'air désaffecté. Elle interroge son confrère.

— Pourquoi installer des bureaux ici ? Ça n'a aucun sens pour une société de l'envergure de Theta Invest.

— Dans ce genre de quartier, personne ne pose de question. On est déjà assez occupé à tenter de terminer la semaine. Chacun ses problèmes. Quand les voisins gueulent trop fort, on monte le son de la télé. Je connais ça, j'ai grandi dans un coin comme celui-là.

L'entrée du bâtiment est barrée par une grille cadenassée. Goran sort un jeu de clés passe-partout de sa poche, et le montre à Marie.

— On est d'accord, vous ne voulez pas demander à Theta Invest de vous autoriser l'accès à cet immeuble ?

— Non. S'il subsiste ici la moindre preuve, ça leur donnerait l'occasion de la faire disparaître.

— Dans ce cas, on va devoir la jouer hors procédure. Si on trouve quelque chose, on prétextera que la grille avait été ouverte par des squatteurs.

Marie acquiesce. Ce genre d'agissements pourrait leur coûter leur boulot à tous deux. Pourtant, ils se savent sur la même longueur d'onde. Ils doivent avancer. Comprendre ce que sont devenus ces enfants. Quitte à courir des risques. Goran commence à trafiquer la serrure.

— Comment vous êtes-vous procuré ce passe ?

— J'ai tellement passé d'années dans ces rues, qu'aujourd'hui je connais plus de malfrats que de gens normaux. Ça peut parfois être un avantage.

Après quelques tentatives, Nikolić parvient à ouvrir le cadenas. Tous deux pénètrent dans le hall. Ça sent le renfermé et l'humidité. Goran essaie d'allumer la lumière. Pas de courant. Alors qu'ils activent tous deux leurs lampes, Marie demande :

— Qu'est-ce que vous avez pu apprendre sur cet immeuble ?

— Pas grand-chose, et c'est ça le plus étrange. Je me suis renseigné auprès des impôts, du cadastre. L'immeuble est en règle, déclaré en activité… Theta Invest paie les taxes, les charges. Pourtant, personne ne vient bosser ici.

Par réflexe, Goran appuie sur le bouton de l'ascenseur, mais évidemment rien ne se passe.

— *Sranje*… il ne nous reste plus qu'à monter par les escaliers.

— Ça vous fera de l'exercice.

— Pourquoi, je n'ai pas besoin de faire de sport ! Je pète la forme !

Il fait semblant de peiner à monter les premières marches, puis lui adresse un clin d'œil et se remet à grimper normalement.

Jansen et Nikolić inspectent les différents étages de l'immeuble. À chaque fois, même constat. Ils ne trouvent que des bureaux déserts. Papier peint vieillot, aux motifs géométriques enchevêtrés. Moquette élimée. Faux-plafond en placo. Quasiment aucun meuble. Parfois, ils tombent sur un halogène oublié au milieu d'une salle ou une chaise dans un coin. Personne n'a dû mettre les pieds ici depuis des années. L'air est saturé de poussière. Sous les rais des lampes, des nuages de particules. Marie tousse à plusieurs reprises. Goran tente d'ouvrir un store, pour faire entrer un peu d'air frais et de lumière, mais la manivelle, usée, lui reste entre les mains. En explorant les lieux, la jeune femme ressent un malaise grandissant. À plusieurs reprises, la Française doit tourner sur elle-même pour retrouver l'accès aux escaliers. Et cette sensation que les cloisons se resserrent autour d'elle. C'est de pire en pire, étage après étage. Comme s'ils étaient piégés dans ces espaces morts. Sans but ni fonction. Qui se répéteraient à l'infini. Une pensée aussi morose que ces lieux monte en elle. Cet immeuble, en réalité, lui ressemble. Une façade qui n'abrite qu'un cœur vide. Froid, mort. Après une heure interminable, les deux policiers ont fait le tour des sept étages du building désaffecté de Theta Invest. Et n'ont absolument rien découvert.

Tout ça pour rien… Que faire maintenant ? Où aller ? En Corse ? Et pour y trouver quoi ? Goran, face au désarroi de l'agent d'Europol, lui explique qu'il ne laissera pas tomber, qu'il va continuer à fouiller pour comprendre ce qui a pu arriver à tous ces gamins… Marie détourne les yeux. Elle se sent soudain si épuisée… Ça fait des jours qu'elle n'a pas eu une bonne nuit de sommeil. Trop de questions. Trop de doutes. La voix de cette inconnue, qui murmure au cœur de ses songes. Qui la hante. « Je reviendrai vite, ma chérie. » Et elle qui se réveille comme si elle manquait d'étouffer.

Ils émergent de l'immeuble. Un mouvement entre des touffes d'herbe jaunies, de l'autre côté de la grille. Un rat disparaît à travers le carreau brisé d'un soupirail au niveau du sol. Alors que Nikolić s'apprête à refermer le cadenas de la grille, Marie lève la main. « Attendez. » Elle revient vers la fenêtre basse, passe sa lampe à l'intérieur. Un vaste espace plongé dans l'obscurité. Marie prévient son collègue serbe : « Là, regardez. Il y a un sous-sol que nous n'avons pas visité. » De retour à l'intérieur de l'immeuble, ils ne trouvent d'abord pas l'accès menant au niveau inférieur. Goran, enfin, révèle une porte en soulevant une lourde plaque de tôle. Il parvient à venir à bout de la serrure rouillée à l'aide de son passe-partout. Sous leurs pieds, un escalier de béton s'enfonce dans les ténèbres. Sans hésiter, leurs lampes-torches braquées vers le bas, ils descendent tous deux. Un immense sous-sol. Aménagé, comme les étages, en bureaux vides. Mais, ici, l'atmosphère est encore plus écrasante qu'aux niveaux supérieurs. Avec l'humidité qui, au gré du temps, a pénétré par les lucarnes brisées, le papier peint est couvert de marques de moisissure noire. La moquette marron beige est constellée de champignons, d'une mousse verdâtre… Des morceaux de cloison se sont affaissés. Par les fenêtres, des tiges de lierre dégoulinent vers l'intérieur. En progressant, sur leurs gardes, les deux enquêteurs constatent que l'espace est beaucoup plus vaste qu'ils ne l'auraient d'abord cru. Comme si ce sous-sol s'étendait sur une immense partie du terrain. L'odeur est insoutenable. Il y a autre chose aussi dans l'air. Des relents de putréfaction. Marie finit par comprendre. Dans un recoin, elle tombe sur une dizaine de cadavres de rats desséchés. Des traces de griffures sur les murs en dessous des soupiraux. Les rongeurs se sont retrouvés piégés dans cet antre et y ont agonisé. La policière a du mal à respirer. Elle n'a qu'une envie, sortir d'ici. Quitter ce lieu vicié, pour aspirer l'air extérieur, de tous ses poumons. Mais Goran et elle doivent continuer. Enfin, au bout d'une laborieuse exploration, le flic serbe pointe son projecteur vers une cloison. « Là-bas. » Le rayon de sa torche éclaire le contour d'une porte dérobée recouverte du même papier peint géométrique. Pendant de longues minutes, Goran tente d'en crocheter la serrure mais le mécanisme est trop abîmé. Marie longe le mur. Que se cache-t-il derrière ? Un peu plus loin, elle remarque une large fissure. Avec le temps, le placo s'est disloqué. Elle le montre au policier serbe et lui dit : « Je peux traverser. » « Vous êtes certaine ? On devrait peut-être... » Nikolić n'a pas le temps de finir sa phrase, que Marie, déjà, se faufile dans la lézarde. En se comprimant le torse, elle parvient à passer de l'autre côté. Ce qu'elle découvre, sous la lumière de sa torche, la saisit d'effroi. Il y a là trois cages, similaires à celles qu'on peut trouver dans les cirques itinérants. À l'intérieur, des sacs de couchage déchirés, des écuelles renversées... Impossible de tenir debout dans un espace si exigu. Au fond de la salle, elle trouve un lit en métal, dont le sommier est couvert d'un matelas nu. Aux barreaux, des menottes. Marie aimerait pouvoir fermer les yeux et oublier tout ça. Chasser ces images. Et ce qu'elles veulent dire. C'est ici. Ici que les orphelines achetées par Horvat ont été gardées. En attendant de partir ailleurs. Pour être vendues ? Combien d'enfants ont transité par cette cave ? Et que leur a-t-on fait ? Ce n'est pas un immeuble désaffecté. C'est un lieu de stockage pour un trafic d'humains. Un grand nulle part. Un purgatoire terrifiant. Chancelante, la jeune femme rejoint la porte en métal derrière laquelle attend Goran et, après un effort, parvient à en ouvrir le loquet. Il entre à son tour. Lui aussi est sous le choc. Ils n'échangent pas un mot. Que dire… À l'aide de son téléphone, Marie prend quelques photos. Comment ? Comment peut-on faire ça à des gamins ? En observant mieux, Marie réalise que toute la pièce est chargée de poussière. L'endroit ne sert plus depuis des années, c'est évident. Et pourtant, le milliardaire n'a même pas pris la peine de faire disparaître ces accablantes preuves. Comme s'il se pensait invincible, intouchable…

Un grincement. Marie et Goran échangent un regard et retournent vers la porte. À l'autre bout du sous-sol, des voix. Des mots articulés en serbe. Puis ce sont trois halos de lampe qui glissent jusqu'à eux. Goran dégaine son arme et se plaque contre un mur : « Ce sont eux. Les hommes de Baba Yaga. » Le policier serbe réfléchit un instant, vérifie son téléphone. « Bon sang, on ne capte pas ici. Impossible d'appeler des renforts. Écoutez, c'est vous qu'ils veulent. Je vais les attirer ici. Essayer de gagner du temps. Passez par la fissure et sortez en les contournant. Une fois dehors, appelez de l'aide. »

Marie voudrait rester avec le flic, mais il la repousse : « Allez ! » Dans ses yeux, elle sent de la peur, évidemment, mais aussi une détermination à toute épreuve. Elle ne le fera pas changer d'avis. Elle articule un merci, puis, le plus silencieusement possible, se glisse à travers la fente. Sa lampe éteinte, son arme à la main, elle avance, en glissant d'une cloison à l'autre, courbée sur elle-même. Arrivée à mi-chemin, elle ose jeter un œil en avant. Trois hommes progressent en ligne, aux aguets, vers le fond de la pièce. Ils sont armés. Chaque pas est plus crispant que le précédent. Un nouvel abri. Marie s'appuie sur une cloison, reprend son souffle. Mais sous son poids, la paroi fatiguée chancelle et émet un craquement. Un rai de lumière dans sa direction. Des échanges. L'un des types arrive. Paniquée, la Française a du mal à réfléchir. Que faire ? Où aller ? Le son clair, distinct, d'une semelle qui s'enfonce dans la moquette gorgée d'humidité, à quelques mètres d'elle. Sa main enserre son pistolet. Une voix forte tonne alors dans le sous-sol, c'est Goran. Il hurle. « *Dodi ovamo !* » Puis un coup de feu déchire le silence. En réponse, un ordre est hurlé et Marie entend des bruits de course vers le fond de la cave. C'est son moment. La jeune femme fonce vers les escaliers. Elle n'essaie même plus d'être discrète. Sortir d'ici et vite. Elle avale les marches en quelques bonds. Elle peut y arriver, la porte est juste là, à moins de trois mètres. Elle la franchit, soupire. La lumière du jour. Elle est dehors. Sort son téléphone, essaie de trouver le numéro local de la police. Une sonnerie retentit. Trop concentrée sur son écran, elle ne remarque pas, derrière elle, les portes de ce gros SUV noir qui s'ouvrent, les deux hommes qui en émergent et fondent sur elle. Une sonnerie, une autre. Une voix féminine qui parle en serbe. « *Policija*. » Sa bouche qui s'entrouvre au moment précis où une main lui arrache son téléphone. On l'enserre par la taille et on la traîne à l'intérieur du véhicule. La seconde suivante, on lui attache les mains et on lui place un sac noir sur la tête. Elle n'y voit plus rien. Puis c'est une voix, dans son oreille, qui articule dans un français approximatif : « Baba Yaga vous attend, madame Jansen. »

32

21 juillet 1993
L'Île-Rousse, Corse

La Lambiasini roule sur la départementale 151. Le soleil vient de se coucher. Il a fait chaud aujourd'hui. Les deux frères ont beau avoir ouvert grand leurs vitres, l'air est encore brûlant.

Au volant, Théo parle, répétant depuis le matin les mêmes arguments, comme pour se convaincre lui-même : « On a quand même amassé un beau paquet de pognon avec les trois casses. Près d'un million cinq à se partager. Largement de quoi recommencer une nouvelle vie. Et ce connard d'Horvat n'a même pas déclaré le braquage aux autorités. La preuve qu'il n'est pas clair. » En effet, l'assaut sur l'*Odyssea* n'a été relayé nulle part. Mais Ange comme Théo ont appris que le magnat remuait ciel et terre pour retrouver les gamines et les membres des Roches rouges. Quelques coups de fil leur ont suffi à découvrir que le Serbe avait le soutien inconditionnel de Venturi et du Mistral.

La journée a été longue pour Ange et Théo. Aux aurores, ils ont quitté Ota et filé vers Ajaccio pour contrôler l'aéroport. En déambulant dans l'aérogare, casquette vissée sur la tête, Théo a rapidement repéré les hommes d'Horvat attablés à la cafétéria, en train de surveiller les allées et venues. Le jeune a filé aussi sec. Même constat à peu près partout. À l'aéroport de Calvi, sur le quai d'embarquement des ferries à L'Île-Rousse... Quand ce ne sont pas les gros bras du milliardaire, les deux frères ont reconnu des hommes du Mistral, plantés à l'entrée des files de voitures. Impossible de laisser les trois gamines partir en bateau ou en avion depuis la côte ouest. Elles se feraient immédiatement attraper.

Théo soupire, s'essuie la nuque. L'étau se resserre. Il ne faudra pas longtemps avant que ceux qui les cherchent débarquent à Ota. Une question de jours, d'heures peut-être. En restant trop longtemps chez leur oncle Barto, ils l'exposent aux représailles du Mistral... Il leur faut réfléchir à une voie de secours. Le plus simple serait d'abandonner les orphelines, quelque part, avec quelques billets en poche. Mais Théo doute d'en être encore capable. Malgré lui, il commence à s'attacher à elles. La veille, dans l'après-midi, il a rejoint son oncle et les orphelines au bas du village, dans les gorges de la Spelunca. Fred, lui, était à l'écart, comme souvent, le nez dans ses croquis. Danica, Ljuba et Tatjana jouaient à s'éclabousser dans l'eau glacée. Ces quelques sourires encore fragiles. Leur enfance qui reprenait un peu le dessus sur leurs vies écorchées. En les regardant, le cadet des Biasini a repensé à sa propre jeunesse et compris qu'il ne pourrait sacrifier ça. Impossible d'imaginer qu'elles puissent retourner dans leur geôle, au fond de la cale de ce maudit bateau. La liberté des filles, d'accord… mais à quel prix ? Peut-il mettre en danger son oncle, son frère, ses amis, tout ce qu'il lui reste de famille, pour les sauver ? Cet après-midi-là, alors que les gamines continuaient à s'arroser, Barto, lisant en son neveu comme en un livre ouvert, a eu ces mots : « Je sais que tu feras le bon choix, Théo. Elles ont besoin de vous. »

Ce soir, il reste une dernière chose à faire aux deux frères. Aller chercher leur mère, à qui ils ont demandé, par un simple coup de fil, deux jours plus tôt, de quitter sa maison pour aller les attendre chez une amie d'enfance, dans le village de San Antonino. Comme toujours, Francesca n'a pas posé de question. Maintenant, il leur faut la récupérer et la déplacer chez une cousine éloignée, à Centuri, au Cap Corse. Le temps que cette histoire se calme. Après un virage serré, la départementale grimpe dans le maquis. Ils vont bientôt arriver. À une trentaine de mètres, Ange remarque une voiture noire garée en bordure de route. Ici au milieu de nulle part… Puis, c'est un mouvement, furtif, derrière un gros figuier, au niveau d'un ralentisseur. Une alarme se déclenche dans son esprit. Quelqu'un a dû parler, prévenir le Mistral que Francesca se planquait dans les parages. Il a juste le temps de saisir le volant de sa main gauche et donne un grand coup vers le bord extérieur de la route pour déporter la vieille carcasse. Théo lâche un « putain ! », d'incompréhension. L'instant suivant, une rafale explose la calandre, le pneu droit et l'aile avant. Entraînée par sa vitesse, la Lambiasini brise le parapet en bois et dévale la pente de la colline, soulevant un nuage de terre. Théo tente de contrôler la direction, un coup de volant sec lui permet d'éviter un premier arbre, un autre. Son pied appuie frénétiquement sur le frein, mais la voiture est entraînée par la descente. Le pare-brise percute une branche et explose. Entre deux cahots, Ange hurle à son frère de mettre sa ceinture et en fait de même. Devant eux, un énorme châtaignier. De toutes ses forces, Théo contrebraque pour déporter l'engin. La Lambiasini dérape sur le côté. Mais c'est trop tard. Dans un choc terrible, la R5 s'encastre dans l'arbre centenaire. Ange est sonné. Il lui faut une minute pour recouvrer ses esprits. Le capot de leur vieille complice fume. Le plus âgé des Biasini observe autour de lui. La lumière est tombée dans ce creux du vallon. Il fait déjà sombre dans le sous-bois. Ils n'ont pas beaucoup de temps. Ange remue son frère, qui a le front en sang. « On s'est fait mitrailler. Ils sont encore sur la route. Au moins deux tireurs. » Le jeune dégage son arme de sa ceinture, et la pointe autour de lui, paniqué. Puis il essaie de décrocher sa ceinture, mais le mécanisme a dû se briser sous le choc. « Je n'y arrive pas, *Fratè*. Vas-y, je te rejoins. » Ange tente de l'aider, mais rien à faire. Il sort son couteau de sa poche et se met à découper la sangle. Une déflagration. Des éclats de chevrotine font voler en éclats le pare-brise arrière. Par réflexe, les frères se sont baissés. Deux armes. Deux tireurs. Ange avait raison. Sans attendre, il recommence à taillader. Théo lui retient sa main et lui dit de partir. Il a la respiration courte. Il sait ce que ces mots impliquent. Il tend son arme à son frère : « Occupe-toi d'eux, Ange. Pour moi. » Ange s'en saisit sans cesser de découper la bandoulière. Une nouvelle semonce, cette fois les fauteuils encaissent le gros du choc. L'homme n'est plus très loin. Ange tire à l'aveugle deux balles pour le retarder. Plus de la moitié de la ceinture a été déchirée. Encore un peu. Une troisième déflagration sur le côté. Des éclats de grenaille transpercent le tee-shirt de l'aîné et touchent l'arrière de son épaule. La douleur est intense, une brûlure se répandant dans sa chair, mais il continue ses va-et-vient avec son couteau. « Laisse-moi, frérot. Laisse-moi, merde ! » Théo le repousse les larmes aux yeux. « Ange, je dois te dire… Je suis désolé pour tout. Tout ça… Je ne pensais pas… » Mais Ange ne le laisse pas finir. « Tais-toi. Soit tu sors de cette carcasse avec moi, soit on crève ensemble. Je ne te lâcherai pas. » En sueur, comme un frénétique, il force sur la ceinture. Elle finit par céder. Les Biasini s'extirpent du véhicule. Ils glissent sur un tapis de feuilles sèches, rampent jusqu'à un gros arbousier, se plaquent derrière son tronc. Ange tente un œil vers les tireurs. Il voit un type inspecter l'intérieur de la Lambiasini. Une épaisse fumée noire s'échappe désormais du capot, brouillant la visibilité de leur opposant. Ça sera peut-être leur unique occasion. Ange regarde le pistolet qu'il tient entre les mains. Comme à son habitude, il a refusé de se déplacer avec un feu. Il regrette son choix. Une arme pour deux. Que faire ? Après un instant, il indique à son frère la route : « Je vais remonter pour contourner le type. Et trouver l'autre tireur. Toi, tu restes planqué ici. » Théo, un peu embrouillé, acquiesce en essuyant le sang qui coule sur ses yeux.

Ange s'extrait de sa cache, remonte la pente. Le plus discrètement possible, se faufile d'un arbre à un autre, se jette derrière un bosquet. Ses réflexes de prédateur qui reviennent. Une silhouette là-haut, au bord de la balustrade explosée, observe ce qui se passe. Un Uzi à la main. C'est lui. Celui qui a fait feu en premier. Biasini part sur la gauche, s'éloigne un peu. Puis, enfin, rejoint la route. L'homme est de dos, ne le remarque pas. Ange siffle pour attirer son attention et fait feu à deux reprises dans ses jambes. Dans un cri, le type lâche son pistolet mitrailleur et s'étale sur l'asphalte. Ange se place au-dessus de lui, saisit l'Uzi. C'est Aghieri, le salopard dont il a arrangé le portrait en boîte, quelques jours plus tôt. Il savait bien qu'il en paierait le prix. Biasini pointe le semi-automatique sur le visage du jeune homme, terrifié. Le doigt sur la gâchette. L'autre en face, se cache le visage, dans un geste désespéré et supplie : « Pitié, pitié… je ne fais qu'obéir aux ordres. C'est Venturi. J'ai rien contre vous, moi. On est presque cousins, Biasini. Tu ne peux pas faire ça. » Ange repense à ce qu'il a dû faire, lui, du temps où il servait son père. Ce qu'il a accepté. Il abaisse son flingue. Trop de sang… Il fouille Aghieri, vérifie qu'il ne planque pas d'autres armes. Puis regarde vers le bas du vallon. Théo est seul, sans défense. Son aîné se lance dans la pente, à toute allure, ses pieds manquant de glisser sur le tapis de caillasses à chaque pas. Soudain, il se fige. Trois coups de feu viennent d'être tirés, là-bas, vers la Lambiasini.

Théo est toujours caché derrière son arbre. Son frère vient de le quitter. Des bruits de pas. Une voix : « Oh ! Les Biasini. Sortez de là. C'était juste un avertissement. On vous laissera la vie sauve si vous nous remettez les filles. Venturi n'en a pas après vous. » Le front du jeune pisse toujours le sang, troublant sa vision. Une semonce de grenaille vient exploser l'écorce de l'arbre derrière lequel il se terre. L'homme mandaté par Venturi poursuit son laïus.

Trouver… trouver vite quelque chose pour l'attirer ailleurs. Le cerveau des Roches rouges se remémore les parties de chasse à suivre son père. Les seuls moments qu'ils partageaient véritablement ensemble. Sa mission était de garder le gibier abattu dans un porte-oiseaux. Faisans, bécassines, perdrix, grives… Les cadavres des oiseaux pendaient à son cou, attachés par des lanières de cuir. Leur sang qui gouttait sur son veston. Ça le dégoûtait mais il aurait été prêt à tout. Avec ses petites jambes, il tentait de garder le rythme, tenir la foulée des grands. D'aller au moins aussi vite qu'Ange qui, lui, avait déjà droit à son fusil. Son père qui attrapait ses petits bras, les soupesait et lâchait en riant : « Regardez-moi ces allumettes. Tu serais bien incapable de soulever un calibre. Tu n'es pas assez fort pour ça. » Théo n'avait jamais été assez… assez costaud, assez grand, assez courageux…

Repenser à l'écho de la détonation. Son assaillant est certainement armé d'un semi-automatique, calibre 12. Deux cartouches dans le fusil, une dans le canon. Le type a déjà fait feu deux fois. Après la troisième semonce, alors que l'autre rechargera, Théo aura quelques secondes pour agir. Deux détonations font cesser le chant des grillons. Ça vient de là-haut, de la route… En espérant qu'Ange ne se soit pas pris une balle. La mâchoire serrée à s'en éclater l'émail, Théo saisit une pierre, observe les alentours. Là-bas, un tout petit ruisseau quasi asséché et, à ses côtés, un myrte, arbre à baies touffu, encerclé de ronces. L'endroit idéal.

Il balance sa pierre à travers le feuillage. La seconde suivante, un faisan s'envole dans un gloussement. Par réflexe, son opposant tire sa dernière cartouche vers l'oiseau. Théo surgit de l'autre côté de l'arbre et fonce sur la silhouette qui se découpe à travers la fumée. Il le percute et le balance au sol, lui arrache son fusil des mains et, de la crosse, frappe trois fois, pleine tête. Il n'y voit pas bien. Comme un voile de sang sur ses yeux. Il ne reconnaît pas le bonhomme. Ce n'est pas un des membres du Mistral. Un nouveau. L'homme, sous les coups, a perdu connaissance. À même la terre, Théo repère deux cartouches tombées au moment du choc. « Si un homme essaie de te tuer, ne lui laisse jamais de seconde chance. Pas de pitié. Jamais. Tu le paierais de ta vie. » Il ramasse les munitions, charge l'arme. Aligne le canon sur le torse du type. Son doigt sur la gâchette. La voix encore : « Si tu ne deviens pas un chasseur, tu resteras une proie. » Il va appuyer sur la détente. Il ferme les yeux. Une main se pose sur le canon. Un corps qui s'interpose. C'est Ange, essoufflé.

— Ne fais pas ça, Théo.

— Pousse-toi. Qu'on en finisse. Ce chien mérite la mort.

— Si tu l'abats, tu deviendras comme eux. Pire qu'eux. Ne recommence pas à tuer. Tu n'es pas un assassin, *Fratè*. Pas comme notre père. Pas comme moi. Une vie est une vie. Crois-moi, tu ne veux pas emprunter ce chemin à nouveau. Allez, viens, on doit aller mettre Maman en lieu sûr.

Théo se laisse désarmer par son frère. Il sent encore le sang qui lui bat les tempes. Mais il a l'impression que la voix de son père s'éloigne, se dissipe. « Tu n'as pas encore gagné, saleté », pense-t-il.

Ils remontent vers la route en silence. Un peu plus loin, Aghieri est en train de se traîner sur le bitume. Il doit espérer qu'une voiture, quelqu'un vienne à son secours. Il prend appui sur le muret en pierre du bas-côté pour progresser, laissant ici et là des traces de mains rouges. Des Roches de Sang, peut-être ces satanés journalistes avaient-ils raison après tout. C'est ce qu'ils sont.

Les deux frères l'attrapent par les épaules et le placent à l'écart, derrière un arbre. Ange s'abaisse vers l'homme du Mistral.

— On va te laisser en vie. Pour que tu ailles voir Venturi et que tu lui dises que vous ne récupérerez jamais ces gamines.

33

23 juillet 1993
Calenzana, Corse

Minuit dix. Les deux frères patientent dans la carrière de sable de Calenzana, encerclés par les falaises de granit forées par l'homme depuis des décennies. Théo, nerveux, regarde en direction du sommet des parois puis attrape quelques cailloux et les balance contre une grue rouillée. Sous la pâle lueur nocturne, les monticules de sable prennent des allures de paysage lunaire. Le cadet murmure : « Ce n'était pas une bonne idée, Ange. Ton copain, le flic, va nous doubler. Ça sent le piège à plein nez. Il faut qu'on décampe et vite. » Ange répond « on attend encore un peu » et jette un œil à sa montre. Dix minutes de retard. Son frère a raison…

Après le guet-apens du Mistral, Ange a proposé à Théo d'organiser une entrevue avec Berguer pour lui révéler la vérité : le braquage de l'*Odyssea* et les filles qu'ils y ont découvertes. Puis de négocier avec le policier pour qu'il mette les gamines en lieu sûr. Au départ, Théo a refusé catégoriquement, mais Ange a su trouver l'argument imparable. En confiant les trois filles à la PJ, Ange leur achète un sauf-conduit. Une fois que la police aura recueilli leurs témoignages, Berguer pourra faire plonger Horvat et tous ceux liés à cette affaire dégueulasse… À la place d'un parrain corse, les Biasini lui offrent un milliardaire impliqué dans un trafic d'enfants… un bien plus gros poisson… La veille, Ange a contacté le flic et lui a donné rendez-vous ce soir.

Un bruit de moteur. Des phares se dessinent depuis l'entrée de la route de la carrière. Le vrombissement est trop lourd. Trois grosses berlines progressent vers eux. Berguer devait se présenter uniquement accompagné de son collègue. Crissements de pneus. Les voitures se garent, en ligne, face à eux, à une trentaine de mètres. Ange sent que son frère s'apprête à dégainer son arme. Il lui demande d'attendre. Les moteurs ronflent. Les phares, braqués sur eux, les aveuglent. Rien ne se passe pendant une longue minute. Puis les portières de la voiture du milieu s'ouvrent. Stéphane Berguer et son acolyte en émergent. Ils marchent lentement vers eux. La démarche du flic est étrange, comme s'il boitait. Tandis qu'ils approchent, Ange remarque autre chose. Son contact à la PJ a des hématomes sur le visage. Et ses yeux… Il a l'air terrifié. Avant qu'Ange n'ait eu le temps de hurler à son frère de foutre le camp, une série de détonations retentissent. Les silhouettes de Berguer et de son bras droit vacillent sous l'impact des balles et s'écroulent dans le sable. Plusieurs hommes sortent alors des trois berlines. Claquements de portières. Sans surprise, les frères reconnaissent Francis Venturi, ses trois lieutenants, Leoni, Serra et Léandri, et, en retrait, leur ancien ami, le gendarme Jacques

Peretti. Tous encadrés par des soldats du Mistral, fusils au poing. Ange et Théo sont faits.

Du bout de sa chaussure, la mine dégoûtée, le parrain retourne le cadavre de Berguer et lui donne deux petits coups de pied, comme pour s'assurer qu'il est bien mort. Arrivé à leur niveau, il les dévisage en faisant claquer sa langue. Venturi aime ça. Sentir la peur qui monte, jouer avec. Ange tente de ne rien laisser paraître. Mais il remarque la respiration trop rapide de son frère. Intérieurement, il prie pour que son cadet ne craque pas. Pas maintenant. Francis commence à parler. Très bas.

— Qu'est-ce qui ne va pas chez vous, les Biasini ? On vous avait prévenus, non ? De calmer le jeu. De ne pas vous mêler de nos affaires. On vous a donné une chance…

— Francis… essaie de répondre, Ange.

Venturi lève un doigt.

— *Zittu vè* ! Surtout, tais-toi… Tous les deux, vous ne parlez que pour mentir… Votre père avait raison. Vous n'êtes pas dignes de lui. Toi Ange, trop égoïste. Toi, Théo, trop faible. Quelle déception.

Il marque une pause, replace la gourmette à son poignet.

— Désolé d'avoir gâché vos retrouvailles avec vos amis de la police… mais heureusement, Jacques, comme toujours, nous a été d'une grande aide… Berguer l'avait contacté pour qu'il l'accompagne ici, ce soir. Ce con de *sbirru* pensait qu'en débarquant avec votre ancien ami à ses côtés, la négociation serait plus facile.

Il jette un regard en arrière, vers les deux cadavres.

— Ça fait longtemps que ce rat nous court après… Et mes chiens ont faim… Bon débarras. Venons-en à l'essentiel. Où sont les trois filles ?

Ange en a conscience. Sa vie, comme celle de son frère, va se jouer sur ses prochains mots.

— Les gamines sont en lieu sûr. Écoute Francis, ces filles ne valent rien. On doit pouvoir trouver un arrangement.

— Un arrangement… Tu ne connais pas Miroslav Horvat, Ange. Quand cet homme a décidé quelque chose, il l'obtient. D'une manière ou d'une autre. Et il veut récupérer ces gamines. Vous l'avez humilié en prenant son yacht d'assaut. Il ne vous le pardonnera jamais. Alors, n'aggravez pas votre situation et dites-nous où elles sont cachées. Qu'on en finisse.

Théo ne parvient pas à se contenir.

— Tu sais ce qui attend ces mômes si on les rend à Horvat ? Pour elles, ça sera soit la mort, soit une vie de terreur. Vous voulez être complices de ça ? Ce ne sont que trois orphelines, merde ! La plus jeune a à peine huit ans.

— Je m'en moque…

Ange tente à son tour.

— Francis, il y a des règles qui ont été établies par notre grand-père, Ange-Marie, quand il a créé le Mistral. Un code d'honneur. On ne s'en prend ni aux femmes ni aux enfants, jamais.

L'un des lieutenants du clan, Serra, jusqu'alors silencieux, surenchérit.

— Les garçons ont peut-être raison, Francis. Il y a des frontières qu'on ne franchit pas. On n'est pas des monstres. Il y a peut-être une autre solution…

— Mais bordel, aucun de vous ne comprend ? Vos états d'âme n'ont aucun sens. Ces gamines ne sont personne. Elles ne valent rien. Si on ne les rend pas à Horvat, c'est tout le projet Olympos qui tombe à l'eau. Et ce domaine privé, c'est l'avenir du Mistral. Une nouvelle ère pour notre île.

Ange avance un dernier argument.

— Théo et moi, nous sommes prêts à vous dédommager pour le manque à gagner du projet Olympos. Je suis au courant des sommes que te doit Théo. Les braquages nous ont pas mal rapporté. On vous donnera plus, beaucoup plus que ce que mon frère te devait. Un million de francs. Mais laissez ces gamines en paix.

Ange croise le regard de Théo. Malaise. Déroute. Le chef du clan semble lui aussi surpris.

— De quoi tu me parles encore, Ange ? Je n'y comprends rien… J'ignore ce que t'a raconté ce *bugiardu* de Théo, mais il ne me doit pas d'argent. Jamais je n'aurais été assez stupide pour prêter ne serait-ce qu'un centime à ce morveux.

Leoni, l'un des plus mesurés du clan, joue l'apaisement.

— Soyons raisonnables, Francis. Et si on prenait l'argent des braquages et qu'on oubliait cette histoire ? C'est une belle somme. À quoi bon nous déchirer entre nous ? Pour Olympos, on trouvera d'autres investisseurs…

Venturi hausse la voix.

— Mais il faudrait encore qu'on soit vivants ! Si Horvat ne récupère pas ces filles, on en paiera tous le prix. Ce n'est pas juste le projet immobilier qui sera enterré. Ça sera nos putains de carcasses. Ni vous ni moi ne voulons que Miroslav Horvat, l'un des types les plus puissants de la pègre européenne, se décide à nous faire la guerre. Il mettrait l'île à feu et à sang. Et tout ça pour quoi, trois étrangères ? Patrice, Luc… Laissez-moi gérer cette foutue affaire, et restez à vos places. Celles que vous avez toujours eues. Derrière moi.

Soumis, les deux font un pas en arrière. Le parrain reporte son attention sur les frères.

— Assez bavassé, puisque vous ne voulez rien entendre, on va changer de méthode.

Il claque des doigts et trois types lèvent leurs armes sur eux. Quasi simultanément, deux rafales de balles viennent percuter le sol, à moins d'un mètre du parrain, créant des striures dans le sable. Venturi a un mouvement de recul, d'incompréhension. L'écho des détonations s'étire entre les falaises.

Théo et Ange respirent. Comme ils l'avaient espéré, Dumè et Fred, placés chacun sur un des versants de la carrière, ont compris la situation et tiré au bon moment… Le talkie-walkie activé dans la poche intérieure de la veste du cadet leur a permis de suivre la conversation depuis le début. Théo, d'un ton qu'il espère assuré, embraye.

— Ça suffit. En ce moment même, plusieurs calibres sont braqués sur ta gueule, Venturi. Tu croyais quoi, qu'on allait débarquer ici sans assurer nos arrières ? Encore une fois, tu nous as sous-estimés. Alors, voilà ce qu'on va faire. Chacun va sagement rentrer dans sa voiture et retourner là d'où il vient. On va tous essayer de se calmer et réfléchir un peu. Laissez-nous deux jours pour discuter et revenir vers vous avec un compromis. C'est dans notre intérêt à tous que la situation n'empire pas.

Les hommes du Mistral se mettent à reculer vers leurs voitures, sur leurs gardes. Venturi est le dernier à faire volte-face. Dans son regard, la rage… Avant de partir, il leur lâche :

— Vous faites une erreur, les Biasini. Une terrible erreur. Et il n'y en aura pas d'autre.

Une fois les phares arrière des berlines disparus, Ange et Théo remontent à la hâte la piste qui longe la falaise jusqu'au sommet de la carrière. Là, ils retrouvent leurs amis. Dumè attrape les deux frères par la nuque et les amène vers lui. « Ça va, vous deux ? » Théo répond : « Oui. Merci d'avoir été là. Sans Fred et toi… » Pas besoin d'en dire plus. Les quatre de la bande des Roches rouges foncent jusqu'aux deux motos qu'ils avaient dissimulées en amont d'un ruisseau asséché. Par les sentiers, à toute allure, les branches des arbustes venant griffer leurs vestes, leurs jeans, ils rejoignent la route. Dans un dérapage, ils prennent la direction de Galéria. Pas de voiture en vue, ils continuent de filer sur la D81. La route, escarpée, grimpe à travers le maquis. Dumè et Fred dans leur sillage, la poignée sur les gaz, Ange sent les bras de son frère, serrés autour de son torse. L'envie d'arrêter sa bécane, et de lui extirper des réponses est insoutenable. Mais il tient bon. Concentré sur la route, les virages en tête d'épingle pris à fond. Les phares des bécanes qui passent des flancs rocheux au vide, sur leur droite. Des flancs, au vide… La route qui se fait plus dangereuse après Osani. Le bitume craquelé, les nids de poule et les abîmes, en dessous, jusqu'à la mer. Les reliefs toujours plus aiguisés. Lames de roches dressées vers le ciel. Et la peur qui est là, à tordre les tripes. Avant chaque décélération, Ange plante ses yeux dans le rétroviseur, craignant de voir apparaître les phares d'une des berlines du Mistral derrière eux. Arrivés à Ota, l'aîné coupe le moteur, retire son casque, demande à ses amis de rentrer chez Barto. Théo s'est approché de la petite fontaine d'eau de source et se rafraîchit la nuque, les cheveux. Ange lui fait face.

— Tu m'as menti, Théo. Depuis le début. Venturi ne t'a jamais menacé pour des histoires d'argent. Tout ça, c'était du vent. Pour me faire revenir…

Le cadet, les yeux plongés dans son ombre déformée à la surface du bassin, répond :

— Je suis désolé, Ange. C'était le seul moyen pour que tu nous rejoignes. Je savais que si je te proposais ces braquages, tu aurais refusé. Dumè et Fred n'étaient pas au courant.

— Je veux que tu me dises tout. Comment tu t'y es pris.

Alors il lui raconte. Qu'il a payé une connaissance sur le continent pour incendier son club de plongée. Qu'il ne pensait pas que son frère serait assez fou pour pénétrer dans le local en proie aux flammes.

— J'ai failli crever là-dedans. J'ai tout perdu cette nuit-là, Théo. Tout, à cause de toi…

L'aîné marque un temps, puis demande.

— Et la maison de Maman, mitraillée. C'était toi ?

— Oui. Il fallait bien que l'illusion soit parfaite. Que tu penses que nous aussi, nous étions en danger.

— Tu es fou, Théo. Complètement fou.

34

25 juillet 1993
Ota, Corse

Les portraits des quatre membres des Roches rouges s'étalent en une du *Corse-Matin*. Les clichés, pris à l'époque d'anciennes interpellations, présentent Ange, Théo, Fred et Dumè, fixant l'objectif. La relecture du titre arrache une grimace à Ange. « Deux policiers assassinés. On soupçonne le gang des Roches rouges. Quatre suspects recherchés. » Il replie le journal, le range dans une commode de la cuisine de Barto. Il ne faut surtout pas que les gamines tombent dessus. Le trentenaire serre les poings, fou de rage. Ce salopard de Venturi. C'est lui, évidemment, qui a forcé Jacques à orienter la police sur cette piste. Avec leurs visages dans la presse, ils auront bientôt tous les flics de l'île aux trousses. Impossible de se déplacer en voiture, à moto, sans risquer de se faire contrôler. Et pourtant, il leur faut fuir… Ange se penche au-dessus de la table en bois, détaille une nouvelle fois le trajet qu'il va leur falloir parcourir. *Tra mare e monti*. De la mer à la montagne.

De Ota, il leur faudra remonter la rivière Porto, à travers les gorges de la Spelunca jusqu'à Évisa, puis passer par la châtaigneraie, la forêt d'Aïtone et, enfin, franchir le col de Vergio... Barto et Ange ont tenté d'expliquer aux filles ce qu'ils allaient devoir faire. Partir, marcher... c'est un plan fou, mais c'est le seul qu'ils aient. Durant leur périple, ils devront éviter les routes, les villages. Emprunter les anciens sentiers muletiers jusqu'au col, puis redescendre vers la côte orientale. Là-bas, dans cinq jours, le 29 juillet, un avion les attendra à l'aérodrome de Lucciana pour les emmener vers le continent. S'ils veulent y arriver, ils seront obligés de marcher au moins huit heures par jour. Les gamines tiendront-elles le coup ? Elles n'auront pas le choix. Une fois du côté est de l'île, peut-être auront-ils moins de difficultés à passer inaperçus. Des bruits dans l'escalier. Théo entre dans la cuisine et pose le dernier sac à dos près de la porte. Ils sont prêts, il est temps d'y aller. Les hommes du Mistral, ou la police, ne tarderont pas à débarquer ici.

Ils sont bientôt rejoints par Fred et Dumè. Le Géant râle contre ses chaussures de randonnée qu'il juge trop petites pour lui. Puis ce sont Danica, Ljuba et Tatjana. Ange vérifie une dernière fois son matériel. Barto, hier, s'est rendu dans un magasin de sport pour tout acheter. Un matelas en mousse, un sac de couchage, une lampe-torche. Quelques vivres, un chauffe-eau. Une grande gourde. Des vêtements de rechange. Un coupe-vent. Quatre chargeurs pour son arme. Planqué au fond de son paquetage, un sac avec 375 000 francs, un quart de l'argent des braquages, qu'ils ont réparti entre eux quatre. Si tout se passe bien, ils se partageront cette somme une fois arrivés à Lucciana et ont convenu d'en donner une part aux trois filles. Qu'elles aient de quoi commencer leur vie. L'avion les attendra-t-il ? Sera-t-il seulement au rendez-vous ? C'est Ange qui s'est occupé de trouver un pilote, une ancienne connaissance, un gars de confiance, Saviano. Mais il n'a pas pu avouer à ses camarades que le Cessna de Saviano ne pourra emporter que trois personnes à son bord. Et ils sont sept... Les filles seront sauvées. Eux devront trouver une autre solution pour quitter l'île. Chaque chose en son temps, pense Ange. Déjà, s'éloigner de la région, prendre le maquis. Ensuite, ils verront bien. L'aîné des Biasini s'assure qu'il a bien son couteau dans sa poche, son flingue à l'arrière de sa ceinture. Les gamines s'attrapent par la main, forment un cercle. Elles chuchotent entre elles, en serbe. Ljuba semble prononcer des paroles qui rassurent les deux plus âgées.

Barto rejoint les filles. Il resserre leurs sangles de sacs à dos, les soupèse. Leur explique, même si elles ne comprennent pas. « Je sais qu'ils sont lourds... Mais on dit quelque chose chez nous. *Per viaghju s'acconcia a soma.* Voyage faisant, la charge se tasse. Ça ira mieux quand vous serez habituées. Tout ira mieux... » En souriant, il enfonce la casquette sur le crâne de la petite Ljuba.

Il revient vers Ange, lui tend une besace en cuir. « Il y a quelques fruits, là-dedans. De la coppa, du lonzu. Des beignets au brocciu. De quoi tenir. En chemin, vous croiserez des figuiers, des arbousiers. » Ange le remercie et passe le sac en bandoulière. L'aîné remarque une larme se former au coin de l'œil de son oncle, qu'il essuie aussi vite, puis :

— Allez, filez. La matinée est déjà bien avancée.

— Merci, *mo ziu*. Pour tout.

— J'ai fait ce que j'avais à faire. Comme vous aujourd'hui.

Ange sort de la maison, suivi des filles. En passant devant Barto, la plus jeune se jette dans ses bras et reste collée contre son torse, longtemps. Le vieux Biasini enserre ses bras autour du petit corps. Il essaie de retenir ce moment. Pour les jours de ténèbres qui l'attendent. Puis, il la laisse partir. Viennent ensuite Fred et Dumè. À chaque fois, l'ancien professeur d'histoire tape dans le dos des meilleurs amis de ses neveux. Enfin arrive Théo. Avant qu'il ne s'éloigne, son oncle le retient. Il lui tend un vieux bouquin.

— C'est un livre sur les contes et légendes de l'île. Les filles aiment que je leur lise, le soir. Tu pourras prendre le relais, Zitellu ?

Théo le range dans une poche de son sac. Son oncle ajoute :

— Théo. Ça fait tellement longtemps que notre famille fait couler le sang, que l'on a fini par croire que c'était en nous, que nos mains seraient toujours tachées de rouge… Ton frère et toi, avec ces gamines, faites en sorte de changer ça.

Il lui ébouriffe les cheveux, ce geste qu'il a tant fait quand il était môme.

— Merci Barto. Fais attention à toi. Cache-toi pendant quelques jours. Ne reste pas ici.

— Je ne me cacherai plus, Zitellu. Qu'ils viennent, ceux du Mistral, je saurai les recevoir.

Sur le pas de sa porte, Barto regarde le petit groupe s'éloigner sur la piazza alla Pietra. Bientôt, ils quitteront la route, délaisseront le bitume pour emprunter le sentier qui descend jusqu'au pont. Ensuite, viendront les gorges. Et le début de leur périple. Il ne sait pas s'il reverra, un jour, ses deux neveux. Mais, en cet instant, il est fier d'eux. Attendre maintenant. Car il sait qu'ils viendront. Il se l'est juré, il ne leur parlera pas. Quoi qu'ils fassent, quoi qu'ils tentent. Il leur tiendra tête. C'est ce qu'il aurait dû faire depuis longtemps déjà. Sauver ses neveux plus tôt. Les extraire des griffes de son frère quand il était encore temps. Faire face à Orso. Mais il était trop lâche, toutes ces années. Trop terrifié par son aîné, devenu fou. Alors il a baissé les yeux. Fait semblant de ne pas voir les bleus, les ecchymoses sur les bras et le visage d'Ange quand il venait le voir. C'est pour cela qu'il a créé il y a trois ans son association Nostra Terra. En réponse à tout ça. Bien décidé à ne plus jamais détourner le regard.

En bas de la route, le groupe disparaît entre les dernières maisons du village. Aujourd'hui, ils ont droit à une nouvelle chance. À eux d'écrire leur histoire.

35

22 décembre 2019
Belgrade, Serbie

Marie cligne des yeux, éblouie. On vient de lui retirer le sac de toile qu'elle portait sur la tête. Où se trouve-t-elle ? L'agent d'Europol est encadrée par deux hommes qui la forcent à avancer. Au-dessus d'elle, un immense dôme. Il fait un froid glacial dans l'édifice. Sur les côtés, des bancs renversés. Un croassement. Une corneille traverse la voûte et disparaît par un vitrail brisé. C'est une église orthodoxe abandonnée, certainement depuis longtemps. Arrivés au centre de la nef, ils contournent un énorme lustre rouillé, chaos de métal et de chaînes, qui gît au sol. La jeune femme tente de se débattre. Mais les deux molosses la tiennent fermement. Sur la joue de l'un d'eux, elle distingue un tatouage. Une araignée noire glisse sur un fil, le long de la joue. Le symbole de Baba Yaga. Ils finissent par accéder à l'iconostase, ce mur couvert d'icônes qui sépare habituellement le clergé des croyants. En le franchissant, Marie constate que les visages des ornements ont été couverts de peinture noire. Ils traversent le sanctuaire, passent par une porte dégondée et se retrouvent à l'extérieur. Il pleut à verse. Abrités sous un vieux mausolée, trois types fument une cigarette en discutant. Ils portent tous la même tenue, comme un uniforme. Un bomber noir sur un tee-shirt rouge. Crâne rasé. Après un petit cimetière aux sépultures couvertes de mousse, ils arrivent devant une chapelle. Les gardes poussent une lourde porte rouge et la laissent pénétrer à l'intérieur. Ils s'arrêtent à l'entrée du lieu de culte et, d'un signe, lui disent d'avancer. À l'intérieur, pas un bruit, sinon le martèlement de la pluie sur les tuiles du toit. Il faut un peu de temps à la Française pour s'habituer à l'obscurité. Seuls quelques candélabres viennent éclairer la nef. Aucun meuble ici. En y voyant mieux, Marie est saisie par la mise en scène macabre, étrange, du lieu. Partout, aux murs comme au plafond, des milliers de fils rouges ont été suspendus. Ils se croisent, s'entrecroisent en un lacis dément. Certains pendent, d'autres sont reliés entre eux, formant des agglomérats. C'est l'œuvre d'un fou, pense Marie. Tous les cordages semblent converger vers le fond de la petite église dans une sorte de toile d'araignée gigantesque. En avançant, sous la lueur des bougies, Jansen se rend compte que des cartes sont accrochées au bout de certains fils. Elle en saisit une, elle présente une illustration en noir et blanc, faite à la main, d'un trait un peu enfantin. Les motifs pourraient faire penser à ceux du tarot. Marie accède au cœur de la chapelle. La table en bois noir est comme brûlée, carbonisée. De l'autre côté, une silhouette féminine est assise sur un siège ancien, avec un haut dossier. Elle est vêtue d'une longue robe rouge, un châle noir sur ses épaules. Un voile couvre son visage et empêche la Française de distinguer ses traits. Impossible de lui donner un âge. Baba Yaga… D'un geste, elle invite Marie à s'asseoir sur une chaise face à elle. Entre ses doigts, elle triture un fil rouge dont elle fait et défait des nœuds à une vitesse déroutante. Elle se met à parler en anglais. Sa voix est un murmure. Pas un mot plus haut que l'autre. Une mélopée.

— Le fil me parle. Encore, toujours. Notre rencontre. Écrite depuis longtemps. Le premier jour. Elles quittent la maison du vieil homme, elles ont encore peur. Bientôt, ils ne formeront qu'un seul fil. Leurs pas dans ceux des autres. Leurs destins noués.

— De quoi me parlez-vous ? Que me voulez-vous ?

— Je ne veux rien. J'attends. Que le fil murmure.

Les paroles incohérentes de Baba Yaga agacent Marie.

— Qu'avez-vous fait du policier Goran Nikolić qui m'accompagnait ?

— Le fil vous a menée ici. Jusqu'à moi. Des fleurs sous les pieds. Un livre qui n'en est pas un. Le policier va bien. Mes hommes l'ont laissé libre. Il vous cherche. Bientôt, vous le retrouverez. Mais son chemin n'est pas le vôtre. Il faudra partir. Je me souviens de la chanson de Danica. Elle faisait fuir les monstres. Il a chanté aussi, lui, plus tard. Théo. Oui, Théo.

Marie observe les bras maigres de la femme. Sa peau blanche, livide. Elle demande :

— Qui êtes-vous ?

— On m'a donné bien des noms. La Tisseuse. Baba Yaga. L'Araignée. Il y a longtemps, il m'avait appelée Clotho. Je ne sais plus trop. Les douleurs. Les blessures m'ont faite. Baptisée dans le sang et dans les bombes. Celles qui m'aimaient m'appelaient Ljuba.

— Ljuba…

Ce prénom percute le cerveau de Marie. Elle l'a tant répété ces derniers jours. Danica, Tatjana, Radmila… et Ljuba. Les orphelines disparues le 22 juin 1993, livrées à Horvat par Charlier.

— Vous étiez l'une des orphelines qu'a achetées Horvat ?

— Peut-être. Il y en a eu tant d'autres. Une odyssée de larmes. Bauk et sa vipère qui vont, qui viennent. Qui se nourrissent de nos peurs. Radmila. Ce nom surgi du passé. Il l'a prise. Elle n'est jamais revenue. Un seul corps, une seule vie. Fragments. Des cendres. Des Roches rouges.

— Parlez-moi, Ljuba. J'ai trouvé le sous-sol avec les cages. Que vous ont-ils fait ?

— Bauk et ses monstres ont volé ce qu'il restait de nous. De notre enfance.

— Racontez-moi ce qui s'est passé ensuite. Cet été-là, en Corse.

— Je ne suis qu'une main qui glisse sur le fil. Depuis toujours, je sais dénouer les nœuds du temps. Passé, présent, avenir. Ils arrivent en bateau. Ils nous emmènent.

Marie peine à démêler ce que Baba Yaga lui dit. Comme si celle que l'on surnomme la Tisseuse menait plusieurs conversations en même temps, mélangeait les mots, les interconnectait, sans que cela fasse sens. Jansen réfléchit. Un bateau… Et s'il y avait un lien avec l'*Odyssea*, le yacht d'Horvat qui mouillait en Corse durant l'été 1993 ?

— Essayez de vous souvenir. Vous parliez d'un bateau. Vous étiez à bord du yacht d'Horvat ?

— Oui, c'est cela. Bauk nous a enfermées.

— Bauk… vous voulez parler d'Horvat ?

La femme continue, sans se soucier des questions de Marie.

— Ils viennent nous libérer. Ceux qui sont perdus. Ils doutent. Mais ils nous emmènent. Dans la maison remplie de livres et d'histoires. Il y a le vieil homme. Celui qui va mourir pour nous. Comme tant d'autres. Un chemin pavé de cadavres. Ils sont cinq. Dumè, le géant qui me porte sur ses épaules. Fred, celui qui avait cette lumière dans les yeux. Et qui la perdra. La femme qui marche devant, qui nous guide. Et les deux frères. Ange et Théo. Eux, qui sont la clé. En eux, l'aube et le crépuscule.

— C'est vous qui avez commandité les assassinats de Miroslav Horvat, de Francis Venturi et des autres ? Pour vous venger ?

— Moi, non. Je ne quitte jamais le fil. Je suis prisonnière de sa toile. Comme je l'ai été toute ma vie. Quelqu'un d'autre se charge d'eux. Une vengeance mûrie depuis toujours. Toute sa vie. Toute sa haine, à la pointe de sa lame. C'est la balance du jugement. C'est Némésis.

— L'assassin, c'est l'un de ces hommes qui vous ont aidées ? L'une d'entre vous ? Dites-moi la vérité.

— Il n'y a pas de vérité. Que des chemins qui se perdent dans les ombres.

Jansen ne sait pas comment obtenir des informations. La menace, peut-être…

— Vous savez que je pourrais vous faire arrêter ? Vous êtes complice de ces meurtres.

— Si tu me fais arrêter, ma bouche se fermera. Tu n'apprendras rien de plus.

— Qu'attendez-vous de moi, Ljuba ?

— Je n'attends rien. C'est toi qui espères. Qui est venue jusqu'à moi.

— J'ai besoin de réponses. De comprendre. Aidez-moi.

Derrière le voile, Marie croit distinguer la voyante fermer les yeux.

— Je te connais, Marie Jansen. Je te connais bien. Ton visage, ton regard me ramènent là-bas. La douleur, là dans ton ventre. Cette cicatrice qui ne se referme pas. Cet amour qui te fuit. Ce cœur desséché. Cette petite fille qui attend que tu la voies. Tout est là, sur le fil.

Jamais personne n'avait mis de mots sur sa douleur, sur ce secret qui la dévore. Marie est bouleversée.

— Que dois-je faire ? C'est si dur. Toute cette enquête… tous ces morts, l'horreur que je découvre. Ce que l'on vous a fait à vous, aux autres orphelines. Je ne sais pas si j'irai au bout. Je ne suis qu'une simple agent de liaison d'Europol, moi… Je n'ai pas les épaules.

— Tu sais, ils sont nombreux. Tous, à venir me voir pour des réponses. Dans leurs jolis costumes et leurs belles robes. Ils attendent quelque chose de moi. Mais ils ne comprennent pas le fil, personne. Les nœuds se font, se défont. Tout bouge, fluctue. Je ne fais qu'apercevoir, à travers le voile. Je ne change rien. Je ne commande rien. Tout ce que je peux te dire, c'est qu'à la fin, il y aura une plage. Il y a toujours une plage.

Baba Yaga marque une pause, se voûte un peu en avant.

— Je suis fatiguée, Marie. Maintenant, tu dois partir. Continuer.

La femme sans âge attrape une canne qui était posée sur l'un de ses accoudoirs et frappe trois lourds coups. Instantanément, les portes s'ouvrent. Marie se soulève. Avant qu'elle ne s'éloigne du chœur de la chapelle, elle entend la voix de Ljuba, derrière elle.

— Les réponses sont en toi, enfouies. Ton père te doit la vérité. Tu t'y refuses mais pourtant il va falloir que tu y retournes. Là-bas. Elle t'appelle. Elle t'attend. Ton île.

Les portes se referment. Baba Yaga reste seule. De sa poche, elle sort un mouchoir et s'essuie la commissure des lèvres. Elle se sent si lasse. Une silhouette émerge de derrière une colonne. La Tisseuse ne se retourne pas. Elle savait que l'autre était là, durant tout ce temps. L'ombre qui tue, qui se venge. Némésis. Baba Yaga lui attrape la main, comme elle l'a si souvent fait. Elle lui dit :

— Ne lui fais pas de mal. Tu sais qui elle est. Tu auras besoin d'elle. Ensemble, vous lui ferez face. Une larme sur une cicatrice.

Puis, d'une voix enfantine :

— Tu te souviens des étoiles, le soir ? Des géants de pierre ? Et des papillons, par milliers ?

L'autre hoche la tête, serre un peu plus fort sa main. Semblant oublier sa présence, Baba Yaga se dégage et, d'un pas lent, progresse vers l'une des colonnes de la chapelle. Elle laisse glisser son doigt le long d'un fil rouge. Puis, arrivée à portée d'un second, le tire et noue les deux ensemble. « Voilà qui est mieux. Liés. À jamais. Comme nous l'avons toujours été. »

36

25 juillet 1993
Spelunca, Corse

Danica comprend tout… Depuis le début, depuis que les quatre hommes les ont secourues. Elle écoute, tout le temps, mais ne dit rien. Pas encore. Elle veut attendre d'être certaine qu'elle peut leur faire confiance. Ljuba s'efforce de les convaincre, Tatjana et elle, que ces hommes sont là pour les aider. La petite a un don pour ressentir ce qui va arriver. C'est vrai… Mais les deux autres orphelines restent sur leurs gardes, la méfiance rivée au cœur. Elles en ont trop vu, pour oublier qu'un sourire, une main tendue cachent toujours quelque chose. Si les quatre les aident aujourd'hui, c'est aussi parce qu'ils n'ont pas d'autre choix. Ils ont songé à les abandonner. Alors que les autres filles dormaient, elle a entendu la bande en parler, en bas, dans la cuisine. En réalité, Danica est prise entre deux feux. D'un côté, Ljuba, qui garde espoir, de l'autre, Tatjana, toujours sur la défensive. L'autre matin, la plus âgée a pris Danica à part, et lui a montré le couteau qu'elle avait volé dans la cuisine de Barto. « Eux aussi, ils finiront par nous faire du mal. » Danica ne sait pas si, un jour, la rage qui habite sa camarade s'éteindra. Tatjana fait souvent des cauchemars la nuit. Elle se réveille en criant. Pour l'apaiser, Danica lui caresse les cheveux, murmure à son oreille. Et celle qui est la plus forte, la plus dure, et pourtant la plus fragile, finit par se rendormir. Son corps, en boule, prostré. Comme si tout en elle était douleur. Peut-être que l'aînée a raison. Et si les quatre hommes comptaient les remettre entre les griffes de Bauk ?

Danica ne sait plus trop quoi penser. Qui croire ? Ljuba ou Tatjana ? Après tout, si elles sont là aujourd'hui, c'est grâce à la petite fille. La nuit où ils sont venus ouvrir leur geôle, c'est elle qui a murmuré à Tatjana de venir en aide à Ange alors qu'il allait se faire poignarder par la Vipère. Et ça a tout changé. La même nuit, quand elles sont enfin arrivées chez Barto, épuisées, Tatjana a voulu s'enfuir par la fenêtre, prétendant que c'était l'opportunité qu'elles avaient toujours attendue. Danica était prête à la suivre. Mais Ljuba leur a dit d'attendre. Ses paroles, comme souvent embrouillées : « Ils sont ceux qui sont perdus. Les Roches rouges. Ils nous guideront. Une main dans une autre. » Alors elles sont restées. Et ces quelques jours aux côtés de Barto leur ont fait du bien.

Voilà près de quatre heures qu'ils sont partis. La jeune Croate hume l'air. Elle aime ça, marcher. Sentir les rayons du soleil glisser sur sa peau. Le bruit de ses pas sur les graviers. Le rythme de ses jambes sur lequel se cale naturellement son corps. C'est si beau ici.

Elle n'a jamais vu de paysage aussi démesuré. Dans la région de son enfance, Vukovar, tout était plat, ratatiné. Des champs à perte de vue. Les routes droites, trop droites. Là-bas, on voyait arriver la mort de loin. Les silhouettes des tanks qui progressent et que rien n'arrêtera. Ici, à l'inverse, tout serpente. Se cache et se dévoile. À chaque virage, un nouveau spectacle. Et ces couleurs. Avec la tombée du jour, les rochers qui l'entourent semblent se teindre en rouge. Ça lui fait penser à la télé qu'ils avaient dans la cave de son immeuble, lorsqu'ils y étaient cachés. Son père en trafiquait l'antenne pour essayer de trouver un signal. Quand il y parvenait, l'image grisâtre, tremblante, laissait exploser ses couleurs. C'est ça, cette île. Un monde qui a retrouvé ses couleurs.

Parfois, Danica a un peu le vertige. Il leur faut franchir de sacrés à-pics sur le chemin en dalles de pierres, qui longe les gorges. Il y a tant de roches enchevêtrées les unes aux autres, des morceaux de falaises coupés en deux pour les laisser passer. Quel géant a pu sculpter une telle voie ? Danica aimerait parfois s'arrêter, profiter du spectacle. Mais pas le temps de faire des pauses. Avancer. Toujours. Les deux frères, en tête, sont sur le qui-vive. Ils ne cessent de se retourner pour vérifier si on les suit. Ils ont peur. Danica sent ces choses-là. Fred et Dumè, eux, marchent derrière elles. Le Géant aime bien faire des blagues, se moquer de ses camarades, surtout de Fred. Depuis tout à l'heure, notant que celui qu'ils surnomment Da Vinci se laissait distancer, il lui répète qu'il est trop lent, que ses jambes sont trop petites. Il lui a proposé, dans un éclat de rire, de le porter. L'autre a répondu : « Si je marche en retrait, c'est pour éviter ton odeur. J'ai l'impression de suivre un cochon sauvage. J'arrive à peine à respirer. » Danica se retient de sourire quand elle les entend ainsi se chamailler.

Vient le soir. Ils s'arrêtent au bord de la rivière, sur une plage de petits galets, non loin d'un vieux pont en pierre. Les filles ont le droit de se baigner. Elles trouvent une piscine naturelle entourée de fougères et de petites fleurs jaunes. En remontant le courant, tombent sur une cascade. Elles s'amusent à s'y immerger le plus longtemps possible. L'eau est froide. Mais elle est si transparente qu'elles ont l'impression de nager au-dessus d'un millier de pierres précieuses. Tatjana a un peu mal au genou, elle se masse dans le ruisseau. Ljuba observe des libellules noires voleter sur les frondes des fougères. Elles ont des ailes si fines, si transparentes. Danica laisse glisser l'eau entre ses mains, en regardant ses camarades. En cet instant précis, elle se sent bien. Avec ses sœurs. Ici. En sécurité. Mais elle n'aime pas ça. Car elle sait que ça ne dure jamais, le bonheur. On vous le tend comme un appât pour vous l'arracher aussi vite. Ça coûte trop cher. Ça fait trop mal, après. Alors, elle sort, attend ses camarades en se séchant sur une pierre chaude. Comme toujours, elle tend l'oreille. Les mots des quatre hommes. « Il faudra accélérer, demain. On marche trop lentement. À ce rythme, on n'y sera jamais dans les temps. »

La nuit est tombée, c'est l'heure de dîner. Ils font un petit feu, encaissé entre les pierres. Ange leur donne quelques morceaux de viande sèche. Il dit « coppa ».

C'est bon. C'est salé. Puis, ce sont des beignets sucrés au fromage. « Brocciu. » Des quatre, Ange est le plus distant avec elles. Il semble craindre de passer trop de temps à leurs côtés. Il a une tristesse, parfois, dans le regard. Danica connaît ça. Elle aussi est comme ça. Toujours un peu seule, même quand elle est avec des gens. La gamine repense à Barto. Il lui manque déjà. Justement, avant de se coucher, Théo essaie de leur lire une histoire. Il s'y prend mal, n'y met pas la même passion que le vieil homme. Il parle trop vite, mange les mots. Au moins essaie-t-il.

Il est temps de dormir. Au-dessus des filles, la voûte céleste, magnifique. Des étoiles autant que l'éternité. Fred leur montre des constellations. À part Danica, aucune ne comprend ce qu'il leur explique. En regardant le feu qui crépite, il pointe les étincelles qui montent vers le ciel, et leur dit quelque chose de joli : « C'est comme ça que naissent les étoiles. » Les filles s'endorment.

Des yeux écarquillés dans la nuit. Théo se réveille. Il a chaud. Le cauchemar avec cette fille, encore. Chelsea. Son visage sans vie qui l'appelle… Le jeune se lève, s'allume une cigarette. Autour d'eux, les troncs des pins grincent sous la brise nocturne. Il tire quelques lattes. Les corps endormis autour de lui. Ange, ses grosses épaules repliées sur le côté. Fred, raide comme une momie, dans son sac de couchage. Et Dumè… qui ronfle comme un bienheureux, appuyé contre un tronc d'arbre alors qu'il est censé surveiller le campement. Il va le réveiller en tapant du pied dans sa jambe. Le Géant se frotte le visage : « Quoi ? C'est bon,

Zitellu, j'ai juste fermé un œil. Une minute, maximum. Je suis aux aguets. » Théo le réprimande et lui dit qu'il va prendre le relais. Il sait qu'il ne dormira plus. La voix de son père, toujours dans sa tête. « Un bon à rien. » Ses mains qui arrachent le collier de Chelsea. Le sang. Théo termine sa cigarette en observant le bivouac. Les dernières braises finissent de se consumer et diluent une lumière douce, orangée alentour. Les formes des sacs de couchage des filles. Quelque chose… Il jette son mégot dans le tapis de cendres et vérifie le coin où sommeillent les gamines. L'un des trois duvets est vide. Celui de la petite Ljuba. Où est-elle ? À la hâte, Théo va prévenir ses camarades, le plus discrètement possible. A-t-elle tenté de s'enfuir ? La môme doit être dans le coin. Théo attrape son arme, sa lampe-torche et part à la recherche de Ljuba. Il saute d'un rocher à l'autre. Tente de remonter le cours de la rivière. Personne. En contrebas, les faisceaux des lampes du reste de la bande. Théo décide d'aller vérifier auprès du vieux pont génois qu'ils ont franchi avant d'arriver ici. Il marche parmi les arbres tortueux. L'arche du pont se découpe entre les branches. Une forme, recroquevillée, sur le parapet. C'est elle. Sous ses pieds, dix mètres de vide et des blocs de roche. Ljuba tient quelque chose dans ses mains, se balance d'avant en arrière. Théo court jusqu'à elle. La gamine est juste vêtue d'un tee-shirt, ses cheveux blonds cachent son visage. Elle se balance trop. Elle pourrait tomber. En s'approchant, il tente de lui parler : « Ljuba. C'est moi, Théo. Redescends de là. Tu es en danger. Tu m'entends ? » Mais la gamine n'a pas l'air de faire attention à lui. Est-ce une crise de somnambulisme ? Elle parle très vite. Les mêmes mots, en serbe. Des paroles qu'il ne comprend pas. « *Svi idu umreti.* » Théo est quasiment au niveau de l'enfant, plus que quelques pas et il pourra la saisir. Il tend la main dans sa direction. Une voix derrière lui. « Non, ne la touche pas. » Théo se retourne, stupéfait. C'est Danica. Elle le dépasse, attrape la petite fille, la serre fort dans ses bras et la tire vers elle. Théo n'en revient toujours pas. Danica vient de lui parler dans un français quasi parfait. Tout ce temps, elle comprenait ce qu'ils disaient. Théo reporte son attention sur Ljuba. Elle a des larmes sur les joues, les yeux un peu perdus. Théo remarque qu'elle tient son pull bleu ciel entre ses mains et en triture les mailles. La petite finit par se calmer, parvient à retourner au campement. Danica l'aide à se recoucher. Une fois que la gamine s'est endormie, Théo demande à Danica si ce genre de crise arrive souvent à la fillette. Elle répond : « Oui, quasiment tous les jours. » Biasini a une idée. Il propose, la nuit venue, de lui attacher la main à un fil relié à l'une de ses camarades. Ainsi, si elle se réveille à nouveau, elles pourront les prévenir. Danica accepte. Tatjana, elle aussi, s'est réveillée. Elle semble en colère contre sa camarade, la réprimande. Une fois que Ljuba est rendormie, Théo demande à la Croate :

— Danica, comment as-tu appris le français ?

— Par mon père. Il était professeur de français dans un lycée de ma ville. Il m'a appris votre langue depuis ma naissance.

— Pourquoi nous l'as-tu caché ?

— Parce que je voulais être certaine. Que je pouvais avoir confiance.

— Ça veut dire que c'est bon, maintenant ?

— Non. Ça veut dire que je n'ai pas eu le choix. Quand elle a ses crises, seules Tatjana ou moi pouvons toucher Ljuba.

— La petite répétait des mots en serbe, que disait-elle ?

— Rien. Ça n'a aucun sens.

Danica s'allonge dans son sac de couchage, tourne le dos au jeune homme. Elle lui a menti. Car, en arrivant sur le vieux pont en pierre, elle a bien compris les paroles de Ljuba. Elle répétait : « *Svi idu umreti.* » Ils vont tous mourir.

37

26 juillet 1993
Porto, Corse

6 heures du matin. Jacques vient de se garer le long de la D81 qui longe les calanques de Piana, en suivant les indications que lui avait données Venturi. « Le virage en tête d'épingle, juste après le rocher de la tête de chien. » À l'épais nuage de fumée noire qui s'élève dans le ciel matinal, le gendarme a aisément repéré la voiture de Barto. Peretti fait quelques pas sur le bas-côté, jusqu'au rebord, observe en contrebas et découvre la carcasse de la Citroën AX de l'oncle des Biasini. Il n'y aurait pas eu cet amas rocheux pour la retenir au bord de la falaise, le véhicule aurait dégringolé jusqu'à la mer, une cinquantaine de mètres en dessous. Jacques n'a pas le choix, il doit aller vérifier, d'autres membres des forces de l'ordre ne tarderont plus à arriver. Prudemment, il descend la pente abrupte.

Pauvre Barto… Le Mistral n'avait aucune raison de s'en prendre à lui… Chaque jour qui passe, Venturi devient de plus en plus incontrôlable… Jacques a appris que les trois lieutenants du clan, Leoni, Serra et Léandri, ont refusé de le suivre dans sa traque de la bande des Roches rouges. Ils ne veulent pas s'en prendre à ces gamines innocentes, ni aux enfants d'Orso Biasini, leur ancien camarade. Avec de telles dissensions, le Mistral pourrait ne jamais s'en remettre. Mais Venturi s'en moque. Au contraire, c'est l'occasion dont il rêvait pour faire sécession. Francis fait désormais cavalier seul. Aux côtés de quelques-uns de ses soldats fidèles et accompagné des mercenaires serbes d'Horvat, il sillonne la région pour retrouver les braqueurs et les trois gamines. Jacques, lui, se retrouve empêtré au milieu de ce merdier.

Un accident de voiture... Le gendarme manque de glisser sur les caillasses, se retient comme il peut aux racines, et arrive enfin au niveau de l'engin, plus qu'une carcasse déformée. Il est peut-être encore temps, il aimerait y croire. Personne à l'intérieur. La dépouille du vieil homme gît à quelques encablures de l'engin, sur un tapis de verre pilé, certainement projeté à travers le pare-brise par la violence du choc. Un mètre de plus et c'était le grand vide.

« Va vérifier que le vieux a bien eu son compte. Et assure-toi qu'on conclue à une mort accidentelle. » Peretti se baisse près de l'oncle des Biasini. Il a la moitié du visage ouvert par une large entaille. D'autres ecchymoses aussi. Des traces de lacérations sur les bras, le ventre. Les hommes du Mistral se sont acharnés sur lui pour le faire parler. « Je suis désolé, Barto. » Ces mots sortent de ses lèvres pincées alors qu'il prend le pouls de l'homme.

Une palpitation infime. Barto n'est pas mort. Que faire ? Appeler des secours, tenter de le sauver, ou en finir ? Comment réagira Venturi s'il sait que l'oncle des Biasini a survécu ? Jacques n'a pas le choix. Comme il ne l'a jamais eu. Il s'apprête à placer ses mains sur la bouche et le nez du vieil homme pour l'étouffer quand ce dernier ouvre les yeux et lui saisit le bras. Jacques, épouvanté, aimerait se dégager. L'ancien professeur d'histoire se met à parler, d'une voix fragile.

— Jacques… Tu dois les aider. Toi. Tu le peux. Ils vont les trouver. Partis… Ils sont partis à pied. Je crois… je ne sais plus. Je crois que je leur ai dit. J'avais si mal. Fais quelque chose. À Évisa. C'est là qu'ils vont. Aide-les.

— Je ne peux pas, Barto. Je ne peux rien faire.

— Il est toujours temps. Ils ont besoin de toi. Tes amis. Tes frères. Ces gamines…

L'homme crache du sang, hoquette, sa main toujours serrée autour du bras de Jacques. Une minute plus tard, il est parti. Peretti reste de longues minutes sur le bord de la corniche, le corps du vieil homme dans ses bras. Derrière lui, dans les montagnes, le soleil franchit les crêtes et commence à inonder de sa lumière les falaises de granit. Jacques est incapable de bouger. Il n'entend pas les sirènes des autres véhicules de gendarmerie qui viennent sur la route. Comment en est-il arrivé là ?

Bientôt, des collègues le rejoignent. Il tente de se reprendre, leur explique la situation, leur raconte qu'il ne sent pas bien, leur promet de faire sa déposition plus tard. Il remonte la pente, glisse, se griffe les mains, saigne mais n'y prête pas attention. Il conduit jusqu'à chez lui. S'enferme dans son appartement de la caserne. Il lui faut boire un verre. Quelque chose de fort. Il déniche une vieille bouteille de vodka. Ça fera l'affaire. Cul sec. Sa décision est prise, irrévocable. Il a un coup de fil à passer. D'une main tremblante, il compose le numéro. « Il est toujours temps… »

Une voix endormie à l'autre bout du fil.

— Nina, c'est moi. J'ai besoin de toi.

38

26 juillet 1993
Évisa, Corse

« Il faut continuer », martèle Ange. L'aîné des Biasini ne pensait pas que la montée vers Évisa serait si éprouvante. Depuis plus de deux heures, ils se sont engagés sur un sentier en lacets qui sinue entre les chênes verts et semble ne jamais prendre fin. Le temps est orageux aujourd'hui. De gros nuages noirs plombent le ciel. La chaleur est lourde. Ils sont tous essoufflés, ont le palais desséché, ont du mal à reprendre leur respiration. Fred le rejoint et lui demande : « On peut encore attendre un peu ? Les filles sont crevées. » Ange répond non de la tête et repart aussitôt, suivi de près par son frère, puis, bientôt, par toute la troupe. Placer ses mains dans les sangles de son sac, se pencher en avant. Avancer, se méfier de ces dalles trop lisses. Souffler, tous les trois, quatre pas. Puis s'engager dans un nouveau serpentin. Recommencer. Derrière lui, il entend Tatjana se plaindre dans sa langue natale. Mais il n'y prête pas attention. Chaque minute compte. Personne n'a l'air de s'en rendre compte, à part lui. Il est convaincu que ceux du Mistral, et Horvat avec eux, finiront par remonter leur piste. Il suffirait que ces randonneurs croisés ce matin parlent de cet étrange groupe vu aux abords de la forêt d'Évisa. Ces quatre hommes aux mines sinistres et ces trois gamines qui fuyaient leurs regards… Venturi a des oreilles partout. Ils doivent faire vite. Mettre le maximum de distance entre l'ouest de l'île et eux.

Dumè se saisit d'un morceau de bois, en arrache les branches mortes, vérifie qu'il est assez solide et le tend à Ljuba. En faisant semblant de marcher avec une canne, il lui dit : « *Chjuca*, prends ça et tu gambaderas comme un cabri. » *Chjuca*, il l'appelle comme ça, désormais. Ça veut dire la petite. Il l'aime bien cette gamine. Elle dégage un truc unique. Elle attire la lumière. Ljuba attrape le bout de bois et lui répond : « *Hvala vam.* » Il le sait maintenant, ça signifie merci. La môme a l'air bien fatiguée. Lui aussi est crevé mais ne doit rien montrer. Après tout, si on l'appelle le Géant, ce n'est pas pour rien. Il doit être fort, pour ses copains comme pour les trois filles. « Montrer l'exemple. » Sa mère lui disait souvent ça, à Dumè. Parce qu'il ne ramenait pas de bonnes notes, il fallait qu'il soit le plus gentil, le plus serviable avec ses professeurs. L'école, ça n'a jamais été trop son truc. Ce qu'il aimait, c'était tout ce qu'il y avait autour. Écrire dans la marge, graver son nom avec la pointe de son compas sur son bureau, les récrés avec les copains. Faire les gros yeux et remporter toutes les billes. Il repense beaucoup à tout ça, Dumè, tandis qu'il marche. Les souvenirs avec la bande, leurs virées, leurs balades. Tout remonte. Lui, il croit toujours que rien n'a changé. Malgré les années, et tout ce qu'il s'est passé ces dernières semaines. Théo qui flingue cette fille sur leur deuxième braquo, la trahison d'Ange avec les flics de la PJ… Il sent la tension entre les deux frères, mais ça finira par s'arranger. Dumè a envie d'y croire. « Tant qu'on est ensemble, c'est déjà bien. C'est déjà ça. » Il leur a dit ça la veille, mais personne n'a eu l'air de l'écouter. Il a l'habitude. Alors, Dumè continue d'avancer. Malgré ces ampoules qui lui déchirent les talons. Il avait bien dit que ces chaussures étaient trop petites. Devant lui, Danica fredonne une comptine. Le Géant arrive à son niveau. Comme chaque fois qu'il tente de lui parler, il en fait trop, articule, exécute de grands mouvements pour tenter de se faire comprendre, alors même qu'il sait désormais qu'elle parle le français. Il lui faut un peu de temps au Géant. Pour comprendre. Pour tout. « C'est joli ta chanson, Danica ! » La gamine lui sourit et chantonne un peu plus fort. La douleur est là, dans ses pattes, mais Dumè accélère et dépasse Fred, Théo, puis Ange, qui lui jette un regard intrigué. Il progresse encore et, une fois qu'il a mis assez de distance, se retourne et, dans un sourire, leur balance à tous : « Arrêtez de traîner, bande de *pultroni* ! Si j'arrive le premier à Évisa, vous me portez pour le reste de la marche ! »

Évisa. Enfin. Théo demande au groupe de rester en retrait et va jeter un œil au bout du chemin, là où il rejoint la route menant au village. Appuyé contre le mur d'enceinte d'un vieux cimetière, il observe. Pas d'activité particulière en cette fin de matinée. Quelques voitures font des allers et retours. À leur bord, des visages inconnus. Il s'apprête à aller chercher ses camarades, quand un bruit de moteur pétaradant le retient. Il se tapit derrière un bosquet de fougères. L'instant suivant trois motocross passent en rugissant devant lui, suivies par un quad. Il a reconnu le pilote du tout-terrain. Il ne portait pas de casque. Ces cheveux blonds, ces yeux plissés. C'était cette saloperie de Dragan, l'homme de main du milliardaire. Théo revient auprès des siens. Il explique la situation à l'oreille de son frère. Il se méfie de ce qu'il dit, maintenant qu'il sait que Danica parle le français. Il ne veut pas inquiéter les gamines. Les quatre de la bande décident de se cacher dans le cimetière et d'attendre la tombée de la nuit pour tenter de rejoindre le chemin qui mène vers la châtaigneraie, de l'autre côté du village.

22 heures. Ils viennent de prendre un repas sur le pouce, à l'abri d'un mausolée. Un orage s'est déclaré plus tôt dans la soirée. Il pleut à verse. Quelques tranches de pain, un peu de charcuterie. Tout le monde parle à voix basse, tente de faire le moins de bruit possible. L'après-midi a été étrange, comme suspendue. Devoir rester assis au milieu des pierres tombales, des cryptes. Les quatre de la bande étaient plus mal à l'aise que les gamines. Elles ne semblaient pas se soucier de la présence des tombes. Ljuba s'est même amusée à confectionner un bouquet avec quelques fleurs sauvages glanées ici et là qu'elle a offert à Dumè. Dans l'après-midi, Théo a un peu discuté avec Danica. Elle lui a raconté brièvement leur vie d'avant. La guerre. Les morts. Les bombes. L'orphelinat. Des mots succincts. Des silences qui en disent tout autant. Lui, en

réponse, n'a pas su trouver les bonnes paroles. Que dire après un tel récit ? Sa vie, ses souffrances lui paraissent si dérisoires face à ce qu'ont vécu ces trois gamines. Alors, il a puisé dans sa mémoire, est allé, comme souvent, trouver de l'aide parmi ses souvenirs avec Barto. « Quand j'étais jeune, je demandais souvent à mon oncle ce que ça voulait dire, être corse. Il me répétait une phrase, soi-disant un dicton. Je suis certain qu'en fait, il l'avait inventé pour Ange et moi. Ça disait : "Quand les montagnes auront résonné de tes rires, la terre aura bu ton sang, la mer noyé tes larmes, alors, seulement, tu pourras dire que tu es corse…" Tu vois, Danica, tes amies et toi, avec ce que vous avez vécu, vous êtes certainement plus corses que nous. »

Théo vient d'aller vérifier une dernière fois qu'aucun de leurs poursuivants ne patrouille dans le coin. Depuis plusieurs heures, pas un signe de Dragan ni des autres motards. Peut-être ont-ils continué leur route ? C'est le moment. Chacun enfile son coupe-vent, sa capuche. Cette pluie torrentielle est une aubaine. Moins de risques de croiser des gens. Le groupe entre dans le village d'Évisa. Les rues sont désertes. Sur leurs gardes, les quatre frémissent au moindre bruit de voiture. Les gouttes glissent sur leurs imperméables, et détrempent leurs pantalons, leurs chaussures. Ils arrivent dans la rue principale. Pas âme qui vive. Les volets des habitations sont fermés. On entend le murmure de discussions, le brouhaha de la télévision à l'intérieur. Tatjana se fige devant la devanture d'une supérette fermée. En vitrine, la une du *Corse-Matin* affiche une nouvelle fois les visages des quatre braqueurs. « La traque des meurtriers se poursuit. Les forces de l'ordre mobilisées. » L'adolescente demande à Danica de lui traduire. Ange pousse les filles en avant pour qu'elles avancent. « C'est quoi cet article ? » demande celle qui parle le français. « Ce n'est rien », répond l'aîné des Biasini. « Des bêtises. Ceux qui nous poursuivent racontent des mensonges sur nous. » Ils accélèrent le pas, s'enfoncent dans les ruelles pavées qui grimpent vers le haut du village. Le sentier pour la châtaigneraie est juste au-dessus. Plus qu'une portion de route à traverser et ils y seront. En arrivant en haut, des lueurs de gyrophares les figent. Là-bas, barrant l'accès au sentier, une voiture de gendarmerie. Ils font marche arrière, se tassent à l'angle d'une maison. Les flics les ont-ils vus ? « Il y a un autre passage ? » interroge Dumè. Malgré la pluie, Ange déplie sa carte et tente d'apercevoir quelque chose. « Non, je ne crois pas. »

Des bruits de pas sur le bitume détrempé. Quelqu'un approche. N'ayant aucun autre choix, Ange dégaine son arme et dit à Dumè de faire reculer les filles. Il compte prendre en otage le gendarme qui arrive pour forcer le passage… Ensuite, ils verront bien. L'aîné des Biasini se presse contre le mur. Juste au-dessus de lui, une gouttière qui fuit déverse des coulées d'eau sur sa capuche. Il a du mal à y voir. Une forme surgit. Maintenant. Il jaillit, pointe son flingue sur le crâne de l'individu. « Ange, c'est moi. » Une voix qu'il reconnaît immédiatement. Une voix qui est toujours là, quelque part, en lui. Il abaisse son pistolet. C'est elle. Nina. Elle porte un matériel complet de randonnée. Un pantalon imperméabilisé, une veste. Un sac à dos, des cordages accrochés sur le côté, des bâtons de marche. Il lui demande :

— Qu'est-ce que tu fais là ?

Avec son timbre un peu cassé, si particulier, elle lui répond.

— Pas le temps de t'expliquer maintenant, il faut vous mettre en sécurité. Vous êtes recherchés.

Dumè, Fred et Théo, suivis des filles, reviennent vers eux. D'abord stupéfait, le Géant finit par sauter dans les bras de Nina. Elle esquisse un sourire, puis lui rend son étreinte. Ange, lui aussi, aurait aimé la sentir contre lui. Après tout ce qu'ils viennent de vivre. Juste une seconde. Mais il sait qu'elle ne le laisserait jamais faire. Nina ne pardonne pas.

La jeune femme les entraîne vers le véhicule de gendarmerie. Jacques s'en extrait. En le voyant apparaître, Théo s'exclame :

— Qu'est-ce qu'il fait là, celui-là ? Ça sent l'embrouille, Ange.

— On doit leur faire confiance, Zitellu. Pas le choix.

Alors que les filles s'abritent sous un châtaigner avec Nina, Jacques explique à la bande des quatre ce qui est arrivé à Barto. Ses derniers mots. Le plus jeune serre les poings. Il a envie de frapper, de faire mal. Ange, lui, intériorise sa peine, comme toujours. Le gendarme les informe également de la traque lancée par Venturi et Horvat. Une dizaine d'hommes, des soldats du Mistral et des mercenaires du milliardaire, qui les cherchent dans la région. Puis conclut :

— Je vais rester ici le plus longtemps possible. S'ils repassent par là et qu'ils veulent emprunter ce sentier, j'essaierai de les retenir, de vous faire gagner du temps.

— Et Nina ?

La jeune femme, dans leur dos, répond avant son frère.

— Je viens avec vous.

— C'est trop dangereux. Ces types qui nous poursuivent sont des tueurs.

— Ma décision est prise, Ange. Vous avez besoin de moi. Je connais ces forêts, ces montagnes par cœur. Vous ne passerez pas sans moi. Moi aussi, je veux aider ces gamines.

Ce regard qui sait toujours ce qu'il veut. Et qui finit par l'avoir. Il ne parviendra pas à la faire changer d'avis.

Alors que la troupe va pour s'enfoncer dans la châtaigneraie, Jacques, mal à l'aise, ajoute :

— Je suis désolé, les gars. J'aurais voulu vous aider plus tôt.

Théo lui répond, sèchement.

— Il est trop tard pour être désolé.

Avant de s'éloigner, Nina glisse quelques mots à l'oreille de son frère, l'embrasse sur la joue, puis rejoint les autres. Jacques se retrouve seul. Il s'installe derrière le volant, vérifie son arme. À travers le pare-brise trempé, il observe le petit groupe s'éloigner. Il espère qu'ils s'en sortiront. Et qu'il n'arrivera rien à sa sœur. Il s'en veut, a honte de ne pouvoir lui-même aider ses anciens camarades. Mais Nina est la seule à pouvoir les guider. Et lui aussi va avoir un rôle à jouer.

Ils marchent depuis une heure. La pluie rend le sentier glissant, transforme le paysage. De nuit, avec l'averse, la châtaigneraie prend des atours lugubres. Plus aucune nuance de vert mais que du gris, des ténèbres, partout.

Pour les trois filles qui progressent en se serrant la main, tout est menace. Les branches des châtaigniers sont comme des doigts déformés, tendus vers eux. Les murets couverts de mousse qui sinuent le long du chemin ressemblent à des squelettes de serpents gigantesques. Et cette eau qui coule et coule. Les gamines n'essaient même plus de s'abriter le visage. Ça ne sert à rien. Ljuba demande une nouvelle fois à Danica quand elles vont s'arrêter. Elle a froid, elle a peur. Danica ne répond pas et la tire un peu plus vers l'avant. La plus jeune commence à hoqueter, elle va pleurer. Nina se présente, explique qu'elle est là pour les aider, les protéger. Elle se tourne vers Danica, dont elle sait qu'elle parle sa langue. « Ces forêts, ces montagnes, c'est chez moi, ma maison. Ça fait des années que j'organise des randonnées ici. Je connais le moindre col, la moindre forêt. Tant que vous resterez à mes côtés, il ne vous arrivera rien. » Ljuba regarde cette femme. Ces cheveux noirs, coupés court, ces yeux gris. Ces légères pattes-d'oie de ceux qui ont trop bu de soleil. Ces mains rêches, couvertes de cicatrices. Ce corps sec, musclé. Elle ressemble tout à la fois à une fée et à une guerrière. La Serbe sait qu'elle peut lui faire confiance. Le fil le lui a susurré. Nina les protégera. Mais sa présence à leurs côtés est une déchirure pour elle. Ljuba raconte tout ça à ses camarades, alors que la guide a déjà rattrapé la tête du groupe.

Un hurlement de moteur. Tous se regardent. Le son est encore lointain. Mais aucun doute, Dragan et les autres sont sur leurs traces. Sans attendre une seconde, Nina se met à courir. « Suivez-moi. Vite ! » Le bruit des machines, de plus en plus près. Dans la pénombre, Tatjana se prend les jambes dans une racine. Elle s'effondre sur le ventre, s'ouvre un peu le menton. Fred lui tend la main, l'aide à se relever. Continuer. Le groupe n'est plus qu'une masse noire à travers les châtaigniers séculaires.

Ange se retourne. Les phares des bécanes apparaissent par intermittence, à travers les troncs, au bout du chemin. Plus qu'une question de minutes. Il sort son arme, retient son frère. « On peut essayer de les retarder. » Nina remarque que les deux Biasini se sont arrêtés, revient vers eux. « Faites-moi confiance, on va les semer. » Sur un hochement de tête, ils repartent tous les trois. Ils arrivent près d'un vieux moulin, Nina en longe la façade usée, tourne sur la gauche, passe par-dessus une rambarde en bois. Il y a une odeur forte dans l'air. En franchissant la barrière, leurs chaussures s'enfoncent dans des flaques de boue. Impossible de se déplacer sans faire de bruit. Un cri fait sursauter les gamines. Une forme trapue file devant eux. C'est un cochon. D'autres apparaissent. L'odeur est insupportable. Ange demande à Nina : « Une porcherie ? Tu n'as pas mieux comme cachette. Le moulin là-bas ? » Elle répond, sans même s'arrêter : « Non, ils vont nous y chercher. Et la ruine est effondrée. Impossible d'y entrer… Notre seule chance, c'est de traverser cet enclos. » Penchés en avant, ils progressent péniblement dans la fange. La petite Ljuba reste piégée, ses deux chaussures plantées dans la bourbe. Elle appelle à l'aide. D'un coup sec, Dumè la tire en hauteur et la garde dans ses bras. Tête posée sur l'épaule du Géant, la gamine pointe son doigt en arrière. Danica chuchote : « Ils sont là. » Derrière eux, trois motos et deux quads sont en train de ralentir. Malgré le brouhaha, une voix plus forte que les autres, un léger accent. C'est Dragan. « Ils sont dans le coin, les traces de pas sur le sentier sont claires. Trouvez-les. » In extremis, le groupe se tasse derrière un petit abri en tôle, qui les dissimule à peine. Autour d'eux, une quarantaine de porcs reniflent l'air. Ange ose un œil. Les motos sont là, juste au niveau du vieux moulin, qu'un type inspecte avec sa lampe. « Il n'y a personne là-dedans. » La voix du bras droit d'Horvat. « Va voir par là-bas. » D'un geste, Nina indique au groupe de se plaquer par terre, en espérant que la masse grouillante des animaux les cachera. Un type balaie la porcherie de son faisceau. Eux sont allongés, à même la boue. C'est intenable. Les cochons, apeurés par la lumière, courent autour d'eux. Ça grogne et ça hurle. Leurs sabots passent à quelques centimètres de leurs visages. Danica est dégoûtée, elle a envie de crier, de fuir ce cauchemar. Le rayon de la lampe passe sur les animaux, glisse jusqu'aux plaques de tôle. Sous la lumière, la gamine aperçoit un œil vitreux, une mâchoire qui s'ouvre, des dents jaunies. Elle ne pourra pas tenir. Elle a l'impression d'être de retour là-bas. Parmi les morts qui marchent et les nuits sans fin. Elle sent qu'elle panique mais on lui saisit la main. C'est Tatjana. Elle place un doigt sur ses lèvres pour lui indiquer de ne pas faire de bruit. Enfin, après une longue attente, l'homme du Mistral se détourne et dit à ses camarades : « Il n'y a rien ici, que des bêtes. On continue. » Les motos s'éloignent. Ange, Théo, Dumè et Fred, arme au poing, observent les feux arrière disparaître dans la végétation. Enfin, Nina se redresse, fonce jusqu'à l'autre bout de l'enclos, aide les filles à passer une barrière couverte de barbelés. « Ils vont finir par faire demi-tour. On doit repartir. » Alors, ils courent, en faisant le moins de bruit possible. Les fougères viennent fouetter leurs pantalons trempés. À un moment, Dumè, serrant toujours la petite Ljuba dans ses bras, passe trop près d'un pin et se griffe le bras sur une branche cassée. Une brûlure. Il lâche une plainte. La fillette lui dit des mots en serbe. Il répond : « Ça va, ça va… » Ils descendent, toujours plus. La pente est raide, glissante. Le ruissellement d'une rivière en contrebas. Ils arrivent enfin au bord de l'eau, remontent le ruisseau sur une centaine de mètres, puis, à la suite de Nina, passent sur le versant opposé. Le son des moteurs s'est éloigné. Le groupe peut enfin ralentir. Nina leur autorise une courte halte pour se désaltérer, retirer le gros de la boue collée à leurs vêtements. La jeune femme leur explique que les motos ne pourront les suivre sur ce sentier, qui devient de plus en plus escarpé, jusqu'à la forêt d'Aïtone. Là-bas, une fois qu'ils auront franchi un pont suspendu, ils seront en sécurité. Théo demande à son frère : « Tu penses qu'ils vont laisser tomber ? » Ange s'asperge le visage d'eau, puis répond : « Non, ils vont revenir. »

39

26 décembre 2019
Calvi, Corse

« Ton père te doit la vérité. »

Le vol Air Corsica vient d'atterrir à Calvi. Marie émerge de l'Airbus, descend les marches de la passerelle, pose un pied sur le tarmac. Quitter l'air aseptisé et les lumières artificielles de l'engin et être saisie par l'odeur du maquis, le soleil qui éblouit malgré l'hiver, les collines tout autour et la mer Méditerranée, là-bas, qui scintille. C'est une vague de souvenirs qui vient frapper la jeune femme. L'agent d'Europol récupère sa valise, va chercher sa voiture de location. Elle dépasse Lumio, Algajola, arrive bientôt à L'Île-Rousse. Cette route… Elle ne pensait plus jamais l'emprunter. Elle aperçoit la bergerie en ruine de son père. Aujourd'hui, plus qu'une forme indistincte sous les ronces. Chaque fois qu'ils passaient devant, il lui disait qu'un jour, il l'achèterait, qu'ils en feraient leur maison. « Rien qu'à nous. » C'était l'époque où il essayait encore… Les week-ends, il l'emmenait parfois déjeuner chez Edgar, une connaissance qui avait une paillote en bord de plage. L'après-midi, il la laissait jouer au bord de l'eau. Lui restait à table, enchaînant clope sur clope. Rarement, il se baignait avec elle et, moins souvent encore, acceptait de venir l'aider à bâtir des châteaux forts. Malgré son insistance, même si elle attrapait sa main et le tirait vers la mer. « Je suis fatigué, Marie. Va plutôt te trouver des copains. »

La policière se gare devant l'immeuble où vit son père depuis quelques années. Grimpe les quatre étages. Le bâtiment n'est pas très entretenu, la peinture cloque, des pans de lino sont décollés. Elle se campe devant la porte de l'appartement. Hésite… Enfin, elle sonne. Des bruits de pas, une voix.

— Qui est-ce ?

— C'est moi, Marie.

La porte s'entrouvre. Son père, Jacques Peretti, apparaît. Il la regarde avec des yeux ronds. Ne réussit pas à trouver les mots. Il est vêtu d'un bas de jogging marron, d'un polo usé. Une barbe grisonnante sur ses joues creusées, des sourcils broussailleux, et cette moustache qui lui a toujours bouffé le visage. L'homme qui lui fait face semble beaucoup plus âgé que ses cinquante-cinq ans. Peut-être est-ce le prix de la solitude. Visiblement gêné, il la laisse entrer. Son appartement est assez petit. Ça sent le renfermé et la nicotine. L'air est chargé de poussière. La télévision, comme toujours, est allumée.

— Quelle surprise, Marie ! Qu'est-ce que tu viens faire en Corse ?

— Je suis là pour le travail. Une enquête…

— Tu veux boire quelque chose, un café, un thé ?

— Un café, oui, je veux bien, Jacques.

Jacques… Voilà des années qu'elle ne l'appelle plus papa. Le quinquagénaire se rend dans la kitchenette et prépare sa cafetière. Il continue à causer : « Tu m'aurais prévenu plus tôt, j'aurais rangé un peu. Tu comptes rester longtemps ? Si tu veux, tu peux dormir ici, j'ai un canapé-lit. Ça me ferait plaisir. » Elle répond d'un lapidaire : « Non, ça ira, j'ai un hôtel. Le Stella Mare. » En l'attendant, elle observe l'appartement. La décoration est austère. Un poster représentant les gratte-ciel de New York. « Un jour, on partira en vacances là-bas. » Encore une promesse qu'il n'a pas tenue. Autour de la fenêtre, Jacques a accroché une guirlande lumineuse de Noël. Malgré elle, Marie trouve ça un peu triste. De rares photos ont été punaisées sur le papier peint. Des images d'elle, plus jeune. D'eux, ensemble. Sourires froids. Des clichés qui résument leur vie. Ils prennent la pose, à côté l'un de l'autre, mais il y a un vide entre eux… Deux étrangers partageant une même vie. Est-ce la disparition de sa mère, très jeune, qui a détérioré leur relation ? Est-ce à cause de cela que Marie est si creuse au-dedans, aujourd'hui ? Sur un autre mur, des images plus récentes. Un portrait où on la voit en uniforme de police. Puis une image de Romy. La dernière photo qu'elle lui a envoyée. Deux ans plus tôt.

Un peu voûté, Jacques revient vers elle avec deux tasses de café fumant. Ils s'installent dans le salon. Il lui demande s'il peut allumer une cigarette. Elle acquiesce. Après une latte, il demande :

— Quelles sont les nouvelles ? Comment va la petite Romy ?

Jansen souffle sur le café, en boit une gorgée. Trop amer. Elle repose la tasse. Que répondre ? Qu'elle ne sait pas ? Que ça fait des semaines qu'elle ne fait que passer en coup de vent, chez elle ? Que sa fille n'a même pas quitté sa chambre, ce matin, quand elle est partie pour l'aéroport ?

— Elle va bien. Elle grandit…

— Et Willem ? Son travail à l'hôpital ?

Après Belgrade, Marie est rentrée chez elle quelques jours pour préparer sa venue ici, en Corse. Et passer Noël aux côtés de sa famille. Son mari, un soir, après le dîner, a tenté d'avoir une discussion avec elle, mais la policière a prétexté avoir besoin de repos. Elle lui a promis qu'ils prendraient le temps de se parler une fois son enquête bouclée. Gratter un peu de répit. Retarder l'inévitable. Car elle sait ce qui les attend. Quand elle était encore à Belgrade, par les caméras de son système de surveillance, elle l'a entendu, un soir, discuter au téléphone avec un de ses amis d'enfance, avocat. Willem posait des questions sur les procédures de divorce, les démarches à suivre. Il compte demander la garde de la petite. Et elle le laissera faire. À quoi bon se battre ? C'est un bon père. Elle n'a jamais su être mère. Jacques attend toujours sa réponse. Jansen lâche un sourire forcé, sèche ses mains moites sur son jean. Il est temps.

— Jacques, je suis ici pour te parler de quelque chose…

Durant les deux jours passés à La Haye, Sóley et elle ont épluché les rapports policiers de Corse de l'été 1993. Elle avait des pistes, quelques prénoms : Ange, Théo,

Dumè, Fred, lâchés par Ljuba au gré de ses paroles sibyllines. Sa collègue islandaise a rapidement trouvé un recoupement avec une affaire, celle dite du gang des Roches rouges, un autre nom mentionné par Baba Yaga dans la chapelle. Les prénoms sont devenus des patronymes : Ange et Théo Biasini, Dumè pour Dominique Agostini, et Fred pour Farid Ferrah. Des malfrats qui auraient dévalisé deux yachts durant le mois de juillet, fait une victime, puis assassiné deux flics. Des tueurs… Marie le sentait, elle tenait enfin sa piste. L'affaire avait fait grand bruit à l'époque. Les malfrats avaient été traqués pendant des mois, d'importants moyens policiers déployés sur l'île, mais aucun n'a jamais été retrouvé. Quel lien entre ces types et Horvat ? Puis, le déclic. La Tisseuse avait expliqué avoir été retenue prisonnière avec ses camarades à bord du yacht d'Horvat, puis miraculeusement secourue… « Ils viennent nous libérer. Ceux qui sont perdus. » Parmi les braqueurs, un visage disait quelque chose à Marie. L'Islandaise et elle ont vérifié, une à une, les photos prises durant la soirée de présentation du domaine Olympos. Et, là, sur un instantané où Horvat portait un toast avec Venturi, à l'arrière-plan, aveuglé par le flash, un homme habillé en serveur. Théo Biasini… Les quatre braqueurs avaient certainement tenté de cambrioler l'*Odyssea*, y avaient découvert les filles, puis s'étaient volatilisés. Horvat n'avait évidemment pas déclaré le vol. Il risquait trop gros si les autorités comprenaient ce qu'il cachait dans sa cale… Comme un puzzle dont les dernières pièces s'emboîtent parfaitement, d'autres paroles lui sont revenues en tête. Celles de Dragan, « notre plus belle chasse avec Horvat ». Avec l'aide du Mistral, ils ont entrepris de les retrouver eux-mêmes… Ils les ont traqués.

Et puis, il y a eu cette dernière information, venue confirmer un pressentiment qui grandissait en elle. Comme une évidence. En relisant les divers dossiers de l'enquête du GRI, Marie est tombée sur un compte-rendu d'interrogatoire. Jacques Peretti, son père, avait été entendu, en tant que témoin, dans le cadre de l'enquête. Il avait connu les quatre braqueurs plus jeune, et la police voulait en savoir plus. Ses réponses avaient été expéditives. Une question avait interpellé la jeune femme : « Entretenez-vous des relations avec le clan du Mistral et plus particulièrement avec Francis Venturi ? » Sa réponse, lapidaire : « Je connais, comme tout le monde, Venturi de vue. Rien de plus. » Pourtant, elle savait, elle. Elle avait entendu son père discuter au téléphone, elle avait vu ce type, avec ses chiens, venir s'asseoir à sa table dans le restaurant de Calvi. Elle se souvenait des murmures dans la gendarmerie, et de ce que disaient les autres gamins : « Ton père, c'est le *sbirru merzu*, un flic pourri. Il traite avec le Milieu. » Quand elle avait dix ans, après une enquête interne de la gendarmerie, Jacques avait été radié et condamné à une peine de deux ans, avec sursis. Pas de retraite ni de chômage. Rien. Ils avaient emménagé dans un deux-pièces, un rez-de-chaussée sombre et humide, à la sortie de la ville. Ils ne voyaient plus personne. Avait trouvé un petit boulot de gardien de nuit dans l'hypermarché du coin. Ils ne faisaient plus que se croiser. À dix ans, Marie devait se rendre à l'école seule, se préparer elle-même ses repas. Parfois, on n'a pas d'autre choix que de grandir trop vite. C'est à cette période qu'elle avait cessé de l'appeler papa.

Si la jeune femme est là, aujourd'hui, face à son paternel, c'est avant tout pour avoir des réponses. Après toutes ces années.

— Je veux que tu me parles de tes quatre anciens amis, les frères Biasini, Dumè et Fred. Des trois filles qui ont été retrouvées dans le yacht de Miroslav Horvat. Je veux que tu me racontes tout ce que tu sais… Tout ce qu'il s'est passé en juillet 1993.

Jacques la regarde, interdit. D'une main tremblante, il dépose sa tasse de café, se lève, avance jusqu'à la baie vitrée, il l'entrouvre.

— Il n'y a rien à dire. C'était il y a longtemps.

Elle le rejoint, le bouscule, le force à la regarder.

— Raconte-moi, Jacques. Est-ce que tu as aidé le Mistral à retrouver les fuyards ? À mettre la main sur les filles ?

— Non. Au contraire, j'ai… j'ai essayé d'aider mes anciens amis.

Il semble prêt à lui parler.

— Il faut que tu me dises toute la vérité. Tout ce que tu sais.

— La vérité…

Puis, aussi rapidement, son visage se ferme.

— Non, je ne veux pas reparler de ça. Je ne peux pas.

Marie insiste.

— Quelqu'un tue, l'un après l'autre, tous ceux liés à cette histoire. Quelqu'un se venge du sort réservé à ces gamines, il y a vingt-six ans. As-tu joué un rôle là-dedans ? Que sont devenus les quatre braqueurs ? Sont-ils vivants ?

— Il vaudrait mieux que tu partes, Marie. Parfois, il ne faut pas remuer le passé. Il faut le laisser là où il est. Je n'ai rien à te dire.

— Si je reviens, Jacques, ce sera avec la police.

Il la pousse vers l'entrée. Avant de refermer, il lui dit :

— J'aurais aimé que les choses soient différentes. Si tu savais… Mais on ne change pas le passé.

Il claque la porte.

Marie s'attendait à une telle réaction de la part de son père, lui qui n'a jamais su parler. Mais elle voulait le confronter. Maintenant, elle va attendre. Se cacher. Car elle le sait, le tueur finira par venir ici. Si Jacques est lié à cette affaire, il voudra s'en prendre à lui. Et elle sera là pour intervenir. Certes, il va lui servir d'appât. Mais elle n'a pas d'autre choix.

CINQUIÈME PARTIE

Une main dans une autre

« Des sacrifices. Une main dans une autre. Trois cœurs qui s'éteignent. Ils ne savent pas encore ce qui les attend. Le prix à payer. »

40

27 juillet 1993
Aïtone, Corse

Une heure du matin. La pluie a cessé. Déjà, le ciel se dégage. Une lune gibbeuse éclaire la forêt d'Aïtone. Épuisés, trempés, leurs vêtements encore constellés de boue, le groupe de marcheurs s'installe dans une bergerie abandonnée. Quatre murs qui tiennent à peine debout. Ça fera l'affaire. On laisse tomber ses sacs au sol, on s'écroule sur les dalles froides. On souffle, enfin. Les adultes, eux, restent sur leurs gardes. Nina les a prévenus. Une route passe non loin. Aux aurores, il faudra repartir. Pour l'heure, les filles doivent se reposer. Essayer, si possible, de trouver le sommeil.

Fred prend quelques instants pour désinfecter la blessure que s'est faite Dumè au bras, lorsqu'ils ont fui les motos. Le Géant serre les dents, rouspète. La coupure est profonde. Ange passe à leurs côtés et leur dit : « Moins de bruit. » On tente, péniblement, de faire sécher pantalons et vestes en les suspendant en hauteur, à des poutres bouffées par les termites. Nina a refusé qu'Ange fasse un feu. Trop risqué. Alors, en silence, chacun prépare sa couche. On ne parle pas, on murmure. À la lueur d'une lampe posée au sol, l'aîné des Biasini découpe les derniers morceaux de fromage et les distribue à ses camarades. Le petit groupe est assis en cercle, collés les uns contre les autres, pour gagner un peu de chaleur. Danica observe la lame du couteau d'Ange et demande :

— Il y a une inscription, là, sur ton couteau ? Ça veut dire quoi ?

— Ça ? C'est du corse. C'est écrit : « *Chè la mia ferita sia murtale.* » Ça veut dire « Que ma blessure soit mortelle ». C'est une vieille expression qui date de l'époque où on pratiquait encore la vendetta.

— La vendetta ?

Alors, Ange, lui qui a toujours tant de mal avec les mots, s'efforce de lui expliquer cette tradition de vengeance, cette forme d'auto-justice qui existe depuis toujours sur ces terres. Il tente de se souvenir de ce que lui racontait Barto. Dans sa bouche, comme s'il lui venait en aide, les paroles de son oncle. Et dans les yeux des filles, la même fascination que lorsque lui était enfant. À intervalles réguliers, Ange doit s'arrêter pour que l'adolescente traduise aux deux autres. « Notre peuple a du mal à oublier, n'a jamais su faire le deuil. C'était aussi pour nous un moyen de faire justice, puisque les Génois, nos oppresseurs, ne nous en donnaient pas le droit. Parfois, une vendetta pouvait courir sur des années, des générations. » À la fin de son récit, Danica lui demande : « Barto, tu penses qu'il va bien ? » L'aîné des Biasini serre la mâchoire, puis répond : « J'en suis certain. Ce vieil âne ne se laisserait pas avoir comme ça. »

Sentant l'émotion monter en lui, il sort de la bergerie. Il attrape une poignée de terre humide, puis la fait glisser dans une poche de sa veste. Nina le rejoint.

— Qu'est-ce que tu fais ?

— Rien. Barto faisait souvent ça. Il me disait qu'avant de voyager, pour que notre île reste toujours avec nous, il fallait prendre une poignée de terre et la garder dans sa poche. Je fais ça pour lui…

Il s'époussette les mains. Elle reste silencieuse. À l'intérieur, Dumè dort déjà, son lourd ronflement a quelque chose de rassurant après les dernières heures qu'ils ont vécues. Les filles, elles, ne tarderont pas à s'assoupir à leur tour. Théo et Fred sont allés patrouiller dans les parages, pour s'assurer que personne n'approchait. Dans la forêt, c'est le calme d'après la pluie. Au-dessus de leur tête, des pins laricio dansent sous le vent. On entend, un peu partout, le ploc-ploc des dernières gouttes qui perlent du bout des branches, des feuilles.

— Pourquoi es-tu venue, Nina ?

— Parce que Jacques me l'a demandé. Il m'a parlé de ces gamines. Et puis, je me suis dit que je vous devais ça, à vous quatre, en souvenir de nous. De notre passé.

Elle s'apprête à rentrer se coucher, il l'appelle. Il aimerait que ça sorte, enfin. Ces mots qu'il a tant ruminés, dans sa petite maison du Pradet, pendant ces heures passées devant ce combiné qu'il n'osait pas décrocher.

— J'aurais voulu faire différemment, Nina. Mon départ. Te prévenir. Mais c'était compliqué. Il fallait que je recommence à zéro. J'ai fait ça, aussi, pour te protéger toi.

Elle le regarde avec dureté, puis répond.

— Ça n'allait plus entre nous, Ange. Depuis longtemps. Tu n'étais plus qu'une ombre dans le sillage d'Orso. On se voyait à peine. Je ne te reconnaissais plus. Tu as bien fait de partir. Je t'ai attendu, c'est vrai. J'ai espéré un signe, un coup de fil. Mais j'aurais dû le savoir plus tôt, tu es trop égoïste pour cela. Tu ne regardes jamais en arrière. Les autres, tu t'en moques bien.

— Tu as certainement raison. Et je m'en veux. Mais je suis heureux que tu sois là, aujourd'hui. Je ferai en sorte qu'il ne t'arrive rien.

— Je n'ai pas besoin de ta protection. C'est moi qui suis là pour vous aider. Et non l'inverse.

Deux ombres qui émergent de la frondaison des arbres. Fred et Théo accourent vers eux. Ange se tend, prêt à foncer chercher son arme. Fred les rassure :

— Tout va bien ! On n'a vu personne. En revanche, on a découvert quelque chose. Il faut réveiller les filles. Que vous veniez tous voir. Ça vaut le coup d'œil. Ce n'est pas loin.

Intrigués, Nina et Ange vont chercher les trois gamines. Un peu ensuquées, elles mettent des vêtements secs, les suivent. Personne n'ose réveiller Dumè, qui dort comme un bienheureux. Les garçons les emmènent une centaine de mètres plus loin. Au bord d'une clairière. Ici, plusieurs pins se sont effondrés, offrant un large espace dégagé. Les troncs, arrachés depuis longtemps, sont couverts de mousse, de lierre. Sur l'étendue plane, un parterre de fougères monte jusqu'à la taille. Il y a du mouvement, des bruissements dans l'air. Des battements d'ailes. Fred avance parmi les plantes, puis fait glisser ses mains sur les frondes. Instantanément, des dizaines, des centaines de petits papillons noirs et bleus s'envolent. Bientôt, c'est une nuée qui l'entoure. Les filles, d'abord surprises, sont émerveillées. Danica demande à Ange si, elles aussi, peuvent y aller. Il hésite. Son frère lui donne un coup de coude : « Allez, Ange. Elles en ont besoin. On en a tous besoin. » D'un hochement de tête, il accepte. Aussi vite, les trois gamines se jettent dans les massifs de fougères. Les papillons tournoient autour d'elles, se posent sur leurs vêtements, leurs cheveux. Les reflets brillants de leurs ailes, comme des éclats de saphir. Ange les laisse en profiter quelques minutes, surveillant les alentours. Puis, voyant que les filles commencent à faire trop de bruit, il appelle tout le monde à retourner se coucher dans la bergerie. Danica passe à côté de lui et lui dit : « Merci. »

Des dents qui mordent, qui lui arrachent la gueule. Au-dessus de lui, Venturi qui tient ses cerbères en laisse. Derrière, Chelsea qui se marre. Théo ouvre les yeux. 5 heures du matin. Il est en sueur. Il s'éponge le front avec son sac et se lève. Quelqu'un est déjà debout, c'est Nina. Il la rejoint devant la bergerie. Elle a l'air tendue. Il va pour lui demander ce qui arrive mais, d'un geste, elle lui impose le silence. Un son, diffus, au loin. Des aboiements. C'est ce qui a dû le réveiller. Elle chuchote :

— Des chiens… Des chiens arrivent. Vite.

Ils se précipitent à l'intérieur et réveillent tout le monde. On s'habille en quatrième vitesse. On enfile ses chaussures encore humides. On range ses affaires comme on peut. Moins de cinq minutes plus tard, les huit sont réunis devant la vieille habitation. Danica demande ce qu'il se passe. Nina leur explique : « Il faut qu'on parte. Ils nous ont retrouvés. »

La guide doit réfléchir vite. Où aller ? S'ils ont des chiens, ils pourront certainement les traquer à l'odeur, plus aisément. Pas le choix. « Suivez-moi. » Ils redescendent vers la rivière, contournent les vastes bassins, sautent de rocher en rocher. Nina présume que s'ils restent près de l'eau, les animaux auront plus de mal à les sentir. Le passage devient ardu. Ils doivent aider les gamines à traverser des gués dangereux, à grimper au-dessus de grosses rocailles. Heureusement, avec la lumière montante de l'aurore, ils y voient plutôt bien. Mais leurs poursuivants aussi… Des mains qui se tendent et qui sont attrapées. Des pieds qui glissent dans l'eau mais qu'on retient in extremis. Et les aboiements, là-bas. Bientôt, c'est une voix qui résonne dans les gorges. Celle de Venturi. « Les Biasini ? Vous m'entendez ? On sait que vous êtes là. C'est votre dernière chance de nous rendre les filles. Ramenez-les et on vous laissera filer. » Les quatre de la bande échangent un regard, Ange dit : « On continue. » Après un moment, la voix de Venturi, encore : « Bande de rats, vous m'entendez ? Théo, je t'avais dit que mes chiens se souviendraient de ton odeur ! Vous ne nous échapperez pas. »

La bande progresse. Mais trop lentement. Fred s'arrête. « On n'y arrivera pas. Ils vont nous rattraper…

Continuez par ici. Je vais les attirer sur l'autre versant. Je vous retrouverai plus loin. » Dumè lui saisit le bras. « Qu'est-ce que tu fabriques, tu es fou ? On reste ensemble ! » Fred se dégage, tire son pistolet de sa ceinture. « Je sais ce que je fais, *amicu*. Laisse-moi y aller. » Le Géant s'incline. Nina explique : « Fred, une fois que tu auras traversé le pont suspendu, il faudra grimper, faire le tour de cette falaise. Nous t'attendrons, là-haut, sur ce pic rocheux que tu vois entre la cime des arbres. » Il hoche la tête et file. Ils le regardent franchir la rivière pour revenir sur ses pas, puis repartent.

Fred court vers la menace. Il a un point de côté. Il ne sait pas vraiment pourquoi il a fait ça. Ça n'a aucun sens. Il n'a pas réfléchi. Fred n'a jamais été le plus brave ni le plus fou d'entre eux. Mais ça a été comme une évidence. Peut-être qu'il a trop attendu, trop été en retrait toute sa putain de vie. Fred, il a toujours fait ce qu'on attendait de lui. Un bon fils. Celui qui rendrait ses parents fiers. Un bon élève. Exemplaire. À ne jamais faire de vague. Baisser la tête, courber l'échine. Un bon copain. Toujours là pour rendre service, pour arranger les galères des potes. Un bon Arabe. Qui accepte qu'on lui vole son prénom. Son identité. Un bon Corse. Un bon Français… Un bon tout. Peut-être qu'en cet instant, il a voulu leur montrer, à eux, ses frères, les seuls qui lui ont jamais laissé sa chance, qu'il pouvait être quelqu'un d'autre, sortir de son rôle, et que lui aussi pouvait prendre les rênes. Qu'il en a assez d'être le plus raisonnable. L'homme se plaque contre le tronc d'un énorme pin. Reprend sa respiration. Maintenant qu'il est au pied du mur, il ne sait plus trop. Ses mains tremblent. Il n'aurait peut-être pas dû. Mourir pour quoi ? Pour qui ? Donner sa vie, vraiment, pour ses amis, pour ces gamines ? Et pourquoi pas ? Ça vaudra mieux, peut-être, que de crever dans une prison, ou étouffer derrière les fourneaux d'une pizzeria dégueulasse… Vivre ces quelques instants qu'il lui reste. Vivre et ne plus avoir peur. Enfin. Ne plus baisser la tête. Fred sent son cœur marteler sa poitrine, comme jamais. Des bruits de feulement, des voix. Il observe. En contrebas, au bord des piscines naturelles, un type tient un chien en laisse. L'animal renifle l'air, cherche dans quelle direction partir. Fred vise, comme il peut, et tire. La déflagration fait un écho terrible. De quoi attirer tous leurs poursuivants vers sa position. La balle manque sa cible et ricoche sur une pierre. Paniqué, le soldat du Mistral, sans lâcher le clébard, inspecte les environs, sort son arme et tire, un peu à l'aveugle, dans sa direction. Il ne l'a pas encore vu. Fred assure mieux sa visée, tente de réprimer ses tremblements. Une deuxième balle. Viser les jambes. Le projectile touche. Dans un cri, l'homme de main s'écroule et lâche sa laisse. L'énorme rottweiler file, comme une balle, dans la direction de Fred.

S'enfuir, redescendre la rivière, trouver un endroit où se cacher, peut-être. En espérant au moins que les échanges de tirs auront permis aux autres de prendre le large. Il dévale la pente, s'agrippe aux troncs d'arbres pour ne pas perdre l'équilibre. Il se dit qu'il va s'en sortir, qu'il peut y arriver, quand une forme bondit sur lui et le fait basculer. Il roule à terre. Le molosse est là, devant lui. Il n'a pas le temps de braquer son pistolet que la bête se jette sur lui. L'animal lui griffe les jambes, le mord au mollet. Sa chair qui se déchire, les tendons qui lâchent. La douleur, indescriptible. Il frappe la gueule du chien avec son pied libre. Mais la bête ne lâche pas. Malgré la souffrance, Fred ramène son arme et vise. Les soubresauts du chien qui le fixe de ses yeux globuleux, sa mâchoire arrimée à sa jambe. Une balle. L'animal est propulsé en arrière. Mort sur le coup. Fred tente de se redresser. Impossible de poser son pied à terre. Sa jambe saigne beaucoup. Trop. Une voix provenant de la rivière. « Là-bas. Il est là-bas ! »

Nina et les autres courent le long du sentier. Devant eux, la passerelle suspendue. Un pont composé de câbles en acier et de poutres en métal. La traversée est hasardeuse. Le vide en dessous, impressionnant. Pour Nina, c'est leur salut. Elle explique à Théo : « Les chiens ne passeront pas par là. Ils perdront du temps à la contourner. Une fois de l'autre côté, il y a un carrefour avec plusieurs chemins. C'est notre seule chance de les semer. » Dumè franchit le pont en premier, puis invite les filles à faire de même. Danica, les mains ancrées sur les garde-corps, saisie par le vertige, a du mal à traverser. Ses amies l'encouragent. À pas lents, elle parvient à passer de l'autre côté. C'est au tour de Nina, puis Théo. Au moment où Ange s'apprête à passer, des détonations retentissent plus bas. Plusieurs coups de feu. L'aîné des Biasini hésite. Son frère lui fait de grands gestes.

— Vite, Ange.

— Non. Je vais chercher Fred. On ne le laisse pas tout seul.

— Mais on ne sait pas combien ils sont là-bas !

— J'y vais.

— C'est de la folie, Ange.

— Laisse-moi, *Fratè*. Laisse-moi y aller. On vous retrouvera au point de rendez-vous.

— Fais attention à toi.

Ange dégaine son arme et part.

Fred fait encore quelques pas. D'autres aboiements. Là-bas, une petite grotte taillée dans la roche. Mais il va devoir descendre cette pente abrupte. Il se laisse glisser sur le dos. Il prend trop de vitesse. Il percute une souche d'arbre. Mal à la tête. Son arme, merde, où est son arme ? Impossible de trouver son MR 73 dans le tapis d'aiguilles de pin. Sa jambe est si lourde, la douleur lui donne envie de hurler. Il se traîne jusqu'à la fissure, s'y faufile. Il ne peut y tenir qu'allongé. Ça sent l'humidité, la décomposition. Les minutes passent. Des voix, des halètements d'animaux. Par l'interstice, il aperçoit des jambes, et le corps d'un chien qui renifle sa trace. Dans sa poche de pantalon, il attrape son Opinel. Ils vont le trouver, il le sait. Mais il fera ce qu'il peut.

La truffe du chien se plante devant l'entrée de la crevasse. Des babines qui se retroussent. Un filet blanc de bave qui coule. Fred aimerait tant que la bête ne le flaire pas. Mais il a si chaud, il est en sueur… Un grognement. Une voix. C'est Venturi. « Alors, *u mio cane*, c'est là que ce rat se planque ? » Fred serre son couteau dans sa main. Une forme se jette sur le parrain. Il s'écroule, inconscient. Des coups, des bruits de lacération, un geignement. Puis le silence. La silhouette voûtée se relève, les mains rouges, le visage taché de sang. C'est Ange. Il tend la main vers la grotte et aide

Fred à en émerger. Il est essoufflé. Dans son œil, une flamme, une folie, peut-être, que son ami n'avait jamais vue. Biasini se tourne vers le parrain du Mistral toujours dans les vapes. Il le retourne sur le dos, se positionne au-dessus de lui, prêt à lui enfoncer son couteau dans le cœur. Fred hurle :

— Attends, Ange. Ne fais pas ça. Ce salopard, c'est notre laissez-passer !

— Il faut en finir. Maintenant. Si on bute Venturi, ils arrêteront peut-être de nous poursuivre.

Venturi ouvre les yeux, tente de se dégager. Mais Ange le maintient fermement.

— Non, Ange, ce sera pire, tu le sais bien. Horvat n'abandonnera jamais et les lieutenants du Mistral, qui, pour l'instant, jouent la neutralité, pourraient envoyer plus d'hommes. Tant qu'il est en vie, avec nous, on ne craint rien.

Des bruits de pas. Trois hommes arrivent au niveau de la rivière, en dessous, et braquent leurs armes sur eux. Ange force le parrain à se soulever et le plaque contre lui, sa lame collée sur son cou.

— Maintenant, Venturi, tu vas dire à tes gars de faire marche arrière et de retourner à leurs véhicules. S'ils tentent quoi que ce soit, s'ils nous suivent, on t'abat. Compris ?

Venturi refuse, insulte Ange. Biasini entaille légèrement la chair du parrain. « C'est bon… c'est bon. » Venturi finit par s'exécuter. Les hommes, sur leurs gardes, reculent, puis disparaissent. On entend des échanges de talkie-walkie. La nouvelle se répand : « Francis a été fait prisonnier. On arrête la traque.

Retour aux motos. » Ange, sans attendre, force le chef de clan à avancer.

— Vous faites une terrible erreur. Vous devriez nous rendre les filles, qu'on en finisse. Horvat vous retrouvera… quoi qu'il en coûte.

— Alors tu mourras… Tu parles trop, Venturi. Comme toujours.

Ange sort de son sac un tee-shirt et l'utilise pour bâillonner le chef du Mistral. Fred marche péniblement derrière eux. Maintenant, il leur faut rejoindre les autres.

41

27 juillet 1993
Col de Vergio, Corse

Un soleil énorme, dévorant, brûlant au-dessus d'eux. Ses rayons qui semblent irradier partout. Même le bleu du ciel est délavé. La fatigue. Leurs jambes si lourdes. La sueur coule sur les fronts, dans les nuques. Des nuées de mouches leur tournent autour. Ils ne prennent même plus la peine de les chasser. On trébuche. On se redresse. On s'aide de ses mains pour se hisser en hauteur. Le groupe grimpe vers les sommets. Plus haut, toujours plus haut. Nina tente de les motiver. « Il faut avancer, nous avons fait le plus dur. » En arrivant au col de Vergio, deux heures plus tôt, la jeune femme n'a pas hésité longtemps. Impossible de redescendre par la voie la plus directe, le sentier traditionnel qui rejoint le lac de Calacuccia, mais qui sinue trop près des routes. Le chemin des crêtes par Bocca di Foggiale les attendait. Plus dangereux, plus cahoteux, plus long. Mais plus sûr.

Les reliefs sont de plus en plus escarpés, la végétation arasée, les arbres se font rares. Tous cherchent l'ombre, l'attendent, la prient. Désormais, seuls quelques hêtres osent encore se dresser parmi cet océan de rocs, d'herbes jaunies. Le vent qui souffle sans discontinuer a, année après année, modelé, transformé les arbres. Ils semblent en pénitence. Penchés, leurs troncs et leurs branches repliés sur eux-mêmes. Les marcheurs progressent sur de grandes dalles, puis empruntent des lacets parmi des éboulis de pierres. Avec, toujours, le vide en dessous, vertigineux. Autour du groupe, la vue est à couper le souffle. À l'ouest, les montagnes à perte de vue et, par-delà, la mer. Le temps est si dégagé que, dans leur dos, on aperçoit les calanques et la baie d'Ajaccio… Mais personne ne profite du paysage. On garde les yeux rivés au sol.

Fred, à la traîne, a bien du mal à suivre. À chaque pas, sa jambe le lance. Un peu plus tôt, Dumè l'a rejoint et l'aide désormais à avancer. Son vieux complice le tient par l'épaule, et se moque de lui pour tenter de lui remonter le moral : « Tu cherches toujours une bonne excuse pour me serrer contre toi, hein ? Tu peux pas vivre sans moi, Da Vinci ! » Une fois tous réunis, dans la forêt d'Aïtone, Nina a tenté de faire un bandage au blessé. Mais il n'a pas tenu longtemps. Déjà, une tache de sang, noire, se répand sur son jean. Nina a expliqué qu'il faudrait l'emmener dans un hôpital, pour qu'il puisse faire suturer sa plaie. Le plus proche est celui de Corte. Tous savent que c'est impossible. Alors, ils continuent. Un pied devant l'autre.

Théo, progressant en queue de peloton, tire péniblement la corde qui le relie à Venturi. Ils se sont servis des cordages d'escalade de Nina pour lui attacher les mains. L'autre extrémité est accrochée à la ceinture du jeune homme. Par deux fois, le chef du clan a tenté de se faire la malle. Alors, maintenant, on le tient en laisse. Comme lui le faisait avec ses clébards. D'y penser, ça arrache un sourire à Zitellu. Depuis qu'ils sont partis aux aurores, le parrain fait tout pour les ralentir. Derrière son bâillon, il baragouine des insultes, mime de se prendre les pieds. Et, dès qu'il en a l'occasion, regarde en arrière, espérant voir ses hommes se porter à son secours. Mais, pour le moment, personne ne vient.

À 18 heures, alors que la nuit commence à tomber, ils s'arrêtent, près d'un cairn, à l'abri d'un massif rocheux, se massent les pieds, se rafraîchissent. Nina change à nouveau le bandage de Fred. La plaie est profonde. Leur camarade a le visage creusé, les yeux enfoncés. Voyant ses amis le fixer avec inquiétude, il leur répond : « Ne me regardez pas comme ça, je ne suis pas encore mort ! » Nina termine le pansement, fait quelques pas, et s'assoit, face au vide. Le soleil est en train de disparaître à l'horizon, loin, là-bas. Les nuages se teintent d'orange, de rose, de violet. Nina a le souffle court, des larmes qui lui montent. C'est si dur. Elle pense à Jacques. Elle espère qu'il s'en sort… Que fait-elle ici ? Pourquoi a-t-elle accepté de venir ? Ces anciens camarades ne sont plus les gamins qu'elle a connus mais des malfrats, des tueurs. Elle a vu Ange revenir à l'aube, son arme pointée sur Venturi. Il avait du sang plein les vêtements. Fred qui est gravement blessé… Et le parrain du Mistral qu'ils ont fait prisonnier… Jamais Venturi ne leur pardonnera. Il les punira, tout le groupe, et son frère pour ça. Nina ferme les yeux. Se rappeler pourquoi elle a accepté de venir. Quand elle a décroché le téléphone, que son frère lui a annoncé que la bande des Biasini et ces filles étaient en danger, elle a failli raccrocher. Puis, elle l'a vue, là-bas, dans le salon. Et elle a su. Qu'elle irait, qu'elle les aiderait. Parce qu'elle aimerait qu'un jour quelqu'un puisse en faire de même pour elle. Sauver ce qui peut l'être. Et il était temps qu'elle affronte Ange, qu'elle lui explique. Nina serre si fort ses poings que ses ongles s'enfoncent dans ses paumes. Elle souffle un grand coup et se redresse. Ne rien laisser paraître. Car, après tout, elle est leur guide. Tous comptent sur elle. Elle s'installe auprès des trois filles, leur propose des barres chocolatées. Les deux plus âgées s'en saisissent avec des yeux gourmands. Ljuba, elle, ne s'y intéresse pas. La petite a les yeux dans le vide, marmonne des mots dans sa langue natale, en tirant les mailles de son pull élimé.

— Que fait-elle ?

Danica lui répond, la bouche pleine de chocolat.

— Rien, elle a une crise, ça va passer.

— Ça lui arrive souvent ?

— Oui. Surtout quand elle est fatiguée.

Nina fouille dans son sac, en extrait une écharpe en laine blanche, et la met entre les mains de la gamine. « Tiens, Ljuba, prends ça plutôt que ton pull. » L'enfant commence à en triturer les mailles. Après s'être léché les doigts, Danica ajoute :

— Parfois, Ljuba voit les choses qui vont arriver.

— Et que voit-elle pour nous ?

L'adolescente hésite, semble demander l'aval de Tatjana, puis répond :

— Des problèmes.

Théo retourne auprès de Venturi. Il tend au parrain un morceau de pain sec, une tranche de coppa et lui retire sa muselière. Le chef du Mistral dévore sa pitance, les mains liées au niveau de la bouche, tel un rongeur. Mendie un peu d'eau. Le jeune lui tend sa gourde. Enfin, après une gorgée, il murmure, après avoir vérifié que personne ne les entend :

— Théo. Écoute. Écoute-moi… On peut trouver un arrangement. Libère-moi. Et je te jure, on arrête tout. Regarde ton ami, il ne s'en sortira pas. Il a besoin de soins.

— Ferme-la.

— Ton père me faisait confiance et je ne l'ai jamais trahi. On pourrait reconstruire ça, toi et moi. Ensemble.

Théo s'apprête à lui replacer le bandeau sur la bouche, mais l'autre continue.

— Attends, attends… Je te propose un marché. Tu me laisses filer, vous nous rendez les filles. Et on oublie tout. Mieux. Tu pourras venir travailler avec nous, au Mistral. Je te ferai une place à notre table, avec les autres. Comme ton père avant toi. Regarde-moi, je me fais vieux. J'aurai besoin d'un successeur. Ça pourrait être toi. Tu en as les épaules. On a tous été impressionnés par ce que tu as fait avec ces braquages. On sait que c'est toi le cerveau. Tu as du génie, Zitellu.

Ses paroles sont comme du venin. Il poursuit :

— Si vous continuez, vous allez tous mourir, dans ces montagnes. Tous. Ces filles valent-elles vraiment ces sacrifices ?

Théo lui replace son bâillon. L'autre continue à essayer d'articuler des paroles. Le jeune s'en désintéresse et s'allume une cigarette. Le jeune Biasini observe les trois filles. Elles sont collées les unes aux autres et grignotent quelque chose. Dans la caboche de Théo, la question de Venturi tourne en boucle : « Valent-elles vraiment ces sacrifices ? »

La nuit est tombée. Il fait frais en altitude. Nina autorise qu'Ange fasse un petit feu, à l'abri de la roche. On a forcé Venturi à s'installer à l'écart, on lui a lié les pieds pour la nuit. Personne ne parle. Les yeux perdus dans les braises, chacun se remémore les événements des dernières heures. Les motos, les chiens, les balles qui fusent… La peur qui serre les entrailles, qui réduit la vision. La peur qui vous ronge. Fred tente de saisir cet instant, de faire parler le silence à travers un dessin. Mais son trait est maladroit, tremblotant. Il jette son croquis au feu.

Alors que tous sont noyés dans leurs pensées, le Géant a ces mots, en remuant les braises avec un morceau de bois : « En fait, nous tous, on s'est trouvés parce qu'on était perdus. » Il a des phrases comme ça, Dumè. Des trucs qu'il sort, parfois, et qui sonnent comme des pensées de philosophe. Ce n'est pourtant pas une lumière. Mais les choses les plus évidentes sont aussi souvent les plus belles. Parce qu'on les oublie un peu vite. Les autres hochent la tête, n'ajoutent rien. Peut-être que personne ne saisit réellement ce qu'il veut dire. Ou au contraire, peut-être que tout le monde a compris.

Une poignée d'heures de repos. On dort à même la pierre. Ange est réveillé par la sonnerie de sa montre. C'est à son tour de faire le guet. Il doit remplacer Dumè. Mais le Géant s'est encore endormi. Sa bouche entrouverte, avachi contre la falaise. L'aîné des Biasini le réveille et lui dit d'aller s'allonger. Il vérifie que Venturi n'a pas bougé, puis il grimpe sur un énorme rocher. De là-haut, il voit tout le vallon. Il règle les jumelles empruntées plus tôt à Nina. À quelques kilomètres en contrebas, à deux heures de marche environ, au niveau du col de Vergio, des lueurs de phares. Plusieurs véhicules sont garés en demi-cercle. Des 4 × 4, motos, quads… Ange ajuste la précision de ses binoculaires. Il y a du mouvement, de l'agitation. Deux hommes sortent d'un véhicule. Malgré la distance, Ange reconnaît Miroslav Horvat et son bras droit, Dragan. Le milliardaire et son âme damnée inspectent du matériel, ouvrent des caisses, distribuent des objets. Ange tente de mieux y voir, fait le point. Des armes. Des fusils de chasse. Puis l'homme de main attrape une valise noire, tout en longueur. Mais Ange ne parvient pas à voir ce qu'il y a dedans. Des lampes-torches s'allument. Ils préparent une expédition. Ils viennent les chercher.

Ange réveille tout le monde. Ils doivent repartir. Les filles n'auront dormi qu'une poignée d'heures mais impossible d'attendre plus longtemps. Chacun se prépare quand la voix de Danica s'élève. « Tatjana… Tatjana n'est plus là. »

42

28 juillet 1993
Col de Vergio, Corse

Tatjana a toujours su être patiente. Observer, attendre. Une fois tout le monde endormi, la jeune Bosniaque a surveillé Dumè pendant qu'il prenait son tour de garde. Elle savait bien que le Géant finirait, lui aussi, par sombrer. Depuis le début de leur expédition, c'était chaque soir la même chose. Il ne tenait jamais plus d'une trentaine de minutes avant de piquer du nez. Alors, elle s'est extraite de sa couche, a enfilé ses chaussures, attrapé son sac. Le plus silencieusement possible, la fille de quinze ans s'est approchée du duvet de Danica et lui a chuchoté, pas suffisamment fort pour que ça la réveille, mais assez pour que ses rêves s'en souviennent : « Un seul corps, une seule vie, sœurette. Pour toujours. » Tatjana s'est éloignée du campement et a redescendu le sentier de pierres blanches vers le col. Avec la lueur de la lune, la piste était relativement visible. Malgré tout, elle a glissé plusieurs fois, s'est égratigné les genoux, raclé la paume des mains, mais a continué. Il lui en aurait fallu plus, beaucoup plus pour rebrousser chemin. En réalité, rien ne pouvait l'arrêter.

Elle n'est plus très loin, maintenant. Là-bas, le long de la route qui mène au col de Vergio, elle distingue des lumières, des phares. Ce sont eux évidemment, qui se préparent à les pourchasser, encore. Ils se moquent bien que la bande ait attrapé ce Venturi en otage. Bauk n'a pas d'états d'âme.

En finir… Car ils ne s'arrêteront jamais. Les Monstres seront toujours dans son sillage. Depuis Sarajevo, ils ne l'ont jamais quittée. Ils ont beau changer de visages, elle sait les reconnaître. Ces soldats qui ont tiré au mortier sur sa vie, les hommes de l'orphelinat qui les ont traitées, elle et ses camarades, pire que des bêtes. Puis Bauk, leur maître à tous. Lui et ses mots mielleux. Ce qu'il lui a fait dans la chambre luxueuse de son yacht. La violence de ses gestes, sa respiration dans son cou. Et la douleur au-dedans. Il faut, maintenant, que ça s'arrête. Il n'y aura pas de demain, pas d'espoir possible tant que ce salaud respirera. Parfois, Tatjana a l'impression d'évoluer dans un cauchemar. Toutes ses souffrances, ces horreurs qu'elle a vécues… Peut-être qu'en réalité, elle est toujours dans sa chambre à Sarajevo, dans leur petit appartement au douzième étage de la tour B3, au cœur du quartier Alipašino Polje qui l'a vue grandir. Peut-être qu'elle va finir par se réveiller, ouvrir les yeux et découvrir le visage de sa mère. Son sourire. Deviner son père passer à la hâte dans le couloir, en serrant sa cravate et l'entendre râler parce qu'ils vont être en retard à l'école. Peut-être que sa vraie vie, sa vie normale, l'attend, de l'autre côté du voile. C'est aussi pour cela qu'il faut aller chercher le démon, là, au cœur de sa tanière. Plonger dans les ténèbres, pour retrouver un peu de lumière.

Elle y est presque. L'adolescente se tapit derrière un rocher, fouille dans son sac et en sort le couteau de cuisine qu'elle a volé chez Barto. Elle sait que le vieil homme est mort, que ces salauds l'ont tué. Danica a surpris une conversation et leur a raconté. Barto, le seul homme auquel elle s'était un peu attachée, lui qui avait su, par ses mots, sa douceur, rapiécer un peu son cœur plein d'échardes.

Plus tôt, dans la journée, alors qu'ils marchaient sous un soleil de plomb, Tatjana, perdue dans les décombres de ses souvenirs, a retrouvé ce qu'elle avait si longtemps cherché. Le prénom de son frère lui est revenu en mémoire. Il s'appelait Eldan. Évidemment… Tatjana s'est mise à sourire. Ljuba et Danica l'ont regardée bizarrement. Elle leur a dit : « Ce n'est rien, la fatigue. » Mais pour elle, c'était un signe, un cadeau. Maintenant, Eldan est avec elle. Elle n'est plus seule, il marche à ses côtés.

Elle arrive dans le sous-bois qui borde le col. Tassée sur elle-même, progresse, se faufilant d'un tronc à un autre. Tout le monde s'agite. Ils ne vont pas tarder à partir. C'est une question de minutes. Ils enfilent leurs sacs à dos, placent leurs fusils en bandoulière. Bauk est là-bas, près d'un véhicule, et observe une carte qu'il a dépliée sur un capot.

« Allez, on y va, petit frère ? » Tatjana se glisse jusqu'à l'arrière d'une voiture. Un homme se dégage du groupe, revient vers l'engin. Il ouvre la portière côté conducteur. S'il démarre, elle sera fichue… Heureusement, il ressort de l'habitacle, un sac à la main, puis rejoint les autres.

Tatjana contourne le 4 × 4. Le monstre est là, de dos, à moins de trois mètres. Lui sauter dessus et lui enfoncer son poignard dans le cœur. Elle sait qu'elle n'aura pas le temps de fuir. Mais ce n'est pas grave. S'il meurt, peut-être que son cauchemar prendra fin. Qu'elle retrouvera la vie qu'on lui a volée.

Elle se lance. Son bras tendu, prête à frapper, de toutes ses forces, de toute sa rage. Bauk, toujours concentré sur le plan. Elle amorce son mouvement d'attaque. Mais quelqu'un la saisit par l'arrière. On la retient, on lui serre le cou. D'un coup puissant, son assaillant lui fait lâcher son couteau. Elle reconnaît cette voix aiguë et sinueuse. C'est la Vipère. Il lui glisse à l'oreille, un sourire sur son visage de mort :

— Voyons voir ce que je viens de trouver… La petite tueuse. Toi et moi, on a un compte à régler.

43

27 décembre 2019
L'Île-Rousse, Corse

Des heures passées à fixer ce mur terne. À espérer, qu'enfin, quelqu'un approche de cette porte en acier… C'est la deuxième soirée que Marie passe en planque devant l'hypermarché où son père officie en tant que gardien de nuit depuis une quinzaine d'années. Luc Marchant, un policier de la BNLCOC, la Brigade nationale de lutte contre la criminalité organisée corse, coordonne l'opération avec elle. Tous deux sont installés dans un « sous-marin », une fourgonnette banalisée de la police. Ils sont garés, en retrait du parking, dans l'axe de la porte arrière de la grande surface. Si l'assassin doit entrer, ça sera par là. Les autres accès sont fermés par des rideaux métalliques. La jeune femme tente de s'étirer sur son fauteuil. À rester ainsi immobile, elle a mal au dos. Et ce foutu gilet pare-balles compresse sa respiration. À l'intérieur, ça sent le renfermé, la sueur, les nuits blanches et le tabac froid. Marchant est un type plutôt sympathique, quoique un peu bavard. Après quelques heures à ses côtés, Marie sait tout de son confrère. Sa jeunesse au Havre, son arrivée en Corse, il y a six ans. Malgré la création en 2013 de cette nouvelle brigade, la BNLCOC, l'augmentation de leurs effectifs et de leur budget, il est toujours aussi difficile de mener à bien leurs enquêtes sur l'île. Pourtant, le flic ne cesse de le claironner, il est tombé amoureux de la Corse et de ses habitants. Pour lui, sa vie est désormais ici. Même si ça lui a coûté beaucoup. Sa compagne l'a quitté quelques mois plus tôt, avant de retourner sur le continent. Elle le pressait de demander une mutation. Elle ne supportait plus de le voir rentrer si tard, les yeux dans le vague, sentir qu'il ne l'écoutait jamais vraiment. Comme beaucoup d'autres flics, Marchant ne sait pas laisser ses enquêtes sur le pas de la porte. Le policier lui a demandé comment ça se passait pour elle, à Europol. Elle a botté en touche : « C'est différent. On a les moyens de mener nos enquêtes. » Mais en réalité, elle ressent la même chose. Quand elle est auprès de sa famille, en train de lire une histoire à Romy, ou de dîner avec son mari, une part d'elle est toujours en train de réfléchir à ses dossiers. Pour changer de conversation, Marie a interrogé Marchant sur ce Balafré, le prétendu parrain de l'île. La réponse du jeune flic a fait écho à ce qu'on lui a déjà raconté : « On en a tous entendu parler. Il y a des histoires. Des cadavres de malfrats qu'on retrouve avec des plaies sur la joue, comme des balafres. Ce serait sa marque, sa signature. Mais personne ne l'a jamais vu, ce type. Pour moi, c'est du vent. Une légende inventée pour entretenir la peur, brouiller les pistes. »

3 heures du matin, via sa radio, Marchant demande à ses collègues, en train de surveiller de leur côté l'immeuble de Peretti, d'aller vérifier que rien ne bouge dans leur périmètre. Dans l'attente, il se remet à grignoter ses graines de tournesol qu'il fait craquer entre ses dents. « Ça m'évite de fumer, dit-il. Ça me calme. » Marie lui sourit, même si, au fond, elle trouve ça assez insupportable. Du mouvement. Une silhouette se découpe le long du grand bâtiment beige. Jansen donne un coup de coude à son confrère. « Là-bas, c'est lui. » Elle est sûre d'elle. Ce treillis noir, ce sweat-shirt ample, cette cagoule et cette étrange étoffe rouge qui lui barre les yeux. C'est l'individu qu'elle a traqué à travers toute l'Europe. Les deux flics ont beau se savoir invisibles, derrière le pare-brise fumé de l'engin, ils se tassent dans leur fauteuil. Tous deux retiennent leur respiration. Un grésillement dans la radio : « Marchant, RAS de notre côté. Personne autour de l'immeuble. On retourne à la voiture. » Le son était trop fort. Là-bas, le tueur s'est figé, il tend l'oreille, contrôle autour de lui. Marie coupe aussi sec la radio. Enfin, celui que Baba Yaga a appelé Némésis achève son crochetage. Et disparaît à l'intérieur du magasin. Comme prévu, les flics branchent leurs oreillettes reliées au système radio ACROPOL de la police, afin de rester en contact. Marchant prévient la seconde équipe de les rejoindre au plus vite. C'est le moment. Normalement, Marie n'est pas habilitée à intervenir. Elle ne devrait avoir qu'un rôle d'observation, mais elle a demandé à Marchant de jouer hors procédure et de lui céder sa place. Elle connaît l'histoire de l'assassin, sa quête vengeresse, pense pouvoir le convaincre de déposer les armes.

Et c'est son père qui est en danger, là-dedans. Le flic restera devant l'entrée en attendant ses collègues.

Jansen vérifie son arme et se faufile à l'intérieur de l'entrepôt. Pas un bruit, hormis le grondement du système de ventilation. Autour d'elle, de hauts rayonnages remplis de cartons. Quelques transpalettes ont été laissés là, au milieu des allées. La femme entre dans l'hypermarché. La cabine de surveillance se trouve à l'autre bout du magasin, vers l'entrée publique. Les rayons défilent, uniquement éclairés par quelques veilleuses. Elle doit se dépêcher. Malgré tout ce qui la sépare de Jacques, elle ne se pardonnerait pas qu'il lui arrive quelque chose. Au pas de course, elle arrive de l'autre côté de la grande surface. La porte du bureau des vigiles est entrouverte. De sa main libre, Marie en pousse le battant. Un mur couvert de moniteurs de contrôle, un bureau, un fauteuil, un lit de camp. Jacques n'est pas là. Elle jette un œil aux écrans qui renvoient les images des caméras du magasin. Là, sur la 4, son père fait sa ronde d'un pas las, lampe à la main. Sur la 6, un mouvement attire son attention. Une ombre longe les vitrines de congélation. Marie ressort à la hâte. Ses baskets qui dérapent sur le carrelage. Elle passe dans l'allée centrale, les rayons défilent. Personne. Puis c'est un cri, un bruit de chute. Pas loin. Marie court à en perdre haleine. Là, au niveau des alcools, un corps à terre, un autre qui l'enjambe. La jeune femme tonne : « Ne bougez plus. Je suis armée. Levez les mains. » Némésis se redresse, les mains en l'air, son couteau étincelant dans sa main. Jacques, apparemment sain et sauf, recule. L'assassin, lentement, se décale vers les étagères : « Je vous ai dit de ne pas bouger. Lâchez votre… » Marie n'a pas le temps de terminer sa phrase. Il s'est saisi d'une bouteille et la lui jette au visage. La femme se protège comme elle peut. La bouteille explose contre ses avant-bras, entaillant ses poignets. Ses vêtements sont constellés d'éclats de verre et de vin grenat. Le tueur a filé. Marie prévient Marchant : « Il arrive vers vous. Tenez-vous prêts. Il va ressortir. » Se rue vers son père. Il a une estafilade au cou, mais ne semble pas grièvement blessé. « Jacques, ça va ? » Il la regarde, paniqué « Que fais-tu ici ? Qui… qui est-il ? J'ai cru qu'il allait me tuer. Il m'a parlé. Il m'a dit… » Sa fille l'aide à se relever. « Plus tard, Jacques. On parlera plus tard. » Elle lui demande d'aller s'enfermer dans son bureau et retourne vers la zone de stockage. Acculer ce salaud et le priver de toute possibilité de fuite. Elle traverse le magasin, son cœur battant à cent à l'heure. Un crépitement dans sa radio. C'est Marchant. « Toujours personne de notre côté. On reste en position. » Marie s'apprête à franchir le rideau à lanières qui relie le magasin à l'entrepôt quand on la percute violemment. Elle est projetée contre un étal, tombe, un peu sonnée. C'est le tueur qui a fait demi-tour. Il a dû sentir venir le guet-apens. Il emprunte un escalier, puis une passerelle qui mène à l'administration du magasin. Marie se redresse. Elle articule dans son micro : « Rejoignez-moi à l'intérieur, j'ai besoin de vous. Il vient de monter à l'étage. » Le vacarme de ses semelles qui claquent sur les marches en métal. Elle accède aux bureaux, l'arme au poing. Il pourrait se dissimuler partout. Sous cette table de réunion, derrière ces armoires remplies de classeurs… Un courant d'air fait chanceler une pile de documents. Là-bas, une fenêtre coulissante a été ouverte. Marie s'y précipite.

En dessous, à près de cinq mètres, Némésis se laisse glisser le long d'un conduit de gouttière, pose un pied à terre et s'apprête à prendre la fuite. Marie le met en joue. Son doigt sur la gâchette. Le fuyard lève la tête, l'aperçoit, s'immobilise. Moment suspendu. La jeune femme ne parviendra pas à tirer. L'autre s'en rend compte et repart de plus belle. Après une course effrénée, il grimpe par-dessus un muret et disparaît dans le verger voisin. Marie hurle dans sa radio : « Il vient de sortir, il est de l'autre côté du bâtiment, sur le versant ouest. Bloquez la zone. Vite ! Il ne doit pas s'échapper. »

Jansen et les équipes de la PJ passent plusieurs heures à fouiller les terrains jouxtant le magasin. Aucune trace du tueur, évidemment. Plus tôt, en arrivant sur place, une patrouille a déclaré avoir croisé une moto qui fonçait à toute allure, dans le sens inverse, plein sud. Ils ont pu relever le modèle, une Yamaha SR500 noire, mais pas la plaque. Marie fait un dernier point avec Marchant et lui demande de continuer à chercher. Il suffirait d'une empreinte nette de chaussure, d'un bout de tissu arraché à ses vêtements pour avoir un début de piste. De son côté, elle va retrouver son père aux urgences de Calvi. Sa chambre d'hôpital est surveillée par deux policiers. Jacques sort du bloc, on vient de lui faire six points de suture pour refermer sa plaie au cou. Le quinquagénaire somnole, les yeux perdus dans la lumière des réverbères dehors. À peine entrée, Marie embraye. Pas question de prendre des pincettes.

— Raconte-moi ce qui s'est passé ce soir, Jacques.

Peretti lui répond, sans même la regarder.

— Le tueur. Il m'a parlé, tu sais. Il me chuchotait dans l'oreille, son poignard plaqué contre mon cou. Il m'a dit qu'il savait. Qu'il savait tout. Qu'il n'allait pas me tuer, car il se souvenait que j'avais essayé de les aider. Il voulait savoir une chose. Il m'a demandé où se cachait le Balafré. Je lui ai répondu que je n'en savais rien. Pour me faire peur, il a fait glisser le couteau sous mes yeux. J'ai reconnu sa lame, Marie. L'inscription dessus. C'était celui d'Ange Biasini. Mon ancien ami. Je l'ai appelé par son prénom. Je lui ai demandé si c'était lui, s'il était revenu. C'est là qu'il m'a entaillé le cou. Puis, tu m'as secouru.

— Maintenant, il faut que tu me dises, Jacques. Tout ce que tu sais.

Alors, Jacques lui explique. Ces mots qu'il a si longtemps gardés en lui, enfouis. Ces mots qui l'ont dévoré de l'intérieur, comme un cancer. Sa compromission avec le Mistral, ses liens avec Venturi. Sa traque des Roches rouges. Le rendez-vous avec les deux flics de la PJ. Leur assassinat. La mort de Barto, l'oncle des deux frères. Puis le choix qui s'est imposé à lui. Abandonner ses anciens amis ou tenter de les sauver ? La décision qu'il a prise. Leur ouvrir le chemin, leur faire gagner du temps. « Je les ai regardés disparaître dans cette châtaigneraie à Évisa… et je ne les ai jamais revus. Sauf l'un d'entre eux. Je pensais que c'était le seul survivant. Mais il n'a jamais voulu me révéler ce qui était arrivé, là-haut, dans les montagnes. Pour lui, je suis à jamais un traître. Malgré tout ce que j'ai tenté. Peut-être qu'à toi il te parlera. Tout le monde l'appelle l'Orbu, l'Aveugle. Tu le trouveras ici. » Il attrape un stylo sur la table à ses côtés, griffonne une adresse sur un bout de papier. Elle indique le petit village de Pigna, dans les hauteurs de L'Île-Rousse.

Jacques demande à Marie s'il peut se reposer un peu. Avant de quitter sa chambre, elle lui dit : « Merci, Jacques, de m'avoir dit la vérité. Enfin. »

L'ancien gendarme se retrouve seul. Du bout des doigts, il touche la cicatrice dans son cou. « Ange, c'était toi là-bas ? Après tout ce temps ? » Il lui a dit la vérité, à Marie, c'est vrai. Ce qu'elle pouvait entendre, tout du moins. Il se sent un peu mieux. Mais il lui reste ce poids qui lui broie encore le cœur. Il n'est pas prêt, pas encore. Parce que ça ferait trop mal. Et qu'il risquerait de perdre à jamais sa fille. Et ça, il ne s'en remettrait pas.

44

28 juillet 1993
Tula, Corse

Les cris de Tatjana portés par l'écho des montagnes. Des hurlements de rage, de colère. Ange est témoin de tout cela, impuissant, derrière ses jumelles. Les autres lui demandent ce qu'il voit. La gamine qu'on force à se mettre à genoux, Horvat qui lui braque son arme sur le front. Ange n'a pas le courage d'en voir plus. Il sait très bien comment ça va se terminer. Ils vont tenter de la faire parler. Puis, ils la ramèneront au fond de la cale du yacht du milliardaire, ou, pire, ils l'abattront. Il redescend de son mirador. Dumè lui demande :

— Qu'est-ce qui se passe, bordel, Ange ?

— Ils ont attrapé Tatjana. On ne peut plus rien faire. Allons-y.

Danica et Ljuba pleurent, supplient Ange d'aller secourir leur camarade. Dumè insiste auprès de son ami : « Il est temps, encore temps. On peut faire quelque chose. » Mais l'aîné des Biasini a déjà enfilé son sac à dos, et commence à gravir le sentier. Bientôt, le reste du groupe le rejoint.

On marche en silence. Chacun perdu dans ses pensées. Les heures défilent sans que les fugitifs se rendent compte du trajet parcouru. Ils progressent, en file indienne, tels des automates, reliés par un fil d'Ariane invisible. Ensemble et seuls à la fois. Depuis peu, les deux orphelines ont cessé de pleurer. Plus assez de larmes en elles. Danica se souvient de la première fois où elle a vu Tatjana. Un groupe de filles se moquait d'elle, un soir, dans le bloc sanitaire crasseux de l'orphelinat. Elles disaient qu'il faudrait plus qu'une simple douche pour nettoyer la nouvelle. Parce qu'elle était bosniaque. Parce qu'elle puerait toute sa vie. Tatjana a coupé l'eau de son mitigeur. Ruisselante, totalement nue, elle s'est avancée vers celle qui parlait le plus fort, et elle a commencé à la frapper. À coups de poing. Quand la fille s'est effondrée, les lèvres et le nez en sang, qu'elle a reculé à même le dallage trempé, Tatjana est retournée finir sa toilette. Les autres sont restées paralysées. Ce soir-là, Danica l'a trouvée forte, belle et courageuse. Elle a su, comme une évidence, que cette fille serait un jour son amie.

Ange marche le premier. Il n'a pas parlé depuis le départ du bivouac. Il crache par terre un mélange de salive et de sang. Plus tôt, quand il observait la gamine se faire malmener par Horvat et ses hommes, il s'est mordu les joues au sang. Les autres doivent penser qu'il est insensible. Qu'il n'éprouve aucune émotion. Mais il ne peut pas se permettre de leur montrer qu'il est lui aussi terrifié, horrifié par ce qui arrive. Que plus ils avalent les kilomètres, moins il est certain qu'ils arriveront à rejoindre leur destination. La peur est là, derrière lui, dans son ombre. Tout le temps. Et, pourtant, il faut avancer.

Ils dépassent les bergeries de Radule, un refuge de randonneurs. Mais Nina refuse qu'ils s'arrêtent ici, le lieu étant trop exposé. Ils doivent s'enfoncer plus encore en haute montagne pour espérer semer leurs poursuivants. Après un long dénivelé éreintant, ils marquent une halte à la source de Guagnerola. On a chaud, si chaud. Venturi, visiblement à bout de forces, supplie Théo de ne pas lui remettre sa muselière. Le jeune homme, fatigué de ses jérémiades, obtempère. Ils reprennent leur progression. Alors que Théo tire sur la corde qui le relie au parrain, il l'entend, derrière lui.

— Mon offre tient toujours, Théo… Laisse-moi m'enfuir. Et je saurai m'en souvenir. Le moment venu, ton frère et toi, on vous laissera la vie sauve. Tu le sais comme moi, ils finiront par vous retrouver.

Une autre voix, plus grave, vient résonner dans le crâne de Biasini : « Il a raison. Tu as toujours fait les mauvais choix. Et ça continue… »

— Tais-toi, bon sang…

— Tu sais que c'est la seule solution, petit.

— Mais ferme-la, merde !

Théo se retourne et tente de lui remettre son bâillon. Mais le chef du Mistral remue la tête pour l'en empêcher. Un sourire fourbe se dessine sur ses lèvres.

— Il a pleuré comme une fillette, une vraie *zitelletta*…

— Quoi ?

Le chef de clan plante ses yeux dans ceux du cadet Biasini.

— Barto… quand on a commencé à le larder de coups de couteau. Il n'en menait pas large. Lui qui faisait pourtant toujours le fier. Il a supplié, Théo, pour qu'on le laisse vivre… Comme toi, si tu ne me relâches pas.

« Tu es comme mon frère, cet imbécile de Barto. De la race des lâches. » Théo sent le sang qui lui monte. Cette corde qui le relie au parrain, il suffirait qu'il s'en saisisse, qu'il lui place autour du cou et qu'il serre. Pour qu'il se taise, enfin. Que toutes les voix en lui, aussi, cessent de le tourmenter.

Un cri étranglé : « Au secours, aidez-moi ! » Des bras qui le retiennent. Sans en être conscient, Théo a commencé à étrangler le parrain. Son frère lui demande de se calmer. Le jeune desserre son emprise, s'éloigne, déboussolé. Venturi crache et tousse.

Ange remplace son cadet et garde Venturi. Avec lui, le parrain ne tente rien. Pour le moment. En fin de matinée, l'équipée doit longer une vire, un défilé abrupt à flanc de montagne. Sous leurs pieds, côté gauche, un ravin, à pic, d'une centaine de mètres. Leurs pieds dérapent sur les gravillons. Des caillasses dégringolent dans le précipice.

Après un ultime lacet, malgré la tristesse, la fatigue, tous s'arrêtent. Au cœur d'une cuvette, encerclé par deux énormes montagnes à la roche ocre, se cache un village en ruines. On y discerne une vingtaine de bâtiments fatigués. Un muret par ici, une façade à moitié écroulée par là. Dans le creux du vallon, la végétation est plus dense, moins arasée. Quelques pins laricio ont poussé au cœur des vestiges, leurs racines et leurs branches enlacées à la pierre, dépassant des anciennes portes et fenêtres. Autour des ruines, le long des reliefs abrupts, on remarque des traces de restanques, terrasses en pierre construites pour dompter la pente. À l'ouest, une vue incroyable sur la vallée, les monts entremêlés, leurs arêtes comme du papier déchiré.

Après une gorgée dans sa gourde, Nina leur explique :

— Nous allons nous arrêter ici. Nous sommes à plus de 2 000 mètres d'altitude. On a tous besoin d'une vraie nuit de repos. Ensuite, il faudra grimper là-haut, vers le Capu Tafunatu.

Elle pointe une imposante montagne. En son sommet, un trou, arche gigantesque, offre une percée de ciel bleu à travers la pierre.

Danica montre le village abandonné.

— C'est quoi cet endroit, Nina ?

— C'est le village fantôme de Tula. C'était un hameau de bergers et de paysans bâti à l'époque médiévale. Ses premiers habitants avaient choisi ce lieu reculé pour fuir les invasions sarrasines qui décimaient les côtes de l'île. Des générations se sont succédé ici. Les habitants y étaient en sécurité, protégés par cette forteresse naturelle et imprenable, ces deux montagnes qui l'encadrent, le Capu Tafunatu et la Paglia Orba. Ils étaient à l'abri des forts vents qui soufflent à ces altitudes, et pouvaient profiter de la source du Fango qui se déverse dans une cascade au fond du cirque rocheux.

— Pourquoi plus personne ne vit ici ? questionne l'orpheline.

— Car vivre ainsi isolé, ça n'intéresse plus personne… Depuis le début du XXe siècle, peu à peu, les habitants de Tula sont partis chercher le confort de la vie moderne, plus bas, dans le bourg de Manso. Ici, il n'y a jamais eu d'électricité, ni de route. Il fallait monter, à pied, ou à dos de mule. Ces dernières années, seuls quelques bergers venaient encore pendant la transhumance, de mai à octobre. Puis, la dernière porte s'est refermée et Tula s'est éteint…

Ange demande.

— On sera en sécurité ici ?

— Peu de gens connaissent cet endroit. Il n'y a qu'un seul accès pour arriver au village, cette passe que l'on vient de traverser. Si quelqu'un arrive, on le repérera.

Elle se tourne vers les filles.

— Et ne vous en faites pas, les gardiens du village veilleront sur nous.

Danica traduit tout à Ljuba qui, soudain intriguée, interroge, via sa camarade :

— Les gardiens ? Tu veux dire des fantômes ?

— Vous verrez bien.

Il leur faut encore une dizaine de minutes à flanc de montagne pour contourner une énorme crevasse, cicatrice plongeant dans les ténèbres. Ils arrivent enfin devant les premiers vestiges de Tula. Des mouvements sur les vieux toits en lauze, entre les pierres. Bientôt, une quinzaine de chats sortent de leurs caches et s'approchent, sur la défensive.

— Voici les gardiens de Tula.

Nina fouille dans son sac, découpe des tranches de coppa et les jette aux félins. Les animaux se ruent dessus. En quelques secondes, plus une trace de viande séchée. Les matous miaulent, tournent sur eux-mêmes. Ils en demandent plus. Nina distribue d'autres morceaux aux filles. Ange murmure, à l'oreille de la guide :

— On n'a pas le temps pour ça. Il vaudrait mieux aller se cacher.

— On va prendre le temps, Ange. C'est important pour elles…

Les gamines jettent leurs morceaux aux chats. Danica tente d'amadouer une des bêtes, un petit chaton tigré, maigrelet, en lançant ses lamelles de moins en moins loin. Sur ses gardes, le minet avance, se figeant à chaque fois qu'elle bouge. Enfin, elle lui tend son dernier morceau du bout des doigts. Il le mord. Elle parvient à lui caresser le crâne.

Bientôt, ils pénètrent dans Tula, cheminent sur une allée dallée couverte d'une herbe rase. Dans leur foulée, les chats les suivent, se faufilent entre les jambes. Nina indique un bâtiment où ils pourront se cacher. Un ancien moulin dont on distingue encore la roue, écroulée au milieu de l'eau, et la meule en métal corrodé. Ils s'installent dans la bâtisse abandonnée. Fred se laisse choir sur son sac, Nina inspecte sa blessure. Elle s'est déjà infectée. Il y a des traces de pus sur les bords de la plaie. À la rivière, Nina va nettoyer le tissu imbibé de sang, le replace sur la jambe et dit : « Ça va aller. On sera bientôt sortis d'affaire. » Fred, livide, de plus en plus affaibli, hoche la tête. Dumè reste avec les filles, à l'extérieur. Danica poursuit les chats pour tenter de les caresser. Ljuba, elle, reste collée au Géant, sa petite main calée dans la sienne, un peu apeurée par le ballet des félins autour d'eux. « Vas-y, *Chjuca*, n'aie pas peur.

Ils ne te feront pas de mal. » Il s'abaisse, tend la main devant lui. Bientôt, un matou, glisse son flanc le long de ses doigts. Ljuba essaie. Un félin la frôle à son tour.

Après avoir placé Venturi dans une pièce à l'écart, attaché à un anneau destiné au bétail, Ange et Théo commencent à surveiller les alentours depuis l'entrée de Tula.

Il est 16 heures. Théo observe toujours la pointe rocheuse. Aucun mouvement. Peut-être ont-ils réussi à semer leurs poursuivants ? Peut-être, enfin, pourront-ils passer une nuit à peu près paisible ?

Ange prend une pause pour retrouver Nina, Dumè et les filles. La jeune femme les a emmenés à la cascade, au fond du village. Une chute de six mètres qui s'écoule dans un bassin à l'eau cristalline. Parce que Nina le met au défi de se baigner, et parce qu'il ferait tout pour voir les filles aller mieux, Dumè se déshabille et, en caleçon et tee-shirt, glisse un pied dans l'eau glacée. Il hurle, fait le *pagliacciu*, le clown, puis, enfin, plonge et réapparaît sous la cascade. L'eau puissante se fracasse sur son corps massif. Les filles sourient. Dumè aussi. Nina vient s'asseoir à côté d'Ange.

— On peut discuter une minute ?

— Bien sûr, Nina.

— Il y a quelque chose qu'il faut que je te dise. Je voulais déjà t'en parler à l'époque, mais, à la fin, on ne se voyait quasiment plus. Tu étais toujours dans les basques de ton père, tu ne me rappelais plus quand je te laissais des messages. Tu n'étais qu'un fantôme dans ma vie.

— C’était une période difficile. Je préférais te laisser en dehors de cette folie. Que veux-tu me dire ?

— Il y a trois ans…

Trois sifflements retentissent dans le village. C’est le signal établi par la bande en cas de danger. Ange s’excuse auprès de Nina : « On reparlera plus tard », et, accompagné de Dumè, se précipite vers l’entrée du village. Ils se calent à l’abri d’un muret auprès de Théo, dégainent leurs armes.

— Ils sont là. Ils arrivent…

Ange attrape les jumelles que lui tend son frère et vérifie.

À contre-jour, le soleil dans le dos, une dizaine de silhouettes progresse le long du défilé. Ils seront bientôt là. Ange braque son arme, vise. Le bruit de la détonation fait un vacarme assourdissant dans la cuvette. Trois chats qui traînaient là disparaissent entre les pierres. De l’autre côté du fossé, leurs assaillants se dissimulent derrière des rocailles.

La voix d’Horvat qui s’élève, de l’autre côté du précipice.

— Arrêtez de tirer ou on abat la fille !

Les trois amis échangent des regards d’incompréhension. Ange règle ses jumelles. Observe mieux. Trois silhouettes sont restées debout. Dragan tient Tatjana plaquée contre lui, son arme sur sa tempe. À leurs côtés, le milliardaire bombe le torse. La gamine a des ecchymoses sur le visage, du sang qui coule de sa narine. « Pauvre môme », pense Ange, fou de rage.

C’est au tour du laquais d’Horvat de prendre la parole.

— Maintenant, vous allez tous sortir de vos planques et balancer vos armes. Vous avez dix minutes. Il est 16 h 20. Si, à 16 h 30, on ne vous voit pas tous, à genoux et les mains sur la tête, devant le village, la fille mourra. Par votre faute.

45

28 juillet 1993
Tula, Corse

16 h 20. Théo fait les cents pas. Il réfléchit, tente de trouver une solution. C'est ce qu'il sait faire, là qu'il est le meilleur. C'est le cerveau du groupe, après tout, lui qui a planifié tous les casses, jusque dans le moindre détail. Il devrait trouver une issue. Une idée. Mais rien ne vient…

16 h 21. Ange regarde sa montre. Plus que neuf minutes. Il rejoint le groupe, presse tout le monde de se préparer. Ça le rend malade d'abandonner Tatjana, mais ils n'ont pas d'autre choix. Il faut fuir. S'ils se rendent, jamais Horvat ne les laissera vivre.

16 h 23. Fred a du mal à se lever. Sa jambe ne le porte plus. C'est dur. Si dur…

16 h 24. Danica demande à Nina : « Que se passe-t-il ? » Elle lui répond : « On doit partir plus vite que

prévu, ça va aller. » La guide enfile son sac à dos, resserre ses sangles, vérifie son matériel d'escalade. L'adolescente sort du moulin, Ljuba lui attrape la main et chuchote : « Le fil m'a montré tout ça. Les ruines, les chats, la brume qui vient. La crevasse qui avale le monde. Quelqu'un va mourir. » On leur cache quelque chose. La Croate tente de filer vers l'entrée du village, pour aller vérifier, mais Dumè la retient : « Il n'y a rien là-bas, Danica. »

16 h 25. Tatjana a si mal. Partout. Et la Vipère qui lui tord les bras dans le dos. Elle y était presque. Elle aurait pu mettre un terme au règne de Bauk. Mais ils l'ont trouvée. Ils l'ont frappée pour qu'elle parle, qu'elle dise où le groupe se rendait. Mais elle n'en savait rien. Ange, Théo et les autres ne leur avaient pas donné leur destination finale, aux filles et à elle. Et c'est tant mieux. Tatjana pensait que c'était fini, là-bas, au col de Vergio. Mais les monstres l'ont laissée vivre, l'ont forcée à marcher. Horvat et Dragan qui discutaient entre eux. Elle qui sentait le milliardaire excité par cette traque. Il disait que c'était comme « une chasse, la meilleure des chasses ». La Vipère qui lui donnait des coups de crosse quand elle fatiguait trop ou quand elle tentait de le provoquer : « Ton pied ne te fait pas trop mal, *šupak* ? »

Tatjana ne parle pas le français, mais elle a bien compris que Bauk et la Vipère ont menacé de la tuer si les autres ne se rendaient pas. Sur sa droite, à quelques mètres, un pied sur un rocher, comme s'il n'avait peur de rien, Bauk observe le village. Ça lui plaît tout ça, il adore ça. Faire couler le sang. Avoir le pouvoir. De vie et de mort. Tatjana baisse les yeux. À ses pieds, une crevasse qui se perd dans les ténèbres.

16 h 26. À l'entrée du village, Ange retrouve son frère, toujours en train de guetter. Il l'attrape par les épaules, plante ses yeux dans ceux de son cadet.

— Théo. On va laisser partir les filles, Nina, Dumè et Fred et on va rester ici tous les deux pour leur faire gagner du temps.

— Mais c'est de la folie, on ne s'en sortira pas !

Ange ne répond pas et vérifie son arme.

— Peut-être qu'il vaut mieux se rendre ? Peut-être qu'ils laisseront la vie sauve à Tatjana et aux deux autres. Si elles retournent dans le yacht d'Horvat, ça vaut mieux que la mort, non ?

— Arrête, Théo…

— Mais on n'y arrivera pas, Ange ! C'est trop dur. Regarde Fred, il ne pourra jamais escalader cette montagne. À quoi bon continuer ?

Une voix dans leur dos.

— Parce que ces gamines méritent de vivre, d'être libres…

Les Biasini se retournent. Derrière eux, Fred les rejoint, s'appuyant d'une main sur un mur abîmé pour avancer.

— Zitellu a raison, Ange, je ne passerai pas cette montagne. Et Tatjana ne s'en sortira pas non plus. Ils ne lui laisseront jamais la vie sauve. Ni à elle ni aux autres. Ni à aucun de nous, si on se rend. Je vais rester là, avec Venturi. Vous faire gagner du temps. Et cette fois, Beaumont, tu ne reviendras pas me chercher. Donnez-moi quelques chargeurs, je ferai ce que je peux.

— Et Venturi ? interroge Théo.

— Je vais m'occuper de lui.

— Bon… Théo, va chercher les autres. On file.

Théo hoche la tête, vient aux côtés de Fred.

— Adieu, Zitellu.

— On ne se dit pas adieu. On se dit au revoir, *Fratè*.

Les deux amis se serrent dans les bras. Théo a les larmes qui lui montent mais s'efforce de les retenir. Pas maintenant… Fred lui demande :

— Ne dis pas à Dumè que je ne viens pas avec vous. Il ne me laisserait pas seul. Explique-lui que je vous rejoins. Que je suis juste derrière vous.

Celui qu'ils surnomment Da Vinci fouille dans la poche arrière de son jean, en sort son carnet, le feuillette, en arrache une page. C'est un de ses dessins. On y voit les trois gamines en train de s'asperger d'eau dans les gorges de la Spelunca.

— Tu donneras ça aux filles de ma part. Un souvenir heureux. Pour elles, ça compte.

Théo l'attrape et part retrouver ses camarades.

16 h 28. Ange tend deux chargeurs à Fred. Après les avoir glissés dans une poche de sa veste, il parle, d'une voix faible.

— Quand Dumè a dit qu'on était perdus, l'autre soir, il avait raison. Ces filles, ce n'est pas nous qui les sauvons. C'est l'inverse. On n'a fait que des conneries, nous, toute notre putain de vie, à penser qu'à nos gueules, avec nos petits coups, nos magouilles… Ces gamines, c'est notre chance. Notre occasion de nous racheter. Peut-être pas de devenir des gens bien, mais au moins des gens mieux. Sauve-les, Ange. Pour Barto, pour moi…

Ange hoche la tête et répond.

— Je veillerai sur elles, Farid. Je te le jure.

L'aîné des Biasini pose une main sur l'épaule de son ami, lui sourit et s'éloigne.

16 h 29. La Vipère, derrière Tatjana, hurle. « Plus qu'une minute ! » Bauk détourne son attention du village pour détailler Tatjana. Il aimerait qu'elle soit terrorisée, en larmes, qu'elle supplie. Mais elle ne lui cédera rien. Alors, il lui dit, pour tenter de la faire craquer : « Tu crois qu'ils vont venir ? Qu'ils tiennent assez à toi pour ça ? Moi, non. Je pense qu'ils vont t'abandonner là. On vit seul, on meurt seul. » Elle ne lui répond même pas. Une bourrasque vient faire virevolter ses longs cheveux noirs. Le vide en dessous. Assez. De cette douleur. De ces monstres qui, toute sa vie, ont décidé pour elle de son destin. Ont joué aux dés avec son avenir. Les soldats, le directeur de l'orphelinat, Bauk. Et tant d'autres… Si elle n'a pu choisir sa vie, alors elle choisira sa mort.

16 h 29. Fred observe la passe. Plus qu'une minute. La gamine doit savoir maintenant, doit avoir compris qu'ils ne se rendront pas. Alors, au moins, veut-il lui montrer qu'il est là pour elle. Péniblement, il se dégage de sa cache et se place au milieu de l'allée, son arme à bout de bras. Il sait qu'il est exposé aux balles, mais ce n'est pas grave. Tant qu'elle le voit.

16 h 29. Tatjana prend une grande inspiration. Elle a peur, si peur. Elle lève les yeux. De l'autre côté de la fosse, à l'entrée du village, une silhouette apparaît. Elle reconnaît Fred. Il a l'air affaibli, mais il la regarde. Bauk se trompe. Elle n'est pas seule, ne l'a jamais été. Ses parents, son frère, ses amies. Et ces hommes qui ont tout risqué. Il y a de la lumière, parfois, dans ce monde trop gris. La jeune Bosniaque balance un coup de tête en arrière, et percute le visage de Dragan. Surpris, la Vipère relâche son emprise. Tatjana se jette en avant. Un pas. Deux. Trois. C'est le vide. Elle ferme les yeux. Elle devient le vent, un souffle, un souvenir. « J'arrive, Eldan. J'arrive, petit frère. »

16 h 30. Fred vient de voir la gamine sauter dans le précipice. Son cœur se compresse. Il retourne se terrer derrière la façade d'une maison effondrée. Il discerne, à l'autre bout du village, le groupe de ses amis emprunter un sentier qui grimpe vers la montagne. Une fois la stupeur du sacrifice de Tatjana passée, Horvat et ses hommes commencent à marcher le long du ravin, vers le village. Fred tire deux balles dans leur direction. Les traqueurs se tassent. Puis ce sont des détonations en réponse. Une dizaine de déflagrations sur les murs en pierre, autour de lui. Fred se positionne à couvert. Économiser ses munitions, gagner du temps.

Pendant une bonne vingtaine de minutes, Da Vinci parvient à stopper l'avancée de ses ennemis. Dès que l'un des hommes, en face, tente de se lever, il tire. Mais Fred est de plus en plus faible. La douleur est trop forte, la tête lui tourne. Et il vient de glisser son dernier chargeur dans son arme. Il jette un œil vers la passe. Quelqu'un arrive rapidement, voûté sur lui-même, le long du défilé. Fred essaie de viser, d'ajuster son tir, mais son bras fait des va-et-vient de haut en bas. Il appuie sur la gâchette à plusieurs reprises, mais aucune balle ne touche sa cible. Il se sent si fatigué. S'il le pouvait, il s'allongerait là et fermerait les yeux. Mais il doit tenir. Encore. Il fait feu à nouveau. Le soleil l'aveugle. Cette fois, les balles se logent dans la falaise, à plusieurs mètres de son ennemi qui poursuit sa progression, conscient qu'il n'est pas véritablement en danger. Fred reconnaît Dragan. L'homme franchit les derniers mètres qui le séparaient de l'accès au village, puis se dissimule derrière un muret. Une attente. Deux projectiles partent en cloche au-dessus des vestiges. L'un atterrit non loin de Fred et rebondit sur les dalles de pierre. Une fumée épaisse s'en échappe. Des grenades fumigènes. Deux nouvelles explosions. Bientôt, les ruines sont totalement enfumées. Fred tire quelques balles pour effrayer ses poursuivants et s'enfuit à travers les bâtisses délabrées. En moins d'une minute, il n'y voit plus rien et progresse à travers un épais brouillard. La fumée lui brûle la gorge et le nez. Il tousse, crache ses poumons. Des voix donnent des ordres. Ils sont là.

Fred est au-delà de la douleur. Sa blessure irradie dans sa jambe, sa hanche, son ventre. Chaque pas est un calvaire. Il ne comprend plus trop ce qu'il se passe. Il a l'impression d'évoluer dans un monde où tout est nuances de gris, crayonné, comme dans ses dessins. Pourtant, il s'acharne. Dans les brumes. Car il lui reste quelque chose à faire. Retrouver Venturi. Qu'au moins lui paye. Ils l'avaient attaché, là-bas, dans la pièce, à l'arrière du moulin. Autour de lui, des ombres glissent, furtives, parmi le maelström. Mais il ne tire pas. Il sait de quoi il s'agit. Les chats. Leurs déplacements rendent les hommes d'Horvat fous. Il entend, aux quatre coins du village, des coups de feu, des cris. Nina avait raison. Ils sont les gardiens du village. Fred reconnaît enfin la forme du moulin, contour flouté dans la grisaille. Il s'y engouffre. Venturi a réussi à retirer son bâillon et hurle pour qu'on vienne le secourir. Il a frotté ses liens contre l'anneau rouillé pour se libérer, ses poignets sont en sang. Fred s'écroule sur le mur en pierre, face à lui. Avec difficulté, il braque son arme sur le chef de clan. Il vérifie son chargeur. Deux balles.

— Une pour toi, une pour moi…

Venturi, comme toujours, tente de l'amadouer.

— C'est fini, Fred. Détache-moi maintenant. Si tu me laisses la vie sauve, je dirai aux autres de t'épargner.

Fred ferme les yeux. Une seconde, juste pour reprendre des forces, pense-t-il. Des souvenirs remontent. Dix-neuf ans. Le jour se lève. Ils marchent sur le trottoir, de retour de boîte de nuit. Théo a retiré ses baskets et avance pieds nus sur le bitume, au beau milieu de la route. Les autres lui disent de revenir, d'arrêter de jouer au con. Mais il leur répond : « J'ai pas peur, moi. De rien, de personne ! » Alors ils le rejoignent et, bras dessus, bras dessous, continuent ensemble. Des voitures les croisent. Klaxons. Doigts d'honneur en réponse. Ils s'en foutent. Ils se marrent. Car rien ne peut leur arriver. Ensemble, ils sont invincibles. Fred revient à lui. Il était parti. Il essaie de viser Venturi mais son bras est si lourd. De l'autre côté de la pièce, le parrain racle le cordage qui l'entrave, comme un frénétique. Les paupières de Fred sont des enclumes… Il a seize ans, Barto regarde ses esquisses « Tu es doué, Fred, tu as quelque chose. Tu pourrais en faire ton métier. » Lui qui répond « non », car il sait que c'est impossible, qu'il ne faut pas rêver trop grand. Rouvrir les yeux, merde ! Rester dans le réel. Il est de retour. Le parrain vient d'arracher ses liens et se rue sur lui. Fred n'a même pas le courage de se défendre. Venturi saisit son pistolet. Da Vinci a tenu le plus longtemps possible. Les autres ont pu prendre un peu d'avance. C'est déjà ça. Il parvient à articuler, pour Venturi. « Qu'on en finisse. »

46

28 décembre 2019
Pigna, Corse

Marie vient de laisser sa voiture sur le parking à l'entrée de Pigna. Depuis L'Île-Rousse, il lui a fallu une vingtaine de minutes pour rejoindre le village, accroché à un éperon rocheux. La jeune femme dépasse une vieille église, arpente quelques ruelles pavées. Elle évolue entre des maisons sans âge aux murs blonds, aux volets bleus. Aucun nom de rue n'est indiqué, les seuls panneaux sont ceux menant aux ateliers des artisans, venus nombreux s'installer ici pour redonner vie à ce village éteint. Potier, bijoutier, tanneur… L'agent d'Europol se perd dans ce dédale. Elle s'arrête devant l'échoppe d'un luthier et demande son chemin. L'homme lève les yeux de son établi, lui explique la direction à suivre. « Vous allez voir l'Aveugle ? Continuez tout droit, puis à droite et, avant les escaliers, empruntez le chemin de terre. »

Au bout d'un passage bordé de figuiers, Marie arrive devant une barrière rafistolée. Sur le portillon, un panneau a été accroché, « Propriété privée », peint d'une main laborieuse. À ses côtés, l'affiche d'une association dénommée Nostra Terra. La jeune femme entre, un petit carillon retentit. Après quelques pas, elle tombe sur une vieille bergerie, qui se résume davantage à une cabane qu'à autre chose. Trois murs de pierre, une façade en bois. Le long du cabanon court une large pergola en bois de récupération sur laquelle s'entortille un bougainvillier aux fleurs d'un violet éclatant. Au bout du terrain, un grand châtaignier qui semble avoir poussé là pour profiter de la vue époustouflante sur la baie d'Algajola. Là-bas, un homme assis sur un tabouret, adossé au tronc, face à la mer lance, fort :

— C'est une propriété privée ici ! C'est écrit sur le panneau. Si vous venez prendre des photos, je vous conseille de déguerpir, *attruccì*.

— Je viens de la part de Jacques Peretti. Je m'appelle Marie Jansen. Je suis la fille de Jacques.

— La fille de Jacques… Peretti n'est plus un ami depuis longtemps, mais en mémoire du passé, je t'écoute.

Elle le contourne. Face à elle, un quinquagénaire aux cheveux légèrement bouclés, aux tempes grisonnantes. Une barbe de quelques jours sur les joues. Il porte des lunettes de soleil, mais Marie remarque des cicatrices au niveau de ses yeux. Ce visage. Elle le reconnaît, malgré les années passées. Elle ne peut cacher sa surprise…

— Vous êtes Farid Ferrah ! Celui qu'ils appelaient Fred. Un des membres des Roches rouges. L'un des braqueurs.

— Fred est mort, il y a bien longtemps, jeune femme.

— Je suis agent d'Europol et j'enquête sur les événements de juillet 1993…

Elle lui détaille ce qu'elle sait. Les meurtres d'Horvat, de Venturi… le lien avec la bande des Biasini, les braquages des yachts et, au cœur de tout cela, les trois orphelines. Sa rencontre avec Ljuba, plus connue sous le nom de Baba Yaga, à Belgrade. La possibilité que l'assassin, d'après son père, puisse être Ange Biasini lui-même.

L'homme reste silencieux un long instant, puis :

— Tu viens m'arrêter, après toutes ces années ?

— Non, je veux juste comprendre. Ce qu'il s'est passé après votre fuite avec les filles.

— Je vais te montrer… Suis-moi.

Il se lève et retourne vers la bergerie. Elle le suit. À l'intérieur, il fait sombre. Les volets sont tirés. Aux fenêtres, des toiles d'araignées. Un voile de poussière recouvre le mobilier. Marie est surprise de voir que l'homme se déplace avec aisance, sans canne, parmi le capharnaüm de la bâtisse.

— Tu te demandes comment je fais ? Ça fait plus de vingt ans que je vis ici. Je ne sors pas beaucoup. Cette maison, c'est toute ma vie. Je me suis cogné la tête et les jambes contre la plupart des murs et des coins de meubles. Il m'a fallu du temps…

Il cherche dans un tiroir, en extrait un carnet de dessins à la reliure usée. Sur la tranche, Marie croit remarquer des traces de sang. Elle le feuillette. Elle découvre des croquis, réalisés à la va-vite, mais qui dégagent une vie incroyable. Un homme, assez corpulent, allongé sur une table jonchée de billets. Quatre types, réunis autour d'une table, en train de s'esclaffer. Une fille qui tresse les cheveux d'une autre, plus jeune, au bord d'une rivière. Un groupe qui progresse en file indienne sur un chemin sinueux. Une silhouette d'enfant entourée de papillons. Puis plus un seul dessin.

— Ça raconte votre histoire, c'est ça ?

— Certainement mieux que mes mots, oui. Mais puisqu'il le faut, je vais te dire ce dont je me souviens.

Alors, à son tour, il lui raconte. Cette autre vie, si lointaine, si présente pourtant… chaque instant en lui. Enfin, il lui révèle ce qu'il s'est passé dans le village de Tula.

— Je pensais que Venturi allait m'achever, dans ce vieux moulin. Mais il m'a laissé la vie sauve. Ils m'ont ramené à Bastia, dans l'arrière-salle du *Mistral*, m'ont soigné pour mieux, ensuite, me faire souffrir. Ils ont tenté de me faire parler, tout en s'assurant que je ne meure pas. Ils voulaient savoir où était l'argent des braquages, où se rendait le groupe. Mais je n'ai rien dit. Enfin, Venturi est revenu… Il avait un couteau dans les mains. Il m'a dit, je me rappelle bien, ses mots sont gravés dans mes cicatrices : « Je ne vais pas te tuer. Ça serait trop facile de t'achever. Je veux que tu payes. Pour ce que tu as fait à mes chiens. Je vais t'arracher ce qui compte le plus pour toi. Je t'ai vu faire tes gribouillages. Tu aimes ça, dessiner, hein ? Regarder le monde. Désormais tu vivras dans l'obscurité. » Puis, ça a été la douleur.

Il repositionne ses lunettes de soleil sur ses yeux meurtris.

— Enfin, ils m'ont relâché. J'étais toujours recherché, partout en Corse. Heureusement, j'avais encore des amis qui ont accepté de me cacher. J'ai pu changer d'identité, devenir quelqu'un d'autre. On a commencé à me nommer l'Aveugle. Mais j'ai eu besoin de temps pour dompter ces ténèbres et recommencer, un peu, à vivre.

— Et les autres de la bande, que leur est-il arrivé ?

— Aucune idée. La dernière fois que je les ai vus, ils grimpaient vers cette montagne, le Capu Tafunatu, ensuite… je n'ai jamais cherché à savoir. Certainement pour pouvoir encore y croire. Pouvoir m'imaginer que les gamines et mes trois amis ont réussi à s'en sortir et recommencer leur vie, ailleurs.

— Et si Ange était revenu, où se cacherait-il selon vous ?

— Peut-être dans leur ancienne maison, à Monticello, ou dans celle de Dumè, à Corbara. Ou peut-être dans la vieille baraque de Barto, à Ota.

— J'essaierai d'aller voir.

— Marie… Il y a quelque chose que je ne comprends pas. Si Ange est de retour, et qu'il traque ces monstres, pourquoi ne pas le laisser faire ? Venturi, Horvat… tous méritent leur sort.

— Parce que la justice ne fonctionne pas ainsi. Un assassin reste un assassin, même s'il poursuit une cause juste.

— Je sens qu'il n'y a pas que ça, n'est-ce pas ?

— Non… en effet. J'ai l'impression que je suis liée à toute cette histoire, d'une manière ou d'une autre, que mon père ne m'a pas tout dit. C'est aussi ce que sous-entendait Ljuba…

— Viens par là, Marie. Devant moi.

Il tend ses doigts vers le visage de la femme et les laisse glisser sur son front, ses sourcils, ses joues, son nez, comme s'il la cartographiait.

— La petite Ljuba disait que tout était écrit, depuis longtemps. Peut-être avait-elle raison…

Il marque un temps, puis :

— Je ne pourrai pas t'aider beaucoup plus, j'en suis désolé. Les réponses, il te faudra les trouver toi-même.

— J'ai une dernière question. Cette association, Nostra Terra, de quoi s'agit-il ?

— Un combat perdu d'avance, mais qu'on continuera à mener. Barto, l'oncle des Biasini, l'avait créée pour protéger notre littoral des grands projets immobiliers. Avec quelques autres, nous avons décidé de redonner vie à l'association. Au gré des années, nous avons empêché la mise en chantier d'une dizaine de projets pharaoniques qui auraient défiguré nos côtes. Avec le temps, Nostra Terra s'est donné une nouvelle mission. Libérer la parole. Mettre fin au silence. Que les Corses osent parler. Dire ce qu'ils savent. Pour faire tomber tous ceux qui tirent les ficelles de la pègre, dans l'ombre. Nous organisons des marches blanches, essayons de faire entendre nos voix auprès des politiques. C'est un grain de sable dans un engrenage terrible, une machine énorme. Mais parfois, il suffit d'un grain de sable…

— Les autres membres du collectif ne vous ont pas reproché votre passé ? Vous étiez vous-même un braqueur ?

— Oui, c'est un peu cynique… Moi, un ancien malfrat qui veut mettre fin au crime organisé dévorant notre île. Mais pour eux tous, c'est plutôt une force. Plus que quiconque, je connais notre ennemi. En m'arrachant les yeux, Venturi m'a libéré. Je n'ai plus rien à perdre. Plus peur de grand-chose.

— Et à travers votre association, vous avez déjà entendu parler d'un homme appelé le Balafré ?

— Le Parrain de l'ombre ? Oui, bien entendu. Mais on ne sait rien de lui, mis à part des rumeurs, des on-dit…

— Vous pensez qu'il existe ?

— Au cœur de chaque légende réside une part de vérité, Marie.

Voilà une heure que Marie a quitté Fred. Celui que l'on appelait le Maure, Da Vinci, et que l'on nomme aujourd'hui l'Aveugle, retourne auprès de son châtaignier, s'installe sur son tabouret. Comme chaque soir, il aime sentir la chaleur des derniers rayons du soleil glisser sur sa peau, les odeurs du maquis exploser avant la tombée de la nuit. Écouter le cri du milan royal qui tourne toujours à cette heure, au-dessus de sa bergerie. Imaginer ce que le rapace voit, là-haut, dans son univers d'azur et de rocaille.

Fred ne lui a pas tout dit, évidemment, à Marie. Certains silences valent mieux que des vérités qui blessent. C'est étonnant, pense l'ancien braqueur. Il a passé ces vingt dernières années à combattre le silence qui muselle son île, et aujourd'hui lui-même s'est tu. Mais que dire ? Que raconter ? Peut-il seulement être certain de ce qu'il a perçu en lisant le visage de la jeune femme ? Et comment aurait-il pu lui parler de ces visites nocturnes ?

Parfois, à la nuit tombée, quand il sort de sa bergerie, pour boire une dernière tisane de laurier, qu'il s'assoit, seul, à sa table sous la charmille, il lui arrive de sentir une présence, là-bas, vers l'entrée du terrain. Quelqu'un qui reste à distance, silencieux. Comme si cette personne n'osait pas franchir les quelques mètres qui les séparent. Fred rêve-t-il ces rencontres ? Il ne le sait pas. Depuis trop longtemps, sa vie est peuplée de fantômes. C'en est un autre, sans doute, qui s'invite à sa table. Ou peut-être est-ce la Faucheuse, elle-même, qui vient prendre de ses nouvelles. S'assurer qu'il est toujours là. Il se souvient, Fred, d'un vieux proverbe. « *A morte hè un latru di notte.* » La mort est une voleuse de nuit…

47

28 juillet 1993
Capu Tafunatu, Corse

Grimper. Ne pas s'arrêter. Ne pas penser aux coups de feu entendus plus tôt, vers le village de Tula. Nina ne cesse de les mettre en garde. « Assurez vos appuis… » La guide aimerait qu'ils aillent plus vite, mais Ljuba et Danica avancent péniblement. La plus jeune est tombée plus tôt, son pied retenu entre deux roches. Elle s'est entaillé le genou, a pleuré, déclaré, dans sa langue, qu'elle ne voulait pas faire un pas de plus. Dumè l'a aidée à se relever. Il lui a parlé, comme il sait le faire. « On va passer ce col, *Chjuca*. Tu sais ce qu'on raconte par chez nous, que cette arche, ce trou, c'est le diable qui l'a percé. Alors, on va monter là-haut, et le défier pour qu'il nous fiche la paix une bonne fois pour toutes. » Elle a beau ne pas le comprendre, le timbre de sa voix, si grave et si doux à la fois, lui a fait du bien. La fillette a séché ses larmes et repris l'ascension. Dumè dans son sillage.

Nina espère qu'Horvat et ses hommes ne les poursuivent pas. Le parcours est difficile, mais il suffirait que l'un d'eux soit coutumier de la haute montagne pour repérer le balisage et les cairns, ces monticules de pierres qui indiquent le tracé. Pour la guide, pas d'autre choix que d'emprunter la face ouest du Capu Tafunatu, la plus dangereuse. Au moins, là-bas, ils devraient semer leurs traqueurs. Une paroi de vingt mètres de hauteur les attend. Ils devront l'escalader. Nina a l'équipement pour sécuriser le groupe. Eux, certainement pas.

Le chemin est de moins en moins praticable. À leur gauche, un vide vertigineux. Malgré le danger, Dumè ne peut s'empêcher de regarder en arrière, plus bas, vers le village de Tula. Plus tôt, il a demandé à Ange : « Fred ne va pas nous rejoindre, c'est ça ? » Biasini a fait non de la tête. Si les deux gamines n'avaient pas été là, le Géant serait redescendu aussi sec pour retrouver son ami.

Plus ils s'élèvent, plus la roche prend des teintes différentes, passe de l'ocre au gris, certains blocs de basalte tirant sur le vert. Autour d'eux subsistent quelques mottes de mousse et de lichen, rien de plus. Partout, un océan de pierres. Des blocs arrachés à la montagne gisent tels des vaisseaux échoués. Pour franchir certains passages, à cause d'éboulis récents, ils doivent jouer les équilibristes. Bientôt, ils arrivent devant un obstacle de taille. Une énorme plaque de granit s'est désolidarisée de la montagne pour s'écraser en plein milieu du chemin, déjà étriqué. Il leur reste à peine la largeur d'un pied pour passer en se collant à la roche. Chacun doit s'aider de ses mains.

Les six fugitifs parviennent au pied de la combe, lèvent la tête. Deux énormes parois verticales se rejoignent, comme dans un livre ouvert. C'est sur ce dièdre qu'ils vont devoir grimper. Nina leur explique : « Il va falloir escalader cette paroi, vous serez maintenus par un baudrier et des cordages. Prenez votre temps, utilisez vos jambes en priorité. Regardez bien par où je passe, pour prendre le même chemin que moi. Tout va bien se passer. Je vous guiderai de là-haut. Dans moins d'une vingtaine de minutes, nous aurons passé l'arche et serons en sécurité. »

La guide prépare son matériel, enfile un baudrier, et en tend un à chacun de ses camarades, puis s'assure qu'ils sont bien harnachés. Elle accroche ses chaussures à son sac, enfile des chaussons de varappe. Le long de la paroi, d'anciens points d'ancrage sont toujours accrochés, mais il lui faudra y faire passer sa corde, pour assurer la cordée. Nina se frotte de la magnésie sur les mains et se lance. Elle arrime ses mains et ses pieds dans la roche, plie bien ses jambes, pour que le gros de son poids repose sur ces dernières, et se lance. La pointe de ses pieds calée dans les saillies, elle progresse bien. Avant chaque mouvement, elle observe la face rocheuse à 360 degrés, trouve d'abord les emplacements où caler ses jambes, puis ceux pour ses bras. À mi-parcours, une écaille de pierre cède sous sa paume gauche. Ses pieds ripent. La guide est suspendue dans le vide, uniquement retenue par sa main droite. Quinze mètres en dessous, les quatre retiennent leur souffle. D'un mouvement de balancier vers l'avant, Nina fixe ses pieds dans une anfractuosité, replace sa main sur la pierre. Désormais, elle tente de mieux crocheter ses prises, son majeur et son annulaire agissant comme des piolets qu'elle encastre dans la pierre. Elle arrive en haut, sécurise sa corde sur le dernier piton, se penche au-dessus du vide et fait signe à Ange qu'il peut grimper. L'un après l'autre, les deux frères, à l'aise, la rejoignent rapidement. Le groupe a choisi de faire passer ensuite Ljuba, puis Dumè et, enfin, Danica. La petite se laisse hisser par Ange et Théo, s'aidant de ses bras et jambes pour leur faciliter la tâche. Elle pointe du doigt l'immense arche qui se dresse au-dessus d'eux. Nina la félicite. C'est au tour de Dumè. À chaque pression de ses chaussures sur un relief, ses ampoules, en sang, lui font horriblement mal. Mais il avance, mètre après mètre. Lui aussi parvient au sommet de la paroi. Devant ses yeux, l'énorme trou de granit rouge. Un vent puissant s'y engouffre dans une plainte aiguë. Dumè, essoufflé, rejoint Ljuba. « Tu vois, petite, ça y est, on a vaincu le diable... » Il ne reste plus que Danica. Nina l'encourage. La Croate tente d'oublier sa peur du vertige, se concentre sur les consignes de la guide.

Alors qu'Ange, Théo, Dumè et Nina surveillent l'ascension de l'adolescente, un morceau de la dalle rocheuse sur laquelle ils se trouvent explose. Nina, par réflexe, lève la tête, craignant une chute de pierre. Un quart de seconde plus tard, leur parvient l'écho d'un tir. Puis c'est un nouvel éclat, plus près d'eux. Ange sent une balle siffler à quelques centimètres de sa joue.

— On nous tire dessus ! Mettez-vous à couvert !

Trois nouvelles déflagrations leur arrivent en décalé. Deux balles ricochent sur la pierre. Une autre se perd, quelque part. Ange essaie de comprendre d'où viennent les tirs. Là-bas, dans le défilé qu'ils ont emprunté depuis le village, un miroitement. Quelque chose réfléchit la lumière du soleil. Une lunette de visée. Un fusil de sniper. Ange se souvient alors que, la veille, lorsque Tatjana a été faite prisonnière, Dragan portait une grande mallette noire. C'est ce salopard qui leur tire dessus. Ils sont trop exposés. Ange leur hurle d'aller se dissimuler, en retrait, derrière l'arche. De nouvelles balles fusent autour d'eux. Plus près encore. Dragan gagne en précision. Chaos, panique. Théo, Nina et Ljuba foncent de l'autre côté de la crête. Nina trébuche, Théo l'aide à se relever. Mais Danica, elle, est toujours suspendue le long du gouffre. Seule. En un échange de regard, Dumè et Ange tombent d'accord. Les deux amis vont rester pour aider l'adolescente à se hisser en haut de la crête.

À quelques mètres en dévers, la jeune Croate a compris qu'on leur tirait dessus. La peur se répand en elle. Toujours suspendue au creux de la cheminée, elle se sait protégée par les parois de la combe autour d'elle. Mais dans le dernier segment, là-haut, elle sera totalement à découvert. Et pourtant, il lui faut monter. Dumè et Ange lui hurlent de se dépêcher. Ils se baissent à chaque nouvelle détonation. Alors Danica, pensant aux risques qu'ils prennent pour elle, fait de son mieux, pousse sur ses jambes, ferme les yeux à chaque effort. Elle arrive dans la partie exposée. Le tireur la prend pour cible. Le granit explose à ses côtés, projetant des éclats de pierre sur sa joue. Ça fait mal.

Dumè et Ange viennent de voir une balle percuter la paroi près de Danica. Pas le choix. Le Géant se saisit de la corde et la tire en arrière pour que la gamine remonte plus vite. Ange se place derrière lui et, à son tour, s'arrime au cordage et bascule vers l'arche.

Autour d'eux, les projectiles pleuvent, mais ils essaient de ne pas y penser. Sauver Danica… Il n'y a que ça qui compte. Après un effort, le Géant ressent une étrange sensation au niveau du ventre, comme une piqûre violente. Il baisse les yeux. Une tache rouge se propage sur son tee-shirt blanc. Il est touché. Ange demande : « Ça va ? » Dumè hoche la tête et repart en arrière. D'autres balles. L'une griffe son épaule. Une morsure brûlante. Dumè est à deux doigts de lâcher la corde, mais la retient au dernier moment. Il crie à son camarade : « Va avec les autres. Je m'occupe de Danica. » Ange s'exécute. Dumè enroule le cordage autour de son torse et recule, ses pieds glissant sur la roche lisse. Il est en sueur. La douleur dans son ventre irradie, comme si elle se transmettait à tous ses nerfs. Tenir. Ne pas lâcher ce foutu cordage. Enfin, une main apparaît en haut de la paroi. Dumè se rue sur elle et aide l'adolescente à se hisser. Elle est à bout de forces. Il l'oblige à se plaquer au sol, mais, dans l'intervalle, ressent une nouvelle décharge dans le haut du dos, au niveau de l'épaule. Le Géant tente de ne rien laisser paraître à la gamine. Il ne veut pas qu'elle panique. Lui aussi se tasse sur la dalle de granit. Ainsi allongés, ils sont hors de danger. Mais ils ne pourront rester comme ça indéfiniment. Si le tireur embusqué change de position, parvient à grimper quelques dizaines de mètres, il pourra les viser facilement. Le silence, entrecoupé par leur respiration et les balles qui filent au-dessus de leur crâne. Des gouttes de sang commencent à couler sur la pierre. Danica les voit, ne comprend pas. « Ce n'est rien. Une égratignure. Vas-y, maintenant. » Il force la môme à rejoindre les autres. L'adolescente se met à courir. Dans sa course pour accéder à l'arche, elle peut se faire toucher à n'importe quelle seconde. Il n'a pas le choix, il le sait. Alors il se lève, cambre son corps râblé. Retourner vers ses amis, mais, surtout, faire bouclier. Empêcher que Danica ne prenne une balle. Se placer dans l'axe de tir. La fillette arrive au niveau de l'arche. Lui aussi peut le faire. Plus que quelques mètres. D'un pas chancelant, il tente de les rejoindre. Une autre détonation. Dumè ne sent pas vraiment la balle qui vient de lui transpercer le bras. Là-bas, il voit Théo qui essaie de venir à son secours, mais Ange le retient. Il y a la petite Ljuba, aussi, qui hurle en tendant la main vers lui. Que leur arrive-t-il ? Il va s'en sortir, voyons. Il en faut plus pour terrasser un Géant. Dumè tombe à genoux.

Ange assiste, impuissant, à la scène. S'ils vont chercher leur camarade, ils se feront abattre. C'est ce qu'attend Dragan. C'est pour cela qu'il ne vise aucun organe vital. Théo a cessé de se battre contre son frère pour franchir l'arche. Là-bas, sous le feu des balles, Dumè tente de se redresser. Un cri de rage et de douleur emplit la montagne. Ange est dévasté… Son ami n'y arrivera pas.

Dumè a les deux poings plantés sur la pierre. Il hurle encore pour se donner le courage, la force de se relever. Dans un terrible effort, le Géant parvient à se remettre sur ses pieds. Puis il se tourne vers les deux frères et leur sourit. Ce même sourire qu'ils ont toujours vu, qui a toujours été là pour eux. Sourire, jusqu'au bout. Malgré tout. Malgré la mort qui vient. Sourire. Et partir debout.

Il n'y parviendra pas, il le sait, alors le Géant leur tourne le dos et revient au bord de la crête. Un reflet dans le gouffre, comme un éclat d'or. C'est le tueur. « *Aspetta*, pense-t-il. Attends. Encore un peu. Juste une seconde. » Le relief des montagnes. La mer. Quelques bateaux, au large, laissent une traînée d'écume dans leur sillage. Puis c'est le ciel bleu. D'un bleu comme nulle part ailleurs. Dumè écarte les bras et aspire l'air dans ses poumons blessés. Son île en lui. Une dernière fois.

Une ultime balle le percute à la gorge. Le Géant reste immobile quelques instants, puis s'effondre sur la roche. C'est fini…

48

28 décembre 2019

Ota, Corse

Il est près de 22 heures. La voiture de Marie roule sur la D81, en direction d'Ota. Au détour d'un virage, les lumières du petit village à flanc de montagne lui apparaissent. Plus tôt, l'agent d'Europol a libéré son collègue Marchant, lui assurant qu'elle rentrait se coucher. Mais, une fois arrivée sur le parking de son hôtel, elle n'a pas réussi à quitter son véhicule. Paralysée. Depuis vingt-quatre heures, elle n'a plus de nouvelles de Willem. Elle a vérifié sur les caméras vidéo de leur maison, à La Haye. Des pièces désertes. Aucune trace de son mari ni de sa fille. Sont-ils partis une bonne fois pour toutes ? Marie sait que tout est sa faute. Depuis un mois, elle n'est qu'un spectre dans leurs vies. Elle fonçait droit dans le mur et n'a rien fait contre. Alors, plutôt que de ruminer seule, dans sa chambre d'hôtel, Jansen s'est décidée à aller vérifier la dernière adresse où elle espérait trouver le tueur, l'ancienne demeure de l'oncle des Biasini, Barto, à Ota.

Après deux heures de conduite harassante sur des routes sinueuses, la policière se gare sur une placette bordant une fontaine. La maison est là. Haute bâtisse, aux volets fermés. Depuis la mort de Barto Biasini, elle est restée vide. Sur la porte d'entrée, un panneau à vendre, barré d'une croix noire faite à la bombe. D'après ce que Marie a pu apprendre, personne n'a jamais voulu racheter la demeure de l'ancien maire du village. La baraque est devenue un mausolée en sa mémoire. La jeune femme fait le tour de l'habitation. Le jardin est dévoré par la végétation. Un énorme figuier vient lécher les fenêtres des étages. Là, au rez-de-chaussée, entre le jeu des lames des volets usés, une lueur vacillante. Il y a quelqu'un à l'intérieur. Ange Biasini ? Marie décroche son téléphone, prévient Luc Marchant. Il l'incite à attendre. À ne rien tenter avant son arrivée et celle des renforts. Mais Jansen ne peut courir le risque que le tueur lui échappe encore. Prudemment, elle essaie d'ouvrir les deux portes qui donnent sur le jardin. Fermées. Il lui faut trouver un autre moyen d'entrer. Un bruissement en hauteur. Une branche de figuier frotte contre une fenêtre, au premier étage. Avec les années, l'arbre, en poussant, a brisé un carreau. En y grimpant, elle pourrait accéder à la fenêtre. Elle se hisse sur le tronc, se contorsionne pour passer à travers le feuillage dense. Ça craque sous son poids, mais l'arbre tient. Elle arrive devant la fenêtre, glisse la main à travers le carreau, délicatement, en ouvre le loquet. Un nuage de poussière se soulève du parquet quand ses pieds touchent le sol. Elle règle la lampe-torche de son téléphone au minimum, fait un rapide tour d'horizon. Une chambre. Certainement celle de l'oncle des Biasini. Rien n'a bougé depuis sa mort en 1993. Au pied du lit, une pile de journaux et magazines. Un poste de radio. Une chaise, avec des vêtements posés sur le dossier. Comme si le temps s'était arrêté il y a vingt-six ans. Quelques cadres. Marie en dégage le voile de poussière. Barto Biasini est sur un bateau, entouré de cinq ados. Elle reconnaît les futurs membres du gang des Roches rouges et, au milieu, son père, Jacques. D'autres photos montrent les deux frères Biasini avec leur oncle. Enfin, c'est un dessin, certainement exécuté par Fred, qui représente Barto avec les jeunes, à table, éclairés par des bougies, dans ce même jardin.

Marie décèle des traces de pas sur le parquet. Quelqu'un est venu ici. Elle suit les empreintes jusqu'à la pièce suivante. Une bibliothèque rustique, en bois noir. À l'intérieur, des centaines de livres. Des essais, des romans et de nombreux ouvrages traitant de l'histoire corse. Aux murs sont accrochées des gravures figurant des scènes de vie de l'île. Une procession dans un village. Les femmes se lamentent, les hommes affichent des mines graves. Tous entourent le cadavre d'un individu, juché sur un cheval, son corps maintenu en position par des bandages et une béquille en bois. Une phrase en corse accompagne le tableau : « *Guarda ti. Si u sole ti toca, u mio piumbu ti tucherà.* » Prends garde. Si le soleil peut te toucher, mon plomb t'atteindra aussi. Sur une seconde gravure, une femme indique à ses jeunes enfants un vêtement froissé et un fusil accrochés à un mur. La légende raconte : « Mes enfants, voilà la chemise tachée du sang de votre père. Son meurtrier respire encore… Vengez-le. »

En silence, Marie rejoint le rez-de-chaussée. Elle sort son arme. De l'autre côté d'une porte entrouverte, une lumière fragile. Jansen en pousse le battant. Une cuisine. Un individu de dos. À ses pieds, un chandelier. L'homme est torse nu. Un bandage blanc serré autour de sa poitrine. Il vide un seau dans un évier avant de se nettoyer le corps. Marie fait un pas, arme braquée en avant. Avec le jeu de la chandelle, les ombres dansent sur son corps athlétique. Son dos est couvert de tatouages. Marie peine à bien les distinguer, mais croit apercevoir un papillon, un visage d'homme dans les ombres, deux mains, serrées l'une dans l'autre, un œil empli de flammes, un poignard… C'est lui. Le tueur. Là, dans l'axe de son arme.

— Ange Biasini. Rendez-vous.

L'individu se fige. Puis se redresse et, sans se retourner, se met à parler. Un timbre dur, sec, mais pas celui que Marie s'attendait à entendre. Car la voix qui s'élève dans la cuisine est celle d'une femme.

— Te voilà enfin, Marie.

Décontenancée, Jansen tente de garder le contrôle.

— Retournez-vous. Les mains bien visibles.

La femme tend un bras.

— J'ai dit…

Sans l'écouter, la tueuse poursuit son mouvement, attrape une serviette et s'essuie le visage, les épaules. Enfin, elle se retourne. C'est une femme d'une quarantaine d'années. Elle a des cheveux courts, châtains. Des yeux verts.

— Ton arme ne sert à rien, Marie. Je ne te ferai pas de mal.

Elle parle dans un français quasi parfait, mais avec une légère pointe d'accent. Marie comprend. La dernière des trois orphelines.

— Danica… C'est toi, n'est-ce pas ?

— Danica est morte il y a longtemps. Elle n'a jamais quitté cette île. Mais oui, c'était moi.

La femme se saisit d'un tee-shirt noir, l'enfile.

— Pourquoi t'en prendre à tous ces hommes ?

— Parce qu'ils méritaient de payer. Les monstres. Horvat, Venturi, Dragan, Miskovic, Charlier… Ils ont pavé notre chemin de ténèbres. Ça fait vingt-six ans que je mûris cette vengeance, Marie. Vingt-six ans pour retrouver ceux qui nous ont tant fait souffrir, mes sœurs et moi. Vingt-six ans que je me prépare. Et tu penses pouvoir m'empêcher d'aller au bout ?

— Au bout ? Ça veut dire tuer le dernier qu'il reste ? Mon père ?

— Ton père vivra. Car je sais qu'il a tenté de nous aider durant cet été 1993. Non, il me reste une autre cible.

— Le Balafré ?

— Oui…

La femme attrape un sac à dos, y range quelques affaires.

— Tu ne quitteras pas cette maison, Danica. La police arrive.

La Croate se redresse, la regarde longuement.

— Tu lui ressembles tellement. Si tu savais.

— De quoi parles-tu ?

— De rien…

— Le Balafré, tu sais où il se cache ?

— Non, pas encore. Mais je finirai par le trouver.

— Qui est-ce ?

— Celui qui nous a trahis.

— Et Ange, Théo, Dumè… Que sont-ils devenus ?

— Pour moi, ils sont tous morts…

La tueuse attrape un pistolet, le place à sa ceinture, puis range son couteau dans un étui en cuir.

— Dépose ces armes. Rends-toi. Il faut arrêter ce massacre. Te venger ne t'apportera pas la paix. Tous ces morts…

— Tu ne sais pas ce qu'ils m'ont fait. Tu ne peux pas imaginer.

— Si, Danica… Je suis allée à Belgrade, j'ai retrouvé les cages dans lesquelles ils vous ont enfermées. J'ai parlé avec Ljuba. Elle m'a raconté ce qui vous était arrivé.

— Ljuba… Elle, mieux que quiconque, sait que tout est écrit. Joué d'avance. Qu'il faut que j'aille au bout.

— Il n'y a rien d'écrit. Tout peut s'arrêter maintenant. Si le Balafré existe vraiment, où qu'il soit, il s'attendra à ta visite. Il aura certainement une garde armée pour le protéger. Tu n'as aucune chance.

— Tu ne sais rien de moi. Rien de ce que j'ai fait. De celle que je suis devenue après la Corse. J'ai combattu toute ma vie, Marie. Ljuba a essayé de me convaincre de rester avec elle. Nous avions l'argent, de quoi recommencer. Mais il y avait un gouffre en moi, un gouffre qui ne cessait de grandir. J'ai voulu faire la guerre, j'ai cru servir des causes justes. Libérer mon pays, la Croatie, d'abord, puis je suis partie pour le Kosovo. Mais, après toutes ces années, j'ai fini par comprendre la véritable raison pour laquelle je me battais. Qu'importaient les idéaux, les drapeaux... Il fallait que je frappe en retour, que je morde encore et encore, que je tue. Rééquilibrer la balance. Je n'avais pas besoin de cause, juste de sang. Alors, je suis devenue mercenaire. D'un conflit à l'autre, d'un continent à l'autre. Des billets contre des cadavres. La violence et la rage. Le chaos partout. J'ai cru que ça m'aiderait à oublier. Mais certaines cicatrices ne se referment pas. Et puis, j'ai décidé que j'étais enfin prête à aller chercher le mal à la racine. Les retrouver. Ils nous ont tout pris, tu sais. Nos rêves, nos espoirs, nos enfances. Ils nous ont tout volé, écrasé celles que nous aurions pu devenir. Ljuba, elle aussi, est une poupée cassée. Et moi, regarde-moi. Je suis devenue une bête, un monstre. Comme eux.

Marie observe mieux la femme. Un corps meurtri de cicatrices. Un corps de douleur et de solitude. Et un regard si triste, si las.

— On peut arrêter ça, Danica. Je plaiderai en ta faveur. Je raconterai ce que vous avez vécu, qui étaient ces hommes. La justice saura se montrer clémente.

— La justice...

Elle part d'un rire glaçant.

— La justice n'existe pas. Regarde Horvat. Malgré ton enquête, jamais tu n'aurais pu l'arrêter. Il était trop puissant, intouchable. La seule justice qui veut dire quelque chose est celle-ci.

Elle sort son couteau de sa ceinture.

— Contre un mort, un autre mort.

L'orpheline se retourne, prête à quitter la pièce.

— Arrête, Danica. Ne bouge plus. Je vais être obligée de tirer.

— Tu ne tireras pas, car tu sais que je suis innocente. Et parce que tu n'es pas comme ça. Pas comme moi. Ljuba a raison. Le destin décide pour nous. C'est lui qui t'a placée sur ma route. Toi plutôt que n'importe quel autre agent d'Europol. Toi, Marie, que je ne connais pas et que, pourtant, j'ai toujours connue.

— De quoi parles-tu ?

— Ton père ne t'a pas raconté, c'est ça ? Tu ne sais rien, pour ta mère ?

— Ma mère est morte de maladie quand j'étais enfant. Je n'ai aucun souvenir d'elle.

— Vraiment ?

Une main qui se tend vers elle. Une voix. « Je reviendrai vite, *principessa.* »

— Les réponses t'attendent là-haut, dans la montagne, Marie. Là où nous l'avons laissée. Va au sommet du Capu Tafunatu, prends le sentier qui descend vers l'est. Traverse une forêt. Marche jusqu'à passer près d'une cascade. Elle est enterrée là-bas. Elle t'attend. C'est elle, mieux que personne, qui doit te raconter ton histoire. Pour que tu comprennes. Tout est lié. Le fil avait raison.

Elle pose sa main sur la poignée de porte, tourne la serrure.

— Ne fais pas ça, Danica.

Mais la femme sort et disparaît dans la nuit. Marie abaisse son arme. Une autre phrase surgie d'un passé oublié remonte en elle, comme une bulle d'oxygène qui éclate à la surface d'une eau noire. « Je dois aller aider ces filles, Marie. Pour toi. Pour elles. Parce que je ne pourrai plus jamais te regarder si je n'y vais pas. Je te dois ça et je le leur dois, à elles. »

SIXIÈME PARTIE

Au bout

« Passé, présent, futur. Tout se mêle. Ce qu'ils ont fait, ceux qu'ils étaient. Liés à jamais. Ensemble, jusqu'au bout. Malgré la mort, malgré le temps. Réunis en elles. Celles qui restent. Nous. »

49

28 juillet 1993
Capu Tafunatu, Corse

La nuit vient de tomber sur Capu Tafunatu. Plus tôt, Nina leur a expliqué qu'on ne pourrait les rattraper avant plusieurs heures : « Horvat et ses hommes devront contourner le cap et ne seront pas là avant demain matin. » Alors, Ange et Théo, après s'être assurés que le sniper avait abandonné sa position, sont allés récupérer le cadavre de Dumè qui gisait au bord de la falaise. Ils l'ont porté jusqu'à l'arche. Là, Nina leur a indiqué une petite excavation. Ils y ont déposé la dépouille de leur ami, l'ont recouvert de quelques pierres. Danica, Nina et Ljuba les ont rejoints. Les filles ont décoré la sépulture d'un bouquet d'*erba muvrella*, ces petites fleurs violacées qui poussent en altitude. Personne n'osait dire un mot. Alors la guide a suggéré : « Théo, peut-être pourrais-tu nous chanter une chanson ? Tu sais, celle que tu fredonnais gamin, quand on dormait sur le *Duncan*. Dumè adorait t'écouter. » Le jeune homme a pris une grande aspiration et entonné

Lamentu di u castanu. Sa voix s'est élevée dans la nuit. Les deux orphelines n'ont pas eu besoin d'en comprendre les paroles. Théo, de son timbre si doux, si triste, disait tout. La tristesse, le deuil impossible. Les souvenirs. Mais après trois couplets, sa voix s'est brisée dans un sanglot. Il n'a pu continuer. Ange lui a passé son bras autour des épaules et l'a serré contre lui, comme l'aurait fait Dumè. Le silence insupportable. Bientôt, une autre voix s'est élevée, encore plus pure que celle du Corse. Celle de Danica. À son tour, elle a chanté : « *Spavaj dušo moja, spavaj cvijete moj, sanjaj ptico moja, sanjaj nado*… » « Dors mon âme, dors ma fleur, rêve mon oiseau, rêve, espère. » Un air pour honorer les morts, panser les plaies des vivants et chasser les monstres, loin.

Ils reprennent la route. Parce que leur vie ne tient plus qu'à ça désormais. Leurs pieds dans la terre, leurs respirations partagées. Un chemin raide descend vers la forêt. Ils progressent entre des chaos rocheux, des hêtres, des pins. Théo marmonne dans sa barbe. Ange, à ses côtés, saisit quelques mots : « On n'y arrivera pas. De ma faute… »

— Qu'est-ce que tu racontes, *Fratè* ?

— C'est si dur… Barto, Tatjana, Fred, maintenant Dumè. Trop de sacrifices. Tout ça, c'est ma faute. Si je ne vous avais pas entraînés dans ces braquages…

L'aîné ne laisse pas finir le plus jeune.

— Ne commence pas. Ça ne changera rien. Si on n'avait pas fait tout ça, on n'aurait jamais pu secourir ces filles. On doit aller au bout. Mettre Danica et Ljuba en sécurité, ensuite…

— Ensuite, quoi, Ange ? Tu crois que Venturi et les autres nous laisseront en paix ? On va y passer, nous aussi. On va tous y passer. Et pour quoi ? Où qu'elles aillent, Horvat retrouvera ces gamines. C'est perdu d'avance.

— Il y a toujours une chance. On ne doit pas baisser les bras, Théo. Accroche-toi, Zitellu.

Il est près de minuit. Voilà plus de deux jours qu'ils n'ont pas réellement dormi. Les filles traînent les pieds, comme des spectres, les yeux dans le vide, la bouche entrouverte. Nina tente de motiver le groupe : « Plus que quelques heures à marcher et je vous emmènerai chez des amis, un jeune couple de guides, Livia et Marc Castelli. Ils vivent à Albertacce, et nous nous cacheront chez eux. On peut leur faire confiance. » Danica s'écroule, au beau milieu du sentier. « Non, je n'en peux plus. » Nina demande alors aux frères de continuer, prend à part les deux filles. Elle s'abaisse à leurs côtés. En se courbant, la jeune femme a un rictus qui déforme son visage. De la douleur. La guide tient sa main droite contre son ventre. Elle leur parle, à voix basse. « Je vais vous dire quelque chose à toutes les deux. C'est un secret. J'ai une petite fille. Elle a trois ans. Elle s'appelle Marie. Pendant que je suis avec vous, je l'ai confiée à mon frère. J'espère qu'un jour, elle sera aussi forte et courageuse que vous. Je lui raconterai tout ce que vous avez bravé, ce que vous avez fait pour gagner votre liberté. Votre histoire l'aidera à grandir. Parce que, j'en suis certaine, vous allez y arriver. »

Une heure de plus. Alors qu'ils longent la rivière du Golu, Nina ralentit le pas, se laisse dépasser par les deux frères, puis par les filles, prétextant vouloir fermer la marche. La guide a du mal à garder l'équilibre. Prend un instant pour souffler en s'appuyant contre un arbre, la main toujours plaquée sur son ventre. Elle a la vue qui se trouble. Elle ne peut pas s'arrêter. Pas maintenant. Elle a fait de son mieux pour que personne ne le remarque. N'a rien laissé paraître au moment où elle a reçu la balle, quand elle se mettait à couvert avec Ljuba. Il lui a fallu serrer la mâchoire pour ne pas céder à la douleur. Elle a profité de la panique pour chercher un tee-shirt dans son sac et se faire une compresse, refermé son blouson. Elle peut le faire. Pour les filles, pour Marie. Elle reprend la marche. Mais après quelques mètres, se prend les pieds dans une racine, tombe de tout son long. La douleur est insupportable. Ange, alerté, la rejoint.

— Nina, ça va ?

Elle ne lui dit rien, ouvre sa parka et lui révèle sa plaie. Un trou circulaire qui laisse déborder du sang noir. Son tee-shirt est maculé de rouge. Les deux filles arrivent à leur niveau, découvrent la blessure. Danica est sous le choc. Ljuba, elle, retire l'écharpe blanche que lui avait offerte Nina et la place sur la plaie. L'étoffe se teinte de pourpre. Danica jette un regard à sa camarade, qui baisse les yeux. La Croate comprend. Ljuba savait, avait voulu les prévenir… Le fil le lui avait montré. « Ils vont tous mourir. »

Nina demande à son ancien compagnon de l'emmener à l'écart. Ils s'installent au pied d'une cascade en demi-lune, bordée de fougères. À la faveur de la lueur nocturne, l'eau crée des miroitements, comme des poussières d'étoile. Il l'allonge sur ses genoux. Elle a la peau brûlante. Nina regarde autour d'elle.

— C'est la forêt de Valdu Niellu, un de mes endroits préférés de l'île…

— Arrête de parler, Nina. Je vais soigner ta blessure. Tu vas te reposer et on repartira.

Nina est livide. Ses yeux brillants.

— Non. Ange, je n'ai plus de force. Je n'y arriverai pas. Ils seront bientôt là.

— On va trouver un moyen, Théo et moi, se relayer pour te porter. On ne t'abandonnera pas ici. C'est hors de question.

— J'ai déjà perdu trop de sang. Vous devez continuer sans moi.

Ange sent la colère monter en lui, la rage. L'envie de brûler ces arbres, de détruire cette île, ce monde. Pas elle. Pitié, pas elle.

— Tu viens avec nous. Point final.

— C'est trop tard, Ange.

Elle continue. Sa voix est comme un soupir.

— Il y a quelque chose… que je dois te dire. Il y a quelqu'un. À L'Île-Rousse… Mon frère.

— De quoi parles-tu, Nina ?

— Elle… elle t'attend.

Elle lève sa main vers le visage de Biasini, lui caresse la joue.

— Ça a été beau, nous deux. Malgré tout…

— Je suis désolé d'avoir tout gâché, Nina. Si désolé.

— Tu n'as pas tout gâché. Quand tu la verras, tu comprendras. Dis-lui que je l'aime. Que je l'aimerai toujours.

Nina se fige, ses mains serrées fort dans celles d'Ange. Ses yeux s'éteignent. Biasini amène son corps contre le sien et l'enlace. Prendre ce qu'il peut. Son parfum. Sa chaleur. Prendre tout. Et même s'il est trop tard, il lui murmure, à l'oreille :

— Il n'y a jamais eu que toi, Nina.

À mains nues, s'aidant parfois de pierres pour arracher des racines, Ange et Théo ont creusé la terre meuble. Ils y ont mis la dépouille de Nina, pour linceul, ont utilisé son sac de couchage. Avant de reboucher la sépulture, Ange a attrapé l'écharpe tachée de sang et se l'est passée autour du cou. Puis, avec son frère, ils ont déposé des pierres, délicatement, sur le corps de Nina. Ange ne bougeait plus, ne parvenait pas à se lever, paralysé. Si mal à l'intérieur. Alors que Ljuba et Théo finissaient de se préparer, Danica s'est assise devant lui et a dit : « Tu sais, Ange, j'ai vu tomber tous ceux que j'aimais. Souvent, j'ai voulu m'arrêter, les rejoindre. Mais j'ai compris quelque chose. Il faut continuer. Pour eux. Vivre, pour tous ceux qui sont morts. »

50

29 décembre 2019
Valdu Niellu, Corse

« Les réponses t'attendent là-haut, dans la montagne, Marie. »

L'hélicoptère Écureuil manœuvre pour se poser au pied du Capu Tafunatu. L'atterrissage est difficile, l'aéronef déporté à droite et à gauche par des bourrasques de vent puissantes. Jansen et Marchant posent enfin pied sur un épais manteau neigeux. Immédiatement, le froid les saisit. Ils resserrent leur capuche sur leur visage, alors que les pales de l'Écureuil qui redécolle créent des tourbillons de neige. Une fois qu'il s'est éloigné, que les flocons sont retombés, les deux policiers sont ébahis par la beauté du paysage. Dans leur dos, une immense arche de granit. Face à eux, des monts aux sommets enneigés et, en arrière-plan, la mer.

Marie suit les consignes que lui a transmises Danica. Ils empruntent un sentier qui s'enfonce dans une forêt dense, longent une rivière pendant près de deux heures, s'enfonçant au cœur des arbres centenaires. Plus ils descendent, plus la neige est éparse. Enfin, Marie repère la cascade. Cherche quelques minutes. Là, au cœur d'un bosquet de fougères, un monticule de terre, en longueur, surmonté de pierres. Un tombeau. Avec l'aide de Marchant, ils arrachent les plantes, déblayent les caillasses, déplient les pelles qu'ils avaient prévues. Après une demi-heure à creuser, ils mettent au jour un sac de couchage élimé. Marchant doit utiliser un couteau pour l'ouvrir, la fermeture Éclair est depuis longtemps dévorée par l'humidité. À l'intérieur, un squelette. Ses vêtements laissent comprendre qu'il s'agissait d'un randonneur. À ses pieds, un sac, avec du matériel d'alpinisme. Piolets, cordages… Après avoir enfilé ses gants, Marie fouille les affaires. Au fond du sac, elle découvre un sachet en plastique dans lequel a été glissé un portefeuille. Elle étudie la vieille carte d'identité. Sur le portrait en noir et blanc, une femme aux cheveux noirs coupés court, au visage fin et acéré. Son nom : Nina Peretti. Le même nom de famille que le sien. Jacques n'a jamais parlé de cette femme. Pourtant, dans le cerveau de la policière, déjà, quelque chose s'éveille. Une boule au ventre qui grossit. Dans la poche à billets, elle extrait, délicatement, deux photos. La première est un peu délavée, mais encore visible. Nina Peretti tient une petite fille dans ses bras. Cette gamine, c'est elle. Et cette femme… Celle qui lui apparaît depuis des semaines, dans ces songes qui n'en ont jamais été. Voilà ce que Danica voulait qu'elle comprenne. Marie, fébrile, regarde la seconde photo. Une partie a été effacée mais on y discerne la même femme, plus jeune, sur une plage, en maillot de bain. Un homme est assis derrière elle et l'enlace. Ils sourient tous les deux, ont l'air heureux.

Ce type, c'est Ange Biasini. Ce regard d'un noir si profond. Comme le sien. Alors, ça explose en elle. Toute sa vie n'a été qu'un mensonge. Son vrai père, sa vraie mère. Là, devant ses yeux. Marie s'effondre, ne sent pas la terre humide traverser ses vêtements. Laisse venir les larmes. Le policier lui demande si elle va bien. Elle ne répond pas. N'en a pas la force. Les mots de Danica lui reviennent en tête : « Toi, Marie, que je ne connais pas et que, pourtant, j'ai toujours connue. »

Les prochaines heures se déroulent comme si l'agent d'Europol n'était pas vraiment présente. Marchant appelle des renforts et un médecin légiste pour superviser la levée du corps. Puis une équipe les rejoint. Le policier en profite pour forcer Marie à monter dans l'hélicoptère. Après avoir récupéré sa voiture, elle retourne à son hôtel. Elle se sent si épuisée. Demain, dès l'aube, elle ira interroger celui qui s'est fait passer pour son père, toute sa vie. Obtenir, enfin, des réponses. Pour l'heure, elle veut juste tirer les rideaux de sa chambre et s'enfoncer dans son lit. Elle passe devant l'accueil, un employé tente de l'interpeller mais elle ne l'entend pas. Elle arrive au deuxième étage, passe sa carte sur la porte, entre. Une silhouette se rue sur elle. Marie, à cran, est prête à dégainer son arme. Mais elle reconnaît sa fille, Romy, qui se colle contre ses jambes. « Maman ! Papa et moi on t'a fait une surprise. » À son tour, Willem apparaît dans le couloir.

— Puisque tu n'as pas le temps pour nous, à La Haye, on s'est dit que ça serait plus facile de te rejoindre ici. On est en vacances et Romy rêvait de découvrir ton île…

Elle sait bien que son mari est venu ici, aussi, pour lui faire face. Pour mettre des mots, un terme, peut-être, à leur histoire. Elle le lit dans son regard. Mais, pour le moment, elle saisit sa fille dans ses bras et la serre contre elle. Tout contre elle.

51

28 juillet 1993
Albertacce, Corse

Ils sont au-delà de leurs forces. Et pourtant, ils continuent d'avancer. Depuis qu'ils ont quitté la cascade, Danica n'a pas lâché la main d'Ange. Lui se laisse un peu porter. L'impression que si elle le laissait là, il s'arrêterait pour ne plus jamais repartir.

Au cœur de la nuit, ils arrivent au village d'Albertacce. Théo localise rapidement la maison des Castelli, les amis de Nina. Posté dans une artère perpendiculaire à la rue principale, le jeune Biasini observe, sur le qui-vive. La peur chevillée au corps. Comme prévu avec son frère, il part en éclaireur. Après ces jours à marcher dans la terre, ses semelles qui claquent sur le bitume, ces maisons grises, ces pylônes électriques lui donnent l'impression de retrouver un monde, celui des hommes, auquel il n'appartient plus. Il arrive devant la maisonnette, frappe. À l'étage, une lumière s'allume. Bientôt, Marc Castelli, un type sec, aux cheveux en pétard, vient lui ouvrir.

— Qu'est-ce que vous voulez ? Vous savez l'heure qu'il est ?

— Excusez-moi de vous déranger, Marc. Je m'appelle Théo, je viens de la part de Nina Peretti. Elle nous a dit que vous pourriez nous abriter cette nuit. Nous sommes quatre.

L'homme attrape une paire de lunettes sur une desserte, le détaille. Quelque chose change dans son regard. Un éclair de doute, de peur.

— Où est Nina ?

Comment lui expliquer ?

— Elle… elle a été retardée. Elle nous rejoindra plus tard.

Le guide regarde vers l'étage, hésite. Théo insiste.

— Nous sommes avec deux gamines. Elles sont exténuées. Nous aussi. S'il vous plaît…

Castelli le jauge.

— Vous pouvez entrer.

Théo fait un signe à ses camarades. Ange, Danica et Ljuba se dégagent des ombres et le rejoignent. Leurs visages sont sales. Écorchures aux joues, aux bras. Vêtements déchirés. Marc les laisse passer en les détaillant.

Une fois à l'intérieur, Théo s'empresse de refermer la porte derrière lui. Castelli, évidemment, s'en rend compte. Il demande.

— Vous avez dîné ?

— Non…

— Bien. Je vais vous préparer quelque chose. Mais laissez-moi réveiller ma femme. Essayez de ne pas faire trop de bruit. Nos deux garçons dorment à l'étage. La cuisine est là-bas.

Ils se retrouvent tous les quatre. Théo montre du doigt un journal plié sur une table. Le *Corse-Matin* du jour. Le titre en une : « Roches rouges, les recherches s'accélèrent. » Entre ces pages, leurs visages sont forcément exposés. Théo garde les yeux fixés vers l'étage. On entend des bruits de pas sur le parquet, au-dessus. Et si le type était en train de prévenir la police ? Le jeune homme place une main sur la crosse de son arme. Ange lui fait non de la tête. Le couple redescend après quelques minutes. Livia se présente à eux, salue les deux filles. C'est une belle femme. De longs cheveux châtains bouclés, quelques tresses fines, des yeux en amande. Un sourire doux. Marc leur prépare une omelette au brocciu avec des toasts. Les filles ont droit à un jus d'orange. Les deux frères, à un verre de vin. Manger un repas chaud, au calme, leur fait tellement de bien. Le couple observe les gamines se jeter sur leur plat, l'avaler en une poignée de bouchées. Livia discute avec les orphelines, félicite Danica pour son français, puis pose des questions à mi-voix, comme pour s'assurer qu'elles n'ont pas été kidnappées par les deux frères. Ange et Théo ne réagissent pas. Marc se roule une cigarette et la fume à la porte-fenêtre donnant sur le jardin. Théo le rejoint bientôt. Au moment où ils terminent le repas, une sirène de police retentit. Les Biasini se raidissent. Castelli a noté leur réaction. Il rallume son mégot, crache sa fumée vers l'extérieur.

Ils échangent deux, trois banalités. Le couple les interroge sur leur itinéraire. Ils leur expliquent qu'ils sont partis d'Ota, il y a quatre jours. Ça leur semble tellement loin. En retour, Ange et Théo s'intéressent à leur métier de guide, leur rencontre avec Nina. À un moment, Livia demande :

— Et la petite Marie, comment va-t-elle ?

— Marie ? questionne Ange.

— La fille de Nina. Elle l'emmène ici, parfois, jouer avec nos jumeaux. C'est une gentille gamine, un peu réservée.

Ange reste silencieux. Les ultimes paroles de Nina prennent sens. « Elle t'attend. » Cette fillette, Marie, c'est la sienne… Il le sait, le sent. Ange plante ses yeux dans son assiette, serre les accoudoirs de sa chaise, à les faire éclater. Ne rien laisser paraître. Théo, intrigué, rebondit.

— Ça lui fait quel âge à la petite, maintenant ?

— Trois ans, je crois.

Le cadet tourne la tête vers son aîné. Lui aussi a compris.

Après avoir murmuré à l'oreille de son mari, Livia propose aux filles de leur montrer un endroit avant d'aller se coucher. « Je sais que vous êtes fatiguées mais ça vaut le coup. » Danica cherche l'aval d'Ange du regard. Il opine. Derrière la jeune femme, les deux orphelines sortent vers le jardin.

Dans les pas de Danica et Livia, Ljuba remonte le terrain vers une colline. La petite repense à cette maison. Ces dessins collés au frigidaire. Ces jouets dans le salon. Elle n'a jamais connu ça. Toute sa vie trimballée d'un orphelinat à un autre. Des dortoirs glacés. La même bouillie tiède à chaque plat. Des adultes qui hurlent pour se faire comprendre. Ljuba n'a jamais rien dit, jamais protesté. Ça a toujours été comme ça. Le fil avait choisi pour elle. Tout à l'heure, Livia a posé sa main sur sa joue. C'était chaud. C'était bien. Ljuba se dit que, parfois, elle aimerait que le fil se trompe. Qu'elle ne sache pas, à l'avance, ce qui va arriver. Elle pourrait espérer. Un peu. Imaginer, par exemple, qu'elle puisse rester avec ce couple, faire partie de cette famille. Mais elle sait que d'autres larmes les attendent. Leur chemin n'est pas terminé.

Livia s'arrête à l'entrée d'un sous-bois, allume une lampe-torche. Elle progresse entre de vieux châtaigniers. Bientôt, les deux filles découvrent cinq menhirs. Les blocs de granit, de forme allongée, encerclent un imposant olivier. Trois sont brisés, dévorés par les racines de l'arbre. Mais les deux autres, un peu de travers, leur base couverte de mousse, sont encore debout. Livia fait glisser sa lampe sur ces derniers. Les gamines découvrent alors des faciès gravés dans la roche. Ce ne sont pas de simples monolithes, mais des statues. Des traits sommaires : le contour d'un visage, un nez, deux yeux. Et pourtant, il s'en dégage quelque chose. De sage, de bon.

— C'est un très ancien site préhistorique. Ces statues datent de l'âge de bronze. Ce sont les gardiens de notre village. On a une tradition ici, avec ma famille. Quand quelqu'un part, qu'il meurt, on prend une pierre et on la dépose au pied de l'une de ces statues.

Elle montre le sol jonché de pierres.

— Si vous voulez, vous pouvez prendre un peu de temps et en laisser, vous aussi, quelques-unes ici. Les gardiens protégeront leurs âmes.

Danica traduit à Ljuba, qui pose une question pour Livia.

— Et ça marche aussi pour ceux qui vont mourir ?

D'abord surprise, la jeune femme finit par répondre.

— Je pense, oui.

Alors Ljuba s'empresse d'aller chercher deux cailloux et les met au pied d'une statue. Elle tire sur une maille de son vieux pull, attache les deux caillasses ensemble, puis susurre quelques paroles. Danica, elle, ne bouge pas. Livia s'approche.

— Et toi, tu ne veux pas y aller ?

— Non… Je ne crois pas à ces choses-là. Quand on est mort, il n'y a plus rien.

Dans la maison, Marc écrase son mégot, ressert un verre de vin aux deux frères.

— Les braqueurs, les Roches rouges, c'est vous ?

À quoi bon mentir ? Ça ne servirait à rien.

— Oui… répond Ange.

— Et ces gamines ? Qu'est-ce qu'elles font avec vous ?

— Ce sont des orphelines. Des sales types ont abusé d'elles. On les a trouvées enfermées dans la soute d'un yacht. Ces salauds veulent les récupérer. On va les aider à quitter l'île.

Ange ne connaît pas cet homme, mais Marc leur a ouvert sa porte, sachant pertinemment à qui il avait affaire. Biasini sent qu'il peut lui faire confiance. Il ajoute :

— Demain, nous devons être à 16 heures à l'aérodrome de Lucciana. Un avion nous attendra là-bas.

— Vous comptez vous y rendre comment ?

— Je ne sais pas encore. Il faut qu'on y réfléchisse, avec mon frère.

— À pied, vous n'y arriverez jamais. L'île grouille de flics. J'ai une camionnette. Lucciana est à une heure et demie de voiture. Je pourrais vous déposer à l'entrée de votre aérodrome.

— Ce n'est pas la peine, Marc. Vous n'avez pas à faire ça. Vous ne nous connaissez pas, ne nous devez rien. On ne veut pas que vous preniez de risques. Vous avez une famille.

— C'est ce qu'on fait sur notre île. On accueille les gens qui en ont besoin. On aide quand on peut, on ne juge pas. Ma décision est prise. Demain, je vous emmènerai là-bas.

— Dans ce cas, on pourra vous dédommager. On a de quoi vous payer.

— Je ne veux pas de votre argent. Je sais d'où il vient…

Théo est resté silencieux durant toute la discussion.

— Tu en penses quoi, Théo ? le questionne son aîné.

Le jeune homme semble un peu ailleurs.

— Faisons ça…

— Bien, vous devez être fatigués. Je vais vous montrer votre chambre.

Tout le monde s'est couché. La sensation si douce de s'allonger dans un vrai lit. Les draps propres, le matelas confortable… Avant d'éteindre la lumière, Ange avoue à son frère :

— *Fratè*, je dois te dire quelque chose. Dans l'avion, demain, il n'y aura que trois places passagers.

— Ça veut dire quoi ?

— Ça signifie qu'on ne pourra pas tous embarquer. Je te laisserai quitter l'île avec les gamines. Moi, je partirai plus tard. Je dois trouver quelqu'un avant de fuir.

— Tu parles de la fille de Nina, Marie ? Tu penses que…

— Oui. J'en suis certain.

— Tu ne t'en sortiras pas, Ange. L'île entière nous recherche. Venturi, Horvat, la police…

Ange éteint la lumière.

— Il faut dormir, maintenant.

Une heure passe. Pour Théo, impossible de fermer l'œil. Son cerveau est en ébullition. Il se refuse à abandonner son frère. Pas après tout ce qu'ils viennent de vivre. Ils ont déjà trop perdu. Ange mérite de rencontrer sa fille. Mais lui va devoir partir. Pourquoi ? Se retrouver avec les deux gamines sur les bras ? Il en a assez fait pour elles. Tant de sacrifices. Barto, Fred, Dumè, Nina… Il doit bien y avoir une autre solution. Il y pense depuis la mort de Dumè. Venturi avait raison…

Aux lueurs du jour, le jeune homme se lève, rejoint le rez-de-chaussée le plus silencieusement possible, décroche le téléphone. Il compose le numéro. Il sait qu'il y a toujours quelqu'un qui répond, là-bas. À n'importe quelle heure. Une voix rêche. Celui qui ne dit jamais rien. La Lippe.

— J'écoute.

— C'est Théo Biasini. Je veux passer un marché…

Dans la petite chambre où sont installées les filles, sous les combles, Danica ne dort pas, elle non plus. Elle repense à cet endroit que lui a montré plus tôt cette femme. Elle aurait dû faire quelque chose. Elle regrette, maintenant. Alors elle se lève. À pas de loup, passe devant la chambre des enfants du couple. La porte est entrouverte, elle glisse sa tête à l'intérieur. Deux petites formes dorment dans des lits en bois. On entend leur respiration. Le calme, le silence… Cette chambre, c'est un cocon. Les jumeaux ont tant de chance… La Croate tire la porte. Se retrouve dehors. L'aube commence à poindre. Elle se hâte jusqu'aux statues. Radmila, Tatjana… L'orpheline saisit deux pierres, les installe au pied d'un des monolithes. Barto, Fred, Dumè, Nina… À nouveau, elle se charge les bras de cailloux. Puis, va les déposer. Elle s'apprête à retourner vers la maison quand d'autres noms remontent en elle. Tant d'autres. Ses parents. Visnja, Tomislav. Les amis de l'école. Zlatko, Miurna, Dunja… Tous ceux qui sont tombés durant sa longue marche pour fuir Vukovar… Vinko, Andrej, Zora, Bosana… Une pierre pour chacun d'entre eux. Une pierre pour qu'ils trouvent le repos. Et que, peut-être, elle aussi trouve enfin la paix. Ses bras qui se chargent. Ses bras qui sont si lourds. Ses cailloux, qui tombent, qu'elle doit ramasser. Encore un. Un autre. Un dernier. Devant elle, c'est un monticule de roches qui grossit. Puis elle reste là, longtemps, devant ce cairn. Trop de morts. Si peu de vivants. Danica n'a plus de larmes, plus vraiment. Elle revient vers la maison. Elle pousse la porte-fenêtre de la cuisine. Du bruit dans le salon, une voix qui chuchote plus qu'elle ne parle. Une voix qui ne veut pas qu'on l'entende. Danica se cache derrière un rideau, tend l'oreille. C'est Théo, il est au téléphone.

— Je veux passer un marché… Les filles contre nos vies sauves, à mon frère et moi. Nous serons demain à l'aérodrome de Lucciana, à 16 heures. Transmets le message à Venturi et Horvat.

Biasini raccroche et, aussi vite, remonte à l'étage.

Danica a tout entendu. Tatjana avait raison. On ne peut faire confiance à personne. Même Théo, qui les a pourtant sauvées, veut maintenant les trahir. Ce monde est sale. Si sale.

52

30 décembre 2019
L'Île-Rousse, Corse

Quelque chose a changé en Marie depuis la découverte de la dépouille de sa mère, Nina. Depuis qu'elle a interrogé son père et qu'enfin, après toutes ces années, il lui a révélé la vérité. « Je voulais te protéger. J'avais peur que tu ne me pardonnes jamais. » Il avait raison. Car c'est Jacques qui a condamné sa mère en l'envoyant rejoindre les braqueurs à Évisa pour les guider à travers la montagne. Quelque chose a changé… Apprendre que son père était bien cet Ange Biasini. Cet homme dont elle ne sait rien. Pas même s'il est encore en vie… Ses origines sont un chaos de mensonges et de sang, mais au moins, maintenant, elle sait. Quelque chose a changé… Une toute petite étincelle, infime, vient de s'allumer, là, au creux de son cœur. Depuis qu'elle l'a rejointe en Corse, Marie se surprend à avoir besoin de sentir sa fille auprès d'elle. Et ça ne lui était jamais arrivé.

C'est la fin de matinée. Willem, Romy et Marie marchent sur la promenade de la Marinella à L'Île-Rousse. Le temps est frais, ensoleillé. La fillette, devant eux, s'amuse à chasser les pigeons en leur courant après. Le couple avance, côte à côte. Son mari vient de lui dire : « C'est une belle île, tu ne me l'avais jamais dit. » Elle acquiesce : « Je ne m'en étais pas rendu compte. » Peut-être est-ce le temps qui a coulé, mais même elle se surprend à apprécier la quiétude, la douceur, la lumière de cette ville qu'elle a si longtemps détestée. Comme si l'endroit où elle avait grandi était, durant toute sa jeunesse, couvert d'un voile de mélancolie. Les lieux changent, pense-t-elle, selon les époques où on les visite. On les voit différemment, parce qu'ils ne sont que les reflets de ce que nous sommes. Willem la sort de ses pensées : « Ce soir, on doit se parler, Marie. » Elle répond oui. Elle aimerait que son mari accepte de lui laisser encore une chance. Qu'il comprenne qu'elle a besoin d'aller au bout de cette enquête, d'abord, et qu'ensuite, elle l'espère, elle sera enfin prête. Pour eux. Tourner la page, aller de l'avant. Essayer, au moins. Elle lui a parlé, lui a raconté ce qu'elle venait d'apprendre. La veille, dans sa chambre d'hôtel, elle a fondu en larmes. Il l'a écoutée, l'a serrée dans ses bras, a semblé, enfin, baisser la garde. Puis elle a embrayé sur son enquête, sur ce qu'il lui restait à faire. Trouver le Balafré, avant Danica, comprendre enfin ce qui s'est réellement passé cet été 1993. Willem s'est assombri, puis l'a laissée seule, pour retourner dans la chambre mitoyenne, où il dort avec la petite. Elle aurait aimé qu'il reste avec elle cette nuit. Est-ce trop tard pour eux ? Cette porte qui les sépare. C'est elle qui l'a élevée, après tout. Si sa famille comptait tant, elle devrait tout laisser tomber. Tout ça pour quoi ? Poursuivre des chimères ? Ce maudit Balafré, existe-t-il seulement ?

Ils quittent la promenade, reviennent vers la place Pascal-Paoli. Là-bas, il y a toujours le même manège, celui qu'elle a connu toute sa vie. Romy insiste pour faire quelques tours. Ses parents acceptent, évidemment. Ils se sourient. Une chance. C'est tout ce dont Marie a besoin.

La gamine grimpe sur un bateau rouge. Le manège démarre. Elle fait de grands gestes pour attraper le pompon. Tournoient, tournoient encore les voiturettes, les motos, les vaisseaux spatiaux, dans un kaléidoscope de lumières. Autour du carrousel, il y a d'autres familles, des gamins qui rigolent. Un type, les mains plantées dans les poches de sa veste, croise le regard de Jansen et s'éloigne, d'un pas boiteux. Ce visage. Elle le reconnaît. Un nom s'imprime en elle. Aghieri… Christophe Aghieri, l'un des anciens soldats du clan du Mistral. Il aurait quitté l'organisation une vingtaine d'années plus tôt. Depuis, c'est flou. Mais son nom est apparu quand Marie et Sóley faisaient leurs recherches sur le Balafré… Ça ne peut être un hasard. Impossible. Marie prévient Willem qu'elle doit vérifier quelque chose. Elle commence à suivre l'homme. Il la remarque, accélère sa démarche claudicante. Est-il là pour elle ? Jansen appelle Luc Marchant, lui demande d'envoyer des renforts en urgence. D'après elle, Aghieri se dirige vers la vieille ville. Le policier lui assure qu'ils la rejoindront au plus vite. L'ancien malfrat approche du marché couvert. Il en franchit la volée de marches, passe entre les colonnes. Il y a beaucoup de monde ce matin. Ça palabre, ça traîne le long des étals. Marie a du mal à ne pas perdre de vue Aghieri. Dans sa poche, son téléphone sonne. C'est Willem. Impossible de répondre maintenant. Parmi le flot de passants, l'agent d'Europol repère Aghieri. Il s'est arrêté et la fixe. Un sourire mauvais déforme son visage. L'instant suivant, il a disparu. Marie bouscule un groupe qui lui barre le passage, fait le tour de la halle. Personne. À la hâte, elle va vérifier les rues environnantes. L'homme s'est volatilisé. Son téléphone sonne encore. Son mari, à nouveau. Marie rejette l'appel. Elle prend la rue Notre-Dame, la rue Agila, vérifie à l'intérieur des commerces. Bientôt, elle est rejointe par Luc Marchant et deux autres policiers. Ils quadrillent le secteur, contrôlent la moindre porte. Mais le voyou reste introuvable. Pour la énième fois, son téléphone vibre dans sa poche. Willem, encore. La policière s'écarte un peu de ses collègues, répond.

— Marie. Il faut que tu viennes, vite.

— Que se passe-t-il ?

— C'est Romy. Elle a disparu. Quand tu es partie, j'ai cherché à voir où tu allais. Je me suis retourné un instant. Mais quand j'ai regardé à nouveau vers le manège, elle n'était plus là. J'ai demandé à la caissière. Elle m'a expliqué qu'un homme l'avait prise dans ses bras avant de partir avec elle. On nous a pris notre fille, Marie. Notre petite fille…

53

29 juillet 1993
Lucciana, Corse

Sa main devant ses yeux, pour faire barrage au soleil. Ange observe le ciel bleu azur. Rien. Pas l'ombre d'un avion. Une fois encore, il vérifie sa montre. 15 h 23. C'est long, trop long… Voilà plus de quarante-cinq minutes que Marc Castelli les a déposés devant l'aérodrome. L'avion devait arriver à 15 heures. Ange avait bien insisté auprès de son contact, le pilote Saviano. Ljuba et Danica, elles aussi, s'impatientent. Ange tente de rassurer les deux filles : « Il ne devrait plus tarder maintenant. »

L'aîné des Biasini a été réveillé aux aurores par Danica. Elle lui a remué l'épaule. Par réflexe, il a voulu saisir son arme sous son coussin, avant de reconnaître la gamine. Elle lui a demandé de le suivre, sans faire de bruit. Ils sont sortis de la chambre. Puis, dans le couloir, elle lui a expliqué qu'il fallait qu'il change l'heure du décollage, « partir plus tôt. Mais surtout pas à 16 heures ». « Pourquoi ? Qu'est-ce que ça change ? »

a-t-il grommelé. Alors, elle a menti. « Ljuba a peur. Elle a un mauvais pressentiment. Et moi, je la crois. Elle ne se trompe jamais. » Ange a acquiescé. Et, au petit matin, il a contacté Saviano et l'a convaincu d'avancer leur rendez-vous à 15 heures… Malgré cela, les minutes s'égrènent et le ciel reste désespérément vide.

Danica enfile le sac à dos rempli d'argent. C'est Ange qui lui a donné plus tôt la moitié des sommes récoltées durant les braquages. Ça représente beaucoup d'argent. 750 000 francs, il lui a dit. « Le pilote va vous faire atterrir à Nice. Là-bas, une connaissance viendra vous chercher. Quelqu'un de bien. Il vous aidera à trouver des faux papiers. À vous, ensuite, de choisir ce que vous voudrez faire. Rester en France ou retourner dans votre pays. Vous serez libres. Mais faites attention à l'argent. Ne dépensez pas trop. Restez discrètes. » Danica a hoché la tête. Elle aurait aimé lui parler du coup de téléphone qu'elle a surpris. La trahison de Théo. Mais elle n'a rien su dire. La situation était déjà assez tendue comme ça. Pas besoin que les frères s'étripent devant elles, maintenant. Pour l'heure, tout ce qui compte, c'est que Ljuba et elle embarquent à bord de cet avion. Survivre. Ensuite…

Un peu à l'écart, Théo enchaîne cigarette sur cigarette. Son talon martèle le bitume brûlant. Il a réussi à convaincre son aîné qu'il resterait avec lui, en Corse. Quoi qu'il advienne. Son frère a planté son regard noir dans ses yeux. S'est-il rendu compte qu'il lui cachait quelque chose ? Le jeune regarde vers l'entrée de l'aérodrome. Pourquoi Danica a-t-elle voulu avancer l'heure du rendez-vous ? L'a-t-elle entendu, la nuit dernière ? Imaginer qu'elle l'ait démasqué le rend encore plus honteux… Épuisé, dépassé, il a paniqué, pensant que c'était leur seule porte de sortie. À présent, il n'en est plus si certain. C'était peut-être une erreur. « Tu es incapable de prendre la moindre décision. Un bon à rien. » Non. Ce qui est fait est fait. Quand Horvat, Venturi et les autres débarqueront, il tentera de leur faire entendre raison. D'arrêter cette folie. Il espère simplement qu'Ange lui pardonnera.

15 h 30. Ange a beau se brûler les yeux, impossible de détacher son regard du ciel. Il faut que ce putain d'avion arrive. Il le faut… L'ancien plongeur se sent si abîmé par ces derniers jours… Enfin, là-bas, vers l'ouest, un point dans le ciel, minuscule, apparaît. Ange retient son souffle. Deux ailes se dessinent. C'est lui. Il en est sûr. Il rit, va rassurer les filles, donne une grande tape dans le dos de son cadet, qui ne réagit pas vraiment.

Après dix longues minutes, dans un vrombissement, le Cessna se pose enfin sur la piste déserte. À peine les hélices ont-elles cessé de tourner qu'Ange, tirant les gamines derrière lui, se rue sur le cockpit. Saviano, casquette vissée sur la tête, ouvre sa portière, s'excuse du retard, et explique à Biasini qu'il doit refaire le plein. Danica demande l'heure. 15 h 40. « Non, il faut partir tout de suite. Le temps presse. » Le pilote répond : « Écoute, petite, si on repart maintenant, on finira au fond de la Méditerranée, alors, t'es mignonne et tu me laisses faire mon boulot. » Saviano fait rouler l'avion jusqu'à la pompe et remplit le réservoir de gazoline.

Le plein est enfin fait. On embarque les affaires des filles à l'arrière du coucou. Ange donne au pilote un sac rempli de billets. La somme dont ils étaient convenus pour transporter les gamines jusqu'au continent. Il est temps de dire adieu aux deux frères. Ljuba serre Ange contre lui. Il lui caresse les cheveux. Sentant l'émotion monter, il lui dit : « Allez, vous devez partir. » Ljuba articule quelques mots en serbe. Ange demande à Danica de traduire. L'adolescente lui dit : « Elle te souhaite une belle vie, Ange. Elle te remercie. » Mais la petite n'a pas dit ça. En réalité, ses paroles étaient : « Le prix que tu vas payer, je ne l'oublierai pas. » C'est au tour de Danica de quitter Ange.

— Merci pour tout.

— C'est une nouvelle chance pour vous. Celle qu'on vous a refusée si longtemps. Une nouvelle vie. Ne la gâchez pas. Ne regardez pas en arrière. Le passé nous dévore. Alors, avancez.

Elle hoche la tête. Il l'embrasse sur le front, puis retire l'écharpe teintée de rouge de Nina et la lui tend. « En souvenir d'elle. De nous. » Elle s'en saisit, la passe autour de son cou. Théo, en sueur, salue à son tour les deux fillettes. Mais Ange le trouve étonnamment tendu, distant.

Les orphelines embarquent. Ange referme la portière de l'appareil, recule. Les regarde. L'hélice du Cessna vrombit. Dans son dos, de l'agitation vers l'entrée de l'aérodrome. Des voix s'élèvent. Puis la barrière se soulève et trois 4 × 4 foncent vers eux. L'avion commence à rouler. Danica plaque sa main sur le carreau de la vitre, hurle à Ange : « C'est Théo. C'est Théo qui t'a trahi. Fuis, Ange. Cours. » Mais l'aîné ne la comprend pas, le bruit du moteur couvre ses cris. Biasini lui sourit. Derrière lui, les voitures sont de plus en plus près. Il ne se rend compte de rien.

Ange regarde le Cessna prendre de la vitesse. Son frère l'attrape. Il parle vite, trop vite.

— Ange, écoute-moi. J'ai fait une erreur… j'étais perdu.

— De quoi parles-tu ?

Mais son attention est attirée par ces trois véhicules qui foncent dans leur direction. Ils arrivent. Ange extrait son arme de sa ceinture et, sans l'once d'une hésitation, fait feu. Il tire son frère par la manche.

— Il faut qu'on parte. On va essayer de franchir le grillage, là-bas, vers la mer.

— Non, Ange. Attends. On peut essayer de leur parler. Les convaincre que c'est terminé.

Mais Ange s'est déjà enfui vers le bord de la piste. Un dernier coup d'œil vers l'avion. Le train d'atterrissage s'arrache de l'asphalte. Le Cessna s'envole. À eux, maintenant, de tenter de s'en sortir. Le cœur frappant leur poitrine, ils arrivent au pied du grillage, commencent à l'escalader. Deux voitures ont bifurqué vers eux. La troisième a fait demi-tour pour les contourner. Ange arrive en haut de la clôture, tend la main à son frère, l'aide à passer de l'autre côté. Il se déchire les paumes en se maintenant en équilibre sur les barbelés, mais ça n'a aucune importance. Il se laisse tomber de l'autre côté. Sur la piste, quatre types émergent des voitures et leur tirent dessus. Les Biasini se jettent derrière une petite dune, entourée d'oyats. Autour d'eux, les balles s'enfoncent dans le sable. « Théo, tu vas partir vers le sud. Cours et ne te retourne pas. Je vais les ralentir. Je te retrouverai au village de Santa Lucia Di Moriani, après la lagune. » Théo aimerait lui dire que c'est fini, que, cette fois, ils ne pourront pas s'échapper, mais il acquiesce et file. De nouveaux bruits de moteur. Le troisième 4 × 4 arrive dans les dunes. Ange vérifie son arme. Il doit éloigner leurs poursuivants de Théo. Il prend la direction opposée de son frère. Vers l'ouest. Il court. Les tiges des joncs lui griffent le visage. Une pensée. C'est impossible. Impossible qu'ils les aient retrouvés. Quelqu'un a parlé. Un mouvement dans les buissons devant lui. Il tire au jugé. Recule. Arrive au bord du Golu. La rivière est large dans son embouchure, il y a un fort courant, il lui faudra nager pour la traverser. C'est peut-être sa chance. Au même moment, l'avion les survole. Elles y sont arrivées. Un sourire éclaire le visage du braqueur. L'instant suivant, une rafale le cloue à terre. Il s'est pris une balle dans la jambe gauche. Un homme apparaît, entre les hautes tiges, un mercenaire d'Horvat, il recharge son fusil d'assaut. Une nouvelle salve. Une douleur dans l'épaule. Ange rampe et se laisse glisser dans la rivière. Faire le mort. Gagner du temps.

Retenir sa respiration. Une dernière fois.

Ne pas bouger, malgré la douleur.

54

31 décembre 2019
L'Île-Rousse, Corse

« Pour revoir votre fille vivante, rendez-vous ce soir à minuit au rond-point du Fogata, à la sortie de L'Île-Rousse. Seule, sans arme, sans micro, sans traceur. Si vous contactez les autorités, nous le saurons. Si vous tentez quoi que ce soit, nous le saurons. Et Romy paiera. »

Le matin même, une enveloppe a été déposée à l'accueil de leur hôtel. À l'intérieur, ce mot signé d'un B majuscule. Ces quelques phrases, Marie et Willem les ont relues toute la journée. Sans tomber d'accord sur la marche à suivre. Lui voulait prévenir Marchant et sa brigade, afin qu'ils assurent la sécurité de sa compagne. Mais Marie a refusé. Si le Balafré existe vraiment, et qu'il est aussi influent que sa légende le prétend, il découvrira que Jansen essaie de le doubler. Elle ne peut courir ce risque. Elle doit y aller seule.

À minuit moins dix, Willem dépose sa femme au lieu de rendez-vous. Il lui demande, une dernière fois : « Tu es sûre de toi, Marie ? » Elle, de répondre : « Je ramènerai Romy. Je te le promets. » Puis elle l'embrasse sur la joue et quitte le véhicule. Il redémarre et repart vers le centre-ville. L'agent d'Europol se retrouve seule. Aucune voiture à l'horizon. Le libecciu souffle fort ce soir. Au loin, l'écho des fêtes du réveillon dans les bars du centre-ville, chez les habitants. De la musique, des rires. Marie est glacée. Après une interminable attente, une camionnette blanche, à la peinture fatiguée, apparaît. À peine arrive-t-elle au niveau du rond-point que ses portes s'ouvrent. Deux types cagoulés en jaillissent, saisissent la femme et la forcent à s'asseoir sur une banquette en métal à l'arrière. La seconde suivante, ils redémarrent.

Voilà près de deux heures qu'ils roulent. Depuis leur départ, les hommes du Balafré l'ont fait changer de véhicule à deux reprises. Chaque fois, pour embarquer dans une nouvelle camionnette anonyme. Marie ne voit rien du trajet. Les fenêtres arrière ont été peintes en noir. Trois types sont à bord avec elle. Un premier qui conduit, deux autres qui l'encadrent. L'un est assis à ses côtés, l'autre, en face, pianote sur un téléphone. Personne ne parle. Marie a bien tenté de poser des questions : « Où m'emmenez-vous ? Comment va ma fille ? » Mais aucun d'eux n'a daigné répondre. Juste le bruit du moteur, des accélérations soudaines, la sensation d'être déportée d'avant en arrière, de droite, à gauche. Et son cœur qui frappe sa poitrine. Sa peur qui lui serre les viscères. Le conducteur roule vite. Marie essaie de faire circuler le sang entre ses mains entravées. Ils lui ont attaché les poignets avec un collier de serrage qui lui fait affreusement mal. Ils l'ont fouillée aussi, sans vergogne. De leurs mains lourdes, ont tâté son corps, vérifié à l'intérieur de ses chaussures, l'ont forcée à ouvrir la bouche, à déboutonner son chemisier, pour s'assurer qu'elle ne portait pas de micro. Marie était horrifiée, mais s'est laissé faire. Ils l'ont même passée au détecteur de métaux.

Depuis quelques minutes, le véhicule a emprunté un chemin cahoteux. Le fourgon tremble, grimpe et tressaute sec. C'est si long… Enfin, l'engin marque un arrêt franc. Sont-ils arrivés ? Ou doivent-ils encore changer de véhicule ? On passe un bandeau sur les yeux de Marie et on l'extrait de la voiture. On la pousse en avant. De la terre sous ses pieds. Il fait froid, plus froid encore qu'à L'Île-Rousse. Le vent crée une plainte gutturale, comme lorsqu'il s'engouffre dans des reliefs acérés. Elle surprend le bruit d'une rivière, d'une chute d'eau. Des voix devant elle. Le bruit d'une porte massive qu'on ouvre. Les semelles de ses baskets entrent en contact avec une surface dure. De la pierre. Du marbre, peut-être. Leurs pas résonnent. Ils traversent une grande pièce. Marie sent quelque chose qui se faufile entre ses jambes. Elle réprime un frisson. Un miaulement, non loin. Ils franchissent une nouvelle porte. On lui retire son bandeau, enfin. Elle est seule. Dans une vaste salle plongée dans une semi-pénombre. Du mouvement autour d'elle. Un peu partout dans la pièce, des chats. Il y en a six ou sept. Ça miaule, ça s'étire. Devant elle, une gigantesque baie vitrée donne sur des montagnes. On dirait qu'il y a un gouffre, un ravin, en dessous, comme si la bâtisse avait été construite à flanc de falaise. Les murs sont en béton brut, ici et là, quelques blocs de roche apparaissent. Très peu de mobilier. Une bibliothèque en acier avec des ouvrages anciens. Un grand bureau en verre, avec plusieurs ordinateurs. Un fauteuil. Trois téléphones portables, disposés les uns à côté des autres. Une bouteille de champagne dans un seau en métal. Deux coupes. Au-dessus de sa tête, un immense plafonnier métallique dilue une lumière cuivrée. Mais malgré cela, l'atmosphère est glaciale, austère. Ça sent la cigarette froide. La solitude. Marie, bien que dans l'obscurité, a remarqué au moins trois caméras braquées sur elle. Ce n'est pas une maison, mais un bunker, pense-t-elle. Dans son dos, la porte s'entrouvre. Une petite silhouette pénètre dans la pièce, crie « Maman ! » et accourt vers elle. Marie la prend dans ses bras, ferme les yeux. Soulagée.

— Romy. Je suis tellement heureuse de te voir. Ça va, mon ange ? Ils ne t'ont pas fait de mal ?

— Non. Ça va bien. *Ziu* a été gentil avec moi, tu sais. Il m'a raconté l'histoire de sa maison. Que c'est un lieu secret, le plus secret de toute l'île. Qu'avant, ici, il y avait un village abandonné. Il y a plein de jouets pour moi, une grande chambre avec une jolie vue. Et il y a tous ces chats. Il me dit que ce sont ses amis. Ses seuls vrais amis. Cet endroit, il l'appelle le Nid d'aigle.

Dans le sillage de la petite, un homme apparaît dans l'interstice de la porte. Il hésite, puis entre et referme la porte derrière lui. Les chats l'entourent, glissent entre ses jambes. Il est assez grand, svelte. Il s'abaisse pour laisser filer ses doigts sur le pelage d'un des félins, puis se dégage des ombres. Son visage est barré d'une impressionnante balafre couleur chair. Il a une petite cinquantaine d'années. Des cheveux noirs ramenés en arrière. Plus jeune, il a dû être beau. Des yeux bleus, perçants. Mais son visage est marqué par des rides profondes, des cernes épais. Et il est si maigre. Son corps flotte dans sa chemise noire, qui dévoile un torse famélique. Une barbe fournie couvre son visage. Il leur sourit, puis va s'appuyer contre son bureau.

— Je t'attendais, Marie. Je t'ai toujours attendue.

Alors Marie le reconnaît. Seulement à cet instant. L'homme qui lui fait face. Le Balafré. C'est Théo Biasini.

55

29 juillet 1993
Lucciana, Corse

Ange resserre son emprise sur le manche en châtaignier de son poignard.

Là-bas, en contrebas, au bord du rivage, ils sont là. Ce salopard qui braque son arme sur Théo, à genoux. Et tous les chiens qui l'accompagnent. Parmi eux, Venturi et quelques-uns de ses hommes.

Il faut en finir. Tenter quelque chose. Gagner du temps. Pour qu'elles puissent fuir, enfin. Le plus loin possible. Pour que tous ces sacrifices n'aient pas été vains. Pour se racheter aussi, de tout ce qu'il a fait. Ange dévale la pente de sable, manque de trébucher, mais garde l'équilibre. Personne ne l'a remarqué. Ils ont tous le dos tourné.

Le ciel est d'un bleu qui éclabousse. Le soleil, un écu d'or. Un souffle de vent vient faire danser les massifs d'oyats. Un lézard file et disparaît dans un tas de posidonies. Devant lui, sa Méditerranée, celle qui fut si longtemps son refuge. À l'ouest, quelques nuages sont retenus par les montagnes. Là-haut, dans ce royaume de pierres et de glace, ils ont enterré son corps. Je te rejoindrai bientôt, se dit-il.

Partout autour de lui, cette île qu'il a tant aimée, tant haïe.

Avant de fondre sur ses ennemis, et comme si toute son existence l'avait mené en cet instant, Ange a une ultime pensée. C'est un bon jour pour mourir.

Un bon jour, oui.

Il se jette sur Horvat. Le saisit par les épaules, lui plaque son couteau sur la trachée. Et crie afin que tous l'entendent.

— Lâchez mon frère !

Les hommes qui les ont chassés depuis des jours semblent stupéfaits de le voir là, toujours en vie. Ange, lui, a du mal à rester debout. Sa jambe blessée l'élance terriblement. Pourtant, il faut tenir. Le milliardaire se débat, le menace.

— Lâche-moi, Biasini. C'est fini pour vous.

— Les filles sont loin. Tu ne les trouveras pas, Horvat.

— Tu ne sais rien de moi. J'ai des contacts partout. Il me faudra du temps mais je remettrai la main sur elles.

— Elles ont connu pire que toi, que vous tous réunis. Elles sont fortes. Elles vous survivront.

À quelques mètres d'eux, Venturi appuie son pistolet sur le crâne de Théo.

— Si tu tentes quoi que ce soit, Biasini, je fume ton frère. Lâche cette arme.

Ange essaie de réfléchir, analyser la situation. Six hommes sont là, en plus de Venturi et Horvat. Il y a également les deux lieutenants du Mistral, Léoni et Serra. Les voilà tous réunis… Non… Il en manque un. Ce chien de Dragan. La pensée n'a même pas le temps de se fixer en lui qu'une douleur terrible le fait vaciller. On vient de lui tirer dans le dos. Ange relâche son emprise sur le Serbe. Assez pour que ce dernier se dégage. Biasini s'écroule à genoux. Il relève la tête vers son frère.

Horvat ramasse le couteau qu'a laissé tomber le Corse, l'observe.

— Rendez-le-moi, vous ne le méritez pas.

Le milliardaire s'abaisse à son niveau, lui dit :

— Là où tu vas, tu n'en auras pas besoin. Mais, moi, je vais le garder pour me rappeler ce moment.

Puis il replie la lame du poignard, et l'enfonce dans sa poche.

Théo assiste, impuissant à la scène. Il est au-delà de la rage. Détruit. « Tout est ta faute, imbécile. Maintenant, tu vas regarder mourir ton frère. » Il ne sait pas si c'est le parrain qui vient d'articuler ces mots ou s'ils sortent de sa tête. Il murmure « non ». Venturi le force à se redresser. Désespéré, le cadet des Biasini tente, une dernière fois, d'amadouer le chef de clan.

— On avait passé un marché, Venturi. Vous avez eu ce que vous vouliez. Votre vengeance. Nous, on a tout perdu. Barto, Fred, Dumè, Tatjana, Nina… tous morts. Mais il nous reste de l'argent. Plus de 700 000 francs. On vous laisse tout. On disparaîtra de l'île. Mais laissez-nous vivre.

Léoni, l'un des lieutenants du Mistral, intervient.

— Le petit a raison, Francis. Ça a assez duré. Trop de sang versé. Et tout ça pour quoi ? Pense à Orso. On ne peut pas faire ça. S'entretuer comme ça. Ces mômes, c'est un peu notre famille.

Venturi, en sueur, le repousse fermement.

— Ferme-la, toi ! Tu ne sais pas ce qu'ils m'ont fait vivre. Ils m'ont humilié. Ils doivent payer. Sinon, personne ne me respectera jamais.

Dragan a quitté les dunes et rejoint Horvat. Il lui susurre quelques mots. Le milliardaire répond : « Très bonne idée, Vasile. Francis va adorer ça. » Puis il demande à son homme de main d'aller expliquer ce qu'il a en tête au parrain. Tandis qu'il écoute, un rictus mauvais se dessine sur le visage de Venturi. Enfin, il s'adresse au cadet des Biasini.

— Tu veux vivre, Théo ? Eh bien, prouve-le-nous. Ça sera comme un pacte entre nous. Achève ton frère et tu seras libre. C'est le prix à payer.

Le chef du Mistral retire son chargeur, en éjecte quelques balles, puis le présente au jeune homme. Biasini détaille l'arme, s'en saisit. Dragan le pousse en avant. Hagard, Théo avance jusqu'à son frère, ses pieds traînant dans le sable. Ange est toujours assis, ses cheveux noirs dans le visage, la bouche entrouverte. Plus vraiment là, déjà. Théo s'effondre à genoux, à ses côtés. Il fond en larmes.

— Je n'avais pas le choix, Ange. Ils sont tous morts, par ma faute… Une fois ces gamines parties, on serait devenus quoi, hein ? On était piégés ici.

— Ce n'est pas grave. Pas grave…

Théo chuchote.

— Il me reste une balle, *Fratè*. Je vais tirer sur ce rat d'Horvat. Pour qu'il arrête de traquer les gamines. On ne s'en sortira pas. Mais on partira ensemble.

— Non. Il faut… Il faut que tu vives, Théo. Pour que tout ça n'ait pas été vain.

— Je n'y arriverai pas.

— Alors, laisse-moi faire.

À ces mots, Ange amène le pistolet que tient son frère contre son cœur. Il saisit fort le canon, avance ses doigts sur la crosse. Son pouce se positionne sur la gâchette. Leurs deux mains serrées sur l'arme.

— Reste… reste, Ange. Ne me laisse pas.

Ange sourit à son jeune frère. Ils n'entendent pas les hommes qui s'approchent, qui les invectivent.

— Ça va… ça va aller. N'aie pas peur, Zitellu.

— Je suis désolé, Ange. C'est moi qui t'ai entraîné là-dedans.

Ange a toujours eu du mal à parler, à dire les choses. Tant d'occasions ratées. Tant de temps perdu. Mais en cet instant, peut-être pour la première fois de sa vie, il laisse les mots sortir.

— Je ne t'en veux pas, Théo. On s'est retrouvés, c'est ça qui compte. Dumè nous avait prévenus. Ces filles, en vérité, ce sont elles qui nous ont sauvés. Elles sont loin maintenant, hein ?

Théo lève les yeux. Le Cessna n'est plus qu'un minuscule point dans le ciel.

— Elles sont en sécurité, oui.

— Il faudra… aussi que tu prennes soin de ma fille, là-bas, avec Jacques.

— Je le ferai. Je veillerai sur elle.

Ange a du mal à articuler. Ses yeux se ferment. Quelqu'un, certainement Venturi, plaque son canon sur la nuque de Théo. Ils s'impatientent. Mais le jeune homme s'en moque.

— C'est trop tôt, Ange. Je ne suis rien tout seul, moi. On a tant de choses à accomplir, toi et moi. On aurait pu être les rois de cette île. Leur montrer à tous… Lui montrer à lui.

— On n'a rien à prouver, à personne. Et surtout pas à Papa. On lui a déjà trop sacrifié. Ne te trompe pas de chemin. Essaie d'être meilleur que lui, que moi. Ne te laisse pas dévorer par les ombres. Tu peux y arriver.

Ange sourit et laisse tomber sa tête, trop lourde, sur l'épaule de son frère. Il murmure plus qu'il ne parle.

— Il ne nous a pas tout pris, l'autre, tu sais. Il reste nous. Nous deux. On y est arrivés. On s'est rachetés… Le vieux Mattei…

— Que dis-tu ?

— Tu te rappelles… le vieux Mattei ? Son trésor ? Qu'on cherchait quand on était mômes ?

— Oui.

— Le trésor… En fait, c'était nous. Ce que l'on était. Cette innocence. Et c'est ce qu'on a protégé aujourd'hui. Ce n'est pas rien.

De sa main libre, il attrape une poignée de sable tachée de son sang. Laisse glisser quelques grains dans la poche de la veste en jean usée de son frère.

— Je serai toujours avec toi, Théo. Où que tu ailles.

Ange appuie sur la gâchette. Le coup retentit. Une dernière pensée. Il plonge dans une eau si bleue, si belle. Il s'enfonce. Il n'a plus besoin, maintenant, de retenir sa respiration. Juste nager. Sentir l'eau glisser contre son corps. Son élément. Chez lui… S'enfoncer… Il y a quelqu'un là-bas.

« C'est toi ? »

56

31 décembre 2019
Tula, Corse

Théo achève son récit. Marie le sent, l'homme qui se fait appeler le Balafré lui a dit toute la vérité. Une larme coule le long de sa cicatrice.

— Je ne voulais pas lâcher Ange. Là-bas, sur cette plage. Je ne pouvais pas. Ils m'ont frappé avec leurs crosses pour que je l'abandonne. M'ont plaqué au sol. Là, Horvat a sorti le couteau de mon frère et m'a tailladé le visage. Pour que je me rappelle, a-t-il dit. Cette balafre, tu sais, Marie, elle me brûle encore, malgré les années. La douleur est toujours là. Je ne peux plus me regarder en face, voir celui que je suis devenu. Tout remonte, tout le temps. Ça me bouffe, au-dedans.

— Tu les as trahis, Théo…

— Je ne sais pas. Je me suis convaincu que je n'avais pas d'autre choix. Et ce n'est pas moi qui ai tiré. C'est lui. Mais ça ne change rien, au fond, j'imagine. Tu as certainement raison. J'ai condamné ton père et les autres en les entraînant dans cette histoire.

— Tout ça pour quoi ? Pour finir seul dans ce bunker ?

— Tu ne vois pas, tu ne comprends pas ? J'ai pris ma revanche, Marie. Regarde ce que j'ai bâti. Il m'a fallu du temps, de la patience. Rester dans les ombres. Susciter la peur. Créer ma légende. Faire attention à tout, tout le temps. Me méfier. Mais regarde-moi, je suis le roi, maintenant. J'y suis arrivé. L'île est à mes pieds. J'ai eu ma revanche. J'ai détruit Venturi, l'ai condamné à l'exil, là-bas en Suisse. Qu'il vive pour me voir piétiner les ruines du Mistral. Et, plus important encore, je suis devenu plus grand, plus puissant encore que mon père. Pour le faire taire, enfin…

— Regarde-toi, Théo. C'est une vie, ça ? Demeurer terré, proscrit dans cette tour d'ivoire ? Tu es seul… si seul.

— Alors, rejoins-moi, *a me nipota*. Ma nièce. Laisse-nous une chance. Ensemble, nous pourrions faire de grandes choses. Étendre nos actions à de nouveaux territoires, profiter de ton expertise pour conclure des alliances avec le crime organisé d'Europe de l'Est. Bâtir un empire pour toi, pour ta fille. Tout est possible. On a le même sang, Marie. On t'a menti toute ta vie. Ta véritable famille, c'est moi. Fêtons nos retrouvailles.

Il se saisit de la bouteille de champagne, en fait sauter le bouchon, remplit les deux coupes du liquide or. En tend une à sa nièce. Elle l'envoie valdinguer d'un geste. Romy sursaute.

— Jamais ! Tu n'es rien pour moi.

— Détrompe-toi. J'ai tenu ma promesse faite à Ange. J'ai veillé sur toi, de loin, durant toute ta jeunesse. J'ai toujours été là. Me suis assuré que rien ne t'arrive jamais. Que ton père adoptif n'aille pas en prison, qu'il retrouve un travail après son éviction de la gendarmerie. Dans les ombres, toujours. Et comment crois-tu que tu as été si facilement recrutée à Europol ? J'ai joué de mon influence pour te soutenir. J'ai des contacts, très haut placés, parmi les puissants. À Paris, dans leurs palais où ils pensent nous gouverner. Tout le monde me craint. Même là-bas. Et Horvat, ton enquête ? Tu crois qu'il s'agit d'un hasard ?

— Je ne comprends pas…

— Tout est parti de documents anonymes reçus dans vos bureaux, adressés à ton unité, n'est-ce pas ? Qui aurait pu te les envoyer ? Qui avait les moyens d'obtenir de telles informations ? Tu étais ma rédemption, Marie. En réalité, j'espérais que tu remonterais ma piste. J'ai créé les conditions de nos retrouvailles. Mais quelqu'un d'autre s'est interposé. Cet assassin… je ne l'avais pas prévu. Qui est-ce, tu le sais, n'est-ce pas ? Une des orphelines ? Ljuba, Danica ?

La pitié que lui évoquait Théo a laissé place à un autre sentiment. De la colère. Se dire que toute sa vie, il a décidé pour elle.

— Je ne suis pas de ta famille, Théo. Nous n'avons rien à voir. Maintenant, je vais prendre ma fille et quitter cet endroit. Et je ne veux plus jamais entendre parler de toi.

Elles s'apprêtent à partir, quand une alarme retentit dans la pièce. Théo active un de ses ordinateurs, observe quelque chose.

— Quelqu'un vient d'entrer dans le périmètre. Tu as prévenu la police ?

Sa voix est différente. Plus sèche. C'est Danica. Elle le sait. Elle l'a suivie. Se servant d'elle comme d'un appât pour débusquer le Balafré. Pour terminer sa chasse. Marie attrape sa fille par la main et lance au parrain :

— Non, c'est elle. Celle qui veut se venger. Elle vient pour toi.

L'homme sort une arme d'un des tiroirs de son bureau.

— C'est toi qui lui as dit de venir ici ? Toi aussi, tu m'as trahi ? Il a raison. On ne peut faire confiance à personne.

De la crosse, il se frappe le crâne, se parle pour lui-même.

— Il est là, toujours dans ma tête, tu sais. Nuit et jour… À me parler. Je ne peux plus dormir. Fermer les yeux. Il m'attend. Pour me rabaisser… Malgré tout ce que j'ai fait.

Il est complètement fou, pense Marie… Elle profite de son trouble pour reculer vers la sortie en tirant la petite avec elle. Romy lui demande : « Ça va, maman ? » Elle répond, se voulant rassurante : « Ça va aller. Toutes les deux, on va partir d'ici. Ce n'est pas un endroit pour nous. » Elles se retournent. Dans leur dos, la voix de Théo :

— Ne bougez pas. Restez là. Je ne vous laisserai pas quitter ma maison. Personne ne sort.

La jeune femme prend une grande aspiration, fait encore quelques pas, sa fille collée à ses jambes. Jansen pose sa main sur la poignée. À l'extérieur, des coups de feu, des cris. Elles se figent. Bientôt, un fracas contre la porte les fait sursauter. Le battant s'entrouvre. Un corps gît là, à quelques mètres. Celui de Christophe Aghieri. Marie cache Romy derrière elle. La mère et sa fille reculent.

Danica pénètre dans le vaste bureau. Trois chats filent entre ses pieds. Elle a une blessure au ventre, une partie du visage couvert de sang. Une apparition terrifiante. Elle contourne Jansen, sans un regard pour Romy, et braque son arme sur Théo.

— Je t'ai retrouvé. Après toutes ces années. Toi qui nous as fait si mal.

Biasini a son pistolet à la main. Il ne bouge pas.

— Danica. C'était toi, l'assassin… évidemment.

— Tu es le dernier qui reste. Ensuite, tous trouveront la paix.

De sa main libre, Danica sort son couteau, à la lame gravée. Théo le reconnaît instantanément.

— Le couteau de mon frère. Tu l'as récupéré…

Danica range le poignard. Assure sa visée. Marie devrait en profiter pour fuir, tenter sa chance. Mais elle murmure à Romy de l'attendre, de ne surtout pas bouger. Et s'avance auprès de la tueuse.

— Baisse cette arme, Danica. C'est terminé. Il y a eu trop de morts.

— Non, lui, plus que tous les autres, mérite son châtiment. Il nous a trahis. Alors que nous aurions pu tous nous en sortir…

— Il faut que ça s'arrête. Regarde-le. Théo Biasini est déjà mort. Depuis longtemps. Tout s'est terminé sur cette plage, à Lucciana, il y a vingt-six ans. Cet homme qui nous fait face, ce n'est rien de plus qu'un fantôme. Un spectre qui hante cette île. Viens avec moi, Danica. Quittons cet endroit maudit.

Elle la repousse.

— Non… J'ai attendu ce moment depuis trop d'années. Le retrouver, enfin… Et Ljuba me l'a dit. C'est écrit. Une larme sur une cicatrice. Du sang dans ses yeux. Elle l'a vu dans le fil. Baba Yaga ne se trompe jamais. Il doit mourir.

— Viens. Je t'en supplie. Il est temps d'avancer. Tourner la page. Pour toi, pour moi. Pour nous toutes.

Danica vise le Balafré. Théo, lui, repose son arme sur le bureau. Comme un signal. Depuis le fond de la salle, Romy se rue sur la femme, lui saisit la main. La petite supplie.

— Ne lui fais pas de mal. Il est si seul.

Danica abaisse son regard vers l'enfant. Quelque chose se passe. Ce qu'elle voit. Une petite main qui enserre la sienne. Qui la ramène en arrière. L'orpheline se souvient de celle qu'elle était. De Radmila, Tatjana, Ljuba. De ce qu'elle est devenue. Une écorchée. Sa vie en lambeaux… Un seul corps. Une seule vie. Que reste-t-il de leur promesse ? Elle ne sait plus trop pourquoi elle se bat, pourquoi elle continue à frapper, pourquoi elle a fait tout ça. Une vague de fatigue, de lassitude la terrasse. Une petite main serrée contre elle. Et qui, soudain, change tout. Son bras se met à frémir. Elle essuie son visage taché de sang. Marie, lentement, lui retire son arme. Elle se laisse faire. Jansen enlace Danica par les épaules, puis, toutes les trois, elles repartent vers la sortie.

Dans leur dos, Théo a récupéré son pistolet. Il les menace.

— Revenez ici ! Personne ne me tourne le dos. Personne. Je vais tirer !

Marie répond, autant pour se convaincre elle-même.

— Continuez. Il ne fera rien.

Un pas, un autre. Sa voix, encore, derrière elles, qui a perdu de son aplomb. Désespérée. Plus celle d'un enfant que d'un homme.

— Revenez. Ne me laissez pas…

Elles arrivent à la porte, la franchissent, sans un regard en arrière.

Marie prend Romy dans ses bras, lui demande de fermer les yeux. Toutes trois, elles traversent un vaste hall qui dessert un escalier en pierre. Au sol, trois cadavres.

Théo se retrouve seul. Son poing serré contre son arme. Une voix dans sa tête. Mais ce n'est pas celle de l'Ogre. Celle qui lui dévore le cerveau, jour après jour. Non, c'est un autre timbre. Grave et chaud. Qu'il pensait avoir oublié. Ange. « C'est moi, Zitellu. »

— Tu m'as tellement manqué, mon frère. Tellement…

Théo attrape la petite fiole remplie de sable noir, qu'il a gardée toutes ces années.

« Tu te souviens de ce qui était écrit sur la lame du couteau de grand-père ? »

— Oui… Que ma blessure soit mortelle.

« Cette phrase elle était écrite pour toi. Depuis tout ce temps. Pour que tu te libères. »

Marie a raison. Il n'est plus qu'une ombre. Un homme qui ne peut ni vivre ni mourir. Si seul. Depuis si longtemps… Piégé dans ce purgatoire, cet entre-deux. Un fantôme peuplé de souvenirs. Théo verse un peu de sable dans le canon de son arme, amène le pistolet contre sa tempe. Il pleure. Puis articule ces derniers mots, comme une prière.

— *Chè la mia ferita sia murtale*… Attends-moi, *Fratè*.

Eux, gamins, qui courent parmi les vergers. Le vieux Mattei à leurs trousses. Leurs rires. La vie. Le *Duncan*. La mer. Il restera ça. « Je suis là ! »

Il tire. Le silence. Le calme. Plus de voix dans sa tête. Plus de peur. Enfin…

Son corps, inerte, s'écroule sur la table en verre. Sur son visage, un sourire.

Danica, Marie et Romy arrivent en dehors du Nid d'aigle. Elles prennent une seconde pour regarder l'impressionnante bâtisse construite au cœur des ruines de l'ancien village de Tula, quasi invisible de l'extérieur. C'est l'aurore. Une détonation retentit à l'intérieur. Au loin, quelques oiseaux s'envolent. La petite a peur, questionne sa mère.

— Qu'est-ce que c'est, Maman ? Nous sommes encore en danger ?

— Non. Plus maintenant.

— Et lui ? Mon oncle.

Danica pointe du doigt l'arche naturelle, là-bas, tout en haut du Capu Tafunatu. Une lumière ambrée l'auréole.

— Il est parti, là-haut, dans cette montagne. Il va traverser cette arche et rejoindre les siens.

Épilogue

1er janvier 2020
Belgrade, Serbie

Au fond d'une chapelle oubliée, parcourue de milliers de fils rouges, une silhouette, fragile, se déplace à petits pas. Quelques bougies vacillent, alors que sa longue robe les frôle. Baba Yaga a la tête levée, son doigt tressautant de fil en fil. Elle en tient quelques-uns dans sa main libre, qu'elle tire depuis divers endroits de l'église. Enfin, elle les rassemble en un nœud complexe, au centre de l'immense toile carmin qui trône derrière son fauteuil. De sa poche, elle extrait une étrange carte, un peu semblable à celle que l'on trouve dans les tarots. C'est un dessin. À l'ombre d'un arbre majestueux, une femme et un homme plus âgé regardent un soleil de feu s'enfoncer dans la mer. Ensemble. Délicatement, elle passe sa main sur la carte. Puis la punaise sur l'amas de ficelles. Ljuba recule, observe cette fresque folle, démesurée qu'elle a façonnée durant ces longues années. Pour n'importe qui, tout cela n'aurait aucun sens. Mais pour elle, si. Ici repose tout ce qu'elle est. Elle détaille, une dernière fois, quelques-unes des autres cartes. Deux mains liées. Des flammes. Des papillons. D'étranges statues. Un poignard ensanglanté. Un groupe qui progresse à flanc de montagne sur un sentier rouge. C'est fini, pense-t-elle.

Ljuba retire le voile noir qui couvre habituellement son visage et le dépose sur la grande table de bois calciné. Elle marche jusqu'à la sortie de la chapelle, en pousse la lourde porte. Ses gardiens la regardent avec surprise. La lumière l'aveugle un peu, elle qui ne sort jamais de sa tanière. Elle les dépasse, s'arrête au milieu du cimetière. Il pleut à verse. Ljuba ferme les yeux, lève la tête. La sensation de l'eau qui coule sur son visage. Elle avait oublié tout ça. Les odeurs de la nature endormie, de la terre mouillée. Du froid qui pique les joues. Tant de choses.

Le fil s'était trompé. Il lui avait dit que Danica tuerait Théo. Mais ce n'est pas ce qui s'est passé. Et c'est mieux ainsi. Car le fil n'a pas toujours raison. Depuis son enfance, Ljuba voit les possibles… mais il y a d'autres chemins. Notre sort n'est jamais tracé à l'avance. On peut toujours sortir de cette large route, bien rassurante, que l'on foule depuis si longtemps. Emprunter des sentiers de traverse. Ceux que l'on refusent de voir, ceux qui nous font peur. Ceux qui ne sont pas balisés, remplis d'herbes folles, de fleurs sauvages et de dangers, peut-être. C'est en se perdant qu'on se trouve. On peut briser ces chaînes qui nous retiennent, qui nous entravent. On est libre, un peu, si on le veut bien. Rire à la face du destin, ne serait-ce qu'une fois. Ljuba passe ses mains dans ses cheveux trempés, écarte les bras. Respire. Elle a contacté ce policier serbe qui travaillait avec Marie. Goran Nikolić. Il l'attend à l'extérieur de l'église abandonnée. C'est un homme bon. Il ne lui posera pas de question, elle le sait. Il l'emmènera où elle le souhaite. Elle lui dira, peut-être, que les sacrifices qu'il a dû faire n'ont pas été vains. Ou peut-être se taira-t-elle. Ljuba a envie de partir, de voyager, de découvrir le monde. Elle est prête. La cage rouge qu'elle s'est bâtie l'a retenue trop longtemps. Alors, sans un mot pour ses cerbères, elle s'éloigne. Son petit pas, fragile, devient plus assuré. Elle n'a plus besoin du fil.

C'est la fin… Alors, maintenant tout peut commencer.

3 janvier 2020
Pigna, Corse

Un nouveau soir. Une nouvelle année. Mais pour lui, rien ne change. Comme chaque jour à la même heure, seul dans sa maison, Fred termine de ranger ses ustensiles de cuisine. Il presse sur le bouton de sa montre parlante, qui articule d'un timbre mécanique « seize heures cinquante-deux ». C'est son rendez-vous. Il ne voudrait pas le rater. Les couchers de soleil hivernaux sont souvent ses préférés. Comme si l'astre incandescent redoublait d'efforts pour le réchauffer un peu. L'Aveugle sort de son cabanon et marche jusqu'à son châtaignier, s'assoit sur son tabouret. Ces gestes répétés mille fois. Il retire ses lunettes de soleil, clôt les paupières. Du bruit derrière lui. Quelqu'un arrive. Des pas qu'il ne reconnaît pas. Un parfum féminin. Une voix, avec un très léger accent étranger.

— Fred…

Une main sur son épaule. Il y appose la sienne. Des doigts musclés, striés de cicatrices. Un corps qui a eu mal. Sans un mot, il invite la personne à venir face à lui. Il lui lit le visage. Elle a changé. Mais il la reconnaît.

— Danica… C'est toi, n'est-ce pas ?

Alors que le soleil, au loin, les abandonne, la femme se jette dans ses bras. Puis elle lui raconte tout. La fin de leur histoire.

— Je suis venue te dire au revoir. Je vais partir.

— Pour aller où ?

— Je ne sais pas. Je verrai bien.

— Tu as une maison ici, Danica, si tu veux. Une famille. Reste avec moi.

— Je risquerais de t'attirer des ennuis. Je suis une étrangère. Ici, partout. Je ne suis pas corse, moi.

— Ça fait longtemps que tu as gagné le droit d'être l'une des nôtres. Ljuba, Tatjana et toi, vous nous avez montré qui nous étions. Tu es bien plus corse que je ne le serai jamais.

La Croate pleure. Le quinquagénaire s'en est rendu compte, mais n'en montre rien.

— Bien. Quelques jours alors… dit-elle.

— Voilà, quelques jours. Mais hors de question que tu te tournes les pouces. Il y a du boulot. Beaucoup de boulot. J'ai relancé la vieille association de Barto, Nostra Terra. Avec quelques autres, on fait tout pour protéger notre île contre l'essor de la pègre. Nous organisons une grande marche blanche, après-demain. Tu viendras avec nous. Ta rage, tu t'en serviras pour mener ce combat. Un beau combat.

— Je veux bien essayer.

— Dans ce cas, je vais te préparer un repas. Puis nous parlerons. On se rappellera des bons moments. Les histoires de Barto, les veillées le soir, la bonté de Dumè…

— Les papillons…

— Oui, les papillons. Et la force de Nina. Le courage d'Ange. On se souviendra de Théo, et de ses doutes qui ont fini par le dévorer. On regardera mes vieux dessins et ils nous rejoindront tous, à notre table.

Fred entend la femme s'éloigner vers la cuisine. Il reste encore un peu, seul, sur son tabouret. C'est bien, comme ça… Leurs solitudes qui se retrouvent. Le soleil est parti, la nuit s'est installée. La fraîcheur. Une bourrasque vient faire frémir les branches du châtaignier au-dessus de sa tête.

Tant qu'on ne les oublie pas, ceux que l'on aime ne meurent jamais. Ils sont là. Ses amis. Quelque part, sur son île, il y a toujours des gamins qui sautent du rocher de la Baleine. Qui se chamaillent sur un vieux rafiot fatigué. Qui partent explorer des grottes en espérant y découvrir de fabuleux trésors. Qui rêvent grand.

Ils sont là. Dans la danse des vagues, dans le vent qui souffle, dans le parfum des immortelles. Leurs rires ne s'éteindront jamais. La terre s'en souviendra. Et eux aussi.

4 janvier 2020
La Haye, Pays-Bas

Voilà deux jours qu'ils sont revenus à La Haye. En milieu d'après-midi, espérant une éclaircie, Willem a proposé qu'ils aillent se balader sur la plage de Scheveningen.

Il y a du vent. Un froid glacial, mais ça fait du bien. Marie replace le bonnet sur la tête de sa fille, l'aide à remettre ses maudites moufles qui ne cessent de glisser. Ils progressent sur la large bande de sable. De longs nuages gris semblent flotter au-dessus de la mer du Nord. Là-bas, la jetée couverte, fraîchement rénovée, avec ses commerces, ses restaurants. Ils ont prévu d'aller y boire un chocolat chaud. Romy, certainement, suppliera ses parents pour qu'ils aillent faire un tour en famille dans la grande roue, à la pointe du quai. Ils accepteront, certainement. En famille… Ces deux mots font moins peur à Marie. Romy leur tourne autour en laissant traîner un bâton derrière elle. Elle dessine des courbes, des lignes qui filent et se chevauchent. Le soleil, timide, finit par percer à travers les nuages. Ça la ramène là-bas.

Après la mort de Théo, Marie a conduit, le plus vite possible, sur les routes de l'arrière-pays pour emmener Danica à l'hôpital de Calvi. Elle s'est assurée qu'on la soigne bien. Quand l'urgentiste a vu la blessure par balle qu'elle avait reçue, il a posé des questions, évidemment. Mais Jansen a montré son insigne d'Europol, a expliqué que la femme l'accompagnait en tant qu'informatrice sur une affaire. Qu'elle avait été menacée. Elle a aussi fait envoyer les hommes de Marchant au Nid d'aigle de Théo Biasini, sous le Capu Tafunatu. Ils ont trouvé le corps du parrain, entouré de ses chats. Certains, déjà, commençaient à lécher le sang qui s'écoulait de la table en verre. Quand le capitaine de police l'a rejointe à l'hôpital, qu'il l'a, lui aussi, interrogée sur cette mystérieuse femme, elle a décidé de mentir, encore. De ne pas révéler la vérité. De laisser Danica libre. Elle méritait une nouvelle chance. Comme eux tous. Fred, Marie, Danica, Ljuba, derniers survivants d'« une odyssée de larmes ». Jacques, aussi, à sa façon. Il est peut-être temps pour Marie de pardonner à son père adoptif. Il a essayé, comme il le pouvait, de l'élever. Pour lui, son mensonge la protégeait. Il ne savait pas, ne pouvait prendre conscience des blessures qu'il créait par ses silences. Marie lui a proposé de venir les voir, à La Haye, aux prochaines vacances. Il a accepté. Un peu d'espoir. Ils en tous besoin.

Elle ne sait pas ce que Danica deviendra. Mais elle espère qu'elle trouvera un peu de paix. Elle le mérite. Durant ses visites à l'hôpital, la Croate lui a parlé de sa mère, de son père. De ceux qu'ils étaient. Elle lui a répété ce que lui avait dit Nina, avant la fin, pour lui donner du courage : « Votre histoire l'aidera à grandir. »

Et elle avait raison. Lors de sa dernière visite, Danica a donné deux objets à la Française. L'écharpe teintée de rouge qu'elle portait lors de ses assassinats. Elle avait appartenu à Nina. Puis elle lui a tendu le poignard de son père. Sur la lame elle a pu y lire la fameuse inscription, « *Chè la mia ferita sia murtale* ». Ce fil d'Ariane qui l'a emmenée si loin. Londres, Rossinière, Belgrade, Lesbos, puis la Corse… À la recherche de l'histoire oubliée des trois orphelines, de ses origines à elle. Liées à jamais…

Avant de rentrer chez elle, Marie avait encore une chose à faire. Fred lui avait parlé d'un vieil arbre qu'aimait son père. Un genévrier, sur une colline au-dessus de L'Île-Rousse. Un soir comme celui-ci, un peu couvert, entre chien et loup, elle a gravi la colline. L'arbre était encore là. Non loin, on pouvait voir les panneaux d'un futur projet immobilier. Pour le moment, il résistait encore. Sur son écorce, Marie a pu lire une inscription : A+N. Elle a gratté la terre à l'aide du couteau. Puis y a enterré l'étoffe et le poignard, le tissu enroulé autour de la lame. Elle est restée là, longtemps. Sa main sur le tronc. Ses parents enfin réunis, après toutes ces années.

Marie est descendue jusqu'au rivage. L'eau glisse sur le sable détrempé autour d'elle, entoure ses chaussures. Elle ne bouge pas. Elle a enfin parlé avec Willem. Il est d'accord pour essayer de reconstruire leur couple. Une chance, pour elle aussi. Elle ne sait pas s'ils y parviendront, mais au moins auront-ils essayé. Marie compte se battre pour eux. Elle ne fuira plus. Elle n'a plus aucune raison. Elle sait qui elle est, enfin. Elle continuera à travailler à Europol. À poursuivre ceux qui se croient au-dessus de tout. Des lois, des États, des hommes. Les traquer avec Sóley et les débusquer. En mémoire de Juan. Et parce que c'est en elle.

Ses pieds sont un peu mouillés, l'eau glacée s'infiltre dans ses chaussettes. Ça la fait sourire.

« À la fin, il y a une plage. Il y a toujours une plage. » Les dernières paroles cryptiques de Ljuba prennent enfin sens. Romy la rejoint et lui attrape la main.

— Je t'aime, Maman.

— Moi aussi je t'aime.

Marie ferme les yeux. Le vent sur son visage, dans ses cheveux. Et là, tout au fond d'elle, sous ses vêtements, sous sa peau, son cœur… Son cœur qui bat.

Elle aspire une grande bouffée d'air. Elle respire. De toute sa vie. De tout son être.

Respire.

Remerciements

Chère lectrice, cher lecteur… nous voilà au bout de cette aventure. Ce roman, peut-être l'aurez-vous compris, a une importance particulière pour moi. J'espère que cette sombre odyssée vous aura emporté, et qu'Ange, Théo, Dumè, Fred, Marie, Nina, Danica, Ljuba et tous les autres vous auront touché. Hâte de pouvoir en parler avec vous en salon ou en dédicace.

La Corse est ma patrie de cœur. Au gré du livre, j'ai glissé bon nombre de souvenirs personnels. Ce roman est donc dédié à cette île et à ses habitants, qui l'aiment et la protègent.

Je voudrais remercier celles et ceux qui m'ont aidé durant l'écriture des *Roches de Sang*.

Les Corses avec lesquels j'ai pu discuter de leur île, de leur histoire, de leur culture, notamment Julie Farinelli, Michèle Pedinielli…

Camille Canonici, professeur de langue corse, qui m'a épaulé dans la traduction des nombreuses expressions.

Dominique Bianconi, du collectif Maffia Nò a Vita Iè. Cette association, comme quelques autres sur l'île, se bat depuis 2019 pour mettre fin à la loi du silence et mobiliser la population. Pour qu'enfin les autorités prennent la mesure de la gangrène du grand banditisme. Un courageux combat que vous pouvez soutenir en allant découvrir leur site Internet (https://www.maffiano.com).

Éric Arella, grand monsieur de la police judiciaire, qui a longtemps supervisé les actions policières sur la zone sud et Corse. Son expertise m'a aidé à mieux cerner le tissu criminel de l'île.

Et, enfin, Olivier Norek, qui a su trouver un peu de temps, depuis le fin fond de la Finlande, pour me parler de son expérience en ex-Yougoslavie.

Pour les besoins du roman, j'avais envie de partir sur les traces de mes personnages, et de remonter leur piste. Trois de mes amis d'enfance ont été assez fous pour m'accompagner durant une semaine de randonnée et de bateau. Nous avons arpenté le sentier Tra Mare e Monti depuis Corte jusqu'à Porto. Une longue marche et des souvenirs plein la tête qui ont nourri mon écriture. Merci à vous, Maurin, Éric et Maxime. Ces moments resteront gravés à jamais en moi.

C'est mon quatrième roman chez mon éditeur, XO Éditions. Un grand merci à Bernard Fixot, Édith Leblond et Renaud Leblond pour leur confiance et leur soutien. Je tenais à saluer Camille le Doze, éditrice de talent qui m'accompagne sur la relecture de mes livres. Il y a toujours ce moment étrange où Camille finit par mieux connaître mon histoire que moi-même… Et, bien évidemment, pensées pour toute l'équipe de XO, cette famille qui fait rayonner mes livres : Stéphanie Le Foll, Anissa Naama, Marine Papillon, Nathalie de Lessan, Bruno Barbette, Catherine de Larouzière, Roxana Zaharia… J'ai beaucoup de chance de pouvoir compter sur vous.

Un mot aussi pour l'équipe de Pocket, qui offre une nouvelle vie à mes livres au format poche. Carine Fannius, Julie Cartier, Perrine Brehon, Angélique Joyaux, Emmanuelle Vonthron, vous êtes formidables !!!

J'aimerais enfin remercier ma famille et mes proches. Ma femme, Julia, et mes enfants, Antoine et Élisa. Eux qui ont tant entendu parler de la bande des Roches rouges cette année et qui, malgré tout, continuent à faire semblant de m'écouter… J'embrasse mes parents, Jacqueline et Christian, mes deux sœurs Caroline et Sophie, et leurs adorables familles : Sam, Romane, Quentin, Tristan, William, Manon, Gabriel et Arthur… Une bise aussi pour mes beaux-parents, Michelle et Gérard, ma belle-sœur Géraldine.

L'amitié a une place essentielle dans ma vie. Plein de pensées aux copains d'enfance qui reconnaîtront des morceaux de notre passé commun au gré des souvenirs des Biasini. Allez, on retourne sauter du rocher de la Baleine ? Une pensée aussi pour la joyeuse bande du Writers' Cthulhu, avec qui je pars en voyage immobile chaque semaine. Un coucou, également, à toute la petite famille du polar. Ces autrices et auteurs rencontrés en salon et que je prends tellement de plaisir à retrouver.

Je voudrais achever ces remerciements par celles et ceux qui comptent tant pour nous autres écrivains : les libraires. Merci de défendre nos livres avec passion. Plus que jamais en ces temps troublés, vos librairies sont des refuges, des sémaphores.

Allez, je vous laisse. On frappe à ma porte. Une nouvelle histoire, peut-être…

À très bientôt.

Cet ouvrage a été composé et mis en page
par Nord Compo à Villeneuve-d'Ascq

Imprimé en France par
CPI Brodard & Taupin
en avril 2024
N° d'impression : 3055694

#lisez! engagé
www.lisez.com

Pour plus d'information :

Imprimé sur du papier issu de forêts gérées durablement.

Pocket – 92 avenue de France, 75013 PARIS

S34007/01